JEAN RICHEPIN

LE CADET

DEUXIÈME MILLE

PARIS

G. CHARPENTIER ET Cⁱᵉ, ÉDITEURS

11, RUE DE GRENELLE, 11

—

1890

LE CADET

9 5

21418. — Imprimeries réunies, A, rue Mignon, 2, Paris.

A
MON AMI
LE
MAITRE PEINTRE
GEORGES
ROCHEGROSSE
CES PORTRAITS VUS
DU DEDANS JE
DÉDIE
J. R.

— Est-il Dieu possible qu'il ait existé jamais un monstre pareil?

— Hélas! très honoré seigneur, avant d'appeler monstre un de vos semblables, quel qu'il soit, daignez contempler votre cœur dans ce véridique miroir.

Et le savant Jésuite lui tendit en souriant le secret traité de morale qui a pour titre : *De cavillosâ simul et inconsciâ conscientiâ et de arte paralogismi, sive Diabolus confessor.*

LE CADET

I

La vieille petite province de Thiérache, située au bout de la Picardie, aux confins du Hainaut et à l'orée des Ardennes, n'a guère aujourd'hui de caractère original. Elle est sillonnée de chemins de fer, semée de sucreries et de filatures. On y préfère l'aigre bière du Nord à la piquante douceur du cidre. On n'y fait plus beaucoup la contrebande de jadis, au moyen de chiens de chasse, dressés à se faufiler la nuit, en solitaires, derrière les haies des venelles, éventant l'affût des douaniers et de leurs dogues. Sauf dans deux ou trois villages, on y a laissé tomber en désuétude l'industrie vannière, importée par les *merligodgiers* ou Bohémiens, dont quelques familles ont pris racine autrefois dans cette vallée de l'Oise naissante, une de leurs routes (voir *Miarka la fille à l'ourse*). Il semble même que ces oiseaux voyageurs aient renoncé à leur antique itinéraire; car depuis bien longtemps on n'en revoit plus les longues caravanes d'automne. Sans doute les étapes ont cessé de leur être agréables, et ils ont cherché vers les âpres Ardennes des passes moins civilisées. Ici l'on a transformé en betteravières les emblaves et en pâturages les oseraies, désormais solidifiées par le drainage, et, comme disent les

1

grands-pères, *d'sâmées d'eau* par le déboisement des collines. Ainsi changée de mœurs et d'aspect, hérissée de cheminées d'usines, presque toute en culture uniforme et en prairies, peuplée d'ouvriers quasi autant que de paysans, la Thiérache n'est plus qu'un prolongement de la Flandre, et à quatre heures de Paris.

Il y a une trentaine d'années, c'était un pays sauvage et, charmant, d'une figure infiniment variée. Il tenait un peu de la grasse Flandre, par ses prés naturels ; un peu de la Picardie, par ses pommiers trapus, par sa glèbe propice aux blés ; un peu des Ardennes, par ses collines déjà presque montagneuses, ses défilés chevelus, ses fourrés de forêts. Toutefois il ne ressemblait qu'à lui-même et avait son être personnel, grâce à ses eaux.

De tous les monticules, aux flancs de toutes les ravines, fluaient des sources. Dans tous les bas-fonds, barrés par de lents éboulis, s'étalaient des étangs. Non pas des mares stagnantes, mais des sortes de petits lacs incessamment renouvelés. Nappes sans profondeur pour la plupart, si bien qu'on y pouvait marcher, mouillé jusqu'à la cheville seulement, dans de véritables jungles d'osier. A toutes ces eaux, doucement courantes, la contrée puisait une délicate fraîcheur, et à leurs murmures prenait une voix. Humide, non marécageuse, elle sentait bon le ruisseau ; et, dans le bourdonnement confus de sa campagne, on distinguait nettement la chanson claire et susurrante qui gazouillait partout à fleur de terre.

Nulle part ce charme de la Thiérache n'était plus sensible qu'au village de Herme-les-leups, perdu tout au nord de la province, à trois lieues de la province belge, à quatorze lieues de la gare la plus prochaine. Rien n'était enchanteur comme d'y arriver de Paris, précisément par cette gare, au moyen de la diligence qui vous laissait à la Capelle, après vous avoir fait traverser de nuit, en dormassant, la ténébreuse forêt du Nouvion. On était moulu par le roulement du chemin de fer, par six heures de cahotante voiture sur une route souvent défoncée et d'ailleurs toute en montées et en descentes ; et c'est avec allégresse qu'on se ravigotait

à la piquette du matin, dans le tape-cul gaillardement
enlevé au trot d'un bidet des Ardennes. On allait tout droit
vers l'est, à la rencontre de l'aurore. Et quand on avait
passé Clairfontaine, dévalé la côte de Wimy, gravi la grimpette d'Eclausiaux, et que de là-haut on apercevait Herme-
les-leups, il semblait que le soleil se levât exprès pour vous
illuminer une féerie.

Les regards étaient sollicités d'abord par les quelques
notes éclatant dans le gris de la vallée : bouquets d'arbres
ou tapis de prés dont le vert s'avivait aux naissantes
pourpres du ciel, écailles d'argent bruni qui miroitaient
sur les toits d'ardoise. Mais vite on se détachait de ces
aspects prévus, pour admirer surtout et humer des yeux ce
gris si frais et si doux, cette fumée d'eau qui était comme
l'haleine d'aube de la vallée. Les ruisselets, les flâches où
germaient les sources, les étangs invisibles où elles s'épan-
daient en nappes sous l'herbe et les osiers, tout sommeillait
encore dans la brume. Brume légère, bleuâtre, que l'orient
teintait de rose. Peu à peu les pointes de l'osier trouaient
cette gaze. Des lambeaux s'en arrachaient, s'évaporaient
en poussières transparentes. Et il ne fallait pas un grand
effort d'imagination pour se figurer une féerie en effet, un
lent et paresseux éveil de nymphes ondines, qui l'une
après l'autre s'étiraient, se dévêtaient de leurs voiles noc-
turnes, et en laissaient s'envoler à la brise les traînantes
écharpes.

On eût dit que le bidet lui-même était ému de ce spectacle ; car il avait fait halte, pour souffler, en haut de la
grimpette, et de là, lui aussi, tout immobile, les oreilles
pointées en avant et les naseaux épanouis à la fraîcheur de
la vallée, il semblait en contemplation.

— Eh ben ! Bichet ! fit le conducteur du tape-cul, avec
un claquement de langue, eh ben ! est-ce que t'as fini de
muser ?

Mais comme il secouait les guides pour en cingler la
bête, le voyageur assis à côté de lui les empoigna brusquement et maintint la voiture au repos.

— A vos ordres, m'sieu Amable, dit le conducteur. Le

fait est que Bichet a ben le droit de reprendre un peu de vent. Il nous a menés bon train, le tiot fieu !

Monsieur Amable, ne justifiant guère son nom, ne répondit rien. Il était, lui, en contemplation réelle. Les prunelles fixes et agrandies, il *voyait* cette féerie du brouillard, et il s'en emplissait les yeux.

— Dieu ! que c'est beau ! murmura-t-il enfin.

— Ma fi oui, répliqua le conducteur ; y aura grɔment du foin cette année-ci. On peut dire qu'y en aura. Et les avênes non plus ne seront point laides.

Mais monsieur Amable ne l'écoutait pas. La tête tournée vers la gauche, il remontait du regard toute la vallée.

— Ah ! reprit le conducteur, suivant la direction de ce regard, vous reconnaissez le Moulin-Joli ! C'est un fin domaine, dame, ben conséquent.

Et du bout de son fouet, tout là-bas, à une lieue du village, dans le dernier pli des collines qui se rejoignaient en cul-de-sac, il montrait une maison solitaire masquée par un bouquet d'arbres. On n'en pouvait apercevoir que le toit, indiquant une large et haute bâtisse carrée. Entre la maison et les parois du val, à des taches claires luisant entre les branches, on devinait un étang dont le contour était dessiné par une bordure de peupliers. C'est dans cet étang que devait sourdre la petite rivière qui cascadait au barrage du moulin, puis, de là jusqu'à Herme-les-leups, à travers les prairies et les oseraies, sinuait en mince ruban comme une couleuvre chatoyante.

Monsieur Amable s'obstinant à ne pas répondre, le conducteur mit à profit le temps d'arrêt pour bourrer sa pipette noire à calotte de cuivre. Il battit le briquet, alluma le tabac avec une languette d'amadou, tira deux ou trois grosses bouffées. Après quoi, tenace dans son désir de causerie, fâché un peu, d'ailleurs, contre son silencieux compagnon, et content de lâcher une parole qui lui ferait de la peine, il reprit sournoisement :

— Oui, c'est un beau bien. M'sieu Désiré vot' frère peut se vanter d'avoir là un beau bien. C'est tout à lui, n'est-ce pas, à c't'heure ?

Monsieur Amable serra imperceptiblement les mâchoires et fronça les sourcils, mais sans retourner la tête et toujours muet.

— Ah ! dame ! continua le conducteur, ça doit vous faire quéque chose, quand même, de revoir tout ça, depuis si longtemps. Y a au moins dans les douze ou quinze ans, pas vrai, que vous n'êtes revenu au pays ?

— Dix ans, répondit enfin monsieur Amable.

Deux larmes lui montaient aux paupières. Il les renfonça. Puis, brutalement :

— Allons, en route, cria-t-il. Qu'est-ce que nous foutons là, à ne pas marcher ? Hue donc, rossard !

Et du fer de sa canne il aiguillonna la croupe du bidet, qui partit en hennissant.

Le conducteur, satisfait d'avoir chagriné ce trop peu bavard voyageur, fumait par petites pipées rapides et allègres. Monsieur Amable s'était rencogné dans son manteau, avait tiré sur son front sa mauvaise casquette de voyage à oreillettes poilues ; et, rentré en lui-même, le visage assombri, la bouche grippée, les joues tiraillées de contractions nerveuses, il ruminait amèrement les souvenirs de sa vie gâchée pendant ces longues années d'absence.

Il songeait à tout le bonheur qu'il avait perdu en ne demeurant pas, comme son frère Désiré, dans ce coin de paradis. Il se disait que, ce paradis, il en avait eu sa part, et qu'il avait aliéné cette part misérablement. Pourquoi, bon Dieu, pourquoi ? A quelles chimères avait-il sacrifié sa jeunesse gaspillée, sa fortune en allée en eau de boudin et en brouet d'andouille, dans ce Paris d'où il revenait malade, fourbu, désespéré, pauvre ! Ah ! pauvre, surtout ! C'est à cette idée qu'il souffrait et s'enrageait le plus. Et il pensait avec envie au Moulin-Joli et à son frère Désiré, et se répétait machinalement les phrases méchantes du conducteur :

— Oui, c'est un beau bien. M'sieu Désiré vot'frère peut se vanter d'avoir là un beau bien. C'est tout à lui, n'est-ce pas, à c'l'heure ?

Et brusquement Bichet et le conducteur sursautèrent.

Monsieur Amable, se croyant seul, venait de se réveiller de
sa noire rêverie en tapant un grand coup de canne sur le
tablier de cuir de la voiture, et en s'écriant à haute voix :

— Ai-je été bête, tout de même, ai-je été bête, cré nom
de Dieu !

Le père de Désiré-Denis et de François-Amable Randoin
était mort en 1843, à l'âge de soixante-treize ans, après
avoir singulièrement vécu.

C'était le dernier descendant d'une famille ruinée de
hobereaux thiérachois, les Randoin de Toraval, qui depuis
plusieurs générations ne s'occupaient qu'à courre le lièvre,
le lapin et le renard dans ce qui leur restait de bois mal
entretenus et de guérets incultes. Grâce à la protection
d'un oncle, chanoine à Soissons, on avait admis Pierre de
Randoin de Toraval comme boursier au petit séminaire de
Notre-Dame-de-Liesse; et on l'y destinait à la prêtrise,
bien contre son gré, lorsque survint la Révolution. Il jeta
la robe aux orties et s'engagea comme volontaire, dans les
dragons, moins par amour des idées nouvelles que par
passion pour les chevaux. Cette passion brisa son avenir
militaire. Fait prisonnier par les Autrichiens, en qualité de
sous-lieutenant, pendant la campagne d'Italie, il fut interné
à Pesth, y séduisit, par sa prestance de bel écuyer, une
fille de maquignon hongrois, et donna sa démission pour
s'y marier. Devenu veuf, sans enfants de cette première
union, et se retrouvant pauvre et Gros-Jean comme devant,
il rentra en France, voulut reprendre du service; mais,
par suite du cas rédhibitoire de sa démission, ne put
arriver à se faire agréer qu'en qualité de vétérinaire au titre
auxiliaire. Il suivit ainsi les armées de Napoléon jusqu'à
la guerre d'Espagne, où il lâcha de nouveau l'uniforme
pour s'acoquiner à une bande de gitanos, marchands de
chevaux. La poitrine trouée d'un coup de navaja, dans une

dispute amoureuse avec un de ses nouveaux confrères, dénoncé par eux comme officier français après le départ des troupes impériales, il fut mis aux fers sur les pontons de Cabrera, y passa deux ans en proie à la famine, à la vermine et à la fièvre, s'en évada miraculeusement, aborda à Barcelone, put traverser la Catalogne jusqu'au Roussillon grâce à sa connaissance de l'espagnol et surtout du *flamenco*. Il revenait juste à temps pour les suprêmes réquisitions d'hommes où le recrutement faisait flèche de tout bois ; et, quoique deux fois démissionnaire et âgé de quarante-cinq ans, il fut admis à réendosser le harnois. L'ancien sous-lieutenant de la République, qui, s'il eût couru régulièrement sa carrière, eût dû être maintenant colonel et peut-être davantage, chargea les carrés anglais à Waterloo en simple maréchal des logis. La cheville gauche cassée par un éclat d'obus, il fut rapatrié bancal à son lieu de naissance, Herme-les-leups. Ses parents étaient morts, leur maigre bien mangé jusqu'au dernier sou. Comme ex-soldat de Buonaparte, il n'avait pas droit à un rouge liard sur le milliard des émigrés. Tout ce que le gouvernement des Bourbons lui accorda, ce fut une dérisoire pension d'invalide et un pied de bois à molletière mécanique. Encore dut-il aller chercher à l'hôpital militaire de Sedan ce supplément de jambe, qu'on lui octroyait d'ailleurs une fois pour toutes, à charge pour lui de l'entretenir et le remplacer si besoin était. Comment, si mal loti, estropié, gueux, et le poil tout grison, enleva-t-il d'assaut, en deux mois, un des bons partis de la contrée, la veuve et héritière de maître Bragnaux, le meunier du Moulin-Joli ? Il y aurait là-dessus beaucoup à dire. La mère de la Bragnaux avait été jadis la servante, et (racontaient les mauvaises langues) un peu mieux que la servante, d'un des vieux messieurs Randoin, l'oncle de Pierre. La Bragnaux aurait eu ainsi (toujours sur la foi des cancans) du sang des Randoin dans les veines. Est-ce à ce cousinage de la main gauche qu'il faut attribuer son foudroyant amour pour Pierre ? Fut-elle simplement séduite par la haute mine qu'avait conservée ce coureur d'aventures, par la verve soldatesque et le tambour-battant de ce gaillard, resté très jeune et très vert malgré ses quarante-cinq ans? Il y eut de tout cela sans doute. Elle était, au surplus, sèche et laide, et n'avait guère été heureuse avec maître Bragnaux à qui elle n'avait pas donné d'enfants, et qui la traitait durement, comme une bête bréhaigne. Or bréhaigne elle n'était point, ainsi qu'elle le prouva en accouchant, neuf mois après ses noces avec Pierre Randoin, d'un premier fils, trois ans plus tard d'une fille, morte en naissant, et quatre ans ensuite, tout près de la cinquantaine, d'un nouveau mâle solide et rétu. Entre temps, en adroite ménagère et femme de tête, elle menait le moulin, dont s'occupait fort peu Pierre Randoin, repris par sa manie des chevaux et l'atavique passion de la chasse. Ses bidets et ses chiens, il ne lui en fallait pas plus, à lui, pour vivre bien aise; et tel il avait vécu, jusqu'à la fin, malgré son pilon de bois, qui avait succédé au pied mécanique vite détraqué. Avec un étrier en fourreau de lance, qu'il s'était fabriqué lui-même, il califourchonnait sans répit par tout le terroir, forçant à cor et à cris lièvres, lapins et renards, comme ses aïeux; et huit jours avant sa mort on l'avait encore vu, à l'âge de soixante-treize ans, le fusil au poing, la trompe au dos et le cul en selle.

Par les soins de madame Randoin, le moulin avait prospéré depuis 1815; et quand elle trépassa, six mois après son mari, le travail des meules et la culture du domaine rapportaient dans les sept à huit mille livres de revenu. C'était l'héritage à partager entre Désiré-Denis et François-Amable. Celui-ci avait alors, en 1843, juste vingt ans, et son frère aîné vingt-sept. D'un commun accord, Désiré garda le moulin qu'il savait conduire, et Amable prit les terres et les bois qu'il laissa en location au meunier.

Les deux frères s'aimaient beaucoup; ou, pour mieux dire, l'aîné aimait beaucoup son cadet. Amable avait d'ailleurs été le Benjamin de toute la maison. Il ressemblait étonnamment à son père, dont il avait les yeux clairs et hardis, les goûts d'aventure, la vive humeur, l'allure crâne et l'inconscient égoïsme. Pour cela il était cher au vieux routier, et très particulièrement à la mère, qui voyait

revivre en lui tout ce qu'elle avait adoré dans Pierre Randoin. A cela aussi s'était pris le cœur de Désiré, qui tenait
de sa mère, ressentait les mêmes affections qu'elle, les
mêmes admirations. A lui comme à elle il semblait naturel
et doux de se dévouer uniquement au bonheur de ces deux
enfants gâtés, le père et le cadet. On eût dit que ceux-là
seuls étaient de vrais Randoin, les authentiques descendants des seigneurs de jadis, tandis qu'eux-mêmes, l'ex-
veuve Bragnaux et Désiré, n'étaient que les descendants de
l'aïeule servante, soumise à ses maîtres jusqu'au charnel
esclavage.

Ainsi Désiré avait grandi dans l'habitude et presque
l'instinct de se plier volontairement au sacrifice, à l'abnégation, envers son frère. Il le considérait en vérité comme
son supérieur, ne se comparait même pas à lui, sinon pour
le trouver plus beau, plus intelligent, plus ayant droit à
tout; et n'en souffrait en aucune façon, en jouissait bien
plutôt, fier de son cadet comme d'un fils. Sans ennui, sans
envie, il l'avait vu choyé, câliné par sa mère, emmené par
son père à la chasse et à cheval, tandis que lui-même
demeurait au moulin ou vaquait aux champs, en cela
encore partageant l'acabit de la vieille ménagère, âpre aux
labeurs, et avec joie. Joyeux il avait été pareillement,
qu'on envoyât Amable au collège de Laon pour devenir
bachelier, quand on s'était contenté pour lui-même d'une
sommaire instruction dans un petit pensionnat de Vervins.
Eh! cela ne suffisait-il pas à un meunier, à un paysan?
Amable, au contraire, ne devait-il pas être élevé comme
un monsieur, lui le vivant portrait du père et le seul capable
de faire honneur à la famille? Les choses, d'ailleurs, semblaient devoir marcher aux souhaits du brave garçon.
L'héritage partagé, Amable avait pris son vol vers Paris, en
passe d'en revenir bientôt licencié en droit. Il achèterait
alors l'étude de notaire de maître Leherpeur! Ou bien il
deviendrait là-bas un avocat célèbre! Qui sait? Peut-être,
un jour, député! Pendant ce temps, Désiré resterait au
moulin, continuerait la besogne de la maman, ferait valoir
le bien du futur grand homme. Ah! la maman, qu'elle eût

été contente de voir les affaires arrangées de la sorte, et si bravement assuré le sort de son Benjamin le cadet !

Hélas ! assuré en espérance seulement. Durant trois années, pas plus, les belles combinaisons de Désiré portèrent leur fruit. Amable faisait son droit, en riche étudiant (quatre mille francs de rente, à cette époque, une fortune pour un jeune homme !) et revenait passer ses vacances au pays, où Désiré lui gardait religieusement à l'écurie un cheval de selle et au chenil deux paires de chiens courants. Mais la quatrième année, Amable ne revint pas et demanda une avance de mille francs sur son prochain quartier, en annonçant que, du reste, il n'était pas reçu avocat et ne le serait jamais, à cause de ses facultés brillantes qui ne pouvaient s'accommoder aux aridités du droit. L'année d'après, en 1848, ce fut bien pis. Il demeura au Moulin-Joli pendant cinq mois ; mais pour quelles raisons, bon Dieu ! Il avait été compromis aux journées de Juin, et se cachait. Ah ! ce brigand de Cavaignac ! Sans compter qu'à la prise des barricades, Amable avait eu un journal tué sous lui !

— Il écrivait donc dans les journaux ? Pourquoi n'en avait-il rien dit ? Quelle histoire !

— Eh ! oui, il était devenu *publiciste*. Il avait même *fondé un organe*.

— Diable ! *fondé un organe !*

— Dame ! que veux-tu ? Quand on a de l'ambition ! Quand on se destine à la politique ! On ne fait pas d'omelettes sans casser des œufs.

Il en avait cassé, en effet, et de la poule aux œufs d'or. Trente mille francs engagés, c'est-à-dire perdus, dans une affaire imbécile de presse et de banque populaire. Il n'eut pas le courage d'avouer la chose à Désiré, contracta secrètement un emprunt hypothécaire chez maître Leherpeur. Après son départ, la mèche fut éventée. Lettre grondeuse, mais affectueuse, de Désiré, lui reprochant surtout d'avoir eu recours à un étranger pour se tirer d'embarras. Réponse aigre du coupable : il n'était nullement dans l'embarras ; cet argent fructifierait ; il s'agissait d'une spéculation merveilleuse, que Désiré ne pouvait com-

prendre; tout le monde n'était pas bâti pour s'atteler à
une patiente besogne de bœuf; il fallait admettre qu'il y a
aussi des chevaux de sang, avides de courir, fût-ce des
risques, et qui s'emballent, fût-ce à la poursuite de chimères!... Et des phrases empanachées, en veux-tu, en
voilà. Car Amable, alors fourré dans un retardataire cénacle
romantique, avait la métaphore facile. Traduction, pour
l'intelligence terre-à-terre de Désiré :

— Mon pauvre frère fait des bêtises.

Mais comment l'en empêcher? Désiré n'était pas un
épistolier beau diseur. Entre *quat'-z-yeux*, il aurait
encore trouvé des raisons. Seulement, pour le *quat'-
z-yeux*, il eût fallu tenir Amable, et Amable n'était plus
revenu au pays.

Oh! il écrivait, lui, on doit lui rendre cette justice. Toujours, au reste, pour des besoins d'argent; car il n'avait
pas gardé rancune à son frère et continuait à lui demander avances sur avances. Mais quels enthousiasmes aussi
débordaient de ses lettres! Si éloquents, que le bon Désiré
s'y laissait immanquablement prendre. Que de fois même,
à la réflexion, il excusait les folies, pourtant sans cesse
grandissantes, de ce *diable de braque!* Avec quelle indulgence, semblable à la faiblesse d'une mère pour un gars
mauvais sujet!

Qui sait s'il n'y avait pas du vrai, après tout, dans les
belles paroles dorées dont Amable, prodigue en tout,
bourrait ses épîtres? Qui sait s'il n'était réellement pas
en train de devenir quelqu'un, et, comme il le disait bril-
lamment, *de jeter ses écus au vent ainsi qu'un soldat
jette ses balles pour conquérir un drapeau?* Peut-être
Désiré, calfeutré dans son trou, était-il trop paysan, trop
borné, pour comprendre ces façons d'agir, nécessaires à
Paris? Sans doute il lui était malaisé de bien voir quelle
espèce de drapeau on voulait conquérir de la sorte, et il
suivait avec peine en ses perpétuels virements l'ambition
multiple et ondoyante d'Amable, qui tantôt parlait de
publier un volume de vers, tantôt revenait à la politique,
puis annonçait une pièce de théâtre en préparation, une

autre fois se transformait en directeur de revue, brusquement ensuite s'engouait de peinture et s'inventait un
étonnant avenir de paysagiste, et toujours montrait au
bout de chaque horizon nouveau le million et l'apothéose.
Oui, certes, tant de changements lui faisaient peur, au
calme Désiré ; et sa petite jugeotte réclamait là-contre,
en lui répétant les vieux dictons : *On ne court pas deux
lièvres à la fois ; Qui trop embrasse, mal étreint.* Mais,
quoi ! si sa jugeotte, aussi, était trop petite ! Si ces
vieux dictons n'étaient bons que pour le commun des
martyrs, comme lui ! Pourquoi ne courrait-on pas deux
lièvres à la fois, et même plusieurs, quand on est un chasseur extraordinaire, ainsi que ceux dont il est question
dans les contes de fées ? Et pourquoi n'embrasserait-on
pas le monde entier, avec chance de l'étreindre, quand on
avait, comme Amable, des bras de géant ?

La vérité est qu'Amable courait surtout les cafés, et
qu'il y embrassait les filles, en compagnie de fainéants,
batteurs de pavés, apprentis grands hommes, qui culti-
vaient ses prétentions et ses rêves comme fermes en Brie.
C'était alors, après le succès du livre de Mürger, la pleine
floraison de la bohème, une vive poussée d'herbes folles,
volontiers parasites. Et l'on pense combien ces herbes-là
pullulaient et s'épanouissaient en gras terreau sur ce garçon, assez bien doué pour se croire propre à tout, assez
enthousiaste pour être sincère dans toutes les vocations
qu'on lui découvrait, assez riche pour donner la sportule
aux flagorneries qui chatouillaient ses vanités.

L'échaudage de ses débuts de publiciste (coût, trente
mille francs) ne l'avait pas guéri de rester naïf et généreux ; et d'ailleurs l'obscure fatalité de son sang le poussait à être un gâcheur de vie comme son père, un bourreau
d'argent comme tous ses ancêtres. Ainsi l'envolée des
trente premiers billets de mille fut suivie d'un incessant
essor de nouveaux papillons en papier Joseph.

Les prétextes ne manquaient pas. D'abord et avant tout,
la bande à abreuver, meute de gosiers toujours secs à force
d'aboyer les louanges du bon amphitryon. Puis, c'étaient

des lancements de feuilles et de revues littéraires, qui
devaient tout démolir, vite démolies elles-mêmes dans un
écroulement de factures qu'il fallait solder. C'étaient des
fondations de cercles politiques pour conspirer contre
l'Empire, cercles dont Amable, nommé président, faisait
naturellement tous les frais. Puis des créations d'écoles
peintrières, des ateliers où on l'appelait maître, des expéditions de paysagistes en bande à la recherche du *motif*,
les rapins à nourrir après les grimauds. Et la publication
luxueuse d'une plaquette de mauvais vers, les *Chants de
demain*, un in-quarto avec vingt eaux-fortes en double
état sur chine et japon! Reprise, à ce moment, des espoirs
littéraires, la peinture lâchée. Assaut des théâtres; pré-
sentation dans les coulisses; après les grimauds et les
rapins, au tour des cabots à se faire rincer la dalle. Le
tout sans compter les maîtresses : pseudo-grisettes dont le
poétique roman se terminait dans la prose d'un établisse-
ment de modiste en magasin à leur nom; dames soi-
disant du monde, qui avaient des dettes cachées à leur
mari; comédiennes; jeunes, à pousser; vieilles, à requin-
quer. Tant et si bien qu'en moins de sept ans Amable
avait mangé, ou plutôt laissé manger, non seulement ses
revenus, toujours gaspillés d'avance, mais encore tout ce
qui lui restait de capital depuis sa fameuse banque populaire, c'est-à-dire environ cinquante mille francs.

A trente-quatre ans sonnés, sa jeunesse enfuie, sa fortune perdue, toutes ses vocations avortées, il se trouvait
n'être rien autre chose qu'une espèce de vieil étudiant,
faux bohème, artiste à la manque, avec sa vie à recommencer. Destinée semblable, sauf les différences de milieux,
à celle de son père, l'ancien officier de la République, ren-
gagé en 1814 comme simple dragon, avec l'épaulette de
laine et la moustache grise.

A ce rapide et inarrêtable coulage de la fortune fraternelle, Désiré avait assisté tristement, mais jusqu'au bout
sans récrimination. Tenu par maître Leherpeur au courant
des emprunts hypothécaires d'Amable, il ne s'y était point
opposé, fût-ce épistolairement, ayant trop souffert du mau-

vais accueil fait à son unique lettre de reproches. D'ailleurs, il avait son plan : laisser le cadet boire des coups,
puisque tel était son plaisir, et, au dernier moment, avant
la noyade complète, lui tendre la perche et le sauver une
fois pour toutes. Cependant, il avait continué sa *patiente
besogne de bœuf*, travaillant sans relâche à la culture et au
moulin, amassant de quoi subvenir aux avances de rentes
sollicitées par le gaspilleur. Même, afin que le pauvre
Amable ne fût pas écorché par des prêteurs à taux usu-
raire, il avait, dans son astuce paysanne, imaginé d'en
devenir le créancier, au moyen de secondes hypothèques
prises en son propre nom, secrètement, par une amicale
entente avec le notaire. Pour cela, pour que le bien ne fût
pas vendu, il s'était saigné aux quatre veines, endetté lui-
même, vivant chichement, résigné à ne se point marier,
puisque aussi bien il avait en son frère charge d'âme et
comme un grand enfant sur les bras.

Malgré tant d'efforts, le jour était arrivé enfin où la
valeur des hypothèques dépassait, et de beaucoup, celle
du domaine grevé, et le notaire avait dû annoncer au prodigue que sa part d'héritage allait être mise aux enchères ei
ne suffirait même pas au désintéressement des créanciers.

Alors Désiré avait écrit :

« Tu n'as plus rien, mon cadet; mais c'est comme si
« tu avais encore tout. Je me suis arrangé avec maître
« Leherpeur pour racheter toutes tes créances. Les enga-
« gements que j'ai souscrits, en vue de nous conserver
« ainsi le patrimoine entier, sont lourds, et ne me per-
« mettent plus de te servir de rente. Mais, en prenant de la
« peine, je saurai les tenir et nous faire vivre par surcroît.
« Vivre ici, toutefois, au Moulin-Joli, où il faut que tu
« viennes. Arrive. Il y a place pour deux. Tu pourras y
« composer des livres, y colorier des tableaux, ou bien t'y
« distraire en chassant comme le père, si tu n'as plus d'am-
« bition, ce que je souhaite. Pour moi, je me fais une fête
« de penser que nous y finirons sans doute nos jours, tran-
« quillement, en vieux garçons. »

Le premier mouvement d'Amable, en lisant cela, fut

une révolte d'amour-propre. Aigri par sa malechance,
furieux de son avortement, il ne vit là que l'humiliation
d'une aumône. Bêtement et méchamment il répondit :

« Je n'ai besoin de rien. Je gagne largement, ma vie
« comme artiste. Garde pour toi seul tout notre bien, que
« tu as si habilement accaparé. »

Et d'autres injustes phrases, où il exhalait contre son
frère une colère d'enfant gâté, colère qu'il aurait dû ressentir seulement contre lui-même.

Il avait alors essayé de gagner sa vie, en effet, comme
artiste. Mais artiste en quoi ? Hélas ! en tout, et médiocre
en tout. Médiocre même en cette chasse au petit écu, où
ses anciens flagorneurs avaient à ses dépens acquis tant
d'expérience. C'est à trente-quatre ans qu'il y débutait, lui,
dans la vraie bohème, à l'âge où l'on y est passé maître.
Éternel débutant, jusqu'en cela ! Et il avait battu, pour le
coup, la dèche réelle, ne trouvant plus de crédit chez les
logeurs, gargotiers et fournisseurs, qui, renseignements
pris, le savaient ruiné ; gueusant en vain la pâtée et la
niche chez les amis du bon temps devenus revêches au
misérable ; renié et parfois bafoué par la tourbe des spor-
tulaires d'antan auxquels il voulait maintenant faire con-
currence. Ce fut une lamentable année, surtout l'hiver, où
il tomba aux pires calamités, creva de faim et de froid,
littéralement, passa des journées sans nourriture et des
semaines sans domicile. Et toujours et partout le relan-
çaient les tendres sollicitations de Désiré, qui le rappelait
infatigablement au nid familial. Mais sans faiblir dans son
orgueil et sa rancune, toujours le mauvais bougre répondait non, parlait en fier, s'obstinait à n'être pas secouru,
se consolait à se dire qu'il vaut mieux faire envie que pitié.
Si bien que l'aîné en arriva à n'oser même plus risquer
des envois d'argent, par crainte de blesser l'orgueilleux.
Ah ! s'il avait su le Benjamin à ce point famélique et
marmiteux, comme il eût couru l'arracher de force à
Paris ! Ne le sachant pas, il se bornait à d'affectueuses et
pressantes lettres, dont la charité, souvent maladroite par
excès, irritait l'autre davantage. Mais ce que n'avait pu la

tendresse de Désiré, la misère en vint à bout. Un dernier mois de noire famine mit à bas les altières résolutions d'Amable. L'amour-propre maté, il dut céder au cri de sa chair qui voulait vivre ; et il avait enfin demandé de quoi faire le voyage.

C'est ainsi qu'il revenait, transi, déplumé, écœuré du monde et de lui-même, se reprochant d'ailleurs son retour comme une lâcheté. Retour de vaincu, en effet, de fuyard qui avait quitté Paris comme on se sauve d'un champ de bataille après une déroute complète. Et il n'avait seulement pas averti du jour de son arrivée, préférant rentrer en tapinois dans ce nid où il se réfugiait honteusement.

Ah ! ce n'était pas le soldat matamore dont il annonçait jadis la revenue triomphale, avec un drapeau conquis ! Il avait bien jeté au vent toutès ses *balles*, tous ses écus; mais il ne rapportait aucun drapeau, pas même le sien, pas même celui de son orgueil, à moins qu'il n'en prît pour lambeaux les pagneaux de chemise sale qui flottaient sous sa houppelande aux trous de sa culotte percée.

III

— Oui, oui, je lui en veux, pensait Amable. Je lui en
veux, au fond, il n'y a pas à dire. Et pourtant, il n'y a pas
à dire non plus, je ne suis pas un monstre, bien sûr.

Il ne faudrait pas, en effet, prendre d'Amable une idée
trop fâcheuse d'après ses ingrates rebuffades au dévouement
de son frère. En dépit des apparences, non, bien sûr, ce
n'était pas un monstre. Il n'avait même pas l'absolue
tranquillité d'égoïsme à quoi le vouait son éducation d'enfant gâté, et gâté jusqu'au plein âge d'homme. Malgré la
longue accoutumance qui devait lui faire trouver toute
naturelle l'abnégation de Désiré, il savait encore discerner
ce qu'un tel sacrifice, quoique facile et joyeux, pouvait
avoir d'estimable. Car il comprenait ce qu'on appelle la
beauté morale. Seulement, il ne la comprenait pas d'un
mouvement spontané, enthousiaste, et, pour ainsi dire, à
première lecture. C'était pour lui comme un livre en
langue étrangère, dont le sens ne lui parvenait qu'affaibli
par un effort de traduction, et dont le charme lui échappait.
Cela lui éclairait l'intelligence sans lui échauffer le cœur.
Il admirait donc la conduite de son frère, mais n'en était
pas profondément touché. Elle lui apparaissait comme
l'accomplissement très honorable d'un devoir. Que lui-
même fût en retour obligé à de la reconnaissance, c'est ce
que lui dictait sa raison ; mais elle l'y contraignait comme
un chien fouaillé. Encore se jugeait-il fort méritant de
refouler sa rancune, qu'il avouait injuste, et de ravaler la
bile envieuse qui lui montait aux lèvres à la pensée que
Désiré était maintenant seul possesseur de tout le domaine.

Pour oublier un peu cela, il avait d'ailleurs besoin de faire appel à toute sa loyauté, de se maltraiter lui-même au souvenir de ses folies. L'amertume de ce *meâ culpâ* n'allait pas sans une sorte de délectation. Il s'y posait en victime de la vie. Se forcer, dans cet état, à n'être point ingrat envers son frère heureux, quel témoignage de louable énergie ! Il s'en félicitait, et y puisait l'illusion d'une noblesse de sentiment dans laquelle il se carrait avec fierté.

En même temps, une émotion tout artistique l'avait exalté, à la vue du féerique paysage contemplé du haut de la dernière côte, et un amollissement aussi l'avait détendu à l'approche du toit familial.

La grise douceur de la vallée, aux fraîcheurs calmantes et balsamiques, les remembrances du foyer où il avait grandi sous les câlineries de tous, la voix même du pays natal dans laquelle chantaient les voix lointaines des êtres et des choses aimés par son enfance, autant d'enveloppantes caresses à son âme ulcérée. Il s'abandonnait délicieusement à ces caresses, y dorlotait ses repentirs, en paix avec sa conscience, puisqu'il s'était résigné à la gratitude, et puisque toutes ses rancunes s'étaient fondues en un accès de colère contre ses propres fautes, quand il avait crié dans un juron :

— Ai-je été bête tout de même !

C'est ainsi disposé qu'il arriva au Moulin-Joli, un peu confus de son retour piteux, mais néanmoins sans aigreur, prêt à remplir son devoir comme Désiré avait rempli le sien, se trouvant très bon à se sentir si doux, s'ouvrant de son mieux à la joie, et enfin aussi attendri qu'il pouvait l'être. Et lorsqu'il se jeta au cou de Désiré, pour l'embrasser à la vieille mode de Thiérache, deux fois sur chaque joue, ce fut avec un sanglot, où s'exhalait sincèrement tout ce qu'il avait de cœur.

Les premiers mots de Désiré après l'étreinte, ces premiers mots dans lesquels le brave garçon mit à plein sa douleur de voir le Benjamin si mal en point, ah ! combien ils furent pénibles pour Amable ! Et, pourtant leur mère en

personne n'en eût certainement pas proféré d'autres.
Combien maladroits, néanmoins! Hélas! maladroits comme
une poignée de main trop forte, comme un baiser qui
emporterait le morceau.

— Bon Dieu! fit Désiré, es-tu assez changé, mon cadet!
Ah! mon pauvre Amable, tu n'as pas l'air heureux, sais-tu!

Puis, se tournant vers la vieille servante qui les avait
connus marmots :

— Non, mais regarde-moi un peu le cadet! Regarde-moi
cette mine de déterré, Marceline! Et ces frusques, vois
donc! Et nous qui le pensions un mirliflore! Le v'là plus
gueux, à c't' heure, qu'un merlifiche! Mon pauv' frère,
va! Mon pauv' cadet!

Il l'embrassa de nouveau tout en pleurant. Et comme
Amable, blême et les lèvres pincées, restait silencieux,
Désiré reprit :

— Mais je bavarde, je bavarde! Tu dois crever de faim,
mon fieu. Ah! çà, tu as donc jeûné comme un escargot,
dans ton sale Paris? Et moi qui, pendant ce temps-là,
mangeais ma soupe ici, trois fois par jour, comme un sans-
cœur! Tiens! j'allais encore me coller cette assiettée-là
sur la conscience.

Il montrait une profonde écuelle où fumait son odorante
ognonnée de chaque matin, et il avait comme un remords
de la voir si appétissante.

— Mange-la, mon fieu, s'écria-t-il; tu en as rudement
besoin, de ma soupe, pour te remplumer. Laisse, que je
t'y taille un bon quignon de pain.

Il coupait hâtivement des tranches, les mains tremblantes, de gros pleurs lui coulant sur la face et dégouttant
de son nez sur la miche. Le silence obstiné d'Amable,
interrompu de bégaiements gênés, lui semblait la gauche
expression d'une reconnaissance; et, pour lui épargner
les remerciements, il le rudoyait de ses prévenances bour-
rues, l'installait de force devant l'épaisse pâtée, lui fourrait
la cuillère au poing comme à un enfant boudeur, et répétait avec insistance :

— Mange ma soupe, que je te dis. Mange; tu parleras

après. Moi je peux bien attendre que Marceline m'en fasse une autre. Je suis plus gras qu'un moine, moi, tu vois. Dame! on ne se nourrit pas de lécher les murs, au Moulin-Joli !

Et il se tapait sur la bedaine, essayant de sourire et de plaisanter, car il sentait vaguement que, malgré toute sa cordialité, la scène avait quelque chose de pénible pour son frère. Mais il ne comprenait pas quoi, s'en attristait lui-même, et se reprenait alors à larmoyer, en continuant à tailler machinalement des tranches, et à ressasser d'un ton geignard :

— Mange ma soupe, mon pauv' fieu, mange ma soupe, cadet, mange-la bien.

Et Amable souffrait atrocement. Dès le début, il avait été blessé de cet ébahissement douloureux devant sa maigreur, sa mine hâve, ses hardes lamentables. Être traité en pauvre, en meurt-de-faim, au regard même de la vieille Marceline, redoublait la cuisson de cette blessure. Les prévenances, les infructueux essais de gaieté, les doléances, l'entêtement à le gaver tout de suite comme s'il était prêt à crever d'inanition, autant de coups d'épingle plantés dans ses plaies vives, et lourdement enfoncés. Et son estomac creux grognait en borborygmes de colère contre cette bedaine dont la rotondité semblait narguer son ventre plat. Il ne la mangeait qu'à dents grinçantes et à gosier serré, cette soupe, offerte avec l'obsédante ostentation de ce *ma* qui lui donnait un arrière-goût d'aumône. Il détestait jusqu'aux larmes de son frère, jusqu'à ses bonnes larmes de pitié naïve. Il avait l'involontaire, inique, mais écœurante sensation que Désiré en arrosait le pain exprès pour lui faire manger aussi sa pitié.

IV

Avec une bonté plus adroite que celle de Désiré, ou avec un amour-propre moins ombrageux que celui d'Amable, cette impression première se fût vite effacée à l'user de la vie commune. Mais, étant donné l'entier acabit de leurs deux caractères, désormais peu modifiables à cause de leur âge, elle ne fit au contraire que se renouveler chaque jour plus vive et ainsi se creuser de plus en plus profondément.

Le *ma* de « ma soupe », ce *ma* dont s'était tant offusqué Amable, n'avait été que le commencement d'une longue série. Après celui-là il dut en avaler bien d'autres, à propos de tout.

D'abord, au changement de sa garde-robe, que Désiré lui remplaça le lendemain même, en attendant la commande d'un costume de dimanche chez le tailleur d'Hirson.

— Pour la semaine, dit Désiré, tu te contenteras bien de mes anciens habits de fête. Ils sont quasi neufs, comme tu vois. La rédingue te sera peut-être trop large. Elle est un peu juste pour moi. Mais tu es si maigre ! Ça te fera une rédingue à la papa, quoi ! Ça te donnera l'air d'un propriétaire. N'est-ce pas, Marceline, qu'elle lui va bien, ma rédingue ?

Amable essaya en vain de conserver sa houppelande, une sorte de grande criméenne velue, mais pelée aux coudes, crasseuse au collet, et frangée des pans. Il y tenait, disait-il, en avait l'habitude !

— Laisse donc, fit Désiré. Elle a fini son temps, ta

houppelande. Et puis, c'est trop long. Ça ressemble à une capote d'hôpital.

Il avait le mot pour rire, Désiré, l'esprit picard, volontiers gouailleur. Sans penser à mal, par manière de plaisanterie, il ajouta :

— Oui, oui, une capote d'hôpital pour ta culotte malade. Je l'ai regardée, en me levant, pendant que tu dormais, ta culotte de loup-garou ! Mâtin ! Elle en a vu de dures. Tu devais avoir les fesses gelées là dedans. Deux trous à y fourrer un lapin dans chaque !

Marceline s'esclaffait à cette image. Amable, du bout des lèvres, riait jaune.

— A la bonne heure, reprit Désiré, avec ma culotte de double casimir, tu ne seras plus monsieur froid-au-cul-j'en-gèle. Elle te tient chaud, hein ! ma culotte ?

— Elle est trop belle pour tous les jours, riposta gravement Amable. Elle me fait pareil à un marié de village.

Mais Désiré ne comprit pas cette ironie qui blaguait son double casimir de paysan faraud.

— Peut-être bien qu'elle est trop belle, ma foi, répondit-il, en tâtant l'étoffe avec une admiration où Amable crut lire un regret. Le fait est que pour tous les jours !... D'autant que ce n'est pas ce qui manque ici, les culottes. Le père en avait la manie, tu sais ! J'en use encore, moi, de ses vieilles culottes de cheval. Elles sont à pont, tu te rappelles, et il y en a même en peau. J'y fais poser des soufflets par Marceline. Tu les mettrais sans rafistolage, toi. Faudra voir. Ça serait toujours autant de moins à acheter.

Mais soudain, sa générosité coupant court à son économie :

— Et puis, au fait, non, tiens, s'écria-t-il, je ne te vois pas dans les défroques du père. C'est bon pour moi, ça, pour travailler. D'ailleurs, ça jurerait avec la rédingue. Garde ma culotte, va, garde ma culotte, cadet !

Et de même pour tout.

— Moi, je vis en sabots ; mais j'ai des bottes pour les grandes occasions. Elles te seront avantageuses, mes bottes. Bah! tu n'attraperas pas de cor aux pieds, comme ça. Tu mettras deux paires de bas, s'il le faut. Mes bons bas de laine! Ça te changera, mon fieu. Regarde si j'en ai, des bas de laine, tricotés par Marceline, et encore de ceux d'autrefois, tricotés par la mère.

Il ouvrait les deux énormes armoires de noyer, y montrait les piles de bas, et aussi les draps de belle toile, les chemises fleurant la lessive, tout le trésor de lingerie familiale, religieusement conservé, soigneusement entretenu, dont il était fier, en vieux garçon ménager perpétuant les goûts maternels.

Et toujours, infatigablement, revenait ce malencontreux possessif dont s'irritait le dénuement d'Amable. Toujours *mon* linge, *mes* draps, *mes* chemises. Cela, évidemment, dit sans intentions humiliantes, par naïf orgueil de propriétaire heureux de dénombrer ses choses, et plus encore par générosité de bienfaiteur, qui, en étalant son abondance, voulait établir qu'il ne se privait de rien à la partager. Car, en son âme et conscience, il sous-entendait bravement :

— Ce qui est mien est tien.

Par malheur il ne se contentait pas de le sous-entendre, et au contraire le proclamait tout à trac, avec d'obstinées répétitions de mots trop brutalement charitables. La discrétion rechignée d'Amable n'était qu'un aiguillon de plus à ces insistances désagréables. Le voyant si retenu, si rebelle en quelque sorte à accepter, Désiré croyait n'avoir jamais mis assez d'ardeur à offrir; et alors il offrait en appuyant encore plus lourdement sur la joie, pourtant très pure, qu'il trouvait à être bon. Il avait des phrases dans ce genre :

— Mais prends donc, bête. J'ai plus de plaisir à donner que toi à recevoir.

Ou bien, c'était à table, en lui servant un fin morceau :

— Régale-toi, mon frère. Allons, v'là que tu te renfles un peu les joues. Vaut mieux me coûter chez le boucher que chez le pharmacien.

Ou bien, en lui versant un verre de cidre mousseux :

— Encore une lampée, hein ! cadet? On n'est pas à une bouteille près, n'est-ce pas, entre frères? Ce que je fais pour toi, tu le ferais pour moi, dame !

Et quand Amable, embarrassé, déshabitué d'ailleurs du gros appétit campagnard, renâclait à la nourriture et à la boisson, c'était l'invariable refrain :

— Pas de cérémonies, voyons ! Ne te gêne pas, que je te dis. Fais comme chez toi.

— Mais oui, fais donc comme chez toi, cadet, répétait la vieille Marceline. Tu te tiens toujours à une demi-aune de la table, que si que tu serais un invité.

Un invité, en effet, voilà ce qu'il se sentait, et rien de plus. Un de ces invités qu'héberge si grassement l'hospitalité provinciale, moins pour leur témoigner de l'affection que pour exciter leur envie. Cela n'était point, en vérité ; mais c'est cela, en réalité, qu'il éprouvait, malgré de sincères efforts contre ce mauvais sentiment qu'il estimait faux. Tout ce qu'il pouvait faire était de le juger ainsi et de ne point le laisser paraître ; mais il ne savait s'empêcher de le concevoir et d'en souffrir.

S'il en transparaissait quelque chose dans son humeur maussade, comment diable Désiré en eût-il soupçonné la cause? Une telle interprétation de sa bonne volonté était si loin de ses intentions! Aussi mettait-il la tristesse d'Amable sur le compte des ambitions déçues, sur les remords d'une existence mal employée. Là aussi, d'ailleurs, en cherchant à porter remède, il ne faisait qu'enflammer le mal, par ignorance du baume qu'il y fallait. Quand Amable parlait de ses espérances trompées, et se donnait l'amer plaisir de blasphémer les dieux qu'il avait adorés en vain, avec quel pesant mépris Désiré renchérissait contre eux, croyant bien dire !

— Oui, oui, ta littérature, ta politique, ta peinture, tout ça, mon fieu, c'est de la faribole, de l'attrape-nigauds. Mais puisque tu t'en aperçois à la fin, il n'y a que demi-dommage. N'y pense plus. Tu as jeté ta gourme, c'est bien. Maintenant te v'là au vert, en pré d'embouche. Ne t'occupe plus qu'à t'y refaire le poil.

3

Une gourme, le volume de vers d'Amable, ses plans de
drame, les journaux et les revues dont il avait été directeur, les complots qu'il avait failli ourdir contre Badin-
guet, les paysages qui devaient faire sauter la coupole de
l'Institut! Des fariboles, ses belles chimères d'artiste!
Des attrape-nigauds! Et lui, alors, le nigaud par excellence,
puisque à toutes ces glus il s'était laissé prendre! Et c'est
un lourdaud de paysan qui le traitait de la sorte! Que
lui-même déblatérât contre ses rêves morts, passe; il en
avait le droit. Mais que ce paour vînt donner à leurs cada-
vres le coup de pied de l'âne, n'était-ce pas la suprême
injure pour eux et pour Amable, qui leur avait sacrifié sa
jeunesse?

Il se révoltait alors, les vengeait par un mot dédaigneux :
— Tais-toi : tu n'y comprends rien.

Désiré baissait le nez, s'avouant en effet son incompé-
tence, repris d'admiration pour la supériorité intellectuelle
du cadet, ne se rattrapant que par un :
— Enfin, fariboles ou non, c'est des métiers de million-
naire, où l'on sème ses écus pour ne récolter que du vent.

Puis, voyant Amable hausser les épaules et froncer le
sourcil, il regrettait la discussion, se reprochait de lui
avoir fait de la peine, tâchait de le ramadouer par quelque
gentillesse, comme il en inventait quand ils étaient tout
petits. En ce temps-là, il lui façonnait des flûtiaux en osier
vert, des bombardes en sureau, lui cueillait des grappes
de meurons, lui dénichait des *jeunes de merles*, lui mettait
des grillons en cage. Maintenant il lui rapportait d'Hirson
quelque boîte de cigares de contrebande, une autre fois
lui ramenait de la Capelle une paire de chiens de chasse.
L'antique fusil du père s'étant rouillé depuis dix ans qu'il
dormait sur le manteau de l'âtre, il lui en acheta un pour
sa fête, une arme anglaise, à bascule et se chargeant par
la culasse, une rareté alors. Il avait à l'écurie, outre les
cinq boulonnais servant au labour et aux chariots fari-
niers, une jolie jument ardennaise, descendante des fins
chevaux du père. Il y tenait à cause de cela, aussi à cause
de sa vitesse quand il faisait en carriole des tournées de

recette, ou courait les foires, et il la soignait comme la prunelle de ses yeux. Un jour il descendit du grenier avec une selle du vieux hobereau chasseur, harnacha la bête, et dit à son frère :

— Tiens, cadet! Ça t'amusait jadis de monter à cheval. Eh bien! il ne faut pas t'en passer à c't'heure, sous prétexte que tu n'as plus le sou. Je t'en fais cadeau, de ma jument.

Hélas! l'éternel *ma* gâta encore pour Amable le réel plaisir que lui faisait ce cadeau. L'éternel *ma*, et la non moins éternelle allusion à sa pauvreté!

Sans doute, par gratitude, par un simple effort de raisonnement, il aurait dû considérer seulement dans son essence la bonté fraternelle, et ne point prendre garde aux formes gauches et souvent offensantes qu'elle revêtait. Il aurait pu, en tout cas, même souffrant de ces formes, les excuser. Ce n'était pas la faute de Désiré si, élevé comme un rustre, il en avait les façons rudanières, ces façons qui poussent les paysans amoureux à se manifester leur tendresse au moyen de bourrades, caresseurs à coups de poing. L'injustice était évidente, de demander au brave garçon que sa bienfaisance eût la main légère. Il suffisait qu'elle l'eût largement ouverte, et il fallait passer sur le reste. Mais Amable, en malchanceux aigri, en orgueilleux vaincu et d'autant plus farouche, était-il en état de faire ainsi la part des choses? Même en son temps de prospérité, alors que les désillusions ne l'avaient pas encore affiné pour la souffrance, il portait déjà l'épiderme chatouilleux aux piqûres du manque de tact. A présent, cet épiderme comme écorché, sa susceptibilité se trouvait à vif. Ce n'était pas sa faute, non plus, s'il avait une nature plus sensible à la manière du bienfait qu'au bienfait lui-même.

De ce bienfait d'ailleurs, il ne pouvait guère estimer la valeur à son vrai prix, à cause de l'habitude qu'il en avait depuis toujours. Que Désiré continuât à lui être absolument dévoué, cela n'allait-il pas de soi? Qu'il eût réussi à l'être délicatement, et avec grâce, et en laissant oublier qu'il l'était, voilà ce qu'Amable eût apprécié. Et l'autre, si

extraordinairement bon, mais si extraordinairement
pataud, n'y tâchant en aucune sorte, ne se doutant seulement pas de ces exigences subtiles, Amable lui tenait rancune, malgré tout, malgré lui-même, de ne pas y satisfaire.

Le cœur d'Amable n'était probablement pas aussi mauvais qu'il en avait l'air, aussi fermé, aussi muré. Dans
cette cave, où moisissaient des champignons vénéneux,
les ténèbres ne demandaient peut-être qu'à se purifier de
brise salubre, à se dorer d'un rayon de soleil. Mais pour
cela il fallait ouvrir la porte bardée de fer, et l'ouvrir
doucement, habilement, avec une clef fine s'insinuant aux
secrets compliqués de la serrure, tandis que Désiré y
cognait lourdement avec la grosse clef de son moulin.

V

Une autre cause de froissement pour Amable, et très puissante, fut l'obligation de se plier aux méticuleuses habitudes de Désiré, que sa vie de célibataire avait rendu tâtillon, et qui tenait de leur père un seul trait, mais singulièrement agaçant : la manie de l'*heure militaire*.

Amable était désordonné et musard. Volontiers il laissait traîner son paletot sur les chaises, et jetait dans le salon ses bouts de cigare. Dans le salon! Le salon aux meubles garnis de housses, où jadis on n'entrait que pour de grandes occasions, où maintenant il allait chaque jour lire la gazette en sirotant son café.

Il se levait fort irrégulièrement, tantôt filait à la chasse dès le patron-minette, tantôt s'accagnardait à la grasse matinée, et presque jamais, même en ce dernier cas, ne trouvait moyen de descendre à table pour dîner à midi tapant.

Il était d'ailleurs à mille lieues de croire que de telles vétilles fussent désagréables à Désiré. Or Désiré ne se chagrinait précisément qu'à des défauts de ce genre. Les manques de soin, de rangement, d'exactitude, lui étaient insupportables.

Longtemps Désiré résista aux petites colères que lui donnaient ces négligences d'Amable. Il se contenta d'abord de suspendre les habits laissés à l'abandon, de ramasser les bouts de cigare pour les porter à la cheminée, de manger sa soupe sans attendre le cadet, et de le recevoir ensuite la serviette au menton, la fourchette au poing, avec une gravité grognonne. Le tout sans rien dire encore, pen-

3.

sant qu'Amable se rendrait compte de ses fautes. Mais
Amable demeurait inattentif à de pareils détails.

Un beau jour, Désiré ne put pas se taire. Il n'y tenait
plus. Son indignation d'homme rangé; propre et exact, se
débonda. Ce fut à l'occasion d'une paire de bottes boueuses,
oubliée en plein salon par Amable, qui s'y était déchaussé
et pantouflé après une promenade.

— Mais, bon Dieu de loup-garou, fous donc tes affaires
en place! s'écria Désiré. Un de ces quatre matins, on trou-
vera ton tricot dans la huche au pain et tes bas sales dans
l'assiette au beure. C'est embêtant, à la fin!

Et, lancé, il ne s'arrêta plus. Ce fut une complète mercu-
riale. Tout ce qu'il avait sur le cœur y passa.

— C'est comme, reprit-il, tes fumerons de cigare dans le
salon. Cré matin de sort! Tu peux bien te grouiller pour
aller les jeter au feu, ou par la fenêtre. Est-ce que tu
t'imagines que c'est propre, de semer ça partout? Dans le
salon, que la mère soignait comme ses petits boyaux! Il
est joli, à c't'heure. Ça y pue le tabac éteint. On dirait un
estaminet. Ah! elle en ferait une vie, la mère, si elle
voyait ça! Hein, Marceline, crois-tu?

Marceline essaya d'intervenir en faveur d'Amable, qui
se taisait, tout penaud.

— Dame! fit-elle, la chère défunte ne serait pas contente, bé sûr. Mais l'cadet n'a jamais beaucoup tenu d'elle,
tu sais. Il ressemble plutôt nô maître, qu'était tant
désordre et brouille-tout, soit dit sans offense à sa pauv'
mémoire.

— Eh! fin Dieu de bois, répliqua Désiré, le père avait
ses défauts, possible! Mais il était exact, lui! L'heure militaire, il ne connaissait que ça. Et celui-ci est toujours en
retard!

Sa colère repartait à cette nouvelle récrimination.

— Oui, oui, disait-il, encore une chose que je ne digère
pas, ta sacrée flemme pour arriver à table! Il faut que je
t'attende, moi, et que ma pitance refroidisse. Et pourquoi,
je te le demande, pourquoi? Qu'est-ce que tu foutimasses
pour être en retard, dis, lantipon? Ce n'est pourtant pas

difficile de venir à l'heure, quand on ne fait œuvre de ses
dix doigts!

Puis, regrettant sa violence, il s'était radouci, devant la
mine vexée d'Amable.

— Non, mais là, vraiment, cadet, avait-il ajouté, est-ce
gentil de me contrarier comme ça? J'ai peut-être tort de
m'emporter pour des menuiseries, d'accord! Tout de même
tu peux bien me contenter là-dessus, voyons! Ce n'est pas
un grand sacrifice que je te demande.

En quoi il se trompait fort. Se refaire, à trente-cinq ans
passés, n'est pas chose facile. On n'abandonne pas sans
effort, et sans un effort pénible, des habitudes longues et
chères, même les trouvant mauvaises; à plus forte raison
quand on ne les juge point telles. Or, rien ne démontrait
à Amable que son désordre et son inexactitude fussent des
défauts. Il était bien plutôt enclin à y voir de véritables
qualités, résultantes et caractéristiques de sa nature d'artiste. Y renoncer, s'en corriger, lui semblait une sorte
d'abdication devant les méprisables vertus bourgeoises de
son frère.

A cette abdication, pourtant, il se résigna, pour éviter
le retour de pareilles scènes, dont la rudesse autoritaire
l'humiliait, dont même la finale gronderie le ravalait au
rôle d'un gamin mal élevé. Mais il ne se résigna qu'avec
aigreur et chagrin. Certes, c'était un grand sacrifice qu'on
lui demandait, qu'on lui imposait en réalité. Et pour le
consommer, il devait durement se contraindre. Il le fit en
s'estimant opprimé, furieux de cette oppression, et doublement furieux de sa faiblesse à ployer sous cette inso-
lente tyrannie.

L'économie de Désiré lui infligea d'autres sacrifices encore.

Il ne faudrait pas s'imaginer, en effet, d'après les gen-
tillesses et les cadeaux du meunier, qu'il déliât aisément
les cordons de sa bourse. Il les tenait, au contraire, fort
serrés. A bonne intention, d'ailleurs; car ainsi seulement
il pouvait parer aux nécessités de la situation présente,
mettre *de l'argent de côté* pour payer ses échéances, et de

surcroît nourrir son frère et même lui procurer deci, delà
quelque agréable et coûteuse surprise. Mais, s'il trouvait à
de semblables prodigalités un rare et très pur plaisir de
papa-gâteau, c'était par dérogation à ses goûts ordinaires
et comme par une sorte de débauche de tendresse. Dans le
train-train de la vie journalière, il était compteur, dur à
la détente, plutôt avaricieux.

Son excuse, c'est qu'il n'agissait pas ainsi par égoïsme,
comme le prouvait sa grande générosité, ni non plus par
amour des écus pour les écus. Il amassait, d'abord en sage,
ménager, de l'école de sa mère; puis en adorateur du
domaine familial, qu'il avait sauvé d'une demi-ruine, qu'il
voulait conserver intact et faire prospérer. Le gérer, ainsi
que dit la loi, en *bon père de famille*, ce lui était un devoir
de culte envers ses parents de qui il l'avait reçu. Il n'en est
pas moins vrai que cette espèce de religion, en soi très honorable, se traduisait par des pratiques souvent mesquines,
une étroite préoccupation du prix des choses, un malgra-
cieux échenillage de la dépense quotidienne, des inquisi-
tions de fouille-au-pot, des réflexions de grippe-sou.

— Comme tu y vas, Marceline! Encore un poulet ce
matin! On en a déjà mangé un il y a trois jours. M'est avis
que tu aurais bien pu attendre dimanche pour nous régaler
ler de celui-ci. Trois oiseaux comme ça, tu sais, la vieille,
au marché d'Hirson ça rapporte cinq francs.

Et (si par hasard on buvait du vin) le rebouchage de la
bouteille entamée :

— Il nous en restera un autre petit verre pour ce soir.
Faut faire durer son plaisir.

Et les pièces de cidre qui avaient noirci, qu'on vidait
quand même jusqu'à la fin, *pour ne rien laisser perdre !*
Et les plus beaux fruits du verger, soigneusement portés
à Hirson pour être vendus, tandis qu'à la maison on se
contentait des plus communs, Désiré manifestant même
comme une singulière passion pour les gâtés, jusqu'à dire
parfois :

— Va donc, va donc, il ne sent pas le moisi. Il sent bon
le demi-liard que je gagne en le mangeant.

Rien, à l'esprit gaspilleur d'Amable, de plus odieux que cette stricte parcimonie, toujours en éveil, ce marchandage sur tout. Rien qui pût choquer davantage ses anciens goûts de vivre sans compter, à la diable, en après-moi-le-déluge. Heureux encore quand de telles observations ne l'atteignaient qu'indirectement! Bien souvent elles tombaient sur lui, à pic.

— Comment! tu sors avec tes bottes neuves, par un temps pareil! Mais de mettre tes vieilles, ce serait déjà un meurtre. Fiche-moi donc des sabots! C'est bien assez bon pour aller patauger dans la boue.

Ou bien, lorsqu'il jetait, à moitié consumé, un mauvais cigare de contrebande, fleurant la feuille de chou :

— Mâtin! tu fumes en grand seigneur, toi! Tu laisses des bouts, de quoi remplir une pipe d'honnête homme. On n'en a que deux pour un sou, de ces cigares-là. Ah! cadet, tu ne seras donc jamais qu'un panier percé?

Et Amable devait, comme à l'ordre et à l'exactitude, se forcer à l'économie, tout au moins en faire le semblant, ce qui lui devenait une torture pire encore, le réduisant à des attentions hypocrites dont il avait honte. Le sentiment de sa pauvreté s'y avivait incessamment, et le poids de sa servitude s'en aggravait.

Désiré, qui ne s'apercevait même pas des grosses brutalités de sa bienfaisance, se doutait moins encore des petites oppressions de son autorité. Une révolte d'Amable, pour si peu de chose, l'eût stupéfait. La soumission, quoique mal gracieuse, le satisfit pleinement. D'ailleurs, à part ces *menuiseries*, comme il disait, ne laissait-il pas à son frère entière liberté d'aller, de venir, de muser au dehors à sa guise, de tenir sa chambre désordonnée si cela lui agréait ainsi, et, finalement, de ne rien faire, ce qui était pour Désiré le comble de l'indépendance?

De tant de plaisirs permis, Désiré trouvait son frère heureux, et ne se privait pas de le lui dire, heureux lui-même de le constater à tout bout de champ.

— Eh ben! cadet, tu n'es pas à plaindre ici, hein? M'est avis que te v'là un vrai coq en pâte.

Et lé cadet, réellement, en avait tout l'air, sans pouvoir répondre non. Mais le coq en pâte, quand il était seul, redressait sa crête rouge de colère, et dans l'ombre ébouriffait ses plumes en aiguisant ses ergots.

VI

— Que voilà donc une belle chose, mes chers enfants, de donner aussi pleinement l'exemple de la concorde! N'est-ce pas, maître Leherpeur, n'est-ce pas qu'on se sent meilleur à fréquenter de si braves gens, et qu'on est fier de leur amitié?

C'est l'abbé Pauquet, le curé d'Herme-les-leups, qui si fort s'exaltait, après quelque bon dîner au Moulin-Joli. Dans cette exaltation, sans doute le plantureux repas était pour quelque chose; mais pour plus encore, certainement, la réelle affection que le curé portait à ses hôtes, et l'admiration sincère qu'il éprouvait de leur conduite.

Lui-même était un excellent homme, faisant le bien et le voyant volontiers en tout. Non pas sot, au reste; tant s'en faut. Bavard toutefois, et même enclin, par profession et aussi par goût, à l'expansion oratoire. Au demeurant, d'esprit délié, d'intelligence ouverte comme son cœur, ouverte jusqu'à la tolérance. Peut-être ce manque de raideur l'avait-il seul empêché de se pousser plus avant dans une carrière où un brillant avenir semblait promis à ses succès de séminariste. Mais, dénués d'ambition, ses vœux s'étaient bornés, sans la moindre peine, et plutôt avec plaisir, au simple presbytère d'Herme-les-leups, à ce coin du joli pays de Thiérache qu'il chérissait en vrai Thiérachois, où il était né, où il voulait mourir. Mourir le plus tard possible, d'ailleurs! Il s'y trouvait si heureux, estimé pour ses vertus de bon prêtre, aimé pour sa joyeuse humeur de bon vivant!

Au physique, un visage tout rond, tout gai, rouge sous
une floconneuse couronne de cheveux blancs; un regard
doux et fin; une bouche souriante et à la lippe légèrement
sensuelle; un petit corps replet, très alerte quand même,
à en être pétulant, malgré l'onction sacerdotale et l'approche
de la cinquantaine.

Aussi, en dépit de son indulgence habituelle, jugeait-il
un peu froid et sec le notaire, dont les allures ne péchaient
point par exubérance. Cette mine renfrognée, terreuse, de
guingois, lui semblait une protestation contre son propre
épanouissement.

Maître Leherpeur, toutefois, ne protestait point. Il se
contentait d'être étonné, sans comprendre. Le désintéressement de Désiré et la reconnaissance d'Amable lui étaient
d'impénétrables mystères. Car, trompé aux apparences,
comme le curé, il croyait à la reconnaissance d'Amable,
tout en s'expliquant mal qu'elle ne fût pas plus basse, plus
humble, de parasite, de chien couchant. Il en arrivait à se
dire que peut-être, en effet, il y avait au monde de purs
braves gens, aux sentiments absolument nobles, et que les
Randoin étaient de ceux-là. Il les considérait comme des
phénomènes, et se résignait donc à les admirer. Mais il en
éprouvait une gêne, le trouble d'un vieux finaud dont toute
l'expérience était démentie par le spectacle de cette monstrueuse honnêteté. Et de là probablement lui venait, dans
sa mine renfrognée, terreuse, de guingois, ce groin de taupe
vilebrequinant à de vaines fouilles, ce haut de sourcil
gauche tordu en perpétuel point d'interrogation.

Tout de même, bon gré mal gré, il devait bien se rendre
à l'évidence, faire chorus à l'exaltation du curé, et, chaque
fois qu'il avait dîné au Moulin-Joli, rapporter dans le pays
les louanges incontestables des frères Randoin.

A l'exception de ces deux seuls hôtes, presque personne
ne pénétrait au moulin. De loin en loin, un commission-
naire en farine, un acheteur de bestiaux, un courtier en
bois, ou quelque coquassière poussant une pointe jusque-
là. On vivait fort reclus, entre le garçon *mounier*, le *va-
trop* de ferme et la vieille Marceline pour tout domestique.

Avec le village, point ou à peine de relations. Les paysans se rendaient au marché d'Hirson par le fond de la vallée. La fumée de leurs toits, c'est tout ce qu'on voyait d'eux. Et encore, l'hiver seulement. Dès le printemps, les feuilles poussées, Herme-les-leups disparaissait pour le Moulin-Joli que barricadait son bouquet d'arbres.

Donc, dans le pays, pas de nouvelles des messieurs Randoin, abrités derrière leur citadelle de verdure ! Pas de nouvelles, sinon celles données, et combien excellentes, et avec quelle autorité, par le bon curé et le madré notaire ! Aussi n'y avait-il qu'une voix à Herme-les-leups pour répéter, chacun imageant la chose à sa façon :

— Ah ! ces messieurs Randoin, en voilà des frères qui s'aiment !

— On peut le dire. C'est uni, ma fi, comme le pouce et l'ongle.

— De bé braves gens, amon, et qui font honneur au terroir, ainsi que parle monsieur le curé.

— Des cœurs en vrai cœur de cœur, quoi !

— Les messieurs du Moulin-Joli, que vous dites ! Ils tiennent l'un à l'autre, voyez-vous, ni plus ni moins que le cul à la chemise.

Et l'amitié mutuelle des Randoin était devenue proverbiale.

Comment, en effet, les gens du pays, comment les hôtes de passage, comment l'optimiste curé et même ce fûté de notaire, eussent-ils pu se douter des sourdes brèches qui minaient de plus en plus cette apparente concorde fraternelle? Désiré en personne, malgré la facilité d'observation offerte par l'existence commune, ne les soupçonnait pas, ces brèches.

A vrai dire, outre qu'il était de courte vue en matière d'analyse sentimentale, il avait si peu de loisirs pour s'y exercer ! Ses besognes n'absorbaient-elles pas le plus clair de sa pensée et de son temps? En rachetant les biens hypothéqués d'Amable, il avait souscrit lui-même de durs engagements qu'il lui fallait désormais tenir, grâce à un redoublement de travail. A ses tâches de cultivateur et de

4

meunier, il avait dû adjoindre celles d'éleveur et de marchand de bois, aménageant de vieilles pâtures naturelles
en prés d'embouche pour l'engraissage de bestiaux, et
mettant en coupe réglée des morceaux de forêt dont le rapport jusqu'alors vague pouvait s'augmenter par une exploitation assidue.

Il avait espéré d'abord qu'Amable l'aiderait à ces soins
nouveaux. Puis, l'y voyant sans goût et plus qu'indolent,
il s'était chargé de ce surcroît de labeurs. Avec joie, au
reste, car il se plaisait à l'ouvrage, et avait hérité de sa
mère le besoin de tout surveiller et faire par lui-même.
N'empêche qu'ainsi occupé, il n'avait guère la tête à chercher les causes, ni à deviner les effets, du lamentable état
d'âme où se trouvait son frère.

A vrai dire aussi, cet état d'âme avait des causes bien
raffinées, on l'a vu ; et d'autre part les effets ne s'en mani-
festaient point au dehors. C'est dans le for intérieur
d'Amable qu'ils aboutissaient, là seulement, par lentes
infiltrations de rancune, au cours de tortueux méandres de
raisonnement, en souterrains effritements de conscience,
dont il gardait le secret, dont lui-même peut-être il n'avait
pas la perception nette, et dont le mystère n'est guère élu-
cidable qu'à la pénétrante et perverse lumière de la casuistique.

Le diable, affirme-t-elle, est le meilleur des logiciens.
Diable ou non, il était maître en dialectique, celui qui
englua de ses sophismes le cœur d'Amable ; et il eût fallu
presque une vertu d'ange pour n'y pas laisser ses plumes.

Le plus grand malheur, en effet, et *peut-être le seul tort
essentiel* des obscures souffrances d'Amable, fut précisément de rester obscures ; or leur silence eut pour raison
première, et louable, le sentiment même de leur injustice.
Raison vite oubliée, sans doute. Il n'en est pas moins
vrai que grâce à elle fut prise par Amable l'initiale résolution de se taire. L'amour-propre ne vint qu'en seconde
ligne, et à sa suite l'orgueil, pour transformer cette résolution en habitude, puis en attitude.

Bientôt Amable se complut à cette dissimulation de son

supplice. Ruminer sa bile solitairement, sans être plaint, lui fut doux, parce qu'à laisser voir sa misère morale il eût pensé souffrir davantage, en offrant cette pâture encore à la pitié de Désiré. Au contraire, la situation de victime, et de victime méconnue, comportait contre la générosité blessante du bienfaiteur une sorte de revanche. En se taisant, Amable se donnait l'illusion de payer son écot à l'hospitalité acceptée, et de payer secrètement, ce qui lui semblait plus hautain, plus grand seigneur, d'un mépris non sans élégance. Les menus, mais si cruels sacrifices de soumission, auxquels il s'astreignait à écorche-cœur, voilà quelle était sa monnaie. Rémunération suffisante, bien sûr, à la subsistance sans plus, sans égards surtout, qu'on lui fournissait au prix de tant d'humiliantes et muettes tortures !

Chaque fois qu'il recevait une nouvelle marque d'affection, enveloppée dans une nouvelle maladresse par lui qualifiée d'outrage, l'outrage subi ne le rendait-il pas quitte envers l'affection témoignée ? Quitte, et même un peu plus. Oui, certes, un peu plus. Car telle fut la suggestion suprême de son étrange logique. Et c'est de fort bonne foi qu'il en tira les rigoureuses conclusions, sans que l'aveuglement du paralogisme lui permît de les juger abominables. Elles ne tendaient à rien moins pourtant qu'à l'affranchir, non seulement de la reconnaissance, mais encore de toute amitié envers son frère.

Le moment vint, en effet, où les rôles entre eux deux, par un insensible et inconscient renversement d'optique, lui apparurent tout à fait transposés. En toute loyauté, croyait-il, il établit à son avantage la balance de ce singulier doit et avoir, estima qu'il n'en était pas le bon marchand puisqu'on lui faisait payer les choses plus cher qu'elles ne valaient, s'indigna de constater qu'on le dupait ainsi, et en fin de compte décida qu'au lieu de se confesser humblement débiteur, il avait le droit de s'ériger fièrement en créancier, et, qui pis est, en créancier volé. Le pas décisif était fait ; le dernier corollaire diabolique était atteint.

De ce jour, son ingratitude, déjà peu accessible aux remords, s'endurcit dans le sentiment raisonné d'être parfaitement équitable. Sa vague antipathie, honteuse au début et presque inavouée, prenait corps bravement et pouvait se formuler en précises revendications. Dans la cave aux champignons vénéneux, dans la sombre cave sans soupirail, derrière la porte condamnée que Désiré n'avait pas su ouvrir, les monstrueux cryptogames allaient épanouir à l'aise leurs végétations toujours croissantes de noire envie. La rancune, aux fissures de la muraille, y distillait ses larmes de fiel, et sous de silencieuses ténèbres y grossissait le cloaque souterrain où s'extravase goutte à goutte et s'amasse et croupit la haine.

VII.

Cependant, les mois s'écoulèrent, puis les années; et dans ce lieu dont il se faisait un enfer, Amable demeura quand même.

Hélas! par une lâcheté bien naturelle, mais dont la conscience néanmoins lui fut une surcharge de supplice. Après les vaines agitations de sa jeunesse, il éprouvait cet irrésistible besoin de repos matériel qui, au tournant de la quarantaine, coupe le souffle et casse les jambes à l'homme trompé par ses espérances. Seuls, les coureurs en pleine carrière, et qui se sentent près de toucher le but, ont à ce moment un redoublement d'énergie, et poussent plus avant, dans le dernier coup de collier de leur ambition. Mais les vaincus de la vie à ce tournant s'arrêtent, voyant le but inaccessible à leurs efforts; et, hors d'haleine, l'élan perdu, ne songent plus qu'à transformer cette halte d'étape en garnison définitive.

C'est l'âge de l'*esprit pratique*, des horizons bornés, des mariages de convenance, des appétits bourgeois. Les artistes eux-mêmes cèdent parfois à l'aveulissement de cette époque critique. Les faux artistes toujours. C'était proprement le cas d'Amable, incapable de se rejeter à la poursuite de ses chimères, à l'aventure cette fois. Et quelle aventure! Cette bohème dont pendant un an il avait connu les amers déboires, les jours sans pain, les nuits sans lit. Oh! non, tout plutôt que de recommencer ce pèlerinage de misère! Mieux valait encore la servitude au Moulin-Joli, avec le cou pelé comme le chien de la fable, mais, comme lui, avec la pâtée et la niche.

4.

Puis, pour tout dire, l'enfer d'Amable n'était qu'en lui,
et quelque peu imaginaire, et souvent il l'oubliait aux
réelles jouissances de ce paradis qui ne conseillait que le
bonheur de vivre.

Même à la maison, on avait de doux moments. Les gaucheries de Désiré n'empêchaient pas sa bienfaisance d'être
généreuse, voire prévenante ; et quoique la façon en restât
fâcheuse, les effets n'en perdaient pas toute saveur.
Malgré ses ronchonnades de parcimonie, grâce aux gâteries
culinaires de Marceline, la chère était bonne. Malgré ses
manies d'ordre et d'exactitude, la laisse de la discipline
intérieure se relâchait assez pour qu'on pût ne pas toujours se sentir à l'attache. Enfin, malgré tout, et à supposer que le Moulin-Joli fût une prison, la porte en était
ouverte ; et, une fois le seuil passé, le charme du pays natal
n'offrait-il pas ses consolantes délices, baume aux plus
cuisantes blessures, clef des champs aux plus noires ran-
cœurs ?

C'était la grande joie d'Amable, et sa meilleure raison
de demeurer, que ce charme ; et il s'y abandonnait avec
passion. En tous sens et par toutes les saisons il arpentait
le pays, sans pouvoir en rassasier ni ses yeux ni son
amour.

Tantôt il allait simplement pour aller, en promeneur,
au hasard de la flânerie. Tantôt il battait le terroir à
chasser, le fusil sous le bras, accompagné de ses deux
chiens, Tambour et Ronflaud ; ou bien en faisait le tour au
trot de la bidette. Mais que ce fût à pied ou à cheval, la
canne à la main ou le carnier au dos, par une matinée
fleurie d'avril, une estivale après-midi sentant les foins
coupés, une mélancolique soirée d'automne, ou même
une aigre et picotante bise de décembre, toujours il trouvait adorable cette jolie Thiérache, et toujours éprouvait à
l'aimer une suavité nouvelle.

Une part de son plaisir tenait sans doute à la satisfaction
des goûts paternels reparus en lui, goûts de chasseur, de
chevaucheur. Mais combien plus vif encore et plus spécial
le ravissement dont il s'exaltait comme artiste ! Car,

impuissant à traduire la beauté des choses en une œuvre
de poète ou de peintre, il n'y était pas moins très sensible
et singulièrement vibrant, sans faux enthousiasme, en
toute sincérité d'émotion. Il savait même analyser son
émotion, en savourer les nuances, et pourtant ne rien
perdre du mouvement large et spontané qui ouvrait son
âme aux enchantements poétiques et pittoresques de cette
belle nature. Il en jouissait ainsi d'une façon rare, en
dégustait les plus délicates séductions, toute la grâce si
originale, si finement exquise, et avec l'intime orgueil
d'être le seul à le comprendre.

Qui donc, en effet, parmi ce tas de rustres, était capable
d'apprécier comme lui, de soupçonner même, ce charme
dont il s'enivrait, lui, si pleinement? Quel autre que lui
pour s'extasier devant cette fraîcheur vaporeuse, la grise
harmonie des tons, le flou onduleux des lignes, la caresse
des brises aux ailes toujours trempées dans quelque
source, la verte odeur des luzernes, le froufrou soyeux
des oseraies, l'enlisante mollesse des tapis herbus, la fugitive musique des eaux courantes, si vague, si câline, aux
chansons lointaines et mouillées?

Un coin de ce paradis lui était particulièrement cher,
et paradisiaque entre tous : la petite forêt de Toraval,
située à la naissance même de la vallée, où la rivière prenait sa source. Il avait obtenu de son frère qu'on ne mît
pas en coupe réglée ce reste de l'antique domaine seigneu-
rial, dont les grands arbres séculaires abritaient les ruines
du castel, berceau de la famille.

Leur mère l'avait rapportée en dot, cette forêt vendue
aux Bragnaux par les derniers Randoin émigrés. Leur
père (comme aujourd'hui Amable) s'y plaisait jadis et en
faisait son lieu de prédilection. Quelques chambres, encore
closes et couvertes parmi les autres bâtiments effondrés,
lui servaient alors de *rendez-vous de chasse*, comme il
disait, bien qu'à ces rendez-vous il n'eût jamais convié
personne que lui-même. Et il avait toujours, malgré l'ava-
rice de sa femme, tenu à conserver cette futaie intacte,
sans l'exploiter.

— Laisse ma forêt tranquille, répétait-il souvent. Je l'aime comme ça, toute sauvage. C'est fameux pour le renard. Et, du reste, la trompe y sonne mieux que partout ailleurs. Et puis enfin, c'est le cadre qu'il faut aux débris de notre vieille gentilhommière.

En souvenir du père et par condescendance pour Amable, Désiré avait consenti à respecter encore, lui aussi, l'ancestrale forêt. Non toutefois sans rognonner un peu. N'était-ce pas folie de *laisser à ne rien faire* du bon bois qui pouvait rendre une quarantaine d'écus par an ? Quelle idée, de trouver beau ce fouillis de brondes, vraid nid à loups-garous ! Mais cependant il avait cédé.

Ce nid à loups-garous, Amable, en effet, le trouvait beau, et avec raison. Ce fouillis des brondes, ces fourrés pullulant de plantes grimpantes, sous la ténébreuse horreur des chênes, faisaient de la forêt, quoique peu étendue, une véritable forêt vierge. On s'y fût fort bien égaré, à vouloir s'enfoncer en pleine végétation. A peine se croyait-on sûr d'arriver en suivant l'ancien chemin carrossable, serpenteux à cause de la pente, tout creux et en forme de ravine, lui-même obstrué de ronces, d'éboulis, de grosses racines qui vous barraient le passage avec leurs coudes.

Il s'achevait en sente élargie sur une clairière, ancien jardin français aujourd'hui encombré d'herbes folles, de rosiers redevenus églantiers, de buis poussés à hauteur d'arbustes. Là se dressaient les ruines, dans un cul-de-sac rocheux d'où suintait la source de la rivière, un moment arrêtée au bassin d'une vasque, puis dévalant en cascatelles, par d'abruptes rigoles.

Comme son père, Amable chérissait la sauvagerie de ce lieu. Qu'elle fût fameuse pour le renard et propice aux sonneries de trompe, ce n'est pourtant pas de quoi il avait cure. Mais il en prisait l'aspect *romantique*, en accord avec ses meilleurs souvenirs de lecture, la solitude favorable à ses rêveries, la désolation agréable à ses tristesses. Si un tel cadre convenait aux ruines de leur vieille gentilhommière, il n'était pas moins approprié à ses espérances déçues, à son délabrement moral, ces ruines aussi.

Puis, de là-haut, Amable prenait en quelque sorte possession de toute la contrée : les impressions de détail, qu'il en avait reçues au cours de ses promenades, semblaient s'y concentrer dans une sensation unique, d'une vigoureuse synthèse. Il tenait sous un seul regard la vallée entière, avec ses bouquets de bois pareils à des archipels de verdure, avec ses prés où vagabondait la rivière capricieuse, ses flaches dormantes devinées à la buée bleuâtre qui dansait aux pointes de l'osier, ses étangs plus découverts, miroitant sous leur légère brume comme des glaces ternies par un souffle, son flottant dôme de nuages aux falbalas de tulle, à travers lesquels l'azur du ciel et l'or du soleil se tamisaient, lavés et adoucis de laiteuses teintes opalines.

Et non seulement toutes les formes et toutes les couleurs de la vallée se fondaient ainsi en une seule vision, mais encore toutes ses voix et tous ses parfums venaient se réunir là. Tels (disait Amable lui-même, non sans poésie) tels les mille bruits de la mer au fond d'une conque, ou les tourbillons de fumée des encensoirs à la coupole d'une chapelle. On y humait à plein cœur, et d'un trait, en élixir, toute l'âme du pays adoré.

L'enivrement, parfois, était si fort, qu'Amable en éprouvait une façon de délire, non pas artistique et d'imagination, mais réel, d'un trouble physique, le cerveau brouillé, la chair pénétrée jusqu'aux moelles par les mystérieuses et profondes énergies de la terre natale.

Cela, plus encore que ses enthousiasmes picturaux ou littéraires, l'exaltait délicieusement, sans qu'il pût analyser comment et par où cette exaltation le prenait aux fibres. Mais avec quelle puissance il en sentait les effets, abîmé dans la confuse et enveloppante douceur de cet amour ! Quelle émotion, par moments, le secouait, soudaine, poignante, intense, à contempler, à respirer cette terre ! Surtout à la tenir sous ses mains, couché la poitrine contre elle !

Il y percevait alors la palpitation des atomes, y entendait le sourd travail des sèves, comme la circulation du sang dans un corps. Car elle avait un corps, des frissons à fleur de peau, une odeur à elle. Car elle vivait, en vérité, cette terre, d'où émanaient ses aïeux, d'où lui-même avait jailli dans leur semence formée d'elle, dont si longtemps il avait mangé les sucs et bu les effluves. Cette terre n'était point une matière inerte ; c'était sa nourrice, sa mère, sa grand' mère, et aussi, par un étrange miracle, sa maîtresse. Et elle le choyait, le caressait, le reconquérait aujourd'hui, lui disait tout bas d'obscures paroles vaguement articulées, mais soufflées d'une haleine embaumée, tiède et grisante, et parmi des attouchements à la fois augustes et voluptueux. Et de tout cela s'exhalait un cantique d'appel et de passion, si tendre, si alliciant, si impérieux, qui semblait venir de loin, des entrailles mêmes de la terre, ou plutôt du fond de son cœur, et qui répétait obstinément :

— Tu es à moi et je suis à toi. Reste, reste. Ne t'en va plus. Embrassons-nous. Enlaçons-nous. Prends racine en moi.

Et Amable, comme un amant repentant au cou d'une maîtresse trahie, comme un enfant perdu au giron de sa mère retrouvée, se jetait la face contre terre, cette terre natale dont il était le fils et l'époux, et avec des larmes silencieuses il la baisait en sanglotant.

VIII

Ces effusions violentes ne semblent guère en harmonie, au premier abord, avec les habitudes dissimulées d'Amable, qui si soigneusement cachait tous ses sentiments, même les bons, comme des maladies honteuses. Mais la contradiction n'est qu'apparente. Sa rigoureuse retenue exigeait, au contraire, la réaction de pareils accès. Ce hors-de-soi servait de détente nécessaire et faisait soupape de sûreté à son ordinaire hypocrisie. Les gens les mieux clos et les plus secrets ont ainsi besoin d'échappées intermittentes, pour donner de l'air à leur moi, qui sans cela puerait trop le renfermé. Heureux encore et d'une volonté solidement trempée, quand ils se contentent de ce confident muet qu'est la nature! Amable n'en avait point d'autre, et avec d'autant plus d'abandon il se livrait à celui-là devant sa bidette et ses deux chiens pour tous témoins, dans la sécurité d'une solitude absolue.

Mais le proverbe oriental a raison de dire que le musc et l'amour ne se peuvent recéler longtemps. Or la passion d'Amable pour la terre était un véritable amour, qui ainsi ne devait pas manquer de se trahir.

Quelqu'un, en effet, le subodora. Et non seulement l'amour d'Amable fut éventé, mais aussi sa haine contre son frère. C'est même la découverte de cet amour qui mit un subtil chasseur sur la piste de cette haine.

Du diable, par exemple, si dans ce chasseur-là on pouvait soupçonner un tel flair psychologique! Ni Amable, ni personne, certes. Car le subtil chasseur n'était qu'une

espèce de vieux drôle, dont toutes les facultés semblaient
devoir se tendre, sans autre souci, à mener tant bien que
mal sa végétative existence de pauvre traîne-cul-les-
housettes.

Il avait nom Jean-Marie Margat ; mais à peine s'en sou-
venait-il lui-même, depuis le temps qu'il vivait sous les
sobriquets variés dont le baptisait la gausserie paysanne.
Elle s'en était donnée sur lui à cœur joie, et il en comptait
ainsi une ribambelle, presque autant que d'infirmités phy-
siques et morales, ce qui n'est pas peu dire.

On l'appelait Courtegambe à cause de sa patte cassée ;
Lagibbe à cause de son échine torse ; le père Vitelotte
pour son nez en pomme de terre, violacé par l'alcool ; Bête-
à-pouilles pour ses larcins de volailles errantes ; Foire
d'empoigne pour toutes les autres menues rapines dont il
subsistait ; et aussi Reginglin, Pépiard, Sangsue à pot, en
témoignage de son ivrognerie ; et Bâton-Merdeux en raison
de son humeur hargneuse ; et Laquédem, Jean des Bises,
le Houppard, quand les commères en faisaient pour la
marmaille un croque-mitaine, grâce à sa barbe en broussailles, à sa voix rauque et sifflante, à son aspect farouche.
Et de bien des façons encore on le désignait, dont le
dénombrement serait trop long. De tant d'étiquettes, au
reste, deux surtout lui demeuraient plus obstinément
accolées : celle de Borgnot et celle de Paille-à-poux. Et de
fait, ce qui frappait tout d'abord dans son étrange physionomie, c'était l'éclair de son œil unique sous la gerbe sale
et hirsute de ses cheveux roux.

Bien qu'il servît ainsi de plastron aux loustics de caba-
rets et d'épouvantail aux petits enfants, et quoique en mauvaise odeur de sainteté auprès des ménagères qui se
méfiaient de ses mains agrippeuses, il n'avait quand même
pas la vie trop dure. On lui donnait volontiers, surtout à
boire, jusqu'à le soûler aux jours de fête. N'avait-il pas été
dans son temps le plus fin contrebandier du pays ? C'est un
titre, cela, en Thiérache, comme dans toutes les contrées
frontières. Ah ! il en avait fait voir de grises aux gabelous,
ce loup-garou-là !

Les gabelous, par contre, lui avaient durement rendu la monnaie de sa pièce. C'est eux, les cochons, qui lui avaient d'une balle fracturé la jambe. C'est deux de leurs dogues qui, en le houspillant, l'avaient fait rouler dans une ravine où il s'était rompu les reins. Et aux habillés de vert il devait encore ses trois condamnations, en tout septante-sept mois de prison et la menace des galères en cas de récidive.

N'empêche qu'avant d'être acculé à ce point-là, quand il se tenait d'aplomb sur ses quilles et sans bosse dans le dos, il leur en avait passé à la barbe, des pacotilles de dentelles et des ballots de tabac ; même en leur brûlant non seulement la politesse, mais aussi sa poudre, à deux pouces du nez ! Car il était de l'époque où l'on faisait la contrebande à coups de fusil. Et s'il avait voulu tout dire !... Mais motus ! Il y a de bonnes histoires dont il vaut mieux ne pas se vanter. Par exemple, le douanier qui lui avait crevé l'œil ! Eh bien ! celui-là, pour sûr, ne viendrait jamais plus lui regarder dans l'autre. Seulement, encore une fois, chut ! En v'là assez là-dessus. Ni vu ni connu je t'embrouille. Parlons d'autre chose, et buvons un coup à la santé des fieux d'autrefois, qui avaient du poil, nom d'un sort, où les poules ont l'œuf !

Du poil, le Borgnot en avait partout à présent, témoin sa hure toute en barbe et en tignasse ; mais c'est encore dans la main qu'il en avait le plus. Travailler pour un gagne-pain régulier, lui était odieux. Son existence d'aventures, brusquement interrompue à cinquante ans, l'avait dégoûté de tout métier tranquille. Devenir garçon de ferme, va-trop, pile-la-terre, après avoir été le roi des *conquerbanguieux*, fi donc ! Combien plus douce une vie vagabonde, indépendante, sustentée par les aumônes, le braconnage, au besoin quelques vols ! D'autant qu'on ne l'inquiétait point, voire sur ce dernier chapitre, en souvenir de ses exploits passés.

Puis il rendait de petits services, source de petits profits. Il prévenait les fraudeurs actuels des marches et contre-marches de la douane, étant toujours, par vieille habitude, à l'affût de ses anciens ennemis. Il dressait des furets et fabriquait des collets en osier vert, pour les chasseurs qui voulaient prendre du lapin sans dépenser de poudre ni de plomb. Il s'entendait comme pas un à pêcher les écrevisses à la balance et au buisson d'épines. Personne ne savait aussi bien que lui tendre des gluaux, et y attirer les merles et les grives en houppant à l'instar de la chouette. Toutes besognes de musard et de bat-la-flemme. Tant il y a qu'à fourbancer de la sorte, à la va comme je te pousse, il allait son bonhomme de chemin depuis tantôt une dizaine d'années, au jour le jour, et ce jour parfois se passant sans manger, mais jamais le dimanche sans boire ; car, ainsi qu'il le disait, y a un bon Dieu, nom de Dieu, pour les faignants.

Amable et le Borgnot, courant également le terroir, étaient destinés à se rencontrer souvent. Mais, très longtemps, ils n'avaient eu entre eux que le trait d'union, brusque et furtif, de la charité faite par l'un, du merci rendu par l'autre. Toutefois, dès le premier échange de regards, et de plus en plus depuis lors, Amable s'était intéressé aux loques, à la mine bizarre, à l'originale allure de ce gueux. Il connaissait la légendaire histoire du contrebandier de jadis. Il trouvait le malandrin d'aujourd'hui pittoresque et truculent. Un beau jour, il entra en causerie. Des reparties, des réflexions, l'amusèrent. Il recommença, prit goût à ce bavardage qui de loin en loin rompait le monotone soliloque de ses rêveries.

L'autre, d'ailleurs, n'imposait jamais sa compagnie importunément, sentait quand il était de trop. Serviable, en outre, indiquant à Amable des remises de perdreaux, des gîtes de lièvre. Il s'était même une fois enhardi jusqu'à se proposer comme entremetteur galant, si tant est qu'on puisse appeler galantes les cinq ou six *denrées* (selon l'expression de là-bas) qui tenaient auberge d'amour à Hirson. Sevré de filles, Amable avait accepté l'offre.

De tout cela était finalement née une façon de camaraderie, tempérée par du respect chez le Borgnot, par une vague réserve chez Amable. L'un ne haussait jamais sa familiarité au questionnage, ni l'autre ne laissait descendre la sienne aux confidences.

Ce n'est pas que le Borgnot n'eût pas envie d'interroger ; mais il sentait qu'on ne tenait guère à lui répondre. Un ou deux coups de sonde, qu'il avait risqués, d'une main bien légère pourtant, s'étaient perdus dans des trous de silence, lui valant un péremptoire froncement de sourcils qui signifiait :

— A bas les pattes !

Il ne se l'était pas fait dire trois fois, avait adroitement rengainé sa curiosité, mais quand même demeurait curieux.

Si le malandrin, en effet, avait intéressé Amable, Amable n'avait pas moins intéressé le malandrin. Et d'abord, en colporteur et ramasseur de nouvelles, le Borgnot savait toute l'histoire des deux frères, la ruine du cadet, la générosité de l'aîné, et n'eût pas été fâché d'en avoir le fin mot. Puis, et cela surtout le piquait au jeu, il s'était pris d'une réelle affection pour *m'sieu Amable*.

Non pas tant pour le donneur de sous ; ni même pour le *bourgeois pas fier* qui lui parlait amicalement ; mais pour le promeneur errant, solitaire, musard et désœuvré comme lui-même. Dans sa jugeotte, il trouvait leurs deux sorts pareils. Du bon temps, des aventures, le pain blanc mangé le premier ; et ensuite la misère ! Car m'sieu Amable avait beau ne point *trucher*, en loques et la besace à l'épaule ; ce n'était, après tout, qu'un gueux, lui aussi ! Ni plus ni moins que Paille-à-poux, mieux seulement, il vivait de charité. Or (chose bizarre en apparence, mais bien explicable entre gens qui cheminent coude à coude et parfois pensent à l'unisson tout à la muette) Amable de son côté s'était fait souvent des réflexions semblables, presque dans des termes identiques ; et quoiqu'il n'en eût rien exprimé, avait ainsi emboîté le pas aux idées du Borgnot, qui s'en était aperçu.

En pauvre honteux, Amable avait redoublé de réserve devant cette pitié, qui le ravalait à son vrai rang, s'il l'acceptait. Le gueux, au contraire, ne demandait qu'à resserrer davantage les liens d'une telle sympathie, pour lui très douce et comme ennoblissante, et il n'attendait qu'une confiance pour la nouer en définitive fraternité.

Cette confiance se refusant, il l'avait désirée d'autant plus, et dès lors s'était mis en tête de tout faire afin de l'obtenir. C'était pour lui une façon de gibier à traquer, un lièvre qui cachait ses gîtes, un lapin dont les passées se perdaient sous l'épaisseur de brondes impénétrables. Mais, nom de Dieu! il n'y avait pas de lièvre qu'il ne débusquât, ni de lapin dont il ne sût suivre la trace jusqu'au terrier; et de celui-ci certes il viendrait à bout comme des autres!

Et à cette chasse nouvelle il s'était passionné, avec son entêtement, sa ruse, sa marche sans bruit de vieux braconnier patient et ingénieux. Il avait relevé dans la conversation d'Amable les demi-mots, les réticences, les silences même, comme les brins d'herbe foulés, les débris de menues branches, les empreintes de griffes, les espaces sans empreintes témoignant d'un bond, enfin les mille petits indices par où se trahit une piste. Longuement et minutieusement il avait ainsi *quété*, puis ruminé les inductions suggérées par ses découvertes. Le jour où il serait sûr de bien connaître les habitudes de la bête, il n'aurait plus qu'à tendre ses collets, et mettre le furet au trou.

Et voilà comment et pourquoi le Borgnot, sans y entendre autrement malice, s'était transformé en psychologue.

Toutefois, il faut l'avouer, il ne *quêtait* pas par métaphore seulement, et cherchait à ses inductions une pâture un peu plus substantielle que les très vagues documents ramassés dans la conversation d'Amable. Le sachant méfiant et renfermé en compagnie, il s'était mis bientôt à le guetter solitaire. Quand on ne se sent pas observé, croyait-il fort justement, on pense volontiers tout haut, sinon en paroles, au moins du visage et du geste, qui traduisent à leur manière ce qu'on ne dit pas. Or, à comprendre ce langage-là, le Borgnot était singulièrement subtil, avec l'éclair de son petit œil gris, habitué à voir de loin, et vite, et jadis à distinguer un douanier en civil rien que sur l'expression de sa mine.

De se poster à l'affût sans qu'on se doutât de sa présence, il n'était point gêné non plus, non pas même par le nez de Tambour et de Ronflaud, qu'il envoyait au diable pour des heures en les mettant sur quelque fumée de renard.

C'est ainsi que tranquillement il put en plusieurs occasions contempler Amable tout à plein, l'étudier, l'espionner, tant qu'enfin il le prit là-haut, dans la solitude de Teroval, en flagrant délit d'émotion franche, le cœur débordant de larmes significatives, l'âme ouverte comme s'il eût parlé.

— Eh bé ! pensa le Borgnot, on peut dire qu'il l'aime, la terre ! C'est quasiment de la rage, quoi ! Il me fait presque peur !...

Puis, après un moment de réflexion :

— Pourquoi donc peur? Bête que je suis ! Est-ce que je n'aimais pas la contrebande comme ça, moi? Sûr, sûr. C'est pour ça qu'il me plaît, m'sieu Amable. Nous nous ressemblons.

Sur cette idée de ressemblance, son imagination avait continué de travailler. Il détestait, lui, les gabelous, qui le *volaient* en l'empêchant de satisfaire sa passion. Ainsi m'sieu Amable devait prendre en horreur ceux qui possédaient l'objet de son amour. Non pas ceux: mais bien celui. Oui, son frère ! Certainement il le haïssait. Quoi ! son frère, si bon pour lui, si charitable !

— Qué que ça fait? Au contraire ! Je les porte-t-il donc dans mon cœur, moi, les pleins-de-soupe qui faraudent à me donner l'aumône ? Et si c'était un sale gabelou qui me bourre de son pain, j'y cracherais-t-il pas à la gueule, son pain ?

Ah ! le Borgnot n'avait plus besoin, à cette heure, de solliciter les confidences d'Amable. Les ténèbres de cette conscience, si compactes cependant, étaient percées à jour pour le petit œil gris du malandrin.

Amable ne tarda guère à s'en apercevoir. Un soir qu'ils passaient tous deux à travers une grande pâture, admirablement aménagée par les soins de Désiré, comme Amable s'extasiait sur la beauté du lieu, le Borgnot s'écria soudain :

— Oui, encore de la bonne terre qu'il vous a filoutée, le gredin ! Oui, filoutée, à vous, pauv' cadet !

Amable sursauta, tellement l'exclamation répondait juste à un vague sentiment d'envie qu'il éprouvait sans oser se l'avouer. C'en était la traduction brutale, formulée en pleine lumière. Il en fut stupéfait, et ne put se retenir de protester.

— Qui ça, un gredin ? Mon frère ? Es-tu fou, Borgnot ?

— Ni fou, ni saoul, m'sieu Amable, riposta l'autre. Je sais ce que je dis.

Et comme Amable se taisait, regrettant l'imprudence de sa réplique, qui donnait barre à une discussion, le Borgnot rentra de force dans cette discussion en ajoutant tout à trac :

— Oui, je sais ce que je dis, et je dis ce que vous pensez.

Amable essaya de rire, pour rompre les chiens.

— Oh ! ne riez pas, reprit le Borgnot. Il n'y a pas là de quoi rire. Je vous ai vu en pleurer quand vous êtes seul. Je vous ai vu embrasser la terre, comme si que vous faisiez l'amour avec elle.

Amable leva sa canne, dans un mouvement de menace furieuse.

— Cognez si le cœur vous en dit, continua le mendiant. Cognez, ça m'est égal. Ce n'est pas à moi que vous en voulez, m'sieu Amable. Ce n'est pas moi qui vous ai fait gueux. J'suis votre ami, moi, au contraire. Je vous comprends, allez ! Et même, à votre place !...

— Quoi ? Quoi ? Que veux-tu dire, vilain bougre ? Non, tais-toi. Va-t'en ! Fous-moi la paix.

Et Amable s'écarta brusquement, avec un frisson d'épouvante. Mais une instinctive attirance le força, au bout de quelques pas, à retourner la tête, et il vit, dans l'ombre crépusculaire, le Borgnot qui faisait le geste de mettre en joue, et il l'entendit souffler d'une voix basse et rauque :

— Je ne l'ai pas manqué, moi, mon gabelou.

IX

Cette brutale incitation au fratricide, jetée dans l'âme compliquée d'Amable, y mit en jeu des ressorts imprévus. Loin de servir d'aiguillon à ses mauvais sentiments, elle leur donna, au contraire, comme un coup de caveçon qui leur fit rebrousser chemin.

Tout d'abord, sa délicatesse nerveuse de civilisé se cabra devant l'idée même du crime, à l'image affreuse de l'acte violent, du sang versé. Il n'avait pas la nature sauvage qu'il faut pour entrer de plain-pied dans de tels rêves et pour s'y complaire. A cette répugnance toute physique s'en joignait d'ailleurs une autre, morale et non moins vive, à se laisser pousser vers l'abominable chose par un conseiller comme le Borgnot. Le crime prenait une figure plus hideuse dans la supposition d'une pareille complicité. C'est donc avec une véritable horreur que la pensée d'Amable s'en détourna.

Bien plus : cette horreur lui dessilla les yeux et alluma dans sa conscience trouble de soudaines clartés. Sa haine, son envie, et jusqu'à ses plus légitimes rancunes, lui apparurent brusquement dans toute leur laideur, sous le verre grossissant d'une si monstrueuse hypothèse. Qu'elles pussent aboutir en fait à cette conclusion-là, c'est à quoi jamais il n'avait songé, à quoi maintenant il avait peur de songer toujours. L'épouvante de ce cauchemar fut telle que pour y échapper il se sentit capable de tout, même d'aimer son frère.

Du jour au lendemain, en effet, il changea d'allures. Dans son besoin de se soustraire aux suggestions de la solitude et aux rencontres avec le Borgnot, il prit goût à la vie commune de la maison, s'intéressa aux besognes qu'on y faisait, n'en bougea plus que pour accompagner Désiré. Il le suivait aux champs, aux pâtures, aux marchés, dans les lointaines tournées de recettes, voulait l'aider, partager le travail et les soucis de la culture, de l'élevage, du moulin, s'y absorber avec lui et comme lui.

Cette volonté seule était déjà pour Désiré un précieux témoignage d'affection. Amable lui en donna d'autres encore. Il devint subitement doux, causeur, prévenant, d'humeur facile et presque gaie, au lieu de se tenir dans son habituelle réserve, passive, indifférente et maussade. Personne ne pouvait deviner les mobiles de ce revirement, pas même Amable, qui s'y abandonnait comme on se grise, pour s'étourdir. Mais les effets en étaient si manifestes que tout le monde au foyer s'en aperçut, jusqu'au va-trop. D'où, un jour, cette remarque au garçon de meule :

— Enfin, v'là donc m'sieu Amable qu'a fini d'être loup-garou.

— Ma fi, oui, répondit l'autre. A c't'heure il reprend du poil de la bête.

— Et c'est pas trop tôt, ajouta la vieille Marceline. Gna bé tantôt sept ans, savez-vous, qu'il est revenu ! Sept ans qu'il a passés à se manger les sangs, l' pauv' fieu, l' brav' cadet ! Et ça me d'sâmait de le voir ainsin, lui qui ressemble tant, pour tout le reste, à défunt nô maître. D'à présent, il va lui ressembler du bout en bout, et pour la bonne humeur pareillement, que le cher homme en avait à revendre, et que lui donc aussi va n'en avoir de même. Comme quand il était p'tiot, d'ailleurs. Vous l'aureriez vu alors, un vrai j'ris-toujours, et le nez viré à être heureux. Ah ! sans ce gueusard de Paris !

Et le soir, en servant la soupe aux deux frères joyeusement attablés, elle avait de nouveau lâché l'écluse à son contentement bavard. Comme Amable la plaisantait sur sa mine radieuse, et lui demandait si elle pensait à son galant :

— Oui sûr, avait-elle répondu. Et mon galant n'est pas

loin de moi, car c'est toi, mon fieu. Toi, tel que t'es aujourd'hui, et que t'étais jadis, gaillard et en train. Comme ça qu'il m' les faut, sais-tu! Et pas comme le gobe-la-lune que tu faisais depuis ton retour. Mais t'en as assez, pas vrai, de te passer et de te repasser ta bile entre les dents? A la bonne heure, à c't'heure! Te n'les as plus qui grincent à mâcher de l'oseille. Te v'là en appétit de bé vivre, ainsin que ton frère, et pas moins' que feu nô maître, qui ne séchait pas sur pied quoiqu'avec un de bois. C'est ça qui me fait plaisir, dame, et bé fort, vois-tu. J'suis en fête, que si que tu relèverais de maladie. J'en ai le cœur en fleurs, de voir que t'as fini d'engendrer la mère-aux-coliques.

— La vieille a raison, s'écria Désiré tout attendri. Et moi aussi, j'en ai, comme elle dit, le cœur en fleurs. Marceline, va nous chercher une fine bouteille, que nous trinquions, et toi avec nous, à la santé du cadet. Il a mis sept ans à se guérir de Paris; mais le congé est tiré, et nous n'avons plus qu'à prendre du bon temps. Ah! bon Dieu, si tu savais combien je suis heureux de te sentir comme ça, depuis tantôt quinze jours, tout à fait heureux toi-même!

Oui, Désiré maintenant se trouvait au comble de ses vœux. La seule chose qui jusqu'alors eût manqué à leur pleine satisfaction, c'était précisément l'épanouissement d'Amable.

Sans doute, à la longue, Désiré avait bien été forcé d'en prendre son parti, mais non d'un cœur léger. Il en souffrait, tout en ne s'en plaignant pas, comme on souffre à soigner un cher convalescent dont on sait le mal incurable. Il s'était donc résigné à finir ses jours avec ce compagnon indifférent, ennuyé, dans un tête-à-tête sans grand agrément. Et voilà que ce compagnon devenait tel qu'il l'avait espéré jadis, aimant et joyeux; voilà que ce convalescent ressuscitait! Quelle merveilleuse existence allait s'ouvrir pour eux deux! Quel parfait accomplissement à tous les souhaits de Désiré!

Rien ne les pouvait trahir dorénavant. Les dettes, con-

tractées pour le rachat du domaine entier, étaient près de
s'éteindre. Le moulin, l'élevage, la culture, prospéraient.
Amable avait oublié ses infortunes, consolé ses regrets,
repris barre sur sa tristesse. Unis, riches, en belle santé
physique et morale, les deux frères n'avaient plus qu'à se
laisser vivre, sans songer au passé, savourant l'heure présente, sûrs de l'avenir. Désiré approchait de la cinquantaine ; Amable n'avait que quarante-deux ans ; il leur restait donc bien du temps encore pour jouir de leur bonheur.

Et Désiré s'exaltait à dérouler d'avance le tableau de ce
bonheur. Tableau paradisiaque pour lui ! Des affaires fruc-
tueuses, des besognes aimées, un bien-être calme, avec la
table pour suprême joie. Car il n'en imaginait point d'autre,
rebelle à la lecture qui lui fatiguait la visière et la cervelle, fermé à toute distraction d'art où son esprit sérieux
ne voyait qu'obscures et dangereuses turlutaines. Il se forgeait ainsi une grossière félicité, absolument matérielle et
d'un étroit terre-à-terre. Il ne donnait pas même place,
dans son Éden de vieux garçon, à un bout d'aile blanche
envolé du bonnet d'une jeune servante. Il n'avait jamais eu
le goût du cotillon, et ne le connaissait guère que pour
avoir troussé celui de quelques *denrées*, en ses rares instants de désir, fanées d'ailleurs depuis belle lurette. Jusqu'à cette banale poésie, qu'il bannissait de son horizon !

Un pareil tableau, comme on peut croire, n'avait pas
de quoi enthousiasmer Amable, qui en d'autres temps
n'eût pas manqué d'y trouver matière à mépris. Amable
cependant en fut séduit, ou plutôt tâcha de se persuader
qu'il l'était.

Son impérieux besoin de paix intérieure l'inclinait aux
concessions, à l'indulgence. Il s'efforçait de ne rien discuter, d'accepter cet humble et terne bonheur tel quel, de
l'estimer parfait. Tout à son appétit maladif d'affection fraternelle, et par terreur de l'idée du crime, il se complaisait
dans ce rêve épais d'égoïsme à deux. Il s'y enfonçait avec
délices, comme, pour fuir la tempête, on jette l'ancre dans
la vase d'un port. Il eût voulu se boucher les yeux de cette

vase, afin de ne plus voir la silhouette du Borgnot avec son geste d'assassin.

Malgré tout, cette image le poursuivait, le hantait. Il en avait horreur et ne pouvait la chasser. Rien n'y faisait, ni sa gaieté factice et excessive, ni son acquiescement aux espérances de brute de Désiré, ni sa fièvre de se mêler aux besognes et de s'y intéresser rageusement, ni le soin qu'il prenait de ne jamais sortir seul, d'accompagner son frère comme un chien soumis, de se contraindre à l'aimer. Cette inquiète agitation, dont la turbulence lui donnait l'air joyeux et affectueux, ne cachait que pour les autres l'idée fixe à laquelle il demeurait en proie. Au fond de lui-même, l'obsédante vision toujours reparaissait.

C'était pire encore, quand la vision se dressait devant lui en chair et en os. Or le Borgnot ne se faisait pas faute de cette tenace et étrange persécution.

Non qu'il y mît de la méchanceté! Le vieux drôle s'obstinait seulement à rentrer dans les bonnes grâces de m'sieu Amable. Il s'était reproché d'avoir eu la langue trop longue, se voyant tenu à distance, évité, et il cherchait l'occasion d'un tête-à-tête pour renouer la camaraderie rompue. Cette occasion qu'on lui refusait, d'autant plus il essayait de la surprendre et n'y ménageait pas ses ruses de braconnier. De là une incessante rôderie, des affûts derrière les haies, un véritable espionnage, pour tâcher de rencontrer Amable seul.

La présence de Désiré, qui détestait le vaurien, rendait impossible la rencontre espérée. Mais elle n'empêchait pas le Borgnot de se montrer, et parfois même de tout près, quand sa patience déçue le poussait à l'imprudence. Il surgissait alors brusquement, au détour d'un chemin, dans l'ombre d'un buisson, et fixait sur Amable le regard pénétrant de son petit œil gris. C'était un regard plein de muettes supplications, qui voulait demander l'aumône de l'amitié perdue. Mais l'éclair en était si vif, si brillant, si chargé d'habituelle malice, qu'Amable y lisait toutes sortes de perverses insinuations. Il se sentait percé à jour par cette vrille, et le cœur, par cet éclair, mis à nu jusqu'au

fond. Sensation réelle et poignante, bien que la cause en
fût imaginaire. Le Borgnot satanique, qu'il se forgeait ainsi
lui-même, il le voyait et l'entendait tel. Dans les vagues
trucheries, marmonnées entre les dents du malandrin,
soufflait la voix rauque et basse qui un soir avait proféré
distinctement :

—Je ne l'ai pas manqué, moi, mon gabelou.

Et cette même voix avait l'air de chuchoter à présent :

— Hypocrite! Tu fais mine d'aimer ton frère. Mais tu
ne penses qu'à ce que je t'ai dit.

Et la main gauche du mendiant, tendue à bout de bras
devant sa face inclinée, paraissait répéter le geste de mettre
en joue.

— Tais-toi, bandit, répondait silencieusement Amable
par un long regard, qu'il s'appliquait à rendre sévère et
furieux.

Mais cet échange même de regards lui donnait la conscience d'une complicité. Le mendiant s'y encourageait,
insistait sur ses prières dont il haussait le ton. Et alors la
voix plus forte, plus hardie, semblait s'enfler, poursuivre
Amable, et crier derrière ses trousses :

— Tu vois bien que tu me comprends. Va, va, l'idée te
travaille. Tu as beau dire, elle te tient. Lâche, pourquoi
n'as-tu pas le courage de ta haine? Pourquoi tardes-tu à
faire la chose, puisque fatalement tu y viendras?

X

— Eh bien! non, se dit un jour Amable, non, je n'y viendrai pas !

Et, l'épouvante lui donnant comme un accès d'énergie morale, un désir le prit, de chercher refuge auprès de Désiré lui-même, dans un brave élan de repentir. Il abdiquerait toute mauvaise honte, ferait amende honorable de son ingratitude, condamnerait ses mauvaises pensées, se jetterait dans les bras de son frère et s'y confesserait.

— J'ai été coupable envers toi, déclarerait-il. J'ai méconnu ta bonté. Je t'en ai voulu de mes malheurs. Je t'ai porté envie. Un misérable a deviné ma haine et me conseille de la pousser jusqu'au crime. Mais il me fait horreur, et cette horreur me rappelle au devoir. Je t'aime. Je veux t'aimer.

Là-dessus Amable d'abord s'exalta. Il y avait dans cette confession quelque chose de dramatique, dont la beauté séduisait son âme d'artiste.

Hélas! son âme d'artiste seulement, et d'artiste impuissant à mettre ses rêveries en œuvre. Cette beauté, il n'était capable que de la concevoir. Encore ne la concevait-il que d'une façon abstraite et générale, dans le dénouement possible d'une situation analogue à la sienne. Mais en la concrétisant à son propre cas, étant donné son orgueil, elle s'évanouissait. Un pareil dénouement, entre lui et Désiré, cessait de lui paraître beau et lui devenait odieux. Quoi ! c'est devant ce lourdaud qu'il s'humilierait de la sorte ! Quelle dégradante abjection ! Sans compter que le rustre,

6

si épais, n'apprécierait certainement pas la grandeur d'un tel sacrifice. Alors, à quoi bon?

D'ailleurs, qu'Amable se fût haussé jusqu'au désir de cet acte, n'était-ce pas déjà un noble effort? Il le jugea ainsi et s'en tint là, satisfait de lui-même, et la conscience momentanément calmée par sa velléité d'héroïsme.

Cependant, la tentation subsistait, et il était nécessaire d'y parer. Quelque horreur qu'il en eût, Amable la sentait puissante. A demeurer en tête-à-tête avec elle, il redoutait d'en être à la longue hypnotisé. Sans doute son orgueil, qui en cela lui devenait secourable, l'assurait contre des suggestions étrangères. Mais sa très subtile intelligence lui montrait d'autre part le danger de s'acoquiner à l'idée fixe, qui se ferait impérieuse, une fois sienne.

Or comment l'empêcher d'en arriver là, dans cette perpétuelle communauté d'existence, où tout concourait à l'exacerber? La pensée d'Amable, maintenant mise en éveil, ne pouvait plus s'endormir. Toujours elle revenait au crime proposé. Pour le trouver abominable, certes, mais exécutable aussi; car l'intimité de la solitude à deux en offrait à chaque instant l'occasion.

Fuir! il n'y avait qu'à fuir! Loin de la tentation fatale, loin de l'idée fixe, loin de l'occasion trop facile.

Mais déjà une fois, on s'en souvient, Amable avait renâclé, pris de hauts-de-cœur devant ce noir calice d'un retour à Paris, d'une rentrée dans la basse bohème, dans la misère lamentable. Combien plus lâche encore il était à l'heure présente, après sept ans de bien-être matériel, de grasse paresse, après son complet renoncement à toute lutte artistique! Et combien plus attaché à cette terre natale, dont l'amour l'avait si pleinement reconquis! S'arracher d'elle maintenant, il en avait moins que jamais l'affreux courage. Il s'y sentait tenu par les fibres et comme enraciné.

Que faire alors? Impuissant à s'évader hors du cercle de la tentation, Amable le vit par avance se resserrer chaque jour davantage, dans une progressive étreinte. L'instant inévitable arriverait donc, où l'idée fixe deviendrait maîtresse absolue de sa pensée, et lui affolerait la raison et

lui fascinerait la volonté? Il dut s'avouer que oui, et cet
aveu même lui prouva qu'il était déjà en proie au somnambulisme du crime.

Ici encore, par bonheur, son orgueil lui vint en aide. Il
se révolta devant cette aliénation possible de sa volonté. Il
s'indigna d'être transformé en une sorte de passif instrument. Il réagit, poussé par ce ressort nouveau, chercha
désespérément, avec rage.

Ce cercle de la tentation, où il étouffait, n'était sans fis-
sure que par le dedans pour ainsi dire ; mais qui sait si
par le dehors il n'était pas brisable? Que quelqu'un entrât
dans l'intimité d'Amable et de Désiré, et s'interposât entre
eux, cela ne supprimait-il pas l'occasion du crime? Oui,
oui, là était le salut. Il fallait à tout prix rompre cette
solitude à deux, d'où l'idée fixe tirait sa force.

Et brusquement, à l'esprit d'Amable, une porte s'entre-
bâilla, lumineuse, par où il se sauvait de la tentation, par
où sa volonté reprenait la clef des champs, échappait à
la captivité du noir cauchemar. Cette porte avait pour
Sésame-ouvre-toi :

— Si Désiré se mariait !

Dans sa joie, Amable faillit proposer la chose à Désiré
de but en blanc. Mais il réfléchit. Il connaissait la répugnance de son frère à cet endroit. Le vieux garçon, accom-
modé à ses manies et entiché de son indépendance, se
hérisserait là-contre certainement, surtout si on lui présentait l'hypothèse à brûle-pourpoint. Entêté, d'ailleurs,
comme il l'était, il se terrerait ensuite dans son refus et
rien ne pourrait l'en faire sortir. Il s'agissait donc de lui
insinuer le projet doucement, peu à peu, avec astuce, et
de façon qu'il crût l'avoir imaginé lui-même. La tâche
n'était guère facile. Un véritable siège à entreprendre !
Amable y tourna tous ses efforts, avec une ingénieuse
habileté et une tenace patience.

Il commença par saper, à coups de phrases insidieuses,
le rêve de bonheur où se délectait Désiré, et par lui
inspirer des doutes sur leur félicité future.

— Crois-tu, lui disait-il, crois-tu vraiment que ce sera

si joyeux, de vieillir ici, comme deux escargots dans leur coquille ? Une vie sans but, après tout !

— Comment cela ! répondait Désiré. Mais notre but sera de vivre. C'est bien assez.

— Vivre pour qui ?

— Pour nous, parbleu !

Amable levait alors les yeux au ciel et soupirait profondément, sans rien ajouter, mais avec une vague tristesse par laquelle il était sûr d'attendrir son frère.

— Ce qui veut dire, faisait Désiré, que tu ne te sens pas encore heureux.

— Eh bien ! non, s'écriait Amable, non, je l'avoue.

Et dans un élan d'affectueux remords, comme s'il laissait malgré lui déborder son cœur, il continuait :

— Et sais-tu pourquoi je ne suis pas heureux ? C'est parce que toi-même tu ne peux pas l'être, à cause de moi.

— Mais je le suis, objectait Désiré. Je te le jure, mon fieu.

— Allons donc ! reprenait Amable. Tu veux te le faire croire et me le faire croire surtout. Oui, oui, je le vois bien, ce que tu en dis, c'est par bonté, c'est pour que je me sente moins coupable envers toi. Mais j'ai conscience du mal que je t'ai fait, va. Pour moi, tu as gâché ton existence, voilà la vérité.

— Gâché mon existence ? En quoi ?

— En te condamnant à travailler sans relâche, et sans autre joie que celle de réparer mes bêtises.

— J'aime le travail.

— Tu l'aimes, Désiré, parce qu'il t'a servi à reconstituer le domaine, dont j'avais gaspillé ma part.

— Eh bien ! C'est déjà quelque chose.

— Oui ; mais sans moi, au lieu de le reconstituer simplement, tu l'aurais agrandi. Et, ce qui vaut mieux encore, tu aurais l'espoir de le laisser après nous à quelqu'un de cher.

Amable lançait ce mot, et d'autres du même genre, avec des airs contrits et de mélancoliques apitoiements. Après quoi il se taisait, ne voulant pas insister davantage ; par discrétion, semblait-il, ou parce que son désespoir lui coupait la parole ; mais, en réalité, pour donner à Désiré le temps de savourer toute l'amertume de ces allusions.

Et rien, en effet, ne troublait et ne désolait Désiré comme cette évocation soudaine d'une postérité possible, dont il devait faire son deuil. Il s'abîmait alors dans de mornes et longs silences, demeurait les yeux vagues, et voyait en noir l'avenir du domaine, de ce domaine si âprement aimé, si péniblement reconquis, et qui à la mort des deux frères s'émietterait en partage entre des cousins détestés. Il contemplait les ruines futures de tout son labeur, stérilisé d'avance. Il avait le cœur déchiré à l'image de sa terre, de sa bonne terre, déchirée elle-même, mise en lambeaux comme une proie, morcelée entre des mains étrangères, cultivée par d'autres, *peut-être mal.*

En temps ordinaire, il ne songeait à cela que rarement, et vite oubliait ces tristes pensées en se soûlant de besogne. Maintenant, aiguillonné par les incessantes pointes d'Amable, il était forcé d'y fixer toujours son esprit. Ses rêves de félicité en étaient irrémédiablement empoisonnés, et il tomba dans un grand chagrin.

C'est ce qu'attendait Amable pour redoubler d'efforts. Ses insinuations dès lors se montrèrent plus précises, plus pressantes.

— Quand je pense, disait-il, que tu es resté garçon par ma faute ! Toi si bon, si affectueux, si bien fait pour la vie de famille ! Mais voilà ! Tu avais un enfant à élever, un grand enfant, moi. Et pour ce mauvais sujet, pour cet enfant prodigue, tu t'es privé d'en avoir de vrais, des enfants, à qui notre bien reviendrait, tandis qu'il ira Dieu sait où.

Ce qu'il y a de singulier, c'est qu'en parlant de la sorte Amable n'était point, comme on pourrait le croire, absolument hypocrite.

Sans doute, il jouait de ces regrets et de ces craintes avec l'intention machiavélique d'en inquiéter son frère et de le préparer ainsi à la proposition du mariage. Mais, au

6.

fond, il éprouvait lui-même ces regrets, ces craintes, et,
en réalité, souffrait non moins que Désiré, peut-être plus,
à la pensée que le domaine s'effriterait après eux misérablement.

Cette terre, dont jadis il avait aliéné sans la moindre
douleur tous les morceaux siens, cette terre qui n'était
même plus à lui du tout, il la chérissait aujourd'hui plus
encore qu'il ne détestait son frère. Certes, il eût préféré
en avoir la possession personnelle. Mais, ne pouvant y
arriver sans crime, il voulait au moins en assurer la jouissance à quelqu'un de son sang, fût-ce à un neveu. Par une
curieuse déviation du sentiment de propriété, il lui semblait que, de la sorte, il n'en serait pas autant dépouillé
lui-même.

C'était là un mobile nouveau, très subtil et presque
bizarre à coup sûr, et dont, au reste, il se rendait mal
compte, mais auquel il obéissait à son insu et comme d'instinct. De là, l'intensité de désir et l'obstination d'effort
qu'il mettait à pousser Désiré au mariage. Ce mariage, ce
n'était plus seulement le remède à ses tentations fratri-
cides, c'est-à-dire son propre salut ; c'était aussi le salut
de la terre, qu'il aimait tant !

Que ce mariage fût, d'ailleurs, contraire à tous les intérêts immédiats d'Amable, raison de plus pour le souhaiter !
Une âme aussi compliquée que la sienne devait naturellement se complaire à ces perversions de la volonté, par où
l'on se rue avec d'étranges délices à ce qui vous est précisément nuisible.

Marier Désiré, c'était renoncer à tout espoir d'en hériter jamais, et aussi s'exposer à des malencontres dans un
ménage où la situation d'Amable ne serait apparemment
plus la même qu'au foyer du vieux garçon. Ce renoncement, cette incertitude, Amable, loin d'en souffrir, s'en
délectait par avance. L'attrait seul du changement, du
nouveau, de l'inconnu, eût suffi à les lui rendre agréables,
dans sa passion pour l'aventure et dans son dégoût de la
présente existence, si monotone. Enfin son orgueil y trouvait pâture. Encore un sacrifice qu'il faisait à son frère !

Et quel sacrifice! Combien énorme! Après ce suprême holocauste, Amable ne serait-il pas quitte envers Désiré, et même au delà?

Pour tous ces motifs, sans compter l'impérieux besoin d'échapper à la hantise du crime, Amable de plus en plus s'acharna dans son idée. Il ne se contenta bientôt plus de se lamenter avec Désiré sur le vide de leur maison sans famille, sur le sort du domaine sans héritiers de leur nom. Il mit la maison entière, et les amis, dans la confidence de ces tristesses. Cela devint un refrain de la vieille Marceline, de dire à tout propos:

— C'est vrai, quand même, comme ça serait gentil, d'avoir eu de vos p'tiots à élever, nô maître!

Et le garçon de meule et le va-trop ne se gênaient pas pour faire à haute voix leurs réflexions:

— Bé sûr que m'sieu Amable n'a pas tort. On tourne au vieux ici. Ça sent le remugle.

— Un toit sans éfants, c'est comme un moulin sans blé.

— Comme une friche sans empouille.

— Travailler pour la cousinaille, une belle apette!

— Des héritiers qui se foutont de vous!

Dans un langage moins bref, le curé Pauquet n'exprimait pas des idées plus consolantes.

— Oui, disait-il aux deux frères, je comprends votre chagrin, et j'ose même prétendre qu'il vous fait honneur; surtout à vous, mon cher Amable, qui vous reprochez le célibat de votre frère. Ce célibat, d'autre part, est un vrai mérite pour monsieur Désiré. Car ce n'est pas par égoïsme qu'il s'y est complu. Il n'en est pas moins vrai qu'il y a dans votre tristesse comme une espèce de... eh! mon Dieu, oui!... de punition. Loin de moi la pensée d'ajouter à votre peine ce remords! Mais enfin, l'homme n'est pas fait pour se passer de famille, voilà qui est incontestable. Le sacerdoce, sans doute, me direz-vous? C'est un cas spécial, notre célibat. Pour les autres chrétiens, il n'en va pas ainsi. Le mariage leur est un devoir. *Væ soli!* tel est le mot de l'Écriture. Et je le répétais encore hier, tenez, à mademoiselle de Vendeuil, qui s'obstine à rester fille.

Pour une raison fort honorable, elle aussi, aux yeux du monde : l'horreur d'une mésalliance. Toutefois les raisons n'y font rien, sauf, bien entendu, celle de la vocation religieuse. Il demeure acquis que la loi divine oblige au mariage ; et quand on enfreint cette loi, on encourt un châtiment. De là, mes chers amis, sans vouloir vous blesser, votre légitime douleur devant ce foyer désert.

Et le bon curé leur serrait les mains avec une compassion sincère qui crevait le cœur de Désiré.

Quant à maître Leherpeur, il était plus cruel encore et avec intention. Lorsque Amable le mettait, à dessein, sur le chapitre du partage futur après la mort des deux frères, le notaire se pourléchait à distiller la kyrielle des héritiers possibles, avec leurs nom et prénoms, défauts et qualités, défauts surtout.

Il y avait les Bragnaux de la Hérie, une ribambelle de meurt-de-faim, mais pas de soif, car tous plus ou moins levaient le coude. Il y avait Gobinet et ses deux fils, l'un clerc d'huissier à Laon, l'autre soldat, en ce moment aux compagnies de discipline. Il y avait les trois demoiselles Vinchon, de Landouzy, confites en bigoterie, et dont la plus jeune n'attendait qu'une dot pour entrer au couvent. Il y avait encore des Bragnaux à Plomion, épiciers, avec quatre filles dans leur petite boutique, et un fils aîné garçon de magasin à Reims. Tous cousins germains ou issus de germains, en somme vingt et un héritiers légaux, si les Randoin mouraient intestats. C'était le bien lamentablement éparpillé.

Et pour éviter l'éparpillement, qui choisir de ces vingt et un ? Désiré les passait mentalement en revue, et voyait le domaine aussi mal en point dans les mains de chacun. Ceux de la Hérie le boiraient. L'aîné des Gobinet le vendrait pour acheter une étude, le cadet pour faire la noce. Les demoiselles Vinchon le laisseraient aux couvents et à l'Église pour s'assurer des indulgences et des messes. Les gens de Plomion en arracheraient de quoi caser leurs quatre filles et tireraient du reste un fonds d'épicerie pour leur garçon.

Pauvre bonne terre, comme elle serait malheureuse, et quel sacrilège de l'abandonner à ces dévorants!

Maître Leherpeur jouissait de voir Désiré souffrir à cette image, et il insistait sournoisement sur la peine que s'était ainsi préparée le meunier en restant célibataire. Dame! Pourquoi Désiré, jadis, n'avait-il pas mordu à l'hameçon du mariage, qui lui offrait alors comme amorce mademoiselle Leherpeur en personne? Elle était lotie, à présent. Tant pis pour lui! Et le notaire se vengeait par de rétrospectives propositions, désormais vaines et partant douloureuses.

— Ah! si vous aviez voulu, dans le temps!

Puis, vite, il prenait un air de pitié, et ajoutait:

— Mais à quoi bon revenir là-dessus? C'est fait, c'est fait, n'est-ce pas? N'empêche que c'est regrettable.

Et Désiré, harcelé par tout le monde, ne trouvant plus goût à son bonheur de vieux garçon, ne pouvait se retenir d'avouer que peut-être, en effet, il avait eu tort de ne pas se marier. Il commença par se le dire à lui-même, puis en arriva bientôt à le laisser entendre. Il acquiesçait par son silence aux lamentations d'Amable, hochait la tête aux homélies du curé, avec des soupirs qui signifiaient:

— Si j'avais su!

Il prit en grippe maître Leherpeur, pour son obstination taquine à toujours conclure par ces mots désespérants:

— Enfin, n'en parlons plus, puisque c'est fait.

— C'est fait, c'est fait! grommelait Désiré entre ses dents. Dirait-on pas que je suis déjà mort et enterré, et que le compère a fourré dans mon testament son nez de putois.

Et il répétait machinalement, après Marceline:

— Oui, tout de même, ça nous aurait amusés, de voir grandir des p'tiots.

— Oh! moi, s'écriait Amable, je me vois en oncle! Crois-tu que ce serait charmant! Mon oncle Amable par-ci! Mon oncle Amable par-là! Et la marmaille qui me grimperait aux jambes!

Il étouffait un sanglot, faisait mine d'essuyer une larme, puis continuait mélancoliquement:

— Cela m'aurait consolé de ne pas avoir d'enfants à moi. Car moi, je ne peux pas y songer, à cette joie suprême. Qu'est-ce que je leur laisserais, aux pauvres petits? Ah! si j'avais ta fortune, par exemple!...

— Quoi! interrogeait anxieusement Désiré. Tu te marierais?

— Certes.

— A ton âge?

— Je n'ai que quarante ans.

— Quarante-deux bientôt, cadet. Et moi quarante-neuf l'hiver prochain, hélas!

— Et puis? reprenait Amable. Est-ce que c'est vieux? Le père s'est marié à peu près dans ces âges-là, et ça ne lui a pas si mal réussi.

— C'est pourtant vrai, faisait Désiré tout songeur.

Il n'osait exprimer à haute voix les réflexions que lui suggérait un tel argument. Mais Amable en savait trop la puissance pour ne pas en profiter. Il ramenait sans cesse cette conversation sur l'âge et invariablement la terminait par le souvenir de leur père, en appuyant son regard sur celui de Désiré, comme pour lui dire :

— Tu vois bien que toi aussi, tu pourrais te marier.

Il ne formulait point, toutefois, cette conclusion, voulant qu'elle vînt de Désiré lui-même, et sûr qu'ainsi seulement elle aurait toute sa force. Désiré, d'autre part, toujours méticuleux et tâtillon, tournait autour du mot définitif. Il avait peur des hasards à courir, du bouleversement de sa vie et aussi de faire tort à son frère. On doit même noter, à la louange de son bon cœur, que ce dernier scrupule était la principale cause de son hésitation. Il ne put s'empêcher de le confesser.

— Enfin, dit-il un jour, suppose que j'aie pris femme. Les choses changeraient bigrement pour toi, mon cadet.

— En quoi? répondit bravement Amable. Tu aurais beau être père de famille, tu ne me laisserais pas mourir de faim, n'est-ce pas?

— Sûr, s'écria Désiré dans une fraternelle étreinte.

— Eh bien! alors? fit Amable.

Désiré avait les yeux mouillés, le cœur gros, les mains tremblantes. Il balbutia :

— Mais tu veux donc que je me marie, mon frère, tu le veux donc ?

— Et toi, le veux-tu ? demanda brusquement Amable.

— Moi, moi ! Dame, je ne sais pas, cadet, répliqua Désiré de plus en plus troublé. Je me tâte, tu comprends. Je n'ai jamais songé à une chose pareille. Et pourtant, je vois bien que vous le désirez tous, toi le premier, et nos amis, et la Marceline elle-même, et jusqu'au va-trop, toute la maisonnée enfin...

— Et la terre surtout, la terre ! interrompit Amable. C'est pour elle que nous le désirons tant. C'est elle qui le veut.

Par la fenêtre grande ouverte, il montrait le domaine, comme pour appeler la terre en témoignage. Et ce n'était pas là une vaine figure de rhétorique. A son appel, la terre ainsi évoquée répondait, en effet, prenait corps, pour Désiré et pour lui-même. Tous deux ils la sentaient vivre, ils la voyaient en présence réelle, la bien-aimée. Les confuses rumeurs qui s'en exhalaient leur semblaient une voix suppliante. Distinctement ils entendaient cette voix, parmi les paroles mêmes d'Amable, qui maintenant tenait son frère embrassé et lui disait avec l'éloquence d'une sincère émotion, presque avec des sanglots :

— Oui, oui, c'est elle qui le veut, qui en a envie, qui en a besoin. Et tu dois l'écouter. Tu ne peux pas lui refuser ce qu'elle te demande. Tu n'en as pas le droit. Ce serait de l'ingratitude, de la lâcheté. Ah ! tu ne la chéris donc pas, la pauvre vieille ? Cela ne te fait donc rien, de penser qu'elle appartiendra plus tard à un autre ? A un autre, entends-tu ? Cela ne te crève donc pas le cœur, qu'elle puisse un jour tourner mal ?

Désiré pleurait à chaudes larmes, et le mariage fut décidé.

XI

L'annonce de cette résolution mit le comble à l'étonnement de maître Leherpeur. Quoi! Désiré allait se marier!
Et, bien loin qu'Amable s'y opposât, c'est lui au contraire
qui semblait y tenir le plus! Le notaire comprenait de
moins en moins, et, du coup, le point d'interrogation de
son sourcil gauche se dressa jusqu'à la racine de ses
cheveux.

Le pire pour lui, c'est qu'il ne pouvait en aucune façon
tirer profit de ce projet, n'ayant à offrir comme parti que
sa sœur, âgée de cinquante-neuf ans et légèrement boscotte,
ou sa petite-fille encore en robe courte.

Aussi essaya-t-il d'abord de battre en brèche l'idée,
saugrenue à son avis, des messieurs Randoin. Mais il y
perdit sa peine, se cassa le nez à leur entêtement et, encore
une fois, dut baisser pavillon devant l'enthousiasme du
curé, lequel déclara que cette idée était tout simplement
une inspiration du ciel.

L'abbé Pauquet avait, en effet, lui, un parti à proposer :
mademoiselle Anaïs de Vendeuil. Contre quoi le notaire
risqua en vain des objections, aussitôt réfutées, et victorieusement.

— Une vieille fille !
— Du tout. Elle a vingt-huit ans.
— Bigote !
— Est-ce que ces messieurs Randoin sont des par-
paillots?
— Une personne entichée de noblesse !
— Eh bien ! Monsieur Désiré n'est-il pas noble aussi ?

Meunier, sans doute, et ne tirant guère vanité de son blason ! Mais, quand même, *de* Randoin *de* Toraval.

— Aucune dot !

Cette fois, c'est Désiré lui-même qui cloua le bec au notaire, en répondant :

— Tant mieux !

La surprise fut générale. Désiré s'en aperçut et rougit. Il avait comme une honte d'être seul de son avis, et surtout de n'en avoir pas jusqu'ici soufflé mot à son frère. C'est à part lui, dans sa lente et consciencieuse jugeotte, qu'il s'était arrêté à cette opinion, et il en dit le pourquoi très simplement.

— Oui, ajouta-t-il, j'ai beaucoup réfléchi là-dessus, cadet. Une femme riche ne conviendrait pas. Je veux rester le maître dans ma maison. Et je veux que toi aussi, mon frère, tu y restes le maître avec moi, comme devant. Voilà tout.

— Admirable ! s'écria le curé.

— Est-il bête ! pensa le notaire.

Amable, lui, remercia son frère d'une poignée de main, mais non de bon cœur. Cette générosité inattendue lui faisait une sorte d'aumône, d'autant plus pénible à recevoir qu'elle donnait à Désiré comme une revanche de délicatesse. L'ombrageux orgueil d'Amable en fut blessé. Personne néanmoins ne le devina, et son air contraint fut mis au compte d'une reconnaissance trop émue pour pouvoir s'exprimer.

Tant de vertu irritait le notaire, qui, devenant tout à fait grincheux, tenta un retour offensif contre mademoiselle de Vendeuil.

— Il est certain, dit-il, qu'une pareille femme ne vous empêchera ni l'un ni l'autre de rester maîtres dans votre maison. Elle est d'une telle insignifiance! Elle y sera proprement une cinquième roue à un carrosse. Il me semble, à moi, qu'il aurait plutôt fallu ici une femme de tête, une ménagère...

— Eh ! s'écria le curé, c'en est une ! Elle fait les confitures comme personne.

7

— Les confitures, soit! répliqua maître Leherpeur. Et aussi de la musique, je ne dis pas non. Elle touche agréablement du piano. Mais ce n'est pas avec des confitures et des romances, je suppose, qu'on fait aller un moulin. Savoir, d'ailleurs, si mademoiselle Anaïs consentira aisément à devenir meunière! Vous aurez, en tout cas, fort à faire avec ses pimbêches de tantes.

Là-dessus, le curé, piqué au jeu, se lança dans un éloge complet et circonstancié, non seulement de mademoiselle Anaïs, mais des deux tantes.

— Des saintes, monsieur, de véritables saintes! L'histoire de cette famille est, j'ose le dire, une histoire édifiante.

L'optimisme du brave curé, toujours porté à tout voir en beau, n'exagérait vraiment pas dans le cas présent, et il ne fallait rien moins que cette mauvaise langue de maître Leherpeur pour oser qualifier de pimbêches les deux vieilles demoiselles de Vendeuil.

Avec autant d'abnégation que Désiré en avait montré à l'égard d'Amable, elles s'étaient sacrifiées, elles, à leur frère, le père d'Anaïs. Il ne les en avait guère récompensées. Indolent, sans caractère, il avait piteusement couru la carrière diplomatique, ou plutôt, loin d'y courir, y avait piétiné, sans pouvoir même y attraper le riche mariage qu'il rêvait. Attaché d'ambassade dans une petite cour allemande, il y était devenu l'époux d'une Badoise, molle comme lui, mais joueuse, et qui lui avait donné le goût du jeu. A satisfaire cette passion, la seule qu'il eût, tout le domaine de Vendeuil avait été dilapidé. En 1843, lorsque leur frère était mort, deux ans après sa femme, il ne restait aux deux pauvres demoiselles qu'un pavillon de garde-chasse, où elles vivotaient, grâce aux produits de leur jardin, de leur basse-cour, et à une maigre rente viagère de huit cents francs, laissée à l'aînée par son parrain. Sans rancune contre l'auteur de leur ruine, et sans crainte d'aggraver encore leur misère, elles avaient alors recueilli leur nièce orpheline.

Par bonheur, Anaïs était tout élevée, et modestement. Elle avait, à très peu de frais, passé son enfance et sa jeu-

nesse jusqu'à la seizième année, dans un couvent de
béguines brugeoises, où l'on ne recevait guère que des
filles de petite noblesse belge. Elle était, au demeurant,
d'allure fort simple, résignée, joignant l'indolence paternelle à la mollesse allemande de sa mère, et ainsi doublement passive. Elle se plia donc sans la moindre peine
à l'humble existence de ses tantes. Dans cette atmosphère
grise, mais calme, douce même malgré les privations, elle
respira tout de suite à l'aise. Elle ne souffrit pas plus
qu'une fleurette de cloître, transplantée dans un autre
cloître.

A vrai dire, ses deux tantes, mademoiselle Herminie et
mademoiselle Zénaïde, n'étaient point acariâtres, quoique
vieilles filles. Même l'inutilité de leur long sacrifice n'avait
pu les aigrir. Le sentiment de s'être sacrifiées les tenait
en béatitude tellement! Leur dévotion, d'ailleurs, n'avait
rien de morose, guidée qu'elle était par l'abbé Pauquet,
de si bonne humeur toujours.

— Car la religion, répétait-il sans cesse, ne doit pas être
triste. Bien au contraire! La vertu véritable est enjouée.

A ce compte, mademoiselle Zénaïde personnifiait la
vertu; car elle était particulièrement enjouée. Et, grâce à
elle, de même toute la maison. On y cultivait des fleurs;
on y élevait des oiseaux; comme les oiseaux, on y chantait.
Non pas des cantiques seulement; mais bel et bien, ainsi
que le disait dédaigneusement maître Leherpeur, des
romances! Oui, des romances, et quelles, parfois!

Du luxe de jadis on avait conservé une petite armoire
pleine d'anciens cahiers de musique, et une épinette aux
touches jaunies. Et c'est en toute naïveté, d'une main
presque enfantine, que Zénaïde et Anaïs ouvraient les
anciens cahiers, ariettes d'opéras-comiques, couplets de
vaudevilles, brunettes et bergerades galantes, où dormait
l'âme polissonne du dix-huitième siècle. Et c'est en toute
innocence, d'une voix virginale, qu'elles vocalisaient les
paroles aux sous-entendus égrillards, tandis que l'épinette
égrenait ses notes menues, tintant comme du cristal aussi
pur que l'âme des braves demoiselles.

Pourtant, il ne faut rien dissimuler, ce n'est pas absolument sans raison que maître Leherpeur risquait le mot de *pimbêches*. Toutes simples qu'elles fussent, et comme confites en humilité chrétienne, les demoiselles de Vendeuil gardaient une fierté, celle de leur noblesse.

Herminie surtout, l'aînée, se montrait là-dessus intraitable. Pour rien au monde, elle n'eût frayé avec des *gens du commun;* et, par gens du commun, elle entendait indistinctement tous les êtres sans particules, excepté le curé dont le sacerdoce valait titre, mais y compris le notaire dont les panonceaux ne pouvaient faire blason. Et c'est ce mépris de ses panonceaux, universellement honorés, que maître Leherpeur ne pardonnait pas aux demoiselles de Vendeuil.

Comme Herminie était la forte tête de la maison, son quant-à-soi nobiliaire s'y érigeait en principe, presque en religion, religion que pratiquait jusqu'à la douce Anaïs, si peu faite cependant pour les airs hautains. Ces airs, elle les prenait par imitation. Et il fallait voir combien digne, la mine grippée, le bec pincé, droite dans son busc, elle s'asseyait le dimanche, pour la grand'messe, au banc réservé de la famille, entre ses deux tantes pareilles à d'orgueilleux et rigides portraits d'autrefois !

Qui aurait contemplé ces trois demoiselles à ce moment, et ne les eût pas connues d'autre part, n'aurait certainement pas donné tort au malveillant qualificatif de maître Leherpeur.

Où elles s'étaient montrées plus pimbêches encore, et non seulement d'attitude, mais de caractère, c'est à l'occasion des quelques mariages qui avaient été proposés pour Anaïs. Ces fois-là, le curé en personne s'était fait rembarrer par la farouche Herminie, et de la belle façon.

— Vous n'y pensez pas, l'abbé? Donner ma nièce à un croquant! Fi donc !

Un croquant!... Il était question, en l'une de ces occurrences, du propre neveu de maître Leherpeur, un receveur des contributions, et qui possédait, outre ses appointements, sept mille livres de rente. Si celui-là était un croquant, que pouvaient espérer les autres? Quelques-uns pourtant s'étaient présentés, des cultivateurs, par l'entremise de l'abbé Pauquet, et toujours à sa confusion. Herminie l'avait reçu, pour le coup, avec des haut-le-corps de véritable indignation, jusqu'à en oublier le respect de la soutane et à s'écrier :

— Ah! çà, l'abbé, vous êtes fou! N'avez-vous pas honte de vous charger de commissions pareilles?

Zénaïde avait levé les bras au ciel avec pitié, comme si le curé eût commis une vilaine action; et la douce Anaïs, scandalisée, mais indulgente, s'était crue obligée de détourner la tête, de baisser les yeux et de rougir en faisant semblant de penser à autre chose, comme s'il eût proféré quelque indécence.

Têtu, sans se laisser décourager par les rebuffades, le curé n'en avait pas moins continué à prêcher le mariage pour Anaïs. C'était un de ses sujets favoris de conversation, quand il rendait visite aux demoiselles de Vendeuil. On l'écoutait, tant qu'il demeurait dans les considérations générales. Il n'en sortait plus guère aujourd'hui, les prétendants s'étant lassés, depuis tantôt douze ans que l'orpheline était arrivée chez ses tantes.

Aussi fut-ce un coup de tonnerre au Pavillon, le jour où l'abbé y apporta la demande de Désiré.

— Et c'est un noble, s'écriait-il triomphalement.

Il n'y avait qu'à s'incliner. Herminie la première dut avouer que l'on n'avait pas le droit de dire non. C'était la fortune pour Anaïs, la tranquillité pour les deux tantes, et cela sans qu'on se fût abaissé à une mésalliance.

— Car, ne l'oublie jamais, dit gravement Herminie à sa nièce, ce n'est pas le meunier que tu épouses, c'est le gentilhomme, c'est de Randoin de Toraval.

XII

— Amon, nô dame, v'là qu'vous amenez l'printemps
par chez nous.

Ainsi la bonne Marceline avait salué sa nouvelle patronne, et, en lui souhaitant de la sorte la bienvenue, elle
n'avait pas dit une flatterie, mais l'exacte vérité. L'entrée
d'Anaïs au Moulin-Joli fut pour la triste maison comme
une éclosion d'avril.

On y était vieux, en effet, quoique Amable eût quarante-deux ans à peine, mais parce que Désiré en avait
quarante-neuf. Anaïs n'était pourtant plus en sa prime
fleur, ayant coiffé sainte Catherine depuis trois saisons
déjà. Néanmoins ses vingt-huit ans parurent ici une verte
et fraîche jeunesse.

Elle était, au reste, non seulement d'humeur enjouée
comme sa tante Zénaïde, mais aussi d'aspect agréable et
appétissant.

Dans la société des deux vieilles filles, elle n'avait pris
aucun des stigmates qui caractérisent le célibat féminin,
ni l'ossature anguleuse, aux arides arêtes, ni le geste
étriqué, trop près du corps, ni les lèvres minces et tirées
en bas aux commissures, ni surtout ce dévelouté de la
peau particulier aux fruits qui sèchent sur l'arbre sans
y mûrir et aux vierges qui demeurent vierges trop
tard.

Tout au contraire, son corps offrait au regard une ferme
plénitude de chair, plutôt grasse, mais sans être lympha-
tique, ni d'une mollesse maflue ; et l'on devinait cette
chair blanche et duvetée.

Son visage était particulièrement aimable. Les grands airs qu'elle essayait de lui donner, hautains et prétendant à une sévérité majestueuse, ne l'empêchaient pas d'être très avenant. Ses anglaises elles-mêmes, son unique titre à la sévérité majestueuse, ne parvenaient pas à l'encadrer sévèrement, ni à tire-bouchonner avec majesté. Elles s'ébouriffaient toujours en mèches d'un blond roux ; mèches folles et légères, semblables à des flocons de soie floche. Quelle différence, entre ces cheveux en mousse d'or, et les deux boudins d'argent massif qui flanquaient la longue face de mademoiselle Herminie ! Et quand même Anaïs eût pu, à force de bigoudis, raidir en bâtons graves ses folles mèches, cela eût-il donné du sérieux à son menton court, un peu fuyant et frappé nonobstant d'une fossette rieuse ? Et son nez, joli, tout rond du bout, quoi donc pouvait le rendre imposant ? Quant à sa bouche, petite, mais toute en épaisseur, une cerise crevée ! Seuls, ses yeux risquaient de ne pas plaire au premier abord. C'étaient des yeux de myope, plus gros et plus proéminents qu'il ne fallait. En revanche, quand on s'attardait à les considérer, combien charmants par leur douceur voilée, leur bleu à la fois trouble et profond, leur regard vague pareil à celui des tout petits enfants, à ce premier regard effaré devant la lumière du jour et encore plein des longues ténèbres de la vie intra-utérine !

C'est justement à ce regard de nouveau-né que se prirent le mieux, et tout de suite, les gens du Moulin-Joli, à commencer par Désiré.

Il n'avait, certes, rien de ce qui fait un passionné, un amoureux ; mais plutôt il était d'instinct maternel, ainsi qu'il l'avait tant prouvé pour Amable. Et cet instinct se réveilla encore en lui pour Anaïs. C'est comme une fille qu'il l'aima, bien plus que comme une femme, mais avec une très vive tendresse. C'était un enfant de plus à gâter, lui semblait-il, et il la gâta de bon cœur. De même qu'il gratifiait jadis Amable de cadeaux, ainsi fit-il pour elle. Un piano fut acheté, dont s'égaya le salon. Des étoffes vinrent, non pas d'Hirson, mais de Paris, pour une robe de soie,

un mantelet, des fouffes de velours. Un moment la parcimonie ne fut plus à l'ordre du jour. La lune de miel fut
bien de miel, non de cire.

Amable, lui, cessa tout à fait d'être morose, taciturne.
L'accès de bonté qu'il avait eu envers Désiré, par crainte
de céder aux suggestions du Borgnot, devint une bonté
chronique. De plus en plus il s'applaudissait d'avoir eu
l'idée de ce mariage. Par là toutes ses criminelles tenta-
tives étaient définitivement abolies. Il se sentait ainsi un
poids de moins sur la poitrine.

En même temps, dans son vieux fond de farouche
orgueil, il jouissait de se savoir l'auteur du bonheur fraternel. Cela payait, et largement, tous les bienfaits de
Désiré. Que valaient les longs sacrifices, le désintéressement de l'aîné, à côté de ceux du cadet? Peu de chose, en
vérité. Désiré n'avait fait à son frère que l'aumône d'une
restitution patrimoniale. Amable faisait à Désiré un présent royal. Il lui donnait une femme jolie, l'espoir d'un
héritier, l'assurance du domaine sauvé pour de bon et
pour toujours cette fois. Et afin de donner tout cela, l'héroïque Amable renonçait absolument à sa part. Oui, *sa* part,
puisque Désiré, moralement, la lui avait rendue.

— Eh bien ! non, je n'en veux pas. Reprends-la, et
sans que j'y puisse jamais plus prétendre. Je t'en fais don
et abandon.

Voilà ce que criait à Désiré le dévouement d'Amable.
Quelle revanche de tant d'humiliantes charités ! Ah ! maintenant, est-ce qu'ils étaient quittes, oui ou non ? Est-ce
que, même, et sans subtilité aucune, les rôles n'étaient
pas intervertis ? Certes. Le créancier, désormais, c'était
Amable. A cette idée toutes ses vieilles rancunes se con-
solaient, soûlées dans son orgueil repu.

Sans souffrance, d'ailleurs, fût-ce par souvenir ! Car
l'énormité même de la revanche annihilait absolument les
hontes et les défaites subies. Et de la sorte, nulle amertume passée ne se mêlait au présent triomphe.

De joie, Amable connut jusqu'à la reconnaissance. Ce
sentiment, qu'il n'avait éprouvé pour son frère qu'en s'y

forçant, par raisonnement à contre-cœur, il le sentit s'é-
panouir en lui naturellement et de plein jet pour Anaïs.
Il lui voulait du bien, d'être si charmante, si bonne, et de
rehausser ainsi le prix du cadeau qu'il faisait en elle à
Désiré. A la voir vraiment digne de la place qu'elle lui
devait, en somme, à lui seul, pauvre cadet s'immolant, il
s'attendrissait sur sa propre vertu, et lui en avait, à elle,
affectueuse gratitude.

Elle lui plaisait, d'autre part, en sa grâce même de
femme; en sa grâce morale bien entendu, et en elle seule,
pensait-il; mais aussi, voire surtout, en sa grâce corporelle.

Depuis dix ans bientôt qu'il vivait reclus avec son
frère, ne se frottant à d'autre cotillon qu'à celui de la
vieille Marceline, et n'ayant repris flair de peau qu'aux
mauvaises *denrées* d'Hirson procurées par le Borgnot, il
était en appétit latent de féminine accointance. A coup sûr,
il ne songeait pas à mal en se caressant les yeux à la
contemplation d'Anaïs, et il ne convoitait pas sciemment
sa belle-sœur. Qui le lui eût dit l'eût indigné, et à juste
titre. Une telle supposition lui eût fait horreur. Néanmoins, c'est à l'attrait obscur de cette convoitise non avouée,
non existante même puisqu'elle demeurait inconsciente,
c'est à ce charme d'amour qu'il s'adoucissait sans y prendre
garde.

Mais comment eût-il pu se douter de ce magnétisme
charnel, auquel il obéissait malgré lui ? En toute sincérité, ce qui particulièrement le séduisait en Anaïs, c'était
bien le moral. Il l'eût trouvée aimable, même laide, à
cause de son âme rêveuse, poétique. Elle n'avait pas une
instruction très solide, mais son intelligence ouverte semblait disposée à recevoir joyeusement ce qu'on voudrait
lui apprendre. De simple élan, elle allait aux belles
choses, chérissait les arts sur le peu qu'elle en connaissait, la musique par les petits cahiers anciens feuilletés à
l'épinette, la peinture par le coloriage de fleurs enseigné
au couvent sous le nom de *miniature à l'aquarelle*, la
poésie par de vagues lambeaux lyriques lus dans des recueils

pour jeunes demoiselles. Mais elle ne s'était pas attardée à ces prélibations insuffisantes, et devinait mieux, et ne demandait qu'à nourrir son esprit plus substantiellement. En quoi elle tenait bien de sa mère allemande, goulue d'idéal et de rêve, quoique joueuse, et, entre deux banques, s'empiffrant de vaporeuse esthétique. Amable pressentait donc là une nature sœur de la sienne, avec qui serait possible une communion intellectuelle. Et de cela aussi, comme il en était sevré depuis longtemps, il se délectait. C'était la source dans un désert. D'autant plus avait-il de reconnaissance pour Anaïs, et se faisait-il câlin afin de lui plaire.

Ainsi les deux frères se félicitaient de ce mariage, et avec eux toute la maisonnée, maintenant plus riante réellement, et, comme disait Marceline, fleurant bon la femme.

— Tandis qu'autrefois, ajoutait-elle, ça relentait le vieux garçon ; autrement parler, le bouc.

Aujourd'hui, au contact de cette douce brebis d'Anaïs, les boucs étaient devenus des agneaux.

Amable surtout se transformait de jour en jour, non pas d'extérieur seulement, mais de cœur, en vérité. L'adoucissement, l'apaisement, en lui se produisaient tels qu'il tournait à la bonté, à cette bonté qui se greffe comme un fruit délicat sur le sauvageon de l'"égoïsme satisfait.

C'était si fort, qu'un jour, trois mois après la noce, rencontrant dans les champs le Borgnot sournois et embusqué, il ne comprit presque plus pourquoi il en avait eu peur. Il lui fallut un réel effort pour se remémorer exactement les cauchemars hideux que lui causait naguère le malandrin, avec son geste de mettre en joue et son petit œil gris dardant le crime.

Il le regarda donc bien en face, d'un air de défi méprisant. Et l'autre, qui voyait si net, ne s'y trompa point, le soupçonna converti au bien et se dit :

— Ma fi, je crois qu'il devient honnête homme, l'andouille !

XIII

— Mâtin de sort! Nô maître n'a pas perdu son temps!
— Il a mis au droit du preume coup.
— On voit qu'il a de la fameuse bouture.
— C'est les vieux pots qui font le meilleur bouillon.

Ainsi devisaient Marceline, le garçon meunier et le va-
trop, touchant la grossesse d'Anaïs. Et à leurs propos familiers, soulignés de clins d'œil et de hochements de tête,
gaiement ripostait Désiré, en vrai paysan et fin Picard que
divertissaient de telles raillardises.

En même temps, il se rengorgeait, non sans un naïf
orgueil d'être si bon coq, à quoi il ne s'attendait guère,
n'ayant jamais excellé en pareille besogne. Mais plus encore il se gourait de joie que de vanité. De joie pure et
grave, à se sentir bientôt père, et à songer au futur héritier
par qui la terre bien-aimée serait gardée d'aller à mal.

En faveur de cette joie, qu'il partageait, Amable par-
donna d'abord à son frère la grossièreté rustaude des assauts
de plaisanteries salées avec Marceline et ses semblables.
Néanmoins, il en restait choqué. Il n'était pas au diapason
de ce sans-gène et de ce franc-parler sur les choses de
l'amour. Il avait à cet égard une sorte de pudeur, non dans
les actes, mais dans les mots. Il souffrait réellement à entendre rire et gouailler de cela, même quand il s'agissait
d'une femme quelconque. A plus forte raison, Anaïs étant
en cause.

Elle-même, au reste, s'en trouvait gênée, lorsque des
boutades de ce genre lui partaient en pleine figure. Et
c'était souvent, justement parce qu'on l'aimait fort dans la

maison, qu'on était content de la savoir enceinte, et qu'on le lui manifestait à la mode des humbles, impudents et cyniques par braveté. En quoi aurait-on cru la blesser, de lui laisser voir la joie qu'on avait? L'innocente et cordiale gausserie qu'on en faisait, n'était-elle pas au contraire une façon d'hommage? Comme elle était bonne, elle le comprenait ainsi, et n'en voulait pas aux gens de leurs peu délicates gaillardises, ni à Désiré d'y répondre sur le même ton. Toutefois, malgré elle, à la brusque pétarade de ces gaudrioles, elle rougissait, troublée, honteuse, inhabile à y répliquer, et son silence alors paraissait résignation de victime.

Amable, du moins, interprétait les choses de la sorte et la plaignait, et du coup se reprit à grommeler intérieurement contre son pataud d'aîné à la patte toujours si lourde. Il retrouvait en cela les cruels manques de tact dont il avait jadis, pour sa part, enduré les lancinantes tortures. A les endurer maintenant pour le compte d'Anaïs, et, en quelque manière, à travers elle qui semblait ne pas oser s'en défendre, il les éprouvait plus odieuses que jamais et redoublées.

Quand même, il se fût efforcé de n'en pas tenir rancune à Désiré, et malgré tout il y fût parvenu, tant il oubliait les amertumes passées et présentes dans le bonheur futur, si proche désormais, dans la vision du domaine arraché aux étrangers par la naissance d'un enfant. Mais toute sa bile ancienne lui remonta aux dents, et avec un haut-le-cœur de bile nouvelle, plus âcre encore, le jour où la grossesse si fêtée avorta lamentablement en fausse couche.

Ce fut, d'ailleurs, un désespoir pour la maison entière. Désespoir tôt consolé chez les autres, tandis qu'il ne fit que s'aigrir chez Amable, à la réflexion. Les autres, en effet, et Désiré le premier, ne manquèrent pas de se réconforter aux raisons d'usage, exprimées par la banale philosophie des phrases toutes faites en ces circonstances :

— Mieux vaut encore que ce soit l'enfant qui soit mort et non pas la mère.

— C'est des choses qui se raccommodent plus facilement qu'une jambe cassée et les pièces perdues.

— On est quitte pour recommencer.

Et là-dessus, non pas le jour même, mais presque, les calembredaines de reprendre leur train. A bonne intention, sans aucun doute, pour donner courage et espoir, et d'un cœur tout amical! Combien brutales, nonobstant, au regard d'Amable, et même, en apparence, à celui d'Anaïs; car, tout en continuant à comprendre le bienveillant désir des gens, elle ne pouvait toujours pas s'empêcher de trouver rudes ces câlineries en bourrades, ni de devenir cramoisie à entendre des consolations de ce genre, par exemple :

— Bah! bah! nô dame, rapportez-vous-en à Désiré. Il vous en fera un autre. Vous ne mourrez pas comme les melons, la graine dans le ventre.

A quoi Désiré ajoutait gracieusement :

— Tu as raison, Marceline. Il ne faut pas se désespérer. Pour un poulain mal venu, la mère aux chevaux n'est pas morte.

Certes, ce n'est pas pour Anaïs qu'il s'exprimait ainsi, mais bien pour Marceline. C'était devant Anaïs, néanmoins. Et devant Amable aussi.

Or Amable en grinçait des dents, et pensait :

— Quel rustre! Quelle brute!

Puis, suivant le fil d'obscures réflexions qui se déroulaient en lui quasi à son insu, il accusait Désiré d'être mauvais père et mauvais époux.

Oui, mauvais père, de traiter si légèrement cet espoir ajourné, avorté peut-être à jamais (qui pouvait savoir?) Mauvais d'avoir si peu de tendresse pour l'enfant possible, mort avant qu'on l'eût connu, certainement, mais qui pourtant avait existé, été un petit quelqu'un, fait du sang des Randoin, et par conséquent devant leur être cher.

Et mauvais époux aussi, à coup sûr. Sans tendresse non plus pour cette douce Anaïs, qu'il rudoyait de grossières comparaisons bestiales, et que probablement il avait rudoyée de même dans l'œuvre de chair. De là, sans

doute, concluait Amable, le triste résultat obtenu. Et,
quoiqu'il eût assez de connaissances physiologiques pour
savoir que l'amour mutuel et la jouissance partagée ne
sont pas nécessaires à la procréation, il s'obstinait à croire
que si, à imaginer la fausse couche produite par la faute
de Désiré mauvais époux.

Il en vint à se dire :

— Mauvais mâle.

Et il se fixa dans cette idée, que Désiré était trop vieux
pour engendrer bellement. Vieux de la pire vieillesse,
celle qui survient sans qu'on ait vécu. Car, si les choses
s'usent en servant, combien plus encore à rester oisives !
Et n'était-ce pas le cas des facultés paternelles chez
Désiré ? Il avait, à demeurer trop sage, perdu toute virilité féconde, probablement. En lui, le muscle avait
absorbé tout. Le reste s'était séché, cervelet non moins que
cerveau. N'arrive-t-on pas, aussi vite, plus vite peut-être,
par la continence absolue que par l'excès, à l'impuissance ?

Ainsi raisonnait Amable, et il ne se trompait qu'à
moitié. Désiré, en effet, n'en était pas à un tel point
d'annihilation masculine ; mais peu s'en fallait. Il avait
eu besoin, pour faire œuvre d'étalon, d'un véritable coup
de fouet l'excitant à la besogne, et l'avait reçu de son
espoir d'un héritier. En cela seulement il s'était réjoui,
à peine en l'œuvre elle-même. L'espoir déçu, il avait
recommencé avec moins d'enthousiasme, par acquit de
conscience pour ainsi dire.

Ce n'était donc pas le mauvais mâle qu'imaginait
Amable. Mais, le mauvais époux, oui, certes. Et, surtout,
le mauvais amant.

Il chérissait Anaïs, nonobstant, ne pouvait pas ne pas
la trouver charmante et agréable. Seulement, il la chérissait à la façon d'un père, la plupart du temps, ne se
départant de cette affection calme que pour les très rares
et très brèves minutes (secondes, plutôt) où il croyait
devoir remplir son office de coq. Et alors, on le conçoit,
quasi sans grand plaisir éprouvé, et tout à fait sans aucun
donné.

Anaïs ne se doutait guère qu'elle eût pu rencontrer autre chose dans le mariage, et elle ne regrettait pas, consciemment, les délices ignorées d'un amour dont elle n'avait pas même soupçon. Mais il est à croire que sa chair le regrettait pour elle, dans un obscur instinct qui la faisait tressaillir vers une vie inconnue. En effet, bien que la jeune femme ne se plaignît point et ne crût pas avoir à se plaindre, elle se mit bientôt à s'attrister, mélancolique sans savoir pourquoi. Et les plus gaillardes apostrophes de Marceline perdirent leur sel en vain à la ragaillardir. Et les gâteries de Désiré, gâteries de plus en plus paternelles, y restèrent impuissantes, comme lui-même à la rendre mère une seconde fois.

— Elle est navrée de cela, pensèrent les gens.

— Ce n'est pourtant pas de sa faute! disait Marceline. Elle a prouvé qu'elle pouvait. Et nô maître aussi, amon.

— Nô maître surtout, fit un jour le va-trop.

Ce simple mot, entendu par hasard, et jeté sans méchanceté, induisit Désiré en des réflexions malveillantes pour sa femme.

— Si elle était bréhaigne! songea-t-il.

Du coup, en paysan qui méprise la terre stérile, il la regarda d'un œil moins favorable. Se serait-il donc marié pour n'avoir pas d'enfants?

— Mais alors, elle me volerait!

Et il cessa peu à peu de la gâter comme une fillette gentille. Elle devenait pour lui une étrangère, introduite dans la maison à tort et presque à crime. Il se mit à passer en détail la revue des qualités et défauts qu'elle avait, et trouva ceux-ci exorbitants, désastreux, les autres rares et inutiles. Comment ne s'était-il pas plutôt avisé de faire cet examen? Comment s'était-il si longtemps et si absolument aveuglé sur des *tares* qui crevaient les yeux?

Anaïs était d'humeur soumise et égale, sans doute. Elle n'était point laide; au contraire. Elle chantait et jouait du piano, d'accord. Et puis après? A quoi tout cela servait-il?

En revanche, quelle pauvre maîtresse de maison!

Ignorante de tout ce qui concernait les soins du ménage, jusqu'à ne pas savoir faire la moindre cuisine. Sauf les confitures, il est vrai, ces fameuses confitures si prônées par le curé. Encore, Marceline y était-elle plus experte, sans en tirer tant vanité. Pour tout le reste, néant. Tenir la comptabilité du moulin ou de la culture, il ne fallait pas le demander à son *horreur des chiffres*. Pour mieux dire, il ne fallait rien lui demander du tout, des solides vertus que Désiré jadis avait si pieusement admirées chez sa mère : ordre, propreté, économie, autorité domestique. Habituée à laisser tout diriger au Pavillon par ses tantes, et trouvant ici la vieille servante établie au gouvernement des choses, elle n'avait pas même manifesté le désir de *prendre en mains*, comme disait Désiré, *les rênes de la maison.*

Il exigea qu'elle le fît, la rappelant à ce devoir qu'elle oubliait. Soumise, elle essaya de lui complaire. Mais elle était maladroite à commander, n'aimant qu'à obéir.

— Tu ne sais pas seulement dire ce que tu veux! grognait alors Désiré.

— C'est vrai, répondait-elle doucement.

Et souvent elle ajoutait, en souriant elle-même de sa gaucherie :

— Je crois plutôt que je ne sais pas vouloir.

Résignation touchante et humble qui la rendait plus charmante pour Amable, et dont Désiré enrageait.

— Car enfin, disait-il, vouloir c'est pouvoir. Ainsi, regarde, moi!

Et pour l'accoutumer à dominer les autres en se dominant elle-même, il l'obligea bientôt (*dans ton intérêt, tu comprends*) à vaincre la paresse qu'il lui reprochait tacitement, et qu'il finit par lui reprocher en termes nets.

— Oui, tu es paresseuse. Tu ne fais œuvre de tes dix doigts que pour tapoter ton piano. Ce n'est pas assez. Une vraie ménagère doit s'occuper à ceci, à cela, à un tas de choses. Par exemple, tes collerettes de dentelle, pourquoi n'est-ce pas toi qui les repasses? Mes boutons de chemise, pourquoi est-ce Marceline qui les recoud ?

Docile toujours, et sans regimber, Anaïs se mit aux besognes qu'on lui indiquait. Car elle n'était point paresseuse, comme il le prétendait. Mais molle, oui, et inapte surtout à de tels soins. Sa myopie seule n'était-elle pas un cas rédhibitoire? Aussi échoua-t-elle piteusement, la pauvre Anaïs. Les boutons de chemise furent recousus où il ne fallait pas, et Marceline dut prendre des mains l'ouvrage à sa maîtresse, et le recommencer, à l'indignation de Désiré. Quant aux collerettes en dentelle, elles furent roussies. Anaïs s'y brûla aussi un peu les doigts!

— Les doigts, disait Désiré, ce n'est rien. Mais de la belle dentelle comme ça, mâtin! On t'en fichera, pour y mettre le feu.

Et comme Anaïs s'excusait sur sa myopie précisément, sur cette myopie où Amable trouvait une si pénétrante douceur de regard voilé:

— Quand on a de mauvais yeux, interrompait Désiré, on porte des conserves.

Des conserves, à cette jeune femme! Amable se mangeait les sangs, d'entendre des choses pareilles. Et bien d'autres il dut en entendre cependant. Car de plus en plus Désiré s'aigrit contre Anaïs, et finit par la prendre tout à fait en grippe, furieux qu'elle n'eût pas une nouvelle grossesse et qu'elle ne se corrigeât pas d'un seul de ses défauts.

L'unique chose qui lui plût toujours, en elle, c'est qu'elle plaisait à Amable. Il avait craint autrefois l'intrusion, entre eux deux, d'une femme qui aurait pu prendre ombrage de leur fraternelle affection et tenter d'y faire brèche. Or, à cet égard, Anaïs ne lui donnait aucune crainte. Elle et Amable s'aimaient beaucoup, et il en était enchanté.

Car, bravement, il n'éprouvait pas la moindre jalousie à l'encontre d'une si parfaite entente. Et nul non plus dans la maison n'y voyait l'ombre de mal. Anaïs et Amable eux-mêmes, encore moins que personne. Leur mutuelle sympathie n'était-elle pas toute naturelle?

— Deux tempéraments d'artistes! disait Désiré.

Chose bizarre, il parlait ainsi avec une nuance de mépris pour Anaïs, et d'admiration pour Amable. Il avait continué, en effet, à considérer son cadet comme un être supérieur à lui, et lui conservait une sorte de culte. Et néanmoins, il avait en dédain, du haut de sa sagesse bourgeoise, les folies artistiques, cause de la ruine d'Amable. Or, ces deux sentiments, qui jadis se combattaient en lui, maintenant se conciliaient fort bien dans son jugement. Amable y demeurait grand homme, *quoique* artiste, tandis qu'Anaïs y était étiquetée niaise *en qualité* d'âme artistique.

C'est dans un pareil sentiment, partial envers son frère, que Désiré disait encore :

— Ah ! ils sont bien faits pour s'entendre, tous les deux. Ils ont les mêmes défauts.

Ces défauts, manque d'ordre, d'exactitude, dont il avait tant souffert autrefois chez Amable, il ne les voyait plus que chez Anaïs. On eût dit qu'elle seule les avait. Il lui semblait presque qu'elle les donnait au cadet et que sans elle il ne les aurait pas eus.

De fait, ces défauts d'Amable avaient repris vigueur, depuis l'arrivée d'Anaïs, comme encouragés par elle. Elle avait une si jolie façon de paraître étonnée et de ne pas comprendre, lorsque Désiré bougonnait de quelque négligence ! Et, en retour, elle s'épanouissait, avec un tel air de comprendre enfin, lorsque à ces bougonneries Amable répondait :

— Tais-toi donc, frère la grogne ! Est-ce que nous y faisons attention, à tes *menuiseries ?* Qu'est-ce que tu veux ? Des artistes ! De pauvres artistes !

Et il exagérait exprès son manque d'ordre et d'exactitude, mû en cela par des sentiments très divers : un peu pour se venger des obéissances passées auxquelles il s'était soumis si à contre-cœur; un peu pour *poser* aux yeux d'Anaïs à qui, croyait-il, cela devait paraître d'un débraillé caractéristique; beaucoup par affection véritable pour elle, pour l'excuser en quelque façon et la défendre contre Désiré, à qui de la sorte il avait l'air de dire :

— Si tu trouves cela mal, fais-moi reproche à moi, non pas à elle.

Dévouement, d'ailleurs, inutile. Car, lorsqu'il exaspérait ainsi Désiré, c'est toujours sur Anaïs que se déchargeait la mauvaise humeur du grincheux, en phrases aigres, de plus en plus, bientôt franchement brutales.

C'était alors pour Amable une occasion de prendre parti en faveur d'Anaïs, non plus par des moyens détournés, mais ouvertement, jusqu'à dire un jour :

— Je te défends, entends-tu, d'insulter ta femme devant moi.

A quoi Désiré baissa le nez, avouant son tort, et se contenta de marmonner entre ses dents, avec un gros soupir :

— Tu as raison. Je suis un paour. Je n'étais pas fait pour elle.

Mais ensuite, à ruminer la chose, il se trouva lâche d'avoir fait ainsi comme amende honorable, et son aigreur contre Anaïs s'en accrut d'autant, devenue seulement plus sournoise.

Avec une patience et une ruse toutes paysannes, il s'ingénia dès lors à la rendre malheureuse ; et, bien qu'elle fût assez indifférente et d'épiderme épais aux piqûres, il y réussit. Ce fut une guerre de toutes les minutes, à petites lardées profondes. Il prenait des airs de domestique en lui parlant, se faisant humble, d'une humilité affectée, comme pour dire :

— Je ne suis plus ici qu'un pauvre bougre.

Puis, des allusions, à propos de tout, blessantes, mais assez finement lancées pour qu'on ne pût s'en offenser ainsi que d'une attaque directe. Par exemple, ayant été trompé dans un marché de farine, il levait les yeux au ciel et soupirait en les rebaissant :

— Ah ! en cela comme en autre chose, on m'a encore foutu dedans.

Et, sans plus, on était forcé de comprendre. Sa mine, son regard en dessous, son sourire de côté, disaient assez que par cet *en autre chose* il fallait entendre son mariage. Ainsi l'entendaient Amable et Marceline et le garçon

meunier et le va-trop. Et si, grâce à sa myopie, Anaïs avait
pu perdre ces jeux de physionomie significatifs, elle ne
pouvait se tromper au ton de la voix, au soupir étouffé et
rageur, et surtout au silence embarrassé qui suivait de
telles phrases.

Compter les blessures de ce genre qu'elle reçut, on ne
le saurait. Personne au monde n'est habile à manier ces
armes-là comme un paysan, et particulièrement un paysan
picard. Le plus rustaud y est passé maître, et Désiré, quoique dénué de délicatesse, en cela était subtil. Il n'avait
proprement de tact qu'à cette escrime, et le prouva par
des coups sans parade possible, même pour Amable, qui
devait se borner à écumer en dedans, et ne trouvait jamais
à riposter.

Désiré, d'ailleurs, ne se priva pas de persécutions plus
matérielles.

D'abord, il reprit ses allures de fouille-au-pot et remit
la maison, selon son dire, *sur un pied d'économie*.

— Il le faut bien, ajoutait-il, puisque c'est comme
quand j'étais garçon, puisque je dois m'occuper de tout.

Et, d'économe tàtillon qu'il était jadis, il devint tout à
fait ladre. Marceline elle-même, peu difficile sur la nourriture, s'en plaignit, à sa manière, en se gaussant.

— Fichtre ! dit-elle, tu veux donc maigrir, mon fieu ? Tu
as donc peur que ton ventre t'empêche de planter ta bisto-
quette au bon endroit ?

Il se laissa plaisanter par elle, et n'en maintint pas
moins ses ordres de restreindre les frais de cuisine.

— Pas tant de poules au pot, n'est-ce pas ? Ni de la
viande si souvent, hein ! Des choux et du lard, voilà qui est
bon. Et les poires blettes, et les pommes talées, c'est ça
qui profite. Pendant qu'on mange celles-là, les autres se
vendent. Ne laissons pas perdre non plus ce cidre piqué !

Anaïs était gourmande. Mal nourrie au couvent, maigre-
ment chez ses tantes, sinon en petites friandises de dévotes,
elle aimait la chère et s'était rattrapée, au Moulin-Joli, de
ses longs jeûnes d'autrefois. Le nouveau régime imposé
par Désiré, la ramenant aux simples menus, plus grossiers

encore, sans les gâteries pâtissières de tante Zénaïde, lui fut pénible.

Mais que dire? Comment et de quel droit se plaindre? A toutes velléités de récrimination, Désiré d'avance avait coupé court en disant un soir à Marceline qui rétipolait :

— Enfin, quoi? Est-ce à toi ou à moi, l'argent qui est ici? J'en organise la dépense comme je veux, puisque c'est moi qui le gagne. Il n'y a qu'une personne dans la maison, une seule, qui ait autorité pour me contrecarrer là-dessus. C'est mon frère. Tout est à lui comme à moi. A lui, pas à d'autre. Eh bien! lui, il ne réclame pas.

Certes, se gendarmer à propos de gros sous, Amable n'y eût pour rien au monde contraint son orgueil. Sans être aussi entière, Anaïs avait sa fierté. Comme Amable naguère, elle accepta donc ces lésineries. En en souffrant, toutefois, et visiblement, malgré sa résignation.

Où elle souffrit plus encore, ce fut dans sa coquetterie. Elle n'avait pas un goût effréné pour la toilette. Pourtant, depuis son mariage, mise en appétit de jolis accoutrements par les cadeaux premiers de Désiré, elle se plaisait à s'attifer un peu, et n'y manquait pas d'élégance. Il lui fut signifié qu'une meunière n'avait pas besoin de se vêtir en *tralala*, et que désormais la garde-robe ne se renouvellerait plus par aucun achat.

— Il n'y en a que trop, de ces fouffes. On aurait mieux fait, avec le prix de telles fantaisies, d'acheter de bons draps en toile. Du linge, à pleines armoires, comme en amassait la mère, parlez-moi de ça. Voilà le vrai luxe d'une bonne ménagère!

Mais tout cela n'était rien encore. La rancune de Désiré ne fut satisfaite que le jour où il eut enfin porté à la pauvre Anaïs ce coup suprême, de lui défendre toute relation dorénavant avec les demoiselles de Vendeuil.

Le prétexte, à vrai dire, ne lui fut pas difficile à trouver. Mademoiselle Herminie, en effet, ne se gênait guère, dans les visites à sa nièce, pour laisser voir à Désiré qu'elle le trouvait un peu trop meunier, quoique Toraval. Elle avait une façon à elle de lui dire des choses de ce genre :

— Il faudra cependant bien épousseter votre blason, un jour ou l'autre, mon cher. Sous tant de farine, on ne distingue plus s'il est de gueule ou de sinople.

Ou bien, en portant sa face-à-main à la racine de son grand nez, pour examiner les mains de Désiré pleines de gerçures et de calus :

— Voilà des moufles de vilain.

D'ordinaire, les premiers temps, il répliquait gaîment, à la paysanne, et sans se fâcher, disant que son blason n'était ni de gueule ni de sinople, mais d'un moulin au milieu d'un beau domaine, et que, quant à ses moufles de vilain, elles étaient surtout de bons gants fourrés, faits de la peau qui coûte le plus cher, la peau d'homme riche.

Au lieu de ces reparties enjouées, il en eut maintenant de rudes, et bientôt de tout à fait malpolies, qui firent se cabrer la vieille demoiselle de Vendeuil. Elle n'était pas femme à tolérer qu'on lui manquât. Désiré ayant refusé de lui faire des excuses, elle résolut de ne plus mettre les pieds au Moulin-Joli. En vain la rieuse Zénaïde essaya de raccommoder les choses. Elle fut reçue par un énergique :

— Bren !

Ce qui est la façon picarde d'articuler le mot de Cambronne.

Le curé lui-même, venu le lendemain avec la conviction qu'il arrangerait tout très aisément (Désiré n'était-il pas une si bonne pâte d'homme), trouva cette pâte levée, hérissée en croûte à s'y casser les dents, et dut rengainer son homélie devant cette phrase péremptoire :

— Tant mieux si les vieilles péronnelles restent dans leur coin ! C'est ce qu'elles auraient dû faire dès le premier jour. J'en ai assez de servir d'affûtoir à leurs plaisanteries. Qu'elles ne reviennent plus, ou je les flanque à la porte.

Désiré était si fort colère, que Marceline ne put s'empêcher de dire le soir au garçon meunier :

— D'un peu plus, ma fi, j'ai cru qu'il mettait le balai aux fesses à monsieur le curé en personne.

Ce fut presque, d'ailleurs, comme s'il l'avait fait. Quoique pacifique, l'abbé Pauquet ne pouvait plus, après une réception pareille, fréquenter amicalement le Moulin-Joli sans y être rappelé de façon expresse. Or Désiré, sachant que sa femme avait grande affection pour le brave homme, la tourmenta encore de ce côté en ne faisant rien pour rétablir les anciennes relations. Il interdit même positivement qu'elle invitât dorénavant le curé à dîner lorsqu'elle le voyait le dimanche chez ses tantes. Bientôt il défendit jusqu'à cette visite dominicale au Pavillon.

Cela devenait de la tyrannie. Il le savait et agissait quand même de la sorte. Non par méchanceté, vraiment, mais par cette griserie d'autorité qu'excite l'obéissance d'autrui trop passive. Anaïs, en effet, continuait à se soumettre sans résistance aucune. Même à propos de ses tantes, elle céda lâchement.

Cette fois, par exemple, son chagrin fut profond, malgré sa mollesse et son indifférence habituelles. Ne plus voir ses bonnes tantes, sauf à la messe chaque dimanche, et alors de loin, sous la surveillance de Désiré qui les fusillait des yeux, ne plus leur parler du tout, et surtout les sentir blessées de sa lâcheté qui ressemblait à de l'ingratitude, ce fut pour Anaïs une véritable torture.

La seule consolation qu'elle eût, c'était l'affection d'Amable, si délicate, si dévouée, si tendrement compatissante. A mesure que Désiré s'était montré plus désagréable, lui se manifestait plus doux. Il avait, en effet, renoncé à prendre trop vivement et trop ouvertement la défense d'Anaïs, s'étant aperçu que la malheureuse en était punie, seule, par un redoublement des persécutions maritales. Mais, en revanche, de quels bons regards il la soutenait, à la muette, et comme il savait par une poignée de main lui réchauffer le cœur !

Sans compter les divertissements qu'il lui donnait, à toute heure, de sa compagnie, de sa conversation ! Avec lui, elle s'entretenait de choses qui lui plaisaient. Il lui commentait des vers. Il lui enseigna un peu de peinture. En retour, elle lui remit en mémoire le solfège qu'il avait oublié, et ils purent chanter des duos au piano.

Certes, Désiré eût préféré qu'Anaïs souffrît plus pleine-

ment des taquineries dont il la mortifiait; car de jour en
jour il lui en voulait davantage, persuadé que désormais
elle ne lui donnerait pas d'enfants. Il lui eût été doux de
se venger tout à fait en la sachant sans consolation. Et
cependant, il était ravi de cette familiarité d'attachement
entre Anaïs et Amable, à cause du profit moral qu'il y trouvait pour Amable. Il le voyait si épanoui maintenant, si
heureux d'avoir dans Anaïs une société à son goût! Il était
si heureux lui-même à constater le bonheur, enfin parfait,
semblait-il, de son frère!

D'autant plus, au reste, il s'indignait contre Anaïs, qui
ne mettait pas décidément le comble à ce bonheur, en
gratifiant Amable d'un neveu.

— Car, songeait-il, c'est pour le désir qu'il en a, de ce
neveu, c'est pour cela qu'elle lui est chère ainsi, je le vois
bien. En elle, il imagine l'espoir de l'héritier qu'elle me
doit, le petit Randoin qui serait le salut du domaine. Ah!
comme il l'aime, lui, ce futur petit, et comme il aime la
terre surtout!

Et d'autres fois, remarquant qu'au sortir d'entretiens
avec Amable, Anaïs lui revenait moins triste, et encore
plus soumise, il se disait :

— Comme il est brave! Comme il l'amadoue pour moi!
Comme il m'aime aussi!

Il se radoucissait alors, se reprochait d'être dur envers
sa femme, réfléchissait au dicton qu'on n'attrape pas les
mouches avec du vinaigre, et se demandait si la stérilité
d'Anaïs ne venait pas de ce qu'il la traitait trop sans tendresse. Il avait, en ces moments, comme des accès d'embrassade, là, sur-le-champ, tout à trac, devant les gens.
Mais, comme elle s'en effarouchait, il la jugeait froide aux
baisers, et cette idée lui enlevait les velléités de mâle
amoureux qu'il se promettait pour le soir. Il redevenait,
au lit, le brutal et expéditif engendreur par devoir, à l'accolade d'oiseau.

Le mois d'après, sa colère contre Anaïs lui remontait
plus âpre, et grossièrement il se plaignait devant Marceline, en montrant les draps tachés de rouge :

— Tiens, regarde si j'ai de la chance. Toujours ça! Ah! nom de Dieu! quelle mauvaise terre, puisque ma semence n'y germe pas.

Un jour qu'il parlait ainsi, Amable étant là, il le prit aussi à témoin. Amable devint tout pâle. Désiré crut que c'était d'indignation contre Anaïs.

—Oui, continua-t-il, ça te fait rager comme moi, n'est-ce pas, cadet, de voir qu'elle est bréhaigne, là gueuse?

Amable ne répondit rien, grinça des dents. Il avait l'air d'acquiescer. Au fond, une envie folle lui bouillait au cerveau, une envie de sauter sur son frère, de le saisir par la gorge et de l'étrangler. Le misérable, il martyrisait cette pauvre Anaïs, et l'insultait, en outre, et l'accusait, au lieu de s'en prendre à sa propre impuissance! Car enfin, pourquoi s'obstiner à rendre Anaïs coupable de cette stérilité? Pourquoi une telle injustice et une aussi sotte prétention, de croire la terre mauvaise et la semence bonne?

Mais il se contint, ravala sa bile furieuse, se contenta de hausser les épaules. Désiré vit là un signe de découragement et à la fois de mépris envers Anaïs.

Marceline, elle, perçut le regard d'Amable, et au contraire comprit que le mépris était pour Désiré; car elle-même éprouvait ce sentiment, par égard pour la patronne, et par solidarité féminine aussi. La prétention du meunier lui semblait exorbitante et injurieuse à tout le *beau sexe*. Comme si, après tout, la stérilité ne pouvait pas venir de lui seul! Elle ne se priva pas de le lui dire ainsi qu'elle le pensait.

— Dame, nò maître, fit-elle, faut savoir avant de parler. Quand le grain ne germe pas, ce n'est pas toujours la faute à la glèbe.

— Hein? Qu'est-ce que tu chantes? interrompit Désiré, devenu pourpre de mauvaise honte.

— Je chante, reprit Marceline, ce que tu comprends bé, puisque t'en as les oreilles qui flambent. Je chante que la moisson lèverait peut-être avec une autre semence.

9

XIV

La phrase de Marceline avait soulagé la sourde colère
d'Amable, presque autant que s'il l'eût prononcée lui-
même. Elle cinglait si bien la fatuité bête et l'impuissance
de Désiré! Elle lui avait si honteusement rougi le visage,
comme s'il y recevait un soufflet!

Mais Amable n'avait pris garde qu'à cet effet produit, et
la phrase en elle-même, avec toute sa signification, lui
était entrée dans l'esprit sans qu'il y attachât aucune importance. C'était, en somme, une de ces boutades salées
comme s'en permettait souvent la vieille servante ; rien de
plus, assurément. En tous cas, il ne songea pas une seconde
à la suggestion latente que contenaient ces mots, et sans
doute Marceline en personne n'y avait pas réfléchi non
plus.

Les mots toutefois, déposés dans le cerveau d'Amable,
obscurément y fermentèrent, à son insu, et un beau jour
la suggestion éclata.

— Oui, oui, s'écria-t-il brusquement. Pourquoi pas, en
effet? Pourquoi n'en serais-je pas le père, moi, de cet enfant qu'il nous faut, de cet héritier par qui la terre sera
contente?

En vérité, on eût dit que quelqu'un, raisonnant au for
intérieur d'Amable, et après y avoir longuement déduit
les choses, venait de lui clamer cette conclusion. Il s'étonna
de la formuler si nette, y ayant pensé si inconsciemment.
L'impression d'une dictée d'autrui fut même si forte,
qu'Amable, finissant de parler ainsi à haute voix, se retourna pour s'assurer qu'il était bien seul. Il eut, pendant

qu'il se retournait, la certitude qu'il allait trouver derrière lui le Borgnot, ricanant en silence et le regardant à fond d'âme avec son petit œil gris.

Mais non! Amable n'était suivi ni par le Borgnot ni par personne. Il errait en pleine solitude, parmi les grasses prairies qui dévalaient du moulin à Herme-les-leups. Il avait suivi machinalement le cours de la rivière, sans aucune idée arrêtée. Du moins, quelque effort qu'il pût faire, il ne se rappela point par quel enchaînement de pensées il en était arrivé à ce *pourquoi pas*, ni quel avait été, au sortir de la maison, ce jour-là, son point de départ de réflexion. A rechercher le fil de ses rêveries, il ne releva que l'impérieuse suggestion finale, si catégoriquement exprimée, et la phrase déjà ancienne de Marceline, à laquelle seulement aujourd'hui quelqu'un en lui-même s'avisait de répondre.

Et, comme il était en train de s'analyser, il se posa immédiatement cette question :

— Suis-je donc amoureux d'Anaïs?

En toute sincérité, il reconnut que non, et fut presque satisfait de cette constatation négative. Car, tout à coup, à l'image d'un désir possible de sa part pour Anaïs, d'un désir charnel, il lui était venu comme un dégoût violent de cette chair, que Désiré possédait. Des comparaisons ravalantes lui passaient par l'esprit. Il se souvenait du *ma soupe, ma culotte*, et il entendait le propriétaire d'Anaïs dire de même :

— Ma femme!

Et la femme, dans la promiscuité de ce *ma*, se dégradait, devenait un objet comme la soupe et la culotte.

— Oh! avoir, en cela aussi, les restes de Désiré, non, non, jamais! Quel haut-le-cœur!

Mais, heureusement, il n'aimait pas Anaïs de cette façon, n'est-ce pas? Elle ne lui inspirait aucun appétit, vraiment! De cela, tout examen fait, en pleine conscience, il se sentait absolument sûr. Pourtant, il aimait Anaïs. De cela non plus il ne pouvait douter. Il l'aimait, puisqu'il trouvait plaisir à vivre auprès d'elle, à la consoler, à l'instruire, à

partager avec elle ses émotions. Il l'aimait, puisqu'il en
voulait à son frère de la rendre malheureuse. Eh! parbleu, c'était là une tendresse bien naturelle, faite de pitié
pour une pauvre victime, de sympathies entre deux intel-
ligences sœurs, d'une sorte de gratitude aussi, gratitude
d'artiste content d'avoir rencontré par qui être compris et
admiré enfin! Oui, oui, c'était cela, et rien de plus; une
affection très tendre, mais tout à fait chaste, incontestable-
ment chaste...

Il n'en demeura que plus stupéfait lorsque ensuite, et
malgré la certitude de cette constatation, il entendit de
nouveau en lui la voix de ce *moi* qui lui répétait :

— Et cependant tu dois la fournir, toi, cette bonne
semence que Désiré n'a pas.

Comme, voici deux ans, lorsqu'il poussait Désiré au
mariage, il avait invoqué et presque évoqué la terre, sa
voix intérieure aujourd'hui lui parlait avec la même éloquence, se servait envers lui de la même prosopopée. Elle
lui montrait la brave terre s'en allant en *deliquium* au
hasard des partages entre héritiers besogneux, si Anaïs
n'avait pas d'enfant.

Les belles et grasses prairies où il vaguait en ce moment,
où ses pieds s'enfonçaient avec délices dans l'herbe molle
et caressante; la rivière aux douces chansons, qui lui
murmurait comme des paroles d'amour; les bons peupliers qui faisaient là-bas une courtine, pleine de ronron-
nements berceurs, au vieux nid familial; les champs étalés
au flanc du coteau en un tapis bariolé, tantôt tissu de
velours vert par les luzernes, tantôt de moire mauve par
les trèfles en fleur, et quelquefois tout d'or mouvant par
les blés; et la vieille forêt de Toraval, là-haut, avec ses
brondes, ses taillis, ses sentiers sauvages, ses grands
arbres séculaires, sa muraille de roc en forme de teton
géant d'où giclait le jet diamanté de la source; et tout
enfin, depuis les oseraies du bas jusqu'à la giroflée poussant
à la coupette du castel en ruines, tout cela serait à d'autres,
à de la cousinaille, à de la canaille, qui de ses doigts
crochus mettrait ce paradis en lambeaux!

Et la voix lui criait, furieuse, indignée :

— Non, non, tu ne le veux pas, tu ne laisseras pas faire cela, n'est-ce pas, Amable? Tu l'aimes, je le sais, cette terre. Pour elle tu as sacrifié déjà bien des choses. Pour elle tu as forcé habilement ton frère au mariage. Mais ce n'est pas assez, tu le vois. Il est inapte à la tâche qui lui incombe. Il n'est pas le mâle qu'il faut pour engendrer au domaine son sauveur. Il en faut un cependant.

Amable se révoltait, à la conclusion devinée. Non pas qu'il considérât comme un crime de devenir l'amant d'Anaïs, de sa belle-sœur ; mais toujours par dégoût physique, rien de plus. Et il éprouvait ce dégoût davantage à mesure qu'il y pensait. Il se l'exagérait, sans croire le faire. Il sentait, sans se définir un tel sentiment, qu'il aurait ainsi plus de mérite à dompter ce dégoût, s'il était forcé d'en venir là.

Et enfin, c'est en toute loyauté, ne s'imaginant pas qu'il désirait Anaïs, convaincu au contraire d'en avoir presque horreur charnellement, qu'il arriva au bout de son paralogisme, à savoir que la terre exigeait l'engrossement d'Anaïs par lui. Le *moi* parlant au fin fond de son moi, le lui signifia clairement par ces mots, lesquels lui parurent naturels :

— Là est ton devoir! Sacrifie-toi encore.

Trois mois durant, Amable lutta contre cette idée, devenue peu à peu une idée fixe, où tout son être se concentrait.

Pour la chasser, il n'avait plus le secours de son orgueil, son plus puissant auxiliaire moral, qui lui avait si bien servi autrefois dans sa résistance à la criminelle suggestion du Borgnot. Aujourd'hui, ce n'est pas d'un vil scélérat que lui venait l'incitation, d'un gueux à qui l'on ne pouvait se soumettre sans un dégradant sentiment de honte. C'est la terre elle-même, ce coup-ci, la terre adorée, la terre vénérée, qui chuchotait les aiguillonnantes paroles tentatrices. En lui cédant, Amable n'éprouverait aucune déchéance. Au contraire, il se hausserait, dans sa propre estime, au rang d'une sorte de héros, presque de martyr.

9.

Car, de plus en plus, il s'exagérait l'effort physique qu'il lui faudrait pour accomplir sa *mission*. Il se l'imaginait d'autant plus grand et difficile, que par cette imagination seule lui était suppédité le peu d'énergie qui lui permît encore de combattre l'impérieuse obsession de sa nouvelle idée fixe.

En cette bataille intime, un autre qu'Amable eût certainement trouvé des forces à la pensée de la monstrueuse ingratitude que manifestait la simple absence d'horreur devant un tel adultère. Lui, ne songea même pas à la possibilité de cette pensée.

Il était, depuis si longtemps, guéri de toute reconnaissance envers son frère ! En pleine loyauté, n'estimait-il pas, bien plutôt, que Désiré était maintenant son obligé, et de beaucoup en retard, et sans acquittement désormais ? A qui, en effet, Désiré devait-il la possession d'Anaïs, sinon au désintéressement inouï d'Amable ? Et qu'Amable aujourd'hui, par la fatalité des circonstances, se trouvât *forcé* de la reprendre en quelque sorte à Désiré, comment cela pouvait-il être taxé de monstrueuse ingratitude, au regard d'Amable ? L'ingratitude était, quasi, du côté de Désiré, qui réduisait son frère à des extrémités pareilles.

Ainsi, plus il raisonnait, et moins Amable découvrait d'arguments contre son idée fixe. Il n'en rencontrait que pour.

Et cependant il lutta. Sans savoir au juste, d'ailleurs, pourquoi il se débattait de la sorte. Il se disait seulement, et encore à mots vagues, à peine formulés, que ne pas s'abandonner tout de suite était beau, prouvait de la vigueur morale. Il se complaisait à ces constatations, d'où il sortait avec une admiration sincère pour lui-même.

L'admiration s'avivait encore à la souffrance qu'il croyait endurer. Souffrance absolument chimérique, mais qui n'en était pas moins ressentie par lui, et visible aux autres. Car il se disait, se dupant lui-même tout le premier :

— Ne suis-je pas le plus malheureux des hommes, d'être placé en face d'un devoir si énorme à remplir ?

Et il s'attendrissait sur sa propre infortune, comme si,

l'adultère commis, c'est lui qui dût en être la victime à
plaindre, et non pas Désiré. Il en devenait mélancolique,
morose, en prenait des airs accablés, goûtait à cet acca-
blement un véritable charme. Car ce n'était plus là de
lamentables supplices semblables à ceux que lui infligeaient
naguère sa défaite humiliée et sa rancune muselée par les
bienfaits fraternels ; c'était une torture douce, puisqu'il se
la donnait lui-même, à la fois patient et bourreau, et ne
poussant la douleur que jusqu'au point où elle est encore
un délice.

La douleur, néanmoins, était certaine. On la perçut
autour de lui. Sa mélancolie faisait peine à voir, après les
trois années qu'il venait de passer, si content, si souriant,
si affable auprès d'Anaïs et par elle. Comme jadis, il
était redevenu sombre, sauvage, allant aux champs tout
seul.

Il reprenait goût au coin farouche de Toraval. Il cessa de
manger et boire gaîment, eut les joues creuses, les
regards noyés, la lèvre amère. Tout le monde à la maison
le plaignit, et ce fut à qui le consolerait.

— Voyons, mon fieu, dis-nous ce qu'il te faut, faisait la
vieille Marceline, dis-nous ce que tu as de besoin pour te
ramioter.

Et elle ajoutait en essayant de rire :

— On te le donnera, va, même si c'est le cul de la lune
pour engendrer le beau temps.

Anaïs, elle, se faisait plus affectueuse encore, plus
tendre que jamais, plus câline. D'autant plus, même, que
Désiré en personne l'y exhortait.

— Il n'y a que toi qui as de l'influence sur lui, disait-il.
Tâche donc de savoir ce qu'il a, de lui rendre la vie un
peu agréable, comme ces temps derniers. Sois bonne à ça,
au moins.

Et il secouait amicalement son frère, toujours en bourru
bienfaisant, lui offrant tout ce qu'il pouvait supposer
capable de le distraire.

— Veux-tu un fusil nouveau ? Une bidette ? Une paire
de bassets ? Parle, nom d'un zo ! Tu sais pourtant bien que

tout ce qu'il y a ici est à toi, tout, entends-tu, absolument tout, cadet.

Un jour, il dit cela, sans y prendre garde, les yeux tournés vers Anaïs. Et l'idée fixe d'Amable était si forte, et trouvait si bien en tout des arguments, qu'Amable pensa :

— Quoi ! lui aussi, alors, comme la terre, c'est donc sa volonté ?

Et il n'eût pas été étonné d'entendre Désiré lui dire :

— Fais-moi donc cocu.

XV

Quelque complaisance que mît Amable à se persuader qu'il avait charnellement horreur d'Anaïs, il fut cependant obligé bientôt de reconnaître que cette horreur peu à peu diminuait. Sans doute sa volonté de lutte mollissait devant tant d'arguments, si pressés, si divers, si victorieux, qui le poussaient vers l'adultère. Sans doute aussi son cœur s'habituait, son brave cœur de martyr, au devoir imposé, et de la sorte, par courage moral, Amable prenait le courage physique d'envisager désormais avec moins de dégoût la possession possible de sa belle-sœur. Qu'importait, au reste, la raison de ce changement d'impression? Le fait est que le changement avait lieu, et rapide, et promettant de s'accentuer jusqu'au revirement absolu. De cela, toujours s'analysant, Amable eut nettement conscience.

Maintenant, quand Anaïs, en le plaignant, lui prenait les mains et le suppliait de dire le secret d'une telle mélancolie persistante, il sentait comme un courant passer des doigts de la jeune femme dans les siens, à lui, qui frissonnait soudain. Ce frisson lui montait dans les bras, jusqu'au cœur et au cerveau. Et le cœur alors s'arrêtait de battre, et le cerveau de penser. Puis, brusquement, l'un se remettait à battre plus vite, l'autre à bouillonner plus activement. Une chaleur se répandait par tout le corps d'Amable, et il lui semblait qu'il allait s'y consumer.

A coup sûr ce n'était plus là un frisson d'horreur. Était-ce donc une surrection de désir? Il essaya d'abord de se démontrer que non.

— Je suis, en ce moment, tout exalté, se disait-il. J'ai les nerfs à fleur de peau. Un rien me fait pleurer. Quoi d'étonnant à ce que la sympathie d'Anaïs me trouve ainsi vibrant, surtout quand cette sympathie se manifeste en une sorte d'imposition des mains? Il y a là comme du magnétisme, et c'est tout.

Cependant, d'autres indices, plus significatifs qu'un frisson, lui marquèrent, peu après, que le désir aussi naissait en lui, à son insu. Si les tendres regards d'Anaïs ne parlaient que de pitié, ses attouchements ressemblaient trop à des caresses pour que le corps et la virilité d'Amable pussent y demeurer insensibles. Du cerveau et du cœur, le courant électrique redescendait maintenant le long de l'épine dorsale, soulevant et entraînant dans une galopade folle toute la moelle qui se ruait pour jaillir, obscure et frénétique chevauchée en rut vers Anaïs.

— Vers elle, non pas, réclamait Amable, mais simplement vers ceci, qu'elle est une femme.

Et, pour s'en convaincre, il tenta une diversion du côté des *denrées* procurées par le Borgnot.

Il y gagna une recrudescence d'affection du malandrin, qui lui reprocha sa longue négligence et lui dit :

— Je vous aime tout de même, amon, parce que je ne peux pas m'imaginer, malgré tout, que vous deveniez un petit saint. C'est comme une maladie de vertu que vous faites à c't'heure. Mais ça ne durera pas, j'en réponds. Vous valez mieux que ça.

Une maladie de vertu! Le mot produisit une grande impression sur Amable. Et aussi l'opinion que le Borgnot avait de lui. Par ce gueux, comme par Anaïs, quoique pour d'autres raisons, il était donc admiré! Cette admiration, même partie de si bas, et venue de ce que le Borgnot le croyait mauvais bougre et capable de crime, n'en était pas moins de l'admiration, partant douce à son orgueil. Elle l'induisit au reste à songer :

— Est-ce que, vraiment, je serais un vertueux, c'est-à-dire, au sens du Borgnot, un imbécile? Est-ce que mes longues hésitations auraient pour causes des scrupules, la

crainte de remords possibles, le sentiment d'être ingrat
envers mon frère?

Et il conclut, avec un rire à grince-dents :

— Allons donc ! ce serait trop bête.

Ce ne fut là, d'ailleurs, qu'un éclair de cynisme. Amable
n'était pas homme à s'avouer ainsi son manque d'honnêteté, encore moins à en tirer gloire. Il était bien plutôt
enclin à se trouver bon, brave, méritant, à s'en féliciter, à
y puiser une noble fierté dont il se régalait avec componc-
tion, en gourmet de délicatesse morale.

Aussi, cet aparté de franchise une fois passé, il ne lui
resta, de la réflexion du Borgnot, qu'un peu plus de
vanité, à l'idée de l'héroïsme qu'il déployait positivement,
en s'astreignant à tant de vertu si niaise.

Ce qu'il appelait de ce nom de vertu, ce n'était pas du
tout, au demeurant, sa résistance aux suggestions d'adultère, mais bien l'effort qu'il croyait avoir fait pour surmonter la répugnance inspirée naguère à son corps par
celui d'Anaïs. Car il en vint à se figurer que cette répugnance n'avait pas été vaincue par autre chose que sa
ferme volonté d'accomplir son devoir envers la terre.

Il ne s'arrêta pas un instant à la supposition d'un retour
de jeunesse lui travaillant le sang et les nerfs. Il n'attri-
bua pas non plus cette éclosion de désir à l'attrayante
tiédeur de la chair d'Anaïs, toujours proche, et le frôlant
et lui dardant d'inconscients effluves impérieux, par ses
mains caresseuses, ses yeux chargés de langueurs voilées
et troubles et troublantes, ses paroles câlines, ses lèvres
si rouges et dont le sourire gracieux ressemblait à l'épanouissement d'un fruit offert.

Non, confesser qu'il était séduit par cela, et qu'il allait
trouver plaisir à être l'amant d'Anaïs, c'eût été se ravaler
au rôle passif d'un sensuel, obéissant à l'appétit de la
femelle. Et il persistait dans sa prétention d'être, au contraire, un actif, se décidant par des raisons plus hautes,
absolument intellectuelles.

La preuve (du moins il se la donna telle) qu'il en était
bien ainsi, c'est que pour Anaïs seule il se sentait tendu de

désirs mâles, et qu'il n'avait éprouvé ni joie ni même velléité d'en prendre avec les *denrées* d'Hirson. A peine avait-il pu y besogner malgré tant d'abstinence ancienne, tandis qu'il avait conscience de véritables trésors virils à la disposition d'Anaïs. Pourquoi, sinon parce qu'en celle-ci lui apparaissait, en celle-ci uniquement et nullement en quelque autre, le résultat final de l'héritier sauveur du domaine ? Donc, s'il désirait Anaïs, c'était bien en toute noblesse et ferme propos de sacrifice, et non pas comme un vulgaire suborneur attiré par le fruit défendu, ni comme un sevré d'amour, bavant de besoin au premier rafraîchissoir trouvé.

Mais, pour se maintenir dans cette conviction, et continuer à croire qu'il y avait mérite dans l'adultère, il fallait cependant ne pas attendre que l'idée en devint trop agréable. Amable ne se posa point en termes nets cette objection. Il la subodora néanmoins, assez pour flairer que, s'il tardait à remplir son *devoir*, ce devoir cessait d'en être un. Or il en voulait avoir l'honneur.

L'honneur trop facilement obtenu l'eût aussi quelque peu dégoûté. Comme il avait cherché à se tromper sur la répugnance qu'il aurait à vaincre, il aimait de même à se créer des obstacles dressés devant l'accomplissement de la chose. Par malheur, il n'y en avait point. Anaïs semblait une proie prise d'avance. Désiré ne montrait aucune jalousie. Les occasions de commettre le péché ne manquaient guère, en ce moment où presque tout le jour Amable et Anaïs restaient seuls à la maison vide, les gens étant occupés aux champs. Ces commodités irritaient Amable.

— Non, non, se disait-il, tout cela est d'une hideuse banalité. Je n'en veux pas. Si j'étais un amoureux quelconque, ayant envie de ma belle-sœur, oui, je profiterais de cette liberté. Mais ce consentement des gens et des choses m'est odieux, pour une œuvre aussi grande. Je ne fais pas une saloperie, moi. Je fais une action noble et belle. Je refuse l'occurrence offerte, la complicité cachottière de la maison, le lit où Désiré a sali la malheureuse.

Et il s'exaltait, en phrases à panaches, parlant dans son for intérieur, mais avec déclamation quand même, et se montait la tête, toujours sincèrement.

Dans son enthousiasme, que surexcitait l'aversion des banales promiscuités habituelles à l'adultère, il souhaitait des circonstances spéciales, attendait des occasions extraordinaires et difficiles, n'eût même pas été fâché d'en trouver qui fussent dangereuses, un peu, juste assez pour donner à son action couleur d'héroïsme. Cette rare et suprême condition n'étant guère possible sans un franc défi bravant Désiré trop ouvertement, il rêvait au moins de risquer la chose en un lieu et dans un moment qui permissent de croire au péril couru.

Il voulait aussi que l'autel fût digne du sacrifice.

Pour toutes ces raisons, il ne céda pas aux tentations sans nombre qui s'offraient pendant ses longs et familiers tête-à-tête avec Anaïs. Même allumé par les tendres œillades et les caressantes attoucheries de la jeune femme (d'autant plus irrésistibles qu'elles étaient innocentes), il eut la force de se contenir, chaste et refréné, grâce à son orgueil.

Ainsi, ce qui chez un autre eût été le résultat d'un instinctif appétit amoureux, d'un aveugle mouvement charnel, finit par devenir chez lui la conclusion d'un raisonnement. L'obscur besoin des sens le poussait aussi, à coup sûr; mais ce n'est pas à ce bas mobile qu'il avait conscience d'obéir. Il était convaincu d'être un intellectuel, d'avoir délibéré sagement et justement avec lui-même, et de faire, en somme, *ce qu'il voulait*.

C'est pourquoi il choisit l'endroit, l'heure, et en toute précision, où devait arriver le nécessaire aboutissement de ses syllogismes. Du moins est-ce ainsi qu'il qualifiait l'adultère à présent. Jamais il n'y avait vu de crime. Aujourd'hui il poussait l'impartialité jusqu'à n'en plus vouloir considérer non plus le mérite. Il lui semblait plus grand, plus neuf, plus en rapport avec sa supériorité morale, de n'en priser que la valeur logique.

La terre réclamait un possesseur futur, un héritier du

nom des Randoin. Désiré ne pouvait le lui fournir. Amable avait charge d'y pourvoir. La chose devait s'accomplir simplement, presque saintement, sans mauvaise pensée de jouissance défendue, sans emportement de passion.

— A tête reposée, enfin !

Dans ces conditions, la maison elle-même, prêtant l'alcôve conjugale, était contre-indiquée, ainsi que s'expriment les médecins. Pareillement, le consentement d'Anaïs, pouvant trouver plaisir à tromper son mari, devait être évité, puisqu'il ôtait à l'acte sa noblesse.

Ces deux points établis, et solidement, Amable n'eut pas grand'peine à déterminer le reste, qui s'imposait.

Quel était ce fameux autel, digne du sacrifice? Quel, sinon la terre en personne, la terre exigeante et obéie, la bonne terre, mère et nourrice des Randoin, la terre dont la seule volonté animait Amable, la terre pour qui l'on allait travailler ?

Or, nulle part, la terre n'avait jamais mieux vécu pour Amable, en présence réelle, qu'à ce coin de Toraval, où elle lui parlait, où elle s'épanouissait libre, où toute son âme semblait s'exhaler d'elle, où il l'avait aspirée et bue en la baisant jadis avec des sanglots d'amour.

C'est donc là qu'il fallait le faire, cet héritier que la terre demandait. Et, en le faisant, il fallait songer à la terre, uniquement à elle, et non pas à la possession même d'Anaïs.

Tant de subtiles réflexions excusent-elles ou aggravent-elles l'acte d'Amable ? Il ne se posa seulement pas cette question. Il était tout au contentement d'avoir enfin nettement formulé son *devoir* en ces termes :

— C'est à Toraval que je violerai Anaïs.

XVI

C'était le temps de la fenaison, qui est le plus beau et le plus occupé de l'année agricole pour la Thiérache, pays peu fromenteux, mais en revanche si bravement herbu, presque tout de verdure à ras du sol, pacages naturels ou prairies flottantes. Les chaleurs d'été sitôt venues, on y travaille dur, et de toutes parts, et gaiement, quoiqu'on se plaigne toujours du manque de bras. On n'est jamais en assez grand nombre, il est vrai, pour tant de besogne qu'il faut faire en si peu de jours : faucher le foin, le répandre, le faner, le mettre en meules, le botteler, le rentrer.

Par bonheur, il ne mûrit pas partout à la fois. Selon l'exposition, il est à point ici plus hâtivement que là. Ainsi l'on peut arriver dans les différents endroits au bon moment à peu près, c'est-à-dire quand le foin commence à jaunir seulement, sans toutefois se dorer sur pied. Car pour qu'il ait suc et saveur, il faut qu'il soit coupé la tige encore tendre et verdelette.

Avec tant de précautions à prendre, et la crainte des pluies dont il est nécessaire de prévoir les ondées nuisibles, et la surveillance des andains en train de sécher, la fenaison est donc la grosse affaire là-bas, et qui ne s'y intéresserait point ne serait pas Thiérachois.

Aussi Amable et la molle Anaïs elle-même, dérogeant à leur oisiveté coutumière, étaient-ils aux champs comme tout le monde en cette saison bénie, et y donnaient-ils leur coup de main. Amable, en réel consentement et bon vouloir, par affection pour la terre dont il lui semblait

ainsi se rapprocher. Anaïs, pour être en compagnie
d'Amable, et aussi par condescendance aux ordres de
Désiré, qui n'eût pas toléré de paresse pendant la
fenaison.

Il était fier de ses foins, lui! Grâce au moulin, dont le
barrage lui permettait les distributions d'eau tout à son
gré, il avait les plus admirables tapis d'herbe de la
contrée, pourtant riche en trésors de ce genre. Nul ne
pouvait, ainsi que lui, par les rigoles et les batardeaux,
multiplier et régler l'humidité des prairies flottantes, et
transformer en elles jusqu'aux plus lointains pâtis naturellement dénués de liquide. Nul aussi n'obtenait en
récompense un pareil épanouissement de verdure, épaisse,
drue, grasse, si belle qu'il disait souvent, avec une réelle
gourmandise et la salive en bouche :

— On en mangerait, hein!

Cela sans rire, sans fausse honte d'être comparé aux
bestiaux, mais bien plutôt en les enviant, jusqu'à le proclamer et à soupirer, d'un regret sincère :

— Ont-ils du bonheur, les bœufs, de mâcher ça et de le
remâcher!

C'était dit et senti d'un tel cœur, qu'Amable en éprouvait de la jalousie. Il n'admettait pas que la terre pût
être aimée de cette façon passionnée par d'autre que par
lui-même. Ces moments d'expansion, d'ailleurs, étaient
rares chez Désiré, qui plus souvent, et de meilleur cœur
encore, manifestait son amour du sol en des réflexions
comme :

— Voilà un arpent qui ne rapportera pas loin de trois
cents bottes, et il n'a rien coûté à établir. Tout y pousse
tout seul. Cet arpent-là est à mon goût. Celui-ci, par
exemple, est un gueux. J'y ai trop dépensé. Il me devrait
au moins cinq cents bottes, puisque je l'ai fait pré flottant.
Il n'en donnera guère que quatre cents. C'est plus d'une
centaine qu'il me vole.

Et, ainsi médisant de la terre, il la regardait avec des
yeux méchants, la piétinait, avait l'air de la battre.

Amable pensait alors :

— Le cochon! il ne l'aime que pour l'argent.

Lui, il l'aimait sans arrière-idée d'intérêt, et jamais n'aurait eu le courage de la trouver ingrate, répondant mal aux frais qu'on faisait pour elle. Elle lui paraissait, au contraire, trop bonne, d'endurer tous les changements qu'on lui imposait pour qu'elle *rendît* davantage. Il aurait préféré qu'on la laissât sauvage et produisant à sa fantaisie. Tout au moins, si l'on devait la fatiguer et la déranger afin qu'elle en devînt plus forte et plus belle, il eût voulu que ce fût pour cela seulement, sans exiger rien d'elle en retour que le spectacle de sa force et de sa beauté. Il se plaisait à raffiner sur la signification étymologique du mot culture, où il cherchait le sens religieux de culte.

Tout cela très à la débandade dans son esprit, plutôt senti que verbalement exprimé, tandis qu'il rêvassait en fauchant, la pensée vague et bercée au rythme cadencé de son labeur. Car il peinait, lui aussi, la faux en main, lui l'artiste, lui le fainéant et le flâneur transformé par la fenaison en ouvrier.

A vrai dire, il ne peinait que de mouvement, le souffle profond, les muscles las, la sueur au front; mais de sensation, au plus intime de lui, loin de peiner, il jouissait. N'était-il pas en communion plus étroite avec la terre, ainsi courbé vers elle, la humant à chaque large haleine qu'il prenait, la pressant mobile et élastique à chaque pas qu'il enfonçait dans le sol? Sans compter la spéciale ivresse que donne l'action même de faucher, ce roulis du torse sur les hanches, ce balan des épaules au flux et au reflux des bras régulièrement lancés et ramenés, cette chatouillante pesanteur dans les reins arqués et la nuque tendue. Ivresse douce et voluptueuse, augmentée encore par le chaud moxa du soleil, cuisant la peau, et par l'éther capiteux exhalé des herbes mourantes.

Avec délices il s'abandonnait à cette ivresse, sans en être distrait, non pas même quand le méticuleux Désiré lui reprochait de besogner trop mollement, de couper le foin trop loin du sol.

10.

— Regarde-moi donc, grognait l'aîné en grippant sa bouche d'avare ; vois comme je laisse peu de chose au ras. Rien de perdu avec moi. Tandis que toi, nom d'un zo ! on dirait que tu as peur d'écorcher la prairie.

Certes, Amable avait peur de l'écorcher, de lui faire mal, à la pauvrette. Aussi continuait-il à faucher d'un mouvement lent, sans brutalité, sans risquer d'enlever à la terre de ces lèches de peau noire qui souvent font balafre dans la verdure, au fil des faux trop rapaces fauchant de trop près. Et, pour être sûr de ne point la maltraiter ainsi, il ne relevait seulement pas la tête à la remarque de son frère, crainte de ne pas mesurer son coup en regardant ailleurs que devant soi. Et la voix de Désiré lui semblait lointaine, tant il l'écoutait peu, tant il s'hypnotisait à fixer toute son attention à la terre, qu'il sentait vivre et palpiter, frémissante de plaisir tandis qu'il lui tondait tout doucement le poil.

Il ne s'arrachait à cette joie que pour considérer par instants Anaïs. Encore était-ce lorsque la fatigue le forçait à se redresser un peu, pour souffler, se dégourdir l'échine, se déhudir la nuque, et faire chanter son affûtoir de pierre au tranchant de sa faux. Alors, après avoir tapoté la lame étincelante sur la petite enclume, et soigneusement aiguisé le fil sonore du gigantesque rasoir, avant de se remettre à l'œuvre il demeurait un assez long temps dans une complète immobilité, les yeux grands ouverts à la vision de la jeune femme et comme s'il voulait l'absorber en lui par cette attirante contemplation.

Anaïs était à peu de distance toujours, parmi les femmes qui, du bout de leurs fourchets, *répardaient* les andains frais coupés. Elle se trouvait généralement à la queue plutôt que parmi, ayant peine à se maintenir à son rang, à cause de sa paresse. Désiré avait beau la gourmander là-dessus. Elle non plus ne l'écoutait guère, perdue, comme Amable, dans une continuelle rêverie.

Rêverie plus vague encore que celle d'Amable, non moins agréable, plus voluptueuse surtout. Ce qu'elle éprouvait, elle, ce n'était pas de la terre qu'elle le tirait, mais d'elle-même. A la terre, à l'herbe coupée et qu'elle fanait machinalement, la jeune femme ne songeait pas. Elle eût même été fort embarrassée de dire à quoi elle songeait. En réalité, elle ne songeait à rien. Sa chair seule songeait, confusément, obtusément, comme doivent songer les plantes quand vient l'heure où monte en elles la violente et ténébreuse poussée de la sève.

Anaïs sentait aussi comme une sève sourdre dans ses artères, dans ses moelles, dans ses nerfs, du fond le plus secret de son être. Alanguie de lassitude et de chaleur, la peau moite, le bout des tetons raidi et fourmillant, le ventre et les lombes mystérieusement agacés de lentes titillations furtives, elle était en proie à l'obscure caresse des choses et s'y livrait sans résistance.

— Tu dors donc en marchant? lui criait de temps à autre Désiré.

Et il la traitait de chiffe. Marceline tâchait de la défendre, mais sans comprendre non plus la vraie cause de cette quasi-pâmoison.

— Nô dame, disait-elle, n'a pas un corps de pile-la-terre, comme nous. Elle est *hodée*, à cause qu'elle a des bras de beurre. Elle devrait se reposer. Elle a envie de dormir.

Mais, quoique somnolant en apparence, Anaïs était bien sûre de n'éprouver aucun besoin de sommeil. Jamais, au contraire, elle ne s'était perçue si éveillée, les sens plus aigus. Elle avait même l'odorat particulièrement subtil et affiné en ce moment, presque d'une façon maladive, jusqu'à distinguer, dans le parfum violent du foin coupé, les odeurs plus rares qui s'y mêlaient, exhalées par des herbes d'essence différente, dont pourtant elle ignorait les noms.

Amable, contrairement à Désiré, à Marceline et à tous les autres, ne se trompait pas, lui, touchant l'état d'Anaïs. Par une sorte de pénétration magnétique, il devinait, ou plutôt sentait ce qui se passait en elle. Il ne faisait pour cela aucun effort, pas même celui de raisonner par analogie avec sa propre ivresse présente. En plongeant simplement son regard dans les yeux de la jeune femme, il *voyait* et *vivait* dans elle.

Le dédoublement de personnalité était si net, que, réellement, à certains battements des narines produits chez Anaïs, il flairait la spéciale senteur qui en était la cause. Il eût pu lui dire, s'il avait eu à ces moments la force d'articuler des mots :

— Voici ; juste à cette minute, ce que tu aspires, ce qui te va si délicieusement au cœur, comme un baiser de parfum, c'est l'âme poivrée de la pimprenelle. Maintenant, c'est la fraîche brûlure du baume. Dans la même bouffée, tu viens de humer l'haleine de myrte jetée en mourant par ce persil-d'âne retardataire, et la saveur de miel et de lotus découlant de ce mélilot tranché.

Et, par un étrange travail de son cerveau, travail auquel il ne s'appliquait point, mais qu'il laissait s'opérer en lui, il s'amusait à dénombrer et à définir les nuances de parfums exhalés par tant de plantes diverses. A mesure qu'Anaïs en percevait la sensation, il en disait mentalement l'espèce, comme si quelqu'un, en son moi, contrôlait et analysait les impressions reçues par elle.

Ces pénétrations d'âme à âme, cette sorte de transsubstantiation, ne duraient d'ailleurs que de très brefs instants, lesquels lui paraissaient interminables. Très brefs, en vérité, puisque bien rarement, tandis qu'il contemplait ainsi la jeune femme et vivait en elle, Désiré avait l'occasion de lui dire (ce à quoi il ne manquait pas quand la pause d'Amable se prolongeait plus d'une demi-minute environ) :

— Allons, cadet, tu muses toujours !

Et cependant, au cours de cette demi-minute, c'est toute une série de plantes odoriférantes qui passaient et défilaient dans sa lanterne magique cérébrale, chacune avec son nom, son étiquette, et toutes flairées néanmoins à la fois par Anaïs et par lui-même, toutes, hyacinthes, violettes, muguets, marjolaines, pouliots, serpolets, origans, mélisses et verveines.

Puis, son ouvrage de faucheur le reprenant, l'échine courbée, les regards au sol, tout à sa tâche, il cessait de communier avec Anaïs pour rentrer en intimité avec la

terre. De nouveau, l'ivresse du rythme le berçait en le
soûlant, au roulis de son torse sur ses hanches, au balan
de ses bras redevenus de monotones machines; et, sous la
cuisante plombée du soleil, dans le confus encens du foin
coupé, il revoguait en pleine conscience obtuse et délicieuse, sans s'occuper d'autre chose que de s'anéantir
comme végétativement au giron de la terre.

Il était dans un de ces moments, et Anaïs dans une de
ses apparentes somnolences, mais tous deux vivant, au
fond, d'une intense vie, quand fut terminée la fauchaison
du dernier pré, à l'orée du bois de Toraval. Ni lui ni elle
ne s'étaient aperçus qu'on les avait laissés seuls. Depuis un
grand moment, ils persistaient d'un geste quasi automa-
tique, lui, à faire des andains, elle, à les *répardre*. Les
autres, commandés par Désiré, s'en étaient retournés dès
l'avant-dernier champ, ayant des joncs à couper dans le bas
de la vallée.

— Ils finiront à eux deux celui-là, avait dit le meunier,
sans même les prévenir!

Il avait d'ailleurs ajouté, se moquant d'eux et de leur
lenteur:

— Ils le finiront en dormant.

— Amon, avait répondu Marceline, il ne faudra pas les
réveiller alors. Ils faucheront et faneront peut-être aussi
le bois de Toraval.

Et par jeu, comme si vraiment Amable et Anaïs dormaient, on s'était en allé sans bruit, à pas de loup, à la
façon de cligne-musette, ce qui n'était point difficile, au
reste, le chemin creux dévalant de là par une saute où
l'on disparaissait vite.

Brusquement, Amable, son dernier coup de faux lancé,
puis ramené, se retourna, et vit qu'il était seul avec Anaïs.
Elle continuait à soulever du foin sur son fourchet de bois,
à le faire sauter, à l'éparpiller au soleil pour qu'il séchât.
Et, tout en continuant, elle arriva enfin à l'andain suprême,
auprès duquel Amable se tenait tout debout, immobile,
en train de la contempler à pleins regards.

— Tiens, fit-elle, où sont donc les autres?

— Je n'en sais rien, répondit-il.

Tous deux gardèrent ensuite le silence, comme n'ayant absolument plus rien à se dire. Ils avaient l'air harassé, presque abruti.

— Rentrons à la maison, proposa enfin Anaïs, mais d'un ton vague, sans attacher aucune importance à ses propres paroles.

De fait, après avoir ainsi parlé, elle ne bougea point, ne semblait même pas en avoir envie, ni envie non plus de quoi que ce fût, sinon de demeurer là, les bras ballants, les pieds fichés au sol, le souffle très calme, les regards voilés, tout le corps lourd et las.

Mais de demeurer là, de tenir à y demeurer, c'était encore trop sans doute pour sa volonté morte. Son attitude seule paraissait le désirer. Elle-même, en somme, y était indifférente. C'est, du moins, ce que montra clairement la passive obéissance avec laquelle elle se mit à suivre soudain Amable, bien qu'il n'eût donné d'ordre de marche qu'en marchant lui-même, sans prononcer un mot.

Ordre de marche singulier, cependant, et contre quoi le simple bon sens protestait. Fatigués comme ils l'étaient, et sous cet accablant soleil d'après-midi, pourquoi ne s'asseyaient-ils pas à l'ombre de ces arbres tout voisins, près du ruisselet chantant qui conseillait de se laisser reposer et bercer à la fraîche musique de la cascatelle? Ou bien, si le refroidissement était à craindre après les rudes suées endurées depuis tantôt, pourquoi ne pas prendre, avec un pas calme, la commode route de la maison? On y arriverait tôt, la transpiration séchée en allant sans hâte, et l'on y trouverait bon goûter et cidre clair pour se réconforter en s'arrosant.

Mais non! Ni vers le bord ombreux du ruisseau sous les premiers arbres du bois, ni vers le sentier conduisant à la maison le long de l'eau murmurante, ne se dirigeait Amable. Il s'était engagé dans le rude chemin raviné qui grimpait au flanc de Toraval, hérissé de brondes hargneuses, et bossué de racines aux coudes sournois qui vous passaient des crocs-en-jambe.

Il ne le suivait seulement pas dans ses lacets qui adoucissaient la montée et l'abritaient sous le parasol des arbres. Il semblait trouver trop agréables encore ces tranchées serpentines, pourtant coupées de tant de crevasses, et leur préférait des raccourcis presque à pic, en des endroits sans feuillages, parmi les ronces, à même le roc, en pleine flambée du soleil.

Il y gravissait, d'ailleurs, en hâte, quasi rageusement, comme joyeux aussi de ces obstacles. Oui, en vérité, à la fois furieux et ravi. Du moins, tel il apparaissait aux yeux d'Anaïs, chaque fois qu'il se retournait vers elle, pour lui signifier du regard qu'elle eût à le suivre toujours et quand même.

Et elle le suivait, en effet, soumise, joyeuse puisqu'il était joyeux, sans comprendre le but de cette ascension déraisonnable, sans savoir pourquoi elle suivait, sans même se demander si, lui, il savait pourquoi elle devait le suivre de la sorte.

Il était haletant. Elle haletait comme lui. Elle n'essayait pourtant pas de le rattraper, l'ayant désiré à plusieurs reprises, et l'ayant vu aussitôt presser le pas, comme s'il tenait expressément à ce qu'elle ne pût le rejoindre. De cela non plus elle ne cherchait point à connaître la raison. Qu'importait? Puisqu'il le voulait ainsi, cela n'était-il pas suffisant?

Au surplus, elle ne réfléchissait pas tant. Elle allait, entraînée, traînée plutôt, comme en laisse, au bout du regard que par moments il lui lançait. Et, dans la fatigue endurée, loin de se plaindre, elle était heureuse. Son essoufflement, ses jarrets tirés, ses pieds meurtris, sa chair déjà talée par cette semaine de fenaison et aujourd'hui presque à épuisement de force, tout cela lui était doux.

De se sentir si passive, elle se délectait particulièrement, et de comprendre si bien Amable et de lui obéir si strictement sans qu'il eût besoin de parler.

Quant à lui, il marchait ainsi que dans un accès de somnambulisme.

Lorsqu'ils arrivèrent en haut de la grimpette, à la clai-

rière farouche qu'était devenu l'ancien jardin français du
castel, ils étaient tous deux à la fois ravis et hors d'haleine, ivres et éreintés, et ils se laissèrent tomber dans
l'herbe en soufflant et en poussant un han! comme s'ils
allaient rendre l'âme.

Amable, une fois sur le plateau, avait encore marché
une vingtaine de pas, sans se retourner maintenant. Il
s'était abattu, n'en pouvant plus, avant d'avoir atteint l'endroit précis où il voulait consommer l'œuvre, le coin d'où
l'on voyait toute la vallée, le coin qu'il avait naguère si
frénétiquement marqué de ses baisers et de ses larmes.

Anaïs n'avait pas eu la force de le suivre au delà du
bout du chemin creux. Elle s'était affaissée là, dans la
folle avoine, les bras en croix, la face à même l'herbe, et,
après trois ou quatre profondes respirations, avait perdu
connaissance. Sa dernière lueur de pensée avait éclairé
en elle cette question, dont elle s'était, d'ailleurs, réjouie
presque dévotement, en y répondant oui :

— Est-ce que par hasard Amable ne serait pas une incarnation de Dieu ?

Elle se réveilla sur la poitrine même de son Dieu, qui
l'emportait ainsi qu'une enfant.

Vite remis de son instant de lassitude accablée, le souffle
à peine repris, Amable s'était inquiété de ne plus être
suivi par Anaïs, avait eu peur d'une rupture dans le charme
magnétique auquel il la sentait en proie. D'un bond, il
était revenu vers elle, l'avait trouvée évanouie. L'engrosser
ainsi, tout inerte, c'était le rêve. Mais le faire là, il ne le
voulut pas. Impérieusement, il lui fallait le lit choisi
d'avance, l'autel digne du sacrifice, *ce qu'il avait résolu*.

Il l'emportait donc, la passive, arrivée au dernier degré
de passivité, pareille à un cadavre, mais à un cadavre où
il allait semer la vie.

A cette idée, rien d'impur en lui, ni même de simplement voluptueux. Plus que jamais, il était tout confit en
un ferme propos de devoir. Partant, il tenait Anaïs contre
lui, à bras-le-corps, prêt à la renverser sur le sol et à
faire office de mâle, mais sans la désirer (croyait-il encore)

et, en tout cas, sans lui donner la moindre preuve de désir. Presque bouche à bouche avec elle, il ne songeait pas à lui baiser les lèvres.

Mais elle, en s'éveillant, ce baiser offert la tenta, et d'instinct elle le cueillit, ou plutôt s'y pâma de toute son âme, de toute sa chair, la réflexion absente, le corps vibrant, les yeux clos, comme si elle replongeait là dans son évanouissement, et avec une entière innocence.

Il y vit, lui, une impudeur, un appétit ignoble; il en fut indigné. Une fureur lui monta au cerveau. Il faillit la battre. Comme on était arrivé au lieu d'élection, il se contenta de la jeter par terre, rudement.

Elle ne comprenait toujours pas, mais toujours obéissait. Il l'eût tuée, qu'elle n'eût pas essayé de se défendre. Elle s'abandonnait à n'importe quoi, ne prévoyant rien, acceptant tout. Pour mieux affirmer sa docilité absolue, elle n'avait point rouvert les yeux.

Brutalement, il se précipita sur elle, et, sans une parole, sans une caresse non plus, mais avec une force de rut extraordinaire, avec un élan de tout son être et de toute sa volonté, par une brève et décisive et profonde estocade d'étalon, il la viola, les yeux fermés lui aussi, et s'imaginant qu'il engrossait la terre elle-même.

Il le croyait encore, de bonne et entière foi, absolument abîmé dans son rêve autant que dans son coma d'après le spasme, lorsqu'il entre-bâilla les paupières et reconnut sous sa face celle d'Anaïs toute en larmes, en lentes et silencieuses larmes.

D'un saut il la quitta, se retrouva penché vers elle, mais à côté d'elle à présent, et lui soufflant au visage d'un souffle bref et rauque, dont elle prit peur. Car, cette fois, ce n'est plus comme une incarnation divine qu'il lui apparaissait, à la femelle adorante, mais comme une sorte de fauve animal, planté sur quatre pattes basses, et prêt à la dévorer, pensait-elle, tant il la contemplait avec des regards luisants, durs, presque haineux.

Il songeait, en effet, la voyant pleurer, à la crise probable de remords qu'elle allait avoir, et à ces muets repro-

11

ches qu'elle lui adressait, d'avoir abusé d'elle, d'avoir oublié qu'elle était la femme de Désiré, d'avoir avec elle et par elle et en elle commis un tel crime de monstrueuse ingratitude.

Ces remords, dont il la soupçonnait ainsi, le forçaient à en éprouver de même, à s'avouer coupable donc, à se dégrader par conséquent devant le souvenir de son frère bienfaisant et outragé. A la pensée d'une extrémité pareille, d'un si vil aboutissement pour un acte qu'il avait voulu si noble, Amable souffrait violemment, et de cette souffrance il accusait Anaïs toute seule, puisque sans elle il eût ignoré, lui, cette possibilité de repentir. De là sa rude haleine hoquetante de colère et ses flamboyants regards de bête féroce.

Mais c'était désormais au tour d'Anaïs de pouvoir sortir d'elle-même, dédoubler sa personnalité et lire ou plutôt vivre dans l'être d'un autre. Cet autre, elle avait conscience nette de l'aimer. Elle le sentait encore en elle et de la sorte pensait en lui. Et elle comprit d'où venait l'irritation d'Amable, et qu'il la supposait en proie à des regrets, à des remords. Ah ! même si elle en avait éprouvé quelqu'un en ce moment, avec quelle abnégation elle le lui eût caché, pour qu'il n'eût point de peine ! A plus forte raison voulut-elle le détromper, puisque en réalité, et sans qu'elle s'en étonnât d'ailleurs, elle n'entendait en son âme aucun cri réprobateur, et au contraire sentait toute sa chair ravie prête à entonner vers l'amant un cantique de reconnaissance.

Aussi s'écria-t-elle soudain avec un extatique sourire dont s'illuminèrent ses larmes :

— C'est de joie que je pleure, tu vois bien, de joie, je te le jure, de joie. Je t'aime. Je sais enfin que je t'aime. Je sais ce que c'est qu'aimer. Dis-moi que tu m'aimes, toi aussi. Je te supplie de me le dire. Dis-moi que tu ne m'as pas prise par hasard, mais parce que tu m'aimes.

Et elle se répandit en paroles câlines et enfantines, en ces folies qu'on répète monotonement et où sonne et résonne sans cesse le verbe aimer. De remords, pas un

mot ! L'ombre même d'un regret ne traversait pas ces
aveux rayonnants, heureux, qu'on eût dit d'une vierge en
parfaite innocence.

Amable en était délicieusement attendri. Sa colère,
tout d'abord, s'était détendue. Toutefois, un peu de son
farouche orgueil lui demeurant au fond du cœur, il avait
été presque tenté d'interrompre le gazouillis d'Anaïs pour
lui déclarer fièrement :

— Non, je ne t'ai pas prise par hasard ; mais je ne t'ai
pas prise non plus parce que je t'aime. Je t'ai prise parce
qu'il faut aux Randoin un fils et à la terre un maître. Ce
n'est donc pas toi que j'aime ; c'est elle, elle seule.

Une pareille brutalité lui fut impossible, devant l'effusion aimante et soumise et absolument prosternée de la
jeune femme. Repentante, il n'eût pas manqué de lui
parler ainsi en impitoyable. Si consentante, elle lui fit
compassion.

En même temps, et sans qu'il essayât de s'en défendre
comme naguère, il s'aperçut qu'elle ne lui était pas aussi
indifférente, physiquement, qu'il se plaisait à le croire.
Non pas qu'il eût accompli son œuvre autrement qu'il
l'avait résolu, et avec possession voluptueuse de la femme.
En cela il avait très strictement suivi son *programme*, et
c'est bien dans le giron de la terre seule qu'il s'était senti
secoué du spasme suprême, puisqu'il l'avait imaginé et
partant éprouvé ainsi. Mais c'est depuis, après, présente-
ment et pour l'avenir surtout, qu'il trouvait dans Anaïs
une séduction et qu'en lui montait vers elle une éclosion
de désirs.

Ce qui le charmait, avant tout, et l'excitait de façon
singulière, c'est précisément la parfaite innocence qu'il
découvrait à ces aveux si passionnés, et la très sincèrement virginale stupéfaction qui éclatait dans les yeux de
la jeune femme. Anaïs, au reste, ne se faisait pas faute de
proclamer cette stupéfaction, avec une naïve et belle impudeur, expliquant à sa manière, en phrases obscures et brûlantes, comment un mystère venait de lui être révélé.

Amable se délectait à ces explications. Elles lui étaient

une rafraîchissante rosée. Il ne se lassait pas d'entendre
Anaïs lui dire et lui répéter sous mille formes que jamais
elle n'avait connu ni même soupçonné cette ineffable joie
de tout son être fondu dans une telle béatitude. Il exigeait
là-dessus des confidences détaillées, des analyses subtiles,
et qu'elle fouillât sa mémoire. Il avait jusqu'à l'atroce courage de la démentir, se torturant lui-même plus encore
qu'il ne la torturait, à lui rugir, d'une voix basse, et les
dents grinçantes :

— Mais non, mais non, ce n'est pas possible. Désiré t'a
fait la même chose et tu as éprouvé la même chose.

Après quoi il la repoussait, avec un pouah d'affreux
dégoût, et en mâchant des mots de sale débauche, à l'évocation d'obscènes images.

Mais elle répondait d'une si triomphante candeur, qu'il
fallait bien finir par la croire. Et, à supposer même que
ses paroles eussent été fausses, ses yeux et son air et toute
son attitude disaient si à plein la vérité ! Il était si clair,
si évident, que son corps seul avait été dévirginisé par le
mari, par le mauvais mâle aux furtives accolades d'oiseau.
Le corps, oui, en ses molécules déchirées, saignantes.
Mais la sensation, non certes. En cela, sûrement, Anaïs
jusqu'alors était demeurée pucelle.

Et Amable fut bien forcé enfin d'en convenir avec lui-
même, malgré tous les arguments physiologiques qu'il se
donnait là-contre, malgré sa terreur d'être dupe, malgré
les lancinantes objections de sa jalousie. Car il était jaloux
de son frère, il le savait maintenant. Et il aimait Anaïs, il
n'en pouvait douter. Il l'aimait et la désirait. Et il le lui
dit, emporté à son tour dans ces folies d'aveux où les mots
deviennent à la fois des excitants et des caresses. Il lui
avoua qu'il avait cru n'aimer en elle que l'héritier futur
des Randoin, et qu'il l'avait ainsi violée par devoir, mais
qu'à présent il avait soif d'elle seule, d'elle pour elle, sans
autre raison que de la posséder.

Elle l'écoutait ravie, comprenant à peine ce qu'il disait
touchant la terre, et l'héritier des Randoin, et cet étrange
devoir. Elle n'entendait qu'une chose, c'est qu'Amable

était auprès d'elle, c'est qu'il l'aimait, c'est qu'il voulait la prendre encore, lui faire connaître de nouveau ce mystérieux moment où elle s'était tout à l'heure comme envolée au ciel.

Lui, les sens et l'orgueil exaltés ensemble, et quasi les uns par l'autre, il répétait :

— Non, non, tu n'es pas les restes de Désiré. Non, il ne t'a rien fait. Tu n'as pas été à lui. C'est moi seul qui ai donné la vie à ta chair. C'est par moi seul que tu seras mère, et que tu es femme. Je t'aime. Tu es mienne. Tu es la terre aussi, la terre qui est ma maîtresse et mon aïeule.

Il délirait, en rut intellectuel, lyrique, presque autant que charnel. Très charnel aussi, cependant, gourmand désormais du plaisir, voulant le savourer et le faire savourer à la jeune femme.

Il y avait jadis été expert, comme on le devient à Paris, pour peu qu'on prise la chose et qu'on en soit curieux. Sans faire appel à ses souvenirs, mais son corps se souvenant pour lui, et tant de mobiles orgueilleux l'aiguillonnant, et comme Anaïs était d'instinct voluptueux, et que leur sang à tous deux était aujourd'hui enfiévré de soleil, et que tout en eux s'affolait, jusqu'à leur imagination elle-même en chaleur, ce fut cette fois une longue et savante curée d'amour, si bien qu'Anaïs pâmée ne songea pas qu'elle blasphémait, elle dévote, en se disant (et elle ne put s'empêcher de le penser, la comparaison s'imposant à elle, malgré elle) :

— C'est comme une communion qui durerait et dont l'hostie liquide vous inonderait et vous brûlerait en même temps l'âme et le corps.

XVII

Évidemment, sans qu'Amable et Anaïs s'en fussent
jamais doutés, depuis longtemps l'adultère incestueux
leur était nécessaire. Ils y étaient préparés en secret et à
leur insu, par la vie commune où ils s'étaient charmés
l'un l'autre, par leurs goûts si pareils, par les balourdises
aussi de Désiré. Physiquement et moralement, tous deux
étaient donc voués à cette rencontre finale, et l'obscure et
toute-puissante fatalité des choses les avait amenés là de
telle façon, qu'ils ne devaient ni s'apercevoir du chemin
fait inconsciemment, ni trouver coupable l'acte où avait
abouti ce chemin.

Tel fut le résultat des réflexions d'Amable, quand le
soir il examina sa situation et récapitula sa journée, sous
une lueur de justice que lui donna l'éveil d'un remords
possible. Encore ne fut-ce là qu'une très rapide et fugitive
plaidoirie contre une accusation plus fugitive, à peine
formulée. Après quoi, en lui-même, il se proclama suffisamment excusé, absous, à supposer d'ailleurs qu'il eût
mal agi, ce dont il n'était pas bien sûr tout d'abord, ce
qu'il nia ensuite énergiquement. Avoir eu seulement
l'idée, quoique vague, de se soupçonner coupable, ne fût-
ce qu'un peu, cela lui sembla un effort d'impartialité
vraiment méritoire, et une marque de délicatesse plutôt
excessive.

Anaïs, elle, n'avait point une conscience aussi facile à
tromper, aussi naturellement réfractaire au repentir.
Même, grâce à sa dévotion, à son habitude du confessionnal, elle devait sentir plus profondément que personne

l'horreur du péché commis. Et, en effet, c'est bien avec un ferme dessein de contrition qu'elle se mit à y songer, en se couchant, sa prière dite.

Mais sans doute elle était encore dans l'état quasi somnambulique de tantôt, en proie à la tyrannique et si douce domination sensuelle par où Amable l'avait réduite au plus obéissant esclavage. Ou plutôt sous l'influence de la suggestion toujours agissante, c'est Amable qui continuait à penser en elle avec ses façons de penser instinctivement sophistiques. Voici, en effet, qu'Anaïs, à son grand étonnement, se retrouva, au bout de sa méditation commencée en pénitente, arrivée à ce doute qui semblait soufflé par lui :

— Ai-je péché, réellement ?

Et, comme si de plus en plus l'esprit d'Amable lui dictait ses raisonnements, elle ajouta aussitôt :

— Non, puisque je n'ai pas voulu.

En vain son intime conscience, la bonne, celle de jadis, lui objectait le plaisir qu'elle avait pris, même en ne voulant pas, et tâchait de lui faire comprendre qu'avoir ainsi été complice de la jouissance, c'était l'avoir été du crime.

— Non, répondait sa conscience nouvelle (celle qu'hypnotisait encore le souvenir d'Amable et du paradis ouvert par lui). Non, tu n'as rien à te reprocher. Amable seul est responsable de tout. Et lui, le bien-aimé, oses-tu donc t'élever contre lui ? N'est-il pas ton maître absolu ?

Si bien qu'Anaïs, à côté de Désiré qui ronflait, s'endormit sans s'avouer qu'elle avait été infidèle à l'époux, j'entends infidèle criminellement. Aucun remords ne troubla son sommeil où passèrent des rêves de caresses mêlés à des marmottements de prières ; et les uns, en vérité, aussi pleinement innocents que les autres.

Et le lendemain, et les jours suivants, cette impression lui demeura, s'accrut même, sous les regards et dans la familiarité d'Amable, dont la perverse moralité s'infusa de plus en plus en elle, sans qu'il eût d'ailleurs besoin de la théoriser en paroles.

En même temps Amable l'enveloppait, la roulait, pour
ainsi dire, en un filet chaque jour resserré davantage, de
tendresse et surtout de sensualité, où elle s'annihilait peu
à peu, comme être moral et volontaire, elle déjà si passive
de nature et si vaguement personnelle.

Leur commerce charnel, en effet, était devenu tout de
suite journalier, et sans grande gêne.

On était tellement accoutumé à les voir toujours ensemble, sous prétexte de peinture, de musique, de promenade, même sous prétexte de rien ! Nul autour d'eux n'y
prenait garde, ne pouvait seulement songer à y prendre
garde. On eût plutôt remarqué qu'ils fussent moins l'un
avec l'autre.

Les occasions de se posséder ne leur manquaient pas
non plus. La fenaison terminée, ils n'étaient point astreints
par Désiré au surplus des labeurs champêtres, moins
importants en Thiérache. Ils restaient donc seuls tous
deux à la maison, avec Marceline qui ne bougeait guère
de son âtre et ne pouvait leur être un embarras.

Aux champs aussi, les places s'offraient à eux, des coins
demeurant absolument solitaires tandis que tout le monde
travaillait à un point déterminé du domaine. Même au cas
où la besogne éparpillait les gens, Toraval toujours ouvrait
sa forêt déserte, et là-haut gardait son lit de folle avoine,
ce lit de leur prime assaut d'amour, qui leur était plus
cher que tout autre.

Souvent ils y retournaient, pour retrouver la joie du
grand jour, et ils la retrouvaient en effet. Amable, de
nouveau, s'imaginait féconder la terre en accolant Anaïs ;
la jeune femme se prêtait à cette poétique illusion et la
partageait à force de foi soumise et enthousiaste ; et à
cette folie leur volupté s'ennoblissait tout ensemble et
s'exaspérait, tournée en exaltation lyrique et aussi en
curiosité de débauche.

En celle-ci particulièrement, à vrai dire, et pour deux
raisons : le tempérament même d'Anaïs, l'âge d'Amable.

Anaïs était sensuelle, en effet, d'une sensualité latente
(*en puissance*, ainsi que s'expriment les philosophes),

d'une sensualité qui se fût sans doute toujours ignorée elle-même, l'occasion ne lui donnant pas jour à se mani-fester en acte. Si la jeune femme avait vieilli avec ses tantes, ou même simplement côte à côte avec Désiré, très probablement elle fût restée calme et dénuée presque de désirs. Sa paresse à elle seule, sa molle nonchalance, eussent suffi à la garder de toute éclosion amoureuse. Mais le feu, une fois allumé dans sa chair, rien non plus ne pouvait en elle s'opposer à ce qu'il se propageât par une lente et irrésistible coulée, paresseuse aussi, et tout ensemble ardente, comme de lave.

Elle tenait de sa mère, l'Allemande, cette sorte de fluence, passivité morale et physique, par quoi ces grasses femelles blondes sont si aisément de merveilleuses mères de famille, prolifiques Gigognes, et, avec la même facilité, presque par les mêmes moyens, des prostituées modèles, dociles à tout usage et abus de leur corps. Elle était de cette race qui, dans chaque maison publique, fournit huit filles sur dix, et dont le vieux proverbe alsacien dit gaillar-dement :

— Quand on demande à ces garces-là de s'asseoir, elles se couchent.

Comme elles, très naïvement, Anaïs s'abandonnait. Certes, très naïvement. Car elle n'avait pas, à la façon des chaudes et maigres chèvres méridionales, le prurit inquiet et libidineux qui fait deviner les raffinements lubriques. Encore une fois, toute seule à les inventer, elle n'y eût pas songé. Mais, ces raffinements une fois connus, et lentement savourés, et trouvés si suaves, elle en con-servait le besoin.

Or Amable les lui fit connaître, étant à l'âge où ces ragoûts d'épices amoureuses deviennent nécessaires, et pour les blasés et pour ceux qui, au contraire, se sont un peu dévirilisés par continence. Il était, lui, à la fois parmi les uns, à cause de son existence parisienne de jadis, et parmi les autres, à cause des dix années qu'il venait de passer trop chaste.

A ces raisons physiologiques de débauche, s'ajoutaient

chez lui des raisons de sentiment, auxquelles seules, d'ailleurs, il croyait obéir.

D'abord, et avant toute chose, il voulait ne pas avoir les restes de son frère. L'orgueil, en cela, lui commandait donc de ne point s'unir avec Anaïs ainsi qu'avait pu le faire ce balourd de Désiré. Quoique femme, et après une fausse couche, il était absolument sûr, et fier, et heureux, de l'avoir prise en état de virginité sensuelle. Il tenait à lui perpétuer la satisfaction qu'il lui avait donnée ainsi. Par là, toujours il resterait pour elle le véritable époux, le mâle grâce à qui s'ouvre l'âme féminine à l'épanouissement du sexe.

Un peu de vanité se mêlait à cet orgueil. Au premier assaut d'amour, là-haut, dans Toraval, alors que tout son être était tendu par une forte volonté de viol et ensuite par une rage de possession détaillée, il s'était révélé tour à tour fougueux étalon et savant caresseur. Maintenant, il lui eût été pénible de paraître avoir ce jour-là fait un tour de force, ce jour-là seulement. Il se refusait à déchoir.

Enfin, par une très singulière subtilité de vengeance contre son frère, il lui semblait, en possédant et surtout en dépravant Anaïs, prendre la vraie revanche de toutes les humiliations que jadis Désiré leur avait infligées à tous les deux. De celles qu'il avait subies, lui, Amable, en particulier, par les *mon*, les *ma*, les *mes*, si obsédants, si injurieux, si cruels, il retournait en quelque sorte l'aiguillon empoisonné et le fichait au cœur même de Désiré, à se dire avec une féroce joie :

— Je l'ai, *ta* femme. Je la prends toute, *ta* propriété. J'en use ainsi que je veux, de cela qui est *ton* bien, *ton* honneur, et dont tu n'as pas su tirer *ta* joie, et à qui moi seul je ferai *ton* enfant.

Et cependant, Amable était tellement convaincu de n'être pas un ingrat, de ne rien devoir à Désiré, d'être dans son bon droit en lui prenant Anaïs, que même cette féroce joie (perverse et infernale au regard d'une analyse qu'en aurait faite autrui) ne lui donnait aucun remords. Il en jouissait en pleine sécurité, comme Anaïs jouissait de son absolu

abandon charnel. Elle lui était un raffinement moral
comme les curiosités de luxure étaient pour Anaïs un
raffinement physique, l'un et l'autre tout à fait naturels,
permis, obligatoires, corollaires logiques de l'adultère
incestueux une fois admis.

Il y avait là une sorte d'envoûtement dont tous deux
étaient victimes, Amable ayant envoûté Anaïs après s'être
envoûté lui-même le premier. En quoi il n'avait pas eu
grand effort à faire, lui qui de tout temps avait ainsi para-
logisé avec sa conscience, instrument désormais à faux
poids. En quoi elle non plus n'avait pas été de résistance,
étant si prête à céder toujours, et la chair si faible et de
complexion si lascive sans le savoir, et le cœur en extase
aussi, d'admiration, d'amour, de dévotion presque.

Ainsi personne ne les soupçonnant, rien ne les gênant,
ni au dehors, ni au dedans d'eux-mêmes, ils passaient des
jours et des semaines de parfait bonheur. Leur crime leur
était paradis. Ils avaient en lui à la fois tout le mystère et
les ardeurs et les folies et les lubricités d'une passion
monstrueuse, et toute la candeur d'une légitime lune de
miel.

Pour comble de chance, un nouveau condiment vint
encore s'ajouter bientôt au bonheur d'Amable : le sentiment du danger dans le plaisir.

Certes, il ne pensait pas avoir besoin de ce poivre pour
aiguiser son appétit d'amour. Il eût même été vexé d'avoir
à reconnaître qu'un tel excitant lui était, sinon nécessaire,
du moins agréable. En tous cas, s'il y prenait joie, c'était
par fierté, se disait-il, et bravoure, non par ce malsain
prurit qui pousse les érotiques aux recherches montantes
du sadisme. Toujours est-il qu'un vrai surcroît d'enchantement lui fut dévolu, le jour où il s'aperçut que sa liaison
avec Anaïs courait risque d'être dévoilée, quelqu'un ayant
pénétré leur secret.

Ce quelqu'un était le Borgnot.

Depuis longtemps, cependant, Amable n'avait pas souvenir de s'être rencontré face à face avec le malandrin. La
dernière fois qu'il l'avait vu, c'était lorsqu'il avait eu

recours aux bons offices du maquignon en *denrées*, au
moment où il essayait d'éteindre à ce banal abreuvoir la
soif de rut allumée en lui par Anaïs, et qu'il ne s'avouait
pas encore. En vérité, depuis lors, il était resté sans nouvelles du misérable. Un moment, il avait été troublé par
le mot :

— C'est une maladie de vertu que vous faites, à c't'
heure.

Puis, l'émotion de ce mot passée, et le dégoût des *denrées* constaté avec haut-le-cœur, désormais tout à ses
luttes intestines touchant la nécessité de l'adultère, il avait
oublié le Borgnot profondément.

Mais le vieux drôle, lui, n'avait cessé, au contraire, de
s'intéresser, et chaque jour davantage, à son cher m'sieu
Amable.

D'abord, le retour aux *denrées*, en lui prouvant la fin de
la maladie de vertu, l'avait charmé. Puis, voyant cette ten-
tative de redébauche si vite tournée en eau de boudin, il
avait réfléchi, observé, induit, toujours se délectant à ce
pourchas, par vieille habitude de braconnier et de frau-
deur, et par affection pour son confrère, *le gueux en drap
fin*, comme il disait.

— Y a quéque chose. Quoi? Je le saurai.

Ainsi s'était-il piqué au jeu, et s'y serait-il amusé, en
curieux tout simplement, eu égard à quelque autre. A
plus forte raison s'y passionnait-il, du moment qu'il s'agissait de m'sieu Amable. Car ce n'est plus en curieux qu'il
voulait savoir, mais en ami.

— Je peux lui être utile, avait-il pensé.

Et il s'était mis à guetter patiemment. Prudemment
aussi. Il ne se souciait pas, en effet, de se faire rembarrer
comme jadis, lorsqu'il avait découvert la haine d'Amable
contre Désiré, et avait essayé d'insinuer au cadet le désir
de supprimer l'autre.

— Je me suis trop pressé alors. Il n'était pas meur pour
la chose. D'envisager ça tout à brusquade, en je-saute-
dessus, il a pris peur. Du coup, il en est retombé à vouloir
être honnête homme. Mais je savais bé que ce n'était

point de durée. Le fond et le tréfond sont d'un hardi et
d'un qui finira par aller jusqu'au fin bout. J'y aurai l'œil,
mais en douceur, à c't'heure, et sans l'effaroucher.

En phrases de ce genre, moins liées toutefois, et de conclusion rigoureuse néanmoins, avait raisonné le Borgnot.
C'était plaisir pour lui que de comprendre, expliquer,
définir, à sa manière, la nature d'Amable. Lui-même,
cependant, ne songeait guère à sonder le mystère de sa
propre nature, ni à se demander pourquoi il désirait si
violemment le fratricide.

Il n'eût, d'ailleurs, point trouvé de réponse à cette question. Il n'avait, en effet, aucun motif spécial d'en vouloir
à Désiré. Il ne supputait même pas les profits matériels
possibles à tirer d'une complicité où il forcerait Amable.
En réalité, il ne voyait dans le crime qu'une réparation
due au cadet, et il souhaitait cette revanche, et il avait
envie d'y travailler, uniquement parce que dans Amable il
aimait son pauvre moi embelli et magnifiable. Cela, certes,
en dehors de toute analyse, impossible à sa rudimentaire
faculté de dissection morale. Cela, quand même, très fortement senti, et par conséquent lui donnant une ardeur
de dévouement extraordinaire, et une suprême clair-
voyance.

Grâce à quoi, il avait pu surveiller Amable sans qu'une
telle surveillance fût aperçue de personne, même du sur-
veillé, et il avait su démêler, lui le gueux au parler patoi-
sant, certaines raisons que plus d'un moraliste de subtile
pénétration n'eût point discernées dans la ténébreuse conscience de l'adultère. Aussi bien, à vrai dire, Amable tout
le premier n'y voyait-il goutte, comme, par exemple, en
ceci : pourquoi n'était-il plus du tout haineux contre son
frère ?

Le Borgnot, lui, constatant le revirement, rien qu'au
visage d'Amable, tout de suite en avait conclu :

— Il ne lui en veut plus, amon, parce qu'il le trompe, le
vole, et ainsi se venge.

A cela seul, le vieux malin au petit œil gris, même
avant toute guette vérificatrice, avait deviné l'adultère.

C'était quelques jours après le viol dans Toraval. Sans autre indice que les tendres regards d'Anaïs et d'Amable pour Désiré, il s'était écrié aussitôt :

— Ces deux-là font le meunier cocu.

Lui-même en avait souri d'aise. Non pas ri à grande gorge, en secouant sa barbe de paille-à-poux, comme il faisait quand se présentait l'occasion de dauber sur quelque mari boisé. Mais bien souri d'un fin et délicieux sentiment de vengeance, lui aussi, à croire qu'il avait participé à l'acte et en savourait, ainsi que les deux amoureux, le bon souvenir.

Et, de même qu'il avait tout d'abord lu dans leurs yeux le secret d'Anaïs et d'Amable, c'est dans son œil pareillement qu'il laissa lire son :

— Je sais tout.

Il n'eut pas un mot malsonnant, pas une vague allusion. Si délicate fût-elle, elle lui eût semblé grossière. Un instinctif doigté sentimental lui fut en aide, qu'il n'avait pas appris, qu'il ne soupçonnait même pas avoir, si bien qu'on n'eût pu se faire comprendre de lui en lui disant qu'il l'avait. Et pourtant il en joua merveilleusement. La plus experte des femmes du monde, rompue à tout exprimer en un éclair de regard, n'eût pas parlé plus clairement que ne le fit ce loqueteux, en un rapide clin d'œil qui disait :

— J'ai deviné ton crime. L'ayant deviné, j'ai voulu être sûr que je ne me trompais point. Je vous ai donc suivis, épiés, vus. Oui, je vous ai vus, en plein péché. Mais ne crains rien de moi qui suis ton ami. Ton crime présent fait ma joie. Tu ne pouvais pas m'être plus agréable qu'en le commettant. Il me présage ton crime futur, celui que si fort je désire. Tu y viendras, fatalement, heureusement. J'en jouis par avance. Je t'en remercie.

Mais sans doute, Amable n'était pas aussi perspicace que le Borgnot : car, s'il comprit toute l'accusation, il ne comprit qu'elle, en fut troublé, au point de ne pas voir la tendre protestation d'amitié, de silence, de dévouement.

Et ce jour-là il rentra au Moulin-Joli avec un petit frisson d'épouvante quand il se retrouva face à face devant son frère.

Combien le Borgnot aurait été ravi de constater ce frisson ! La peur, ainsi jetée dans le cœur d'Amable, y avivait le plaisir de son adultère, devenu périlleux, puisque quelqu'un maintenant en possédait le secret et pourrait le trahir. Mais cette peur, en même temps, ainsi que le sagace malandrin l'avait prévu, entr'ouvrait de nouveau la porte à la haine. A cette idée, le Borgnot n'eût pas manqué de dire, ou du moins de ruminer, sans phrases aussi nettes :

— Trompant Désiré, il ne lui en voulait plus. Le craignant, il va se remettre à le détester. Bonne affaire !

Mais seul le Borgnot eût été capable de deviner la chose, avec son diable de petit œil gris qui voyait si juste, si vite et de si loin. Pour tout autre, cette furtive rentrée de la haine au cœur d'Amable fût demeurée lettre close. Lui-même, en qui la vipère engourdie se réveillait de la sorte, à peine eut-il la perception de ce réveil.

Le frisson, en tout cas, ne lui fut pas douloureux, mais, plutôt agréable. Et même, d'abord, il en eut comme de la reconnaissance pour son frère. Une façon de reconnaissance très bizarre. Trompé, et pouvant être instruit de l'aventure, Désiré lui inspira un mouvement de pitié. Amable fut flatté de ressentir cela et en sut gré à la victime qu'il faisait.

Que plus tard cette pitié pût se transformer en horreur ; que la crainte de Désiré, mis en cas de légitime défense, dût produire le besoin de le prévenir, même par un assassinat ; que d'ailleurs la jalousie aussi fût appelée bientôt à souffler sur le feu allumé par ce besoin criminel ; qu'Amable se trouvât atalement amené, dans un temps plus ou moins long, à vouloir être seul, indéniablement seul, possesseur d'Anaïs, jusqu'à supprimer toute présence, même au monde et à la lumière, du pauvre Désiré, déjà évincé de ses droits conjugaux (ainsi, du moins, le jurait la femme, comme toujours, en pareil cas) ; et que, finalement, Amable fût désormais en puissance de fratricide, résolution latente, c'est bien ce que savait Borgnot, ce que plutôt il sentait, confusément, mais fortement.

Quant à l'heureux Désiré, à l'innocente Anaïs, et à l'épanoui Amable en personne, on les eût bouleversés et indignés en leur découvrant un tel horizon. Et, il faut bien et hautement le proclamer, ils eussent, dans leur stupéfaction et leur indignation, été absolument sincères.

Amable, en particulier, n'avait pour le moment que des idées riantes et des sentiments doux. Tout à son amour et à son orgueil satisfaits, et plein de générosité à cause du rajeunissement que lui donnait la certitude d'être aimé, il ne voyait choses et gens qu'en beau. Aux rayons de son délicieux été de la Saint-Martin, le monde entier se dorait de lueurs tièdes et tendres. Pourquoi aurait-il éprouvé de la haine, de l'envie? Il eût, au contraire, voulu que chacun autour de lui fût heureux de son bonheur.

Et, de fait, chacun l'était. Pas encore assez, à son avis, tant il était bon et de large cœur en ce moment. Aussi est-ce avec de vraies larmes de joie, en songeant à la joie des autres autant qu'à la sienne, qu'il accueillit un matin la nouvelle annoncée par Désiré triomphalement :

— Ça y est, mes amis, ça y est, et j'espère que ce coup-ci, ça y est pour de bon. Anaïs est enceinte.

Oui, réellement, Amable pleura, en l'entendant. Et il n'eut pas même une arrière-pensée de moquerie à voir l'air important de Désiré qui se gonflait le jabot et se rengorgeait comme un dindon, tandis que la vieille Marceline lui disait avec des clignements égrillards :

— Ah! ma fi, nô maître, c'est moi qui se fourrait le doigt dans l'œil en parlant de la mauvaise graine. Vous n'avez de la preume qualité, amon, et vous n'êtes pas, pour votre âge, core trop maladroit de vot' bobignot.

XVIII

Et pourtant, en dépit des apparences, malgré tant de bonheur réel, tant de raisons pour que ce bonheur continuât, tant d'apaisement qu'il apportait, malgré la sauvegarde qu'Amable devait trouver dans son orgueil contre la jalousie et par conséquent contre une réinvasion en lui de haine, malgré tout, c'est le Borgnot qui avait vu clair. Ce bonheur si solidement établi n'était pas durable. Son excès même devait lui être fatal. Et d'un tel concours harmonieux d'amours, amour passionné entre les deux adultères, amour tendre de Désiré redevenu aux petits soins pour la future maman de son fils, amour du farouche Amable en personne pour son aîné dont il avait si victorieusement tiré vengeance et qu'il chérissait vraiment à cette heure pour cela même, de tous ces amours heureux les uns par les autres, c'est la haine seule qui allait sortir, revivifiée par eux et s'en nourrissant.

Certes, Amable était trop orgueilleux, trop sûr aussi de l'absolue soumission d'Anaïs, pour concevoir à propos d'elle une vulgaire jalousie contre Désiré. Il n'avait même pas recours aux affirmations, pourtant très catégoriques et de détails précis, que lui fournissait la jeune femme, craignant de le voir jaloux et irrité par les fanfaronnades conjugales. Ces affirmations le ravissaient, étant si douces à sa fatuité, et d'un ton si véridique. Mais, à leur défaut, il se fût de lui-même, sans effort aucun, convaincu, justement à cause de cette fatuité qui lui disait, et de façon à ne lui laisser pas l'ombre d'un doute :

— Est-il humainement possible que cette femme, après

12.

avoir été tienne, initiée par toi, réellement et authentique-
ment (enfin !) dévirginisée par toi, soit retombée à servir
de passif instrument aux bestialités de ce rustre ? Non, tu
e sais bien. Une telle monstruosité n'est pas supposable.
Anaïs est désormais à l'abri de tout soupçon, pure
de tout contact avec Désiré. Quant à ce qu'il a fait avant
qu'elle fût tienne, c'est non avenu, et tu ne dois pas
y songer. Sensuellement, tu as possédé Anaïs vierge.
Moralement, elle l'était donc, jusqu'à la précise minute où
tu l'as rendue mère. Ainsi, être jaloux du mari, ce serait
te faire injure à toi-même. Tu ne peux pas l'être. Tu ne
l'es pas.

 · Et, positivement, Amable ne l'était pas. S'il se raisonnait
de la sorte, ce n'était point pour se duper cette fois, pour
se donner le change par des paroles sur des sentiments.
C'était, au contraire, avec la pleine et satisfaisante certitude de constater mieux, et comme méticuleusement, la
non-jalousie dont il jouissait.

Non-jalousie à cet égard, sans doute. Et néanmoins,
une secrète et vive piqûre lui vint bientôt, en quoi il crut
reconnaître l'aiguillon empoisonné dont il se diagnosti-
quait si à bon droit et si sûrement indemne.

Et, en somme, c'était la jalousie quand même, sous une
forme raffinée, plus subtile, née de motifs moins appré-
ciables à tous, mais singulièrement forts pour son âme
compliquée, délicate.

Le premier de ces motifs, le plus chimérique, et nonobstant celui qui causa les plus cuisantes souffrances, très
réelles, au cœur d'Amable, fut l'extrême et passionnée
tendresse que se mit à manifester Désiré, sans plus
attendre, pour le futur enfant. Tout ce qu'il y avait, dans
le bon et brave homme, de dévouement paternel et maternel, tout ce dont il avait donné tant de preuves et avec
Amable depuis toujours, et avec Anaïs aux premiers temps
de leur mariage, toute sa rage de sacrifice et de gâterie
lui remonta en explosion refleurissante. Il en devint comme
fou, en eut des accès de lyrisme, lui !

— Ah ! s'écria-t-il un jour, je regrette de n'être point

femme. J'aurais voulu le porter en moi, cet enfant, être la terre au lieu d'être le semeur.

Et il contemplait, ainsi qu'un dévot en extase devant un tabernacle, le ventre arrondi et sacré d'Anaïs.

Cette extase, cette folie d'affection, cette effusion exaltée et béatifiante déjà, Amable les ressentait, lui aussi, et n'admettait pas qu'un autre eût le droit de s'y abandonner. Il s'irritait d'autant plus à les voir chez Désiré, et si en ostentation, que lui-même était condamné à ne point en faire montre, et à trouver bon et juste et naturel que Désiré les étalât ainsi. Il avait là l'impression pénible et humiliante d'être volé, positivement, et obligé d'applaudir au voleur.

Et que serait-ce donc, le jour où l'enfant serait né, où le père légal pourrait en être fier, joyeux, délirant s'il le voulait, tandis que le vrai père, le pauvre Amable, serait réduit à de maigres et honteuses manifestations de simple affection avunculaire ? A cette prévision, d'avance, Amable était torturé. Imaginatif et si nerveux, il en ressentait, dès aujourd'hui, d'abominables angoisses. On se ferait aimer de son enfant, on en serait le bienfaiteur, on le gâterait, on ne laisserait au dépouillé Amable que les miettes de ce petit cœur. Et cet *on*, c'était Désiré, le brigand, le rapace accapareur de tout, de cet amour comme du reste !

Car voici que Désiré maintenant était en train de reconquérir Anaïs. Du moins il le tentait. Non en mâle amoureux (Amable de ce côté était bien tranquille, toujours). Mais en ami, en père, ainsi qu'au temps où une fois déjà il avait chéri dans la jeune femme la future génitrice de son enfant. Et de là venait pour Amable un second chef de jalousie, moins chimérique que le premier, fécond en tourments moins nobles d'ailleurs, et par où il éprouvait un peu, malgré sa cuirasse d'orgueil, les vrillantes lancées de la basse jalousie ordinaire.

Désiré, en effet, était redevenu pour Anaïs si tendre, si prévenant, qu'elle ne pouvait absolument pas demeurer insensible à tant de douceur. Même le voulant, elle n'eût pas eu le courage de s'y forcer : sa mollesse trouvait trop

bien son compte à être dorlotée de la sorte ! Mais elle ne
croyait pas, d'ailleurs, mal agir envers Amable en se
laissant choyer paternellement par Désiré. Les privautés
du lit étant supprimées (et en toute exactitude, parce que
le mari lui-même tenait à ne pas troubler la germination),
Anaïs avait conscience d'être strictement fidèle à son
amant.

Elle n'éprouvait donc aucun remords, aucune répugnance non plus, à récompenser l'affection de Désiré par
d'affectueuses manières. Bonne, elle était touchée de la
bonté, et y répondait naturellement avec générosité et
abandon, jusqu'à recevoir, sans avoir l'air d'en souffrir, et
même avec joie, des caresses de lui. Caresses nullement
conjugales, à coup sûr, ni pour qui les donnait ni pour
qui s'y prêtait. Et même, Anaïs, à les accueillir gracieusement, se jugeait si peu coupable au regard de l'aimé,
qu'il ne lui venait pas seulement en l'idée d'y chercher
excuse et de se dire :

— Je suis toute filiale, et rien de plus.

Elle y mettait trop d'innocence pour avoir besoin de se
défendre ainsi contre elle-même. Et donc, voyant Désiré
cesser d'être avec elle taquin, tatillon, ladre, autoritaire,
et le retrouvant tel qu'il était sous tous ses défauts, c'est-
à-dire foncièrement bon, dévoué, papa-gâteau, elle allait
parfois jusqu'à solliciter, par son attitude, ces caresses si
chastes, et jusqu'à tendre ses joues aux baisers, en toute
naïve et simple candeur.

C'était pour Amable un horrible supplice, redoublé
encore par la nécessité où il était de le subir en silence, et par
la candeur même d'Anaïs, qu'il n'osait avertir. Car, en lui
avouant ce qu'il endurait, il eût craint de lui révéler à elle-
même qu'elle était en passe de peut-être aimer bientôt
Désiré, révélation dont son orgueil eût souffert mille
morts. Rien qu'à la supposition d'être par elle soupçonné
de jalousie, déjà il se tordait d'intime douleur. Lui-même
il lui semblait se dévider les entrailles, à s'analyser de la
sorte et se reconnaître jaloux.

Le pire, c'est qu'il n'avait pas le recours d'accuser la

jeune femme, de lui en vouloir. Il la jugeait parfaitement innocente, ne pouvait d'ailleurs la prendre en abomination, elle, la mère future de son enfant, et la maîtresse encore de ses sens toujours assoiffés d'elle et par elle rafraîchis.

On comprend qu'ainsi toute sa bile dut se tourner en haine contre Désiré seul. Avec l'exagération naturelle à l'égoïsme, au sien en particulier, il en arriva vite à ne plus même faire, dans le mal qu'il éprouvait à cause de Désiré, la part des circonstances atténuantes. Un peu, un tout petit peu d'impartialité lui eût suffi pour reconnaître au moins que Désiré n'avait en cela aucun dessein prémédité de lui nuire. Il ne songea pas à cette hypothèse, et tout de suite se complut dans l'idée qu'on le suppliciait à bon escient et méchamment, exprès.

C'était absurde. Mais avec quelle aisance Amable se payait de raisons pareilles, quand son cher moi était en cause ! Il n'y déployait aucune rouerie, d'ailleurs, et s'y croyait absolument juste et loyal. C'est sans effort, sans s'apercevoir même de sa monstrueuse iniquité et de sa logique plus monstrueuse encore, qu'il aboutissait en son for intérieur à des constatations de ce genre :

— Comment ! Voilà un misérable qui va être légalement le père d'un enfant fait par moi; voilà un impudent qui embrasse devant moi une femme qui est à moi, à moi seul ; il sera aimé de cet enfant ; il est déjà aimé de cette femme ; au petit et à elle, il paraîtra le parangon de la bonté, de la tendresse. Tout cela n'est-il pas une vengeance qu'il tire de moi? Sans doute, il ne sait pas en quoi je l'ai lésé, lui infligeant d'ailleurs ce qu'il méritait. N'importe ! Obscurément, il le sent, et m'en punit. Sa volonté est latente, d'accord; mais elle est. Car, s'il savait ce que j'ai fait, agirait-il autrement, pour me torturer? Et cependant ce que j'ai fait était nécessaire. La terre le demandait. Il devrait m'en être reconnaissant. Voilà quelle est la justice et la vérité. Au lieu de cela, il m'en veut d'instinct, et il abuse de sa situation pour me martyriser et m'humilier, moi, *son bienfaiteur !*

Et, s'exaltant en son bon droit présumé, soutenu par le témoignage de sa conscience (du moins il en avait la conviction, donc c'était tout comme), Amable avait réellement des révoltes de martyr. Aussi naïvement que Désiré se targuait d'être père, il se sentait, lui, le vrai bienfaiteur, et le vrai mari, et la vraie et unique victime.

Il ne pouvait donc juger mauvaise sa haine croissante. Il ne devait pas la trouver stupide non plus. Elle était pourtant aussi dénuée de raison saine que de sentiment humain. A l'étudier chez un autre, à la bien analyser d'un examen très impartial, à en suivre les folles argumentations, à en écouter les plaintes, les injures, les réclamations ineptes, il eût certainement bondi de juste indignation et tout ensemble éclaté de rire. Lui-même, à la voir vivre et sentir et s'exprimer en lui, il ne trouvait matière ni à la colère, ni à la moquerie.

Et cependant rien de plus abominable et de plus comique que des phrases comme celles-ci, dont sa pensée abondait en naturelles efflorescences :

— Enfin, il me prendra tout, la terre, l'enfant, le cœur de celle que j'aime !

— Dire que je me suis dévoué pour lui jusqu'à le rendre père !

Et, quand parfois, si chastement, Désiré baisait Anaïs sur la joue ou même sur le front, avec quel grincement de dents, dissimulé dans un rire jaune, Amable se criait en son cœur, résistant à peine à la folle envie de le rugir en voix tonnante :

— C'est trop fort, de se régaler ainsi à la peau de ma maîtresse, de ma femme !

Car c'était à son tour, maintenant, de dire en plein épanouissement de propriétaire :

— *Ma* femme !

Il ne lui passait pas une seconde devant l'esprit, même à l'état de vague hypothèse, que le mot fût l'apanage de Désiré et non le sien. Pour un peu, il eût pris à témoin les gens, du larcin commis par Désiré en ces embrassades conjugales, et il était presque étonné de n'entendre per-

sonne grogner à de tels moments, comme il grognait lui-
même dans sa barbe :

— Vieux voleur ! Vieux cochon !

Ce qui rendait ses tourments de jalousie plus tourmen-
teurs encore, ce qui recuisait et concentrait chaque jour
davantage la haine d'Amable, c'est qu'il était désormais
forcé de faire bonne figure, sans excuse plausible d'autre
part pour expliquer la moindre apparence de mécontentement, voire de maussaderie, fût-ce de mélancolique préoccupation. Tout le condamnait à l'air heureux. Il eût
semblé un monstre de ne pas l'avoir. Le bonheur était
si bien établi à la maison, si rayonnant sur tous, et par
son œuvre !

C'est à lui, en effet, que revenaient sans cesse les éloges
et les remerciements, auxquels il devait sourire. Et qu'eût-
il pu y répondre, sinon de douces et confites paroles, avec
des mines de béatitude ? D'autant, qu'en somme, il conservait le vaniteux sentiment d'avoir mérité tant de reconnaissance. N'était-ce pas lui qui avait quasi obligé
Désiré au mariage ? N'était-ce pas lui qui avait défendu
Anaïs, l'avait consolée, l'avait ainsi gardée à Désiré, alors
que, la croyant bréhaigne, le mari dépité l'avait prise
en grippe, presque en aversion ? Ainsi, après avoir été
cause du mariage, il avait été cause encore du rapapillo-
tage, et par conséquent, en quelque façon, de la tant
souhaitée grossesse. Car on allait jusqu'à dire cela, en le
bénissant, sans toutefois se douter qu'on disait si strictement vrai.

Et qui parlait ainsi ? Tout le monde ; Désiré le beau
premier, éperdu de gratitude ; et, à sa suite, prenant le ton
d'un tel ravissement, et lui sachant gré d'être ravi, et
ravie elle-même encore plus, l'amoureuse Anaïs ; et à
leur exemple à tous deux, les autres bonnes gens qui
n'y cherchaient point malice, et voyaient toujours les
choses en rose, depuis le brave abbé Pauquet jusqu'à
maître Leherpeur en personne, en passant par Marceline
et le garçon meunier et le va-trop, et sans oublier les
demoiselles de Vendeuil.

Car Désiré n'avait pas voulu jouir de son bonheur en égoïste. D'ailleurs, en toute équité, n'avait-il pas des torts envers le curé, envers les tantes ? Ne leur devait-il pas réparation pour leur avoir fait si brutalement subir sa mauvaise humeur de naguère? Sans doute, aigri par sa désespérance, quand il se jugeait voué à une union stérile, il avait été excusable de se montrer si grincheux. Mais un honnête homme ne se contente pas d'excuses pareilles, n'est-ce pas? Il n'y a pas de honte à faire amende honorable loyalement! Et il s'était donc, sans peine, de bon cœur, rendu chez l'abbé Pauquet et chez les tantes, et leur avait dit :

— Il ne faut pas m'en vouloir. Je me suis mal conduit avec vous. Je vous en demande pardon.

Et les autres étant, comme lui, de braves créatures, on n'avait pas fait la chigne à son repentir, non pas même la moqueuse Zénaïde ni la hautaine Herminie. Quant au curé, il avait tout simplement pleuré de joie, et c'est lui qui maintenant entonnait le plus volontiers et le plus glorieusement l'alléluia de gratitude au modèle des frères, à ce vertueux Amable par qui la bénédiction du ciel avait été appelée et maintenue dans la famille Randoin.

Là-dessus, il ne tarissait point, jusqu'à en agacer maître Leherpeur, qui ne pouvait pourtant pas se refuser à l'admiration, mais qui se répétait *in petto* :

— Décidément, rien de bête comme ces artistes !

En quoi il était seul de son avis, et d'un avis honteux qu'il n'eût pour rien au monde exprimé à haute voix parmi les manifestations de l'enthousiasme général soulevé au contraire par la conduite d'Amable.

Ainsi, même avec cette âme de fouine, capable de le bien comprendre si elle avait été dans le secret de sa haine contre Désiré, même devant celui-là qu'il savait hypocritement louangeur, Amable devait se taire, savourer les louanges, accepter le mérite du bonheur fraternel, paraître partager ce bonheur. Combien plus était-il obligé de sembler en pleine béatitude, avec les autres, qui l'y mettaient si bellement, s'y mettaient eux-mêmes, et dont la parfaite honnêteté l'aidait d'ailleurs à se dire ce qu'ils disaient tous de lui :

— Quel honnête homme! Quelle nature d'élite! Est-il possible que la droiture et la bonté aillent jamais jusque-là!

Il n'en était que plus amèrement désolé de ne pas être heureux en réalité, puisqu'il avait ainsi conscience de mériter ce bonheur. En outre, il n'avait pas même la consolation d'avouer qu'il n'était point heureux ; et, se grimer en heureux, tandis qu'il souffrait en damné, c'était le dernier degré, pour lui, de la souffrance. A l'horreur du mal enduré s'ajoutait l'humiliation de l'hypocrisie où il devait se réduire. Quel avilissement pour son orgueil! Être hypocrite aux yeux de Désiré, cela jadis lui avait paru si dur! Aujourd'hui, c'est aux yeux d'Anaïs aussi qu'il était forcé de l'être.

Ainsi, même aimé, et si passionnément aimé, il se retrouvait en une solitude plus âpre encore que celle où il s'était enfermé pendant les premières années de son retour, alors que les champignons de l'envie avaient commencé de souffler leurs éponges vénéneuses dans les caves noires de son cœur. Car, à cette époque lointaine, aucun rayon de soleil n'avait pénétré dans ces ténèbres. Maintenant, la lumière y était entrée, la lumière tiède et dorée de l'amour. Et voilà que les ténèbres s'épaississaient de nouveau, compactes, malgré ce rayon furtif qui n'arrivait pas à les dissiper. Et, de nouveau, plus énormes, plus empoisonnés que jadis, s'épanouissaient les monstrueux cryptogames.

— Oh! je le hais! je le hais!

Ainsi grondait Amable, là-haut, dans Toraval. Il y allait parfois, pour être délivré de son masque de bonheur, pour avoir au moins un confident de sa rage, pour la dire au bois, à l'air, à la terre sur laquelle il s'était couché en pleurant.

Il avait tellement besoin de n'être pas hypocrite, que souvent, quand il rencontrait le Borgnot en revenant d'expéditions pareilles, il s'arrêtait à le contempler fixement et à se laisser contempler par lui. Cela se passait entre eux sans une parole, et sans que jamais, d'ailleurs, ils eussent fait convention d'agir ainsi. D'instinct, le Borgnot avait deviné, la première fois, de quoi l'autre était en quête, et, généreusement, il lui donnait l'aumône de son regard complice.

— Oui, oui, lui disait-il à la muette, console-toi un peu et te détends avec moi qui sais tout ce que tu penses, et tout ce que tu souffres, et tout ce que tu rêves. Les autres, ceux qui t'aiment, et Anaïs la première, ne voient pas qui tu es, jamais ne le verront. Moi, je le vois. Moi, je t'aime et je te comprends. Repose-toi sur mon cœur, mon lamentable frère.

Voilà ce que lisait Amable dans le petit œil gris. Peut-être y mettait-il, en cette silencieuse oraison, de son imagination à lui. A coup sûr le gueux n'eût pas aussi clairement formulé sa sympathie, sa tendresse. Mais c'est bien là ce qu'il sentait, le vieux drôle, et de la sorte qu'il eût voulu parler. Et il ne se trompait pas à savourer la réponse vue dans les yeux de son cher Amable, de son frère vraiment :

— Merci, pauvre et révolté comme moi, et plus malheureux que moi en apparence, et combien moins en réalité, et qui as pitié de ma misère. Plonge encore au fond de moi ce coup d'œil si perçant, dont l'éclair m'illumine et me donne la jouissance que quelqu'un enfin voit clair en moi. Et dis-moi tout ce que tu y vois.

Et à cette prière suprême, le Borgnot ripostait par une brève et féroce lueur, qui signifiait :

— Tue ! tue ! Par cela seulement tu seras heureux.

Mais alors Amable fermait les yeux, jetait quelque monnaie au vieux, et lui disait tout haut, rompant le charme, lequel n'avait guère duré qu'une fugitive seconde :

— Tais-toi, Borgnot.

Et tous deux se sauvaient, chacun d'un côté, sans oser se retourner ni l'un ni l'autre.

XIX

De nouveau, Amable fut en proie à l'obsédante suggestion du crime. Toutefois il se trouva, beaucoup moins que jadis, pris de terreur devant elle. Il ne se déroba pas, ce coup-ci, à la possibilité de l'idée fixe. Au contraire, il lui parut plus brave de s'y habituer, de la contempler face à face, et de se démontrer ainsi qu'il aurait la force de n'y point céder. Il ne s'aperçut pas que peut-être, en agissant de la sorte, il commençait un peu à y céder déjà.

En réalité, d'ailleurs, ce n'est pas à l'hypothèse même d'un crime qu'il s'arrêtait. Celle-là, dont il avait toujours horreur, ne fût-ce que physiquement, lui passait tout au fond de l'esprit, très furtive et très vague, sans qu'il eût le temps d'y réfléchir autrement que pour se récrier :

— Oh ! non, non, ce n'est pas vrai, je ne serai jamais un assassin, jamais.

Et cela, bien sincèrement. Sa chair seule suffisait à l'en garder, sa chair de civilisé si nerveuse, répugnant aux brutalités sanglantes.

Mais, ces images affreuses écartées, c'est avec beaucoup moins d'horreur, et parfois même avec une certaine complaisance, qu'il s'attardait à espérer (de qui? d'un favorable hasard) la suppression de son frère. Il n'y serait, lui, personnellement pour rien. Il n'en aurait ni les mains rouges, ni les regards épouvantés, ni le poil tout droit sur la peau frissonnante. Personne ne serait coupable. Une maladie se chargerait de tout arranger. Un accident est parmi les choses possibles! Et qu'il y a peu loin, même pour les meilleurs, du possible au souhaitable !

Encore ne se disait-il pas, nettement, en pleine conscience d'affirmation :

— Je le souhaite.

Il se bornait à ne pas se dire non plus :

— Je ne le souhaite pas.

Et il gardait, au fin fond de lui, presque en se le cachant
à lui-même, la croyance superstitieuse à la puissance du
souhait, le rêve obscur et doux qu'à force de désirer les
évènements on les suscite. Ainsi, tout en se défendant
d'être fratricide, il savait l'être un peu, sans grand crime,
sans qu'il y eût de quoi concevoir un vrai remords, et
néanmoins se sentait l'être assez pour en jouir et y travailler, quoique n'en ayant pas l'air à ses propres yeux.

Cette incubation abominable (mais à l'abomination si
bien atténuée) lui fut agréable et comme une consolation
à ses jalouses tortures. L'espoir caressé de cette revanche,
donnée par le hasard seul, lui adoucit la peine présente,
au baume de la vengeance future.

En outre, les choses se combinant ainsi dans son
imagination, son orgueil se trouvait très satisfait relative-
ment au Borgnot. Car, aujourd'hui comme autrefois, la
complicité avec un pareil gueux lui eût été avilissante,
imposée par l'autre. Il n'en voulait (et encore, à contre-
cœur) que signifiée par lui-même. Or, en rêvant la suppression de Désiré, sans la rêver par un crime, il résistait
au regard impérieux du malandrin, et se figurait lui
répondre :

— Tu vois bien que tu ne me domines pas.

Enfin, ce qui lui donnait le plus de réconfort contre la
tentation criminelle, ce qui lui permettait de s'y croire à
tout jamais inaccessible, c'est l'amour d'Anaïs, dont il
était toujours si bravement sûr. Tant qu'il gardait (et il
ne voyait point que rien pût la lui faire perdre) cette
supériorité bien établie au dam de Désiré, il se sentait
enviable en ce point et par conséquent incapable d'envie,
donc de noir dessein. Dans la certitude d'être aimé, d'avoir
été le premier aimé, de rester uniquement aimé par Anaïs,
il se glorifiait, s'estimait au-dessus des suggestions bes-

tialement haineuses. De ce haut poste, où trônait son
orgueil, il méprisait les rampantes insinuations au fratricide, qu'il se contentait d'étudier quasi en curieux, comme
un amateur suivrait les vaines circonvallations d'assié-
geants, lui-même tranquille au fort d'une solide et impre-
nable citadelle.

Aussi quelle ne fut pas son angoisse, le jour où avec
fureur et terreur il s'imagina, n'osant tout d'abord y ajouter foi, qu'Anaïs positivement se détachait de lui !

— Allons, s'écria-t-il en lui-même, je suis fou : une
telle chose n'est pas possible, pas concevable. Qu'est-ce
que je vais me figurer là ? Pourquoi m'arrêter à un pareil
soupçon ?

Mais il ne pouvait plus ne pas s'y arrêter. La chose était
parfaitement concevable, puisqu'il la concevait. Il ne se
figurait pas, il n'imaginait rien, non ! C'était, en réalité.
Depuis quelque temps déjà, sans se l'avouer, en évitant
même de l'apercevoir, malgré lui il était bien forcé de
le sentir. Aujourd'hui, coûte que coûte, il fallait le
constater.

Oui, Anaïs se détachait de lui. Elle venait de lui signifier
nettement qu'elle se refusait dorénavant.

— Oh ! pour si peu de temps, avait-elle ajouté.

Et, en le caressant, plus tendre que jamais, semblait-il,
mais très ferme néanmoins dans son refus, elle avait donné
ses raisons, bonnes sans doute et même sans réplique. Sa
grossesse était si avancée maintenant ! Elle avait si peur
d'une nouvelle fausse couche ! Des précautions étaient
nécessaires ! Elle s'étonnait qu'il n'y eût pas pensé de lui-
même ! Elle devait, elle, l'y obliger !

— Songe qu'il s'agit de notre enfant !

A coup sûr, ce n'était pas là un langage de femme cessant d'aimer. Il le comprit bien, ne mit pas tout de suite
les choses au pis, ne se forgea pas des chimères. Quand
même, il fut blessé du reproche qu'elle lui faisait, quoique
si doucement, de n'avoir pas proposé le premier les nécessaires précautions. Et il fut humilié de la façon dont elle
l'y obligeait, avec une énergie si peu coutumière à sa pas-

13.

sive indolence. C'est de cette dérogation soudaine à l'habitude qu'il fut surtout frappé, et douloureusement, induit
par là en des méditations dont le terme final lui paraissait
par avance devoir se formuler bientôt en un :

— Elle ne m'aime plus.

Car, pour avoir eu le courage de rompre avec sa longue
et naturelle routine de soumission, pour avoir démenti de
la sorte son caractère même, il fallait qu'Anaïs fût changée. En quoi, sinon dans son cœur? Et donc, elle était bien
en train (commençant à peine, il est vrai) de *désaimer*,
ne fût-ce qu'un tantinet. Mais, si peu que ce fût, c'était
terrible, et trop. Amable savait qu'en ces filets d'amour,
comme en tous, un seul trou suffit à la débringuade complète, vite lâchée de maille en maille. Or, quelle que fût
sa vanité, à ce coup-ci il ne pouvait mettre en doute que
la première maille fût dénouée. Vainement il essaya de se
rattraper aux bonnes raisons fournies par Anaïs, et qui
étaient bonnes, en effet, et qu'il aurait dû prendre pour
telles sans chercher midi à quatorze heures. A cela il se·
répondit tout de suite, et très franchement :

— Qu'elle y ait réfléchi, et avant moi, il n'en faut pas
davantage pour me prouver qu'elle aime moins.

En même temps, une façon de jalousie nouvelle vint à
poindre en lui, à laquelle il ne s'attendait pas. Il ne la
définit pas non plus, tout d'abord, mais cependant en eut
la confuse perception, à cette idée qui lui traversa l'esprit
comme une flèche empoisonnée :

— En tout cas, elle est plus mère que maîtresse.

Il souffrit de se dire cela, et ainsi, bien qu'il ne pût se
figurer être jaloux de son futur enfant, en fait il l'était,
le passage de la phrase ci-dessus lui ayant donné une sensation de déchirante blessure.

A vrai dire, ce ne fut qu'une très brève sensation, plutôt
symptôme de futures peines semblables, et qui s'étouffa
en ce moment sous les pesées plus lourdes de la présente
jalousie plus grossière. Car celle-ci, aux recommandations
si vigoureuses et même impérieuses d'Anaïs, s'étant tout
de suite éveillée, presque aussitôt prit corps. A la nourrir

et l'enfler, fut suffisante l'observation rétrospective de
détails qui, depuis plusieurs mois, s'étaient amassés au
souvenir sans que l'attention les agglomérât. Désormais ils
s'enchaînaient les uns aux autres, s'échafaudaient, se
corroboraient, formant un redoutable édifice de témoignages.

Et d'abord, les reconnaissantes attitudes d'Anaïs envers
Désiré, jusqu'à se prêter aux caresses (paternelles, mais
caresses), apparurent en toute monstruosité aux yeux maintenant prévenus d'Amable. L'excuse même de l'innocence,
jadis constatée chez Anaïs, ne fut plus admise. La jeune
femme fut jugée coupable. Non seulement en effet, elle
s'était soumise passivement aux embrassades (oui, chastes,
toujours, sans doute : quand même, embrassades) du
mari; mais il lui était arrivé aussi de les solliciter. Ah !
cela, n'était-ce pas infâme? N'était-ce pas une preuve
d'affection moindre pour Amable? Un amour parfait aurait
au moins eu le tact de se dire :

— Je vais, quoique sans mauvais dessein, faire de la
peine à l'aimé, en agissant ainsi.

Avoir oublié de penser à cela, c'était comme avoir commis la chose exprès. C'était presque pire. On eût pu croire
à de l'indifférence, en cherchant bien le mobile d'un tel
oubli. Et, les nerfs si à vif, injuste à cause de trop
souffrir, Amable ne put se retenir de conclure un peu en ce
sens.

C'est qu'aussi Anaïs, très véritablement, si elle ne s'était
pas détachée en effet d'Amable, s'en était, en quelque
façon, éloignée à se rapprocher des autres, de ses tantes,
revenues à la maison et qu'elle retournait voir, du bon
curé dont la société familière l'avait ramenée à la pratique
plus assidue des dévotions anciennes.

Tels étaient, en vive lumière, apparaissant aujourd'hui
et se joignant aux câlineries avec Désiré, les détails où
s'aggravaient pour Amable les preuves qu'il était dorénavant moins chéri. Peut-être, au fond, se trompait-il, et
qu'Anaïs l'adorait toujours de même; mais, en apparence,
certes il voyait juste, et elle avait tout l'air de moins vivre

en lui et pour lui, par cela seul qu'elle vivait davantage dans les autres et pour les autres.

En des circonstances différentes, il n'eût pas pris garde à cette recrudescence d'affection et envers les tantes et envers le curé. Ou, s'il y eût prêté l'esprit, il n'eût pas manqué de la trouver fort naturelle, après une brouille dont Désiré seul avait été cause, et qui avait peiné Anaïs. Quant à la repoussée de zèle religieux, il l'eût attribuée à l'éclosion du sentiment maternel, d'où une gravité très favorable à un retour vers la dévotion d'antan.

Mais, en la présente occurrence, il vit là des larcins faits à l'amour, et s'estima lésé. Tout ce qui attirait et retenait la jeune femme, tendait fatalement à la séparer de lui.

Une fois, d'ailleurs, jeté sur cette piste, son esprit inquiet rencontrait à chaque pas nouveau prétexte à s'alarmer. Ainsi, non seulement la prohibition signifiée par Anaïs, pour toutes les raisons dites, l'irrita en elle-même; mais il souffrit, à la réflexion, du ton froid, foncièrement et vraiment froid, qu'il y découvrit, malgré les tendres et enveloppantes précautions oratoires dont Anaïs avait sucré la chose. Il eût presque préféré qu'elle lui eût donné une consigne brutale, avec des sanglots montrant qu'elle en était la première victime. Elle avait, au contraire, eu l'air (du moins il le crut) de *se libérer* en le renvoyant.

Et, cette fois, il ne raisonnait pas, comme à son ordinaire, trop subtilement. Il attribuait à la froideur d'Anaïs une cause inexacte, la jugeant infidèle d'intention. Mais, quant à la froideur, il sentait vrai. Seulement, il aurait dû (le pouvait-il, étant jaloux ?) faire appel à ses connaissances physiologiques, et ne pas en vouloir à la jeune femme, d'éprouver l'instinctif dégoût du mâle qu'à ce moment-là éprouvent fatalement toutes les femelles.

La jalousie, par malheur, l'aveuglait trop déjà pour qu'il gardât même le pouvoir de cette facile constatation médicale. Et certes il devait y être effroyablement en proie, puisque, au lieu de cette raison consolante pour son amour, il préféra s'entêter dans l'hypothèse d'un *lâchage* dont sa vanité saignait.

Il est vrai que la vanité a des *revenant-bon* tout à fait
inattendus. Blessée, chez Amable, à reconnaître que
l'amour d'Anaïs s'amoindrissait, elle se requinquait, non
sans un sentiment de réelle consolation, à n'avoir pas été
prise au dépourvu par cet amoindrissement, à le deviner,
à en déterminer sagacement (croyait-elle) les causes. Il
en résulta même ceci de singulier, c'est qu'un moment
vint où Amable eût été presque vexé si, brusquement, on
lui eût affirmé, preuves en mains :

— Tu es dans l'erreur. Anaïs ne s'est point détachée de
toi. Elle t'aime autant que jamais. Que ton orgueil ne
souffre pas !

Son orgueil, en ce cas, se fût apaisé, certes; mais,
d'autre part, eût accepté comme une humiliation doublé,
et d'avoir commis une faute de perspicacité, et de s'être
lui-même ravalé à supposer, sans raison, qu'on pouvait se
détacher d'Amable. Et c'est bien avec la conviction d'ac-
quérir une preuve de plus, douloureuse, mais prévue, des
lassitudes amoureuses d'Anaïs, c'est avec l'amère joie de
s'enfoncer ce coup de poignard, qu'Amable essaya un jour
d'enfreindre l'ordre reçu.

Il y gagna amplement ce qu'il cherchait, et jusqu'à la
plus complète certitude. Luné comme il était à cet instant,
il se fit littéralement (et contre le gré d'Anaïs qui n'y mit
point d'expresse volonté mauvaise) abreuver de honte et
de mépris. Ainsi, du moins, prit-il la chose, et, on doit le
confesser, il n'était guère possible à un homme, à un
amoureux surtout, et à un vaniteux en particulier, de la
prendre autrement.

Et pourtant, à bien réfléchir et à regarder d'un regard
impartial, ne fit-il pas juste tout ce qu'il ne fallait pas
faire? Hélas! si, et sans oublier une seule sottise, un seul
manque de tact. En vérité, il se conduisit de telle sorte
qu'il fallut la profonde bonté d'Anaïs, et son inépuisable
indulgence, et son amour (toujours à profusion, quoi
qu'Amable voulût s'imaginer), et enfin le respect, déjà né
en elle, du père de son enfant, pour qu'elle ne se mît pas,
après une pareille scène, à le détester absolument.

C'était un dimanche soir, en février. La maison était vide de gens, à cause d'une fête dans un village voisin, le pays même de la vieille Marceline, qui sortait cet unique jour dans l'année, et ne manquait pas d'emmener avec elle le garçon meunier et le va-trop. Anaïs, souffrante, s'était couchée, dans sa chambre au premier étage, une chambre séparée qu'elle avait depuis un mois déjà. Séparation obtenue de Désiré très [volontiers, pour raison déclarée de repos nécessaire, la vraie raison ayant été une condescendance à un simple désir exprimé par Amable. La chambre, au reste, était restée toujours close à l'un comme à l'autre. C'est deux jours après s'y être installée qu'Anaïs avait imposé la sagesse désormais à l'amant.

Donc, Amable et Désiré se trouvaient seuls dans la grande cuisine, en bas. Ils devisaient devant l'âtre. De quoi ? Bien on le devine. De l'enfant qui allait naître dans quelques semaines. Avec quel enthousiasme en parlait Désiré ! Avec quelles protestations de tendresse et de gratitude, envers Anaïs d'abord, qu'il mettait dans des gloires de sanctification, et ensuite envers son cadet, à qui revenait de droit le premier merci.

— Car je te devrai tout ce bonheur, mon fieu. Sans toi, je ne me serais jamais marié. Sans toi, je ne serais pas sur le point d'être père.

— Sûr, répondait Amable, jouissant *in petto* du double sens, et avec quelle aigre allégresse.

— Et sans toi, reprenait Désiré, ma femme ne m'aimerait pas comme elle m'aime. J'ai été si mauvais pour elle, après sa fausse couche ! Mais, toi, tu la consolais, tu la ramiotais. Tu avais confiance en elle, et tu l'empêchais de me prendre en grippe. Si bien qu'elle n'a pas cessé d'être mienne, et qu'enfin le Ciel a béni notre union, et qu'à présent entre elle et moi, c'est le paradis.

Ce *le Ciel a béni notre union*, emprunté au répertoire de l'abbé Pauquet, cette effusion de Désiré en extase, ces évocations des moments où il avait (quoique si mal et sans plaisir donné) possédé Anaïs, et particulièrement l'impudeur de cet heureux étalant si fort et comme déculottant son bonheur, tout se réunissait pour écorcher à vif les nerfs irrités d'Amable. Et c'est alors que lui bondit dans le cœur le brusque et irrésistible désir, le besoin plutôt, la rage, de reprendre Anaïs, physiquement, sensuellement, là, tout de suite, dans cette chambre du premier où il n'avait forniqué jamais, au-dessus de cette pièce où il laisserait Désiré pour avoir le diabolique attrait du danger à le savoir en bas.

Il ne prit pas le loisir de réfléchir à l'absurdité d'une pareille folie, sauf juste ce qu'il fallait de réflexion à en savourer le sadisme. Non plus le temps de se dire, avec une horreur, sinon morale, au moins charnelle :

— Anaïs accouchera dans quinze ou vingt jours.

Il n'eut pas même la prudence de tromper Désiré sur le lieu pour lequel il le quittait. Où donc alors, en effet, eût-il senti le péril que précisément il voulait affronter? C'est tout à trac qu'il lui déclara :

— Je vais voir si elle a besoin de quelque chose.

Même, il eut conscience, en parlant ainsi, d'une sorte de ricanement dont il accompagna sa phrase, comme s'il jetait un défi au trop confiant Désiré, l'aiguillonnait à soupçonner, et lui cinglait le visage d'une bravade en ce genre :

— Prends-le comme tu voudras. Je m'en fous.

Après quoi, sans se presser, il monta l'escalier de bois qui conduisait à la chambre d'Anaïs. Oui, sans se presser, quoiqu'il fût en hâte fiévreuse de désir; mais exprès lentement, pour donner à l'épaisse intelligence de Désiré la longue rumination qui lui était nécessaire avant d'avoir compris le défi ricanant d'Amable. Et lourdement il fit craquer les marches, sous ses pieds appuyés fort, comme s'il eût sous leurs semelles foulé le cœur même de son frère.

Et une fois en haut, à dessein, il referma la porte avec bruit, afin que Désiré fût forcé de se dire :

— Ils sont seuls, et Anaïs est dans son lit.

Elle était dans son lit, en effet, à demi éveillée, et sans frayeur aucune elle vit entrer Amable et qu'il refer-

mait la porte. Elle lui sourit, les cils mi-clos, doucement, puis se réassoupit.

Lui, un long moment, la contempla.

Elle était pâle, et amaigrie un peu des joues, plus
jolie ainsi, sous la lueur d'ailleurs tremblotante et attendrissante de la veilleuse, qui accentuait son air malade.

Ses deux mains, croisées sur le creux de son estomac,
faisaient ressortir plus en saillie ronde les deux seins
aux glandes déjà gonflées, et surtout le ventre énorme,
dont le ballon soulevait le drap tendu. Elle lui semblait
prier, et en même temps s'épanouir dans sa maternité
prochaine. Pour n'importe qui, fût-ce le plus indifférent
spectateur, mais de cœur humain, c'était à la fois auguste
et touchant.

— Alors, tu ne m'aimes plus?

Telles furent, et du plus profond de lui, les seules
paroles qui vinrent aux lèvres d'Amable.

Et, en rouvrant les yeux, Anaïs lui trouva une expression qu'elle ne lui avait jamais vue, d'un homme qui ne
pensait pas à elle du tout.

— Tu es fou, lui répondit-elle simplement. Pourquoi
ne t'aimerais-je plus, toi, le père du cher petit être?

Et, tandis que sa voix prononçait ces mots câlinement,
elle passait sur son ventre, à lentes caresses, ses mains
qui frémissaient.

— Tiens, ajouta-t-elle, tâte ici. Tâte. Tu vas le sentir. Il
remue.

Elle lui avait pris les doigts et les posait, avec d'infinies précautions, à l'endroit où elle avait éprouvé une
sourde secousse.

Amable laissa peser sa paume; puis, la retirant avec
une sorte de vague effroi :

— C'est lui que tu aimes, dit-il.

Elle le regarda sans comprendre.

— Oui, oui, reprit-il, en se rapprochant d'elle. C'est
lui, à présent. Ce n'est plus moi.

— Toi aussi, fit-elle, presque en riant.

Car le sentiment lui semblait exagéré exprès, non naturel, quasi ridicule.

Amable s'était penché vers elle. Bouche à bouche, il lui répéta, l'haleine ardente prête au baiser :

— Moi aussi, oui, n'est-ce pas? Moi aussi. Alors...?

Et il s'appuya sur la poitrine d'Anaïs, tandis que ses mains fourrageaient sous le drap relevé.

— Oh! s'écria-t-elle, en se pelotonnant, les couvertures ramassées au menton.

Puis, avec des yeux flamboyants d'indignation, et d'un verbe sifflant entre les dents, furieux, et plus attristé encore :

— Tu n'as pas honte?

Mais elle vit que non, qu'il ne se rendait pas compte de sa monstruosité. Alors, pour le rappeler à lui-même, elle fit peur de Désiré, croyant d'ailleurs qu'il n'était plus en bas, et qu'Amable avait profité de l'occasion pour risquer une telle folie. Elle ne pouvait supposer à quel raffinement de sadisme avait obéi Amable.

— Prends garde, fit-elle. Si Désiré allait rentrer à la maison?

— Il y est, répliqua tranquillement Amable.

— Où donc?

— Où tu nous as laissés tout à l'heure. A la cuisine.

— Seul? Il est seul? Et il n'est pas venu avec toi?

— Oui, seul. Il est resté seul. Il ne m'a pas suivi, le lâche!

— Mais que lui as-tu dit, pour expliquer que tu montais près de moi? Que lui as-tu dit, pour le traiter maintenant de lâche?

— Rien. Je lui ai dit que je montais, simplement.

— Es-tu sûr qu'il ne se doute pas...?

— J'espère que si. J'avais tellement l'air de me foutre de lui!

Elle se dressa sur son séant. Elle était épouvantée. Elle crut que réellement Amable était devenu aliéné.

— Voyons, voyons, fit-elle, en se passant les mains sur les yeux. Ou bien tu es insensé. Ou c'est moi qui rêve.

14

Tout ce que tu me dis est impossible. Explique-moi.
Écoute-moi...

— Non, non, interrompit Amable. Je n'ai rien à t'expliquer. Je ne veux non plus rien entendre. Je veux que tu
me prouves ton amour. Je veux être aimé de toi, encore,
comme autrefois. Aimé plus que ton enfant. Aimé plus
que Désiré. Laisse-moi te prendre. Voilà ce que je veux.
Oui, oui, là, tout de suite !

Et de nouveau, et presque brutalement cette fois, il se
jeta sur elle, au risque d'une lutte qui pouvait provoquer
un avortement. Il avait les yeux hors de la tête, l'écume
aux lèvres.

Mais le *oh !* qu'elle poussa, en repoussant cette seconde
attaque, fut si plein de dégoût, de mépris et d'horreur
véritables, que soudain le désir d'Amable lui en rentra
au cœur et au corps. Toute sa rage d'amour détendue
faillit se passer en une crise de larmes. Il se retint de
pleurer, cependant.

— Non, fit-il, tout confus ; mais je le vois bien, j'en suis
sûr à présent, tu ne m'aimes plus. Tu ne m'aimes seulement pas autant que tu aimes ce salop de Désiré.

Et elle était si indignée contre lui qu'elle lui riposta,
tandis qu'il s'en allait honteux :

— Ma foi, tu as peut-être raison.

Du coup, il lâcha ses larmes ; mais d'une façon qui
n'inspirait point de pitié. Larmes de dépit, presque ridi-
cules. Non pas larmes de profonde peine, qu'Anaïs eût
voulu consoler. Il avait l'air, arrêté au seuil de la porte,
d'un enfant qu'on a empêché de faire une sottise,
une saleté, et qui grigne, à la fois furieux et penaud.

Elle eut, très nette, cette impression, et vraiment, pendant cette brève seconde, cessa de voir en lui l'homme
qu'elle avait tant aimé, ou plutôt cessa de l'aimer. Et
cela se sentit au ton glacé dont elle insista sur son
idée dernière, avec une méchanceté si peu dans sa
nature.

— Oui, reprit-elle, en ce moment, certes, je l'aime
mieux que toi, ce pauvre Désiré. Il m'obéit, lui, au

moins, et il respecte la mère que je vais être. Tandis que toi, tu viens de te conduire comme une brute.

Il ne répondit rien. Tout, en lui, pour l'instant, était tombé à plat, dans un effondrement du fond de son être. Son orgueil même, ainsi que son désir, n'était plus. Il se sentait déliquescer, moralement aussi bien que physiquement. Effort raté. Virilité morte. Tout l'être en chiffe.

Sans même tirer la porte derrière lui, il redescendit l'escalier, à pas de loup, furtif et pleutre.

En bas, allongé sur sa chaise, les pieds dans les cendres, le visage confiant et souriant, Désiré somnolait. Ce calme produisit sur Amable l'effet d'une injure personnelle. Il en pâlit, comme d'un crachat reçu en pleine face.

Du coup, la vie lui revint au cœur, au cerveau, aux membres, mais une vie hideuse et féroce, en un afflux soudain de bile haineuse qui lui donna une nausée, et aussi une crispation de tous ses nerfs. Il dut faire sur lui-même un terrible effort pour ne pas se ruer sur Désiré, et le mordre à la gorge en bête fauve qui a soif de sang.

Il n'en fut, d'ailleurs, empêché que par une rapide et comminatoire objurgation de sa prudence, lui jetant, à travers fièvre de meurtre et visions rouges, cette brusque ondée refroidissante par laquelle il se ressaisit :

— Et la justice, malheureux !

Justice, naturellement, ayant ici sa plus claire et plus décisive signification, celle que symbolise le gendarme.

Mais il n'avait pas fallu moins pour caveçonner et faire cabrer et mettre à cul sa fougue d'assassinat. Et il le comprit, tout ensemble épouvanté d'avoir été si près de la chose, et fier de l'avoir évitée. Fier aussi, et presque plus fier, d'avoir enfin surmonté, ne fût-ce qu'en désir, l'horreur physique qu'il éprouvait auparavant, dans sa chair frissonnante de civilisé, devant l'image seule d'un corps humain navré et saigné par lui.

Oh ! de cela, sans plus, de ce *progrès* vers la possibilité du fratricide, de cette première accoutumance à la sensation monstrueuse, combien eût été ravi le Borgnot ! Car il savait, lui, en sa ténébreuse jugeotté (ténébreuse par les

moyens d'expression, mais si perspicace par les perceptions aiguës), il savait parfaitement bien que cette horreur
physique était, en somme, l'unique obstacle dressé entre
Amable et le crime. Et, rien qu'à voir le regard tragique,
le regard *faisant balle*, dont Amable avait *frappé* son
frère avant l'imaginaire appel au gendarme, rien qu'à
savourer le sans-remords de cet implacable regard, le
Borgnot eût pu se dire, en bavant de joie :

— Enfin, ça y est ! Tu le commettras, le fratricide. Maintenant, j'en suis sûr, comme si j'y avais assisté déjà. Et
n'y ai-je point assisté, en effet, bien réellement? Car tu
auras beau faire et beau t'en défendre, et quand même
les choses désormais devraient tourner de façon que tu
demeures matériellement innocent, qu'importe? Ce soir,
tu m'as obéi, tu as tiré sur ton frère, et tu ne l'as pas raté
non plus, toi, ton gabelou !

Très distinctement Amable entendit dans son cœur et
presque à son oreille ce discours du Borgnot, tout en
sachant fort bien qu'il en était lui-même le seul auteur,
et que le vieux malandrin jamais n'aurait pu si nettement
exprimer des nuances de si subtile casuistique. Néanmoins
Amable en eut un tressaillement. Mais non de cauchemar
ainsi qu'aux apparitions de jadis. Ce fut, cette fois, comme
un frisson de théâtre. Il y avait dans cette évocation du
gueux une part d'artificiel dont l'évocateur se rendait
compte. C'est de son propre mouvement, et avec conscience, qu'il avait eu cette idée toute littéraire et de rhétorique :

— Ah ! que le Borgnot serait ravi, si... etc...

La facilité prompte qu'il eut à faire, en un pareil moment, ce retour analytique sur lui-même, lui fut un immé-
diat calmant et réconfortant. Il en demeura étonné, en
admiration de sa vigueur morale. Qu'il eût pu si tôt et si
énergiquement refréner son rut d'assassinat, et, tout de
suite après, reprendre assez de sang-froid pour psycholo-
giser de la sorte, n'était-ce pas miraculeux ? Et, capable
de telles merveilles, qu'avait-il désormais à redouter de
de la criminelle et abominable tentation ?

Cette sécurité lui rendit tout l'orgueil qu'il avait perdu là-haut, à se voir repoussé, à se sentir désaimé, et à n'en point tirer vengeance. A peine remis en selle, son orgueil l'emporta.

— Quoi! quoi! se dit-il. Repoussé! Indifférent! Moi ! Allons donc ! J'ai mal voulu. Ou plutôt, je n'ai pas voulu. Voilà tout.

De cela, sans pudeur, contre toute vérité, il fut convaincu immédiatement. Il ne se rappela seulement pas avec quelle raide intensité de désir, quelle fougue charnelle et spirituelle, quel propos délibéré, il était monté à la chambre d'Anaïs, et dans quel affolement de sens il avait assailli la pauvre femme. Il se remémora uniquement la complète atonie, presque paralysie de virilité, où il s'était affolé après le *oh !* de profond dégoût poussé par Anaïs. Mais il se remémora la chose à son avantage.

— Oui, c'est cela. Un haut-le-cœur m'est venu. Parbleu ! J'te crois !

Et il suscitait devant ses yeux le tableau de cette femme grosse, quasi à terme de grossesse, et se persuadait qu'il en avait eu répugnance. Lui, peut-être non, ou du moins il ne s'en était pas douté alors. Mais le mâle en lui, certes ! Et il y avait de quoi, hein !

— Cette gorge déjà distendue, les glandes hypertrophiées ! Et ce ventre en dôme, à la peau bientôt défibrée et se craquelant ! Et le reste ! Pouah ! Dire que je m'imaginais avoir de cela le désir, pouvoir devant cela éprouver une envie !

A dessein, il insistait sur l'image des choses, qu'il se figurait exprès exagérées en hideur, qu'il se plaisait maintenant à constater repoussantes, jusqu'à trouver en ces visions des comparaisons injurieuses pour Anaïs, des idées ou sales ou grotesques, et même des abominations monstrueusement blasphématoires.

D'où, finalement, il tira cette conclusion, s'en réjouissant :

— C'est bien simple. Je ne l'aime plus.

Puis, ce corollaire en jaillit :

14.

— Alors, à quoi bon rêver la mort de Désiré?

Et une singulière pensée lui vint, à la fois ironique et très attendrissante, qui se formula ainsi en le faisant sourire :

— Il sera un si bon oncle pour mon enfant!

Désiré sortait, en ce moment, de sa somnolence. La première chose qu'il vit, au dessillement de ses paupières, fut le sourire d'Amable. Il n'en distingua pas l'ironie, n'en perçut que l'attendrissement, en fut tout attendri lui-même ; et, sans savoir pourquoi, sans demander la cause de rien, se jeta dans les bras de son frère en s'écriant du fond du cœur :

— Ah! cadet, comme nous allons être heureux !

Des larmes douces montèrent aux yeux d'Amable. Il ne se sentit plus la moindre velléité de moquerie. Il avait la pleine conscience d'être très bon lui-même, digne de tout bonheur, et prêt à partager généreusement cette félicité, et c'est du fond du cœur aussi qu'il répondit en embrassant l'autre :

— Ma foi, Désiré, je crois que oui.

XX

Ce ne fut pas là une accalmie passagère, comme un accès tout physique et nerveux de sensiblerie larmoyante. Ce fut bel et bien la paix dans Amable, à partir de ce moment. On eût dit, et lui-même était le premier à le croire de toutes ses forces, que vraiment l'affreux désir du crime était pour toujours aboli en son cœur, et jusqu'à la possibilité désormais de ce désir.

Le subit prurit d'assassinat, si violent et si définitivement refréné qu'il avait eu pendant le temps d'un éclair, lui semblait avoir été ainsi que la flamme suprême jetée par sa haine avant de s'éteindre. Depuis, il la sentait morte, absolument. Et c'est avec la joie chaque jour croissante de cette sensation, avec la légèreté d'une conscience pure et satisfaite, qu'il attendit le prochain accouchement d'Anaïs. Il vécut, ces trois semaines, tout entier dans son rêve de bonheur, dans cette douceur tendre.

Il n'était même plus troublé par la pensée de l'amour qu'il avait pu avoir, qu'il pourrait avoir encore, pour Anaïs. Cela aussi lui paraissait mort. Et il n'en souffrait pas. Bien au contraire, il en éprouvait une délivrance. Il se demandait parfois comment il s'était naguère abandonné à de la jalousie touchant cela. A peine le comprenait-il. Il se figurait avoir été malade.

Aucune rancœur non plus à ce propos. Il n'en voulait pas à celle qu'il avait aimée, de l'avoir aimée. Il se trouvait, à constater cette générosité en lui, grand mérite, et se félicitait de posséder un cœur pareil. Les sales ou grotesques images qu'il avait forgées, le soir de son échec, pour se convaincre de son dégoût et s'y affermir, il les répudiait, d'ailleurs, maintenant.

— Ce soir-là, je croyais encore aimer la pauvre femme, se disait-il. D'où mon irritation contre elle, et le besoin de me venger d'elle en l'avilissant. Mais y persévérer serait le fait d'un mauvais homme, et je suis bon.

Anaïs, en effet, le jugeait tel. L'acte de folie qu'il avait essayé de commettre, elle le lui avait pardonné, n'y avait vu qu'une preuve de charnel amour, à la réflexion. Même, elle se reprochait de l'avoir repoussé trop durement, avec trop de froide énergie, avec de l'ironie surtout. Elle eût voulu s'en excuser. Ne l'osant pas en paroles, et le pouvant de moins en moins en fait, elle y tâchait en redoublant d'affectueuses manières, et en mettant dans ses regards tout son dévouement.

— Hélas ! elle m'aime toujours, l'infortunée, songeait Amable.

Et, d'autant plus généreux que sa vanité y trouvait son compte, il se montrait lui-même très prévenant, très dévoué, avec allégresse pour ne pas laisser voir qu'il n'était plus amoureux, et ne pas ainsi la désespérer. Il lui était agréable de se dire :

— Ne brisons pas son cœur. Plus tard, seulement plus tard, nous verrons. Alors, sa maternité la consolera.

En veine de justice, et ne dédaignant pas de se le prouver, il ajoutait parfois, non sans jouir un peu à la plaindre :

— Comme on est égoïste, pourtant ! Elle va me le donner, cet enfant que j'ai tant désiré, cet enfant par qui je reconquerrai ma terre, et par qui la terre elle-même sera heureuse comme moi. Je devrais l'aimer davantage, la chère créature. Eh bien ! non. Sa besogne faite, je ne me soucie pas de la femme. Ah ! c'est mal. Mais quoi ? On est ainsi. La nature le veut. Avant tout, je me sens père.

Toutefois, il se promettait de rester toujours bon pour elle, et n'était pas fâché, cependant, d'avoir à s'y forcer, puisque de la sorte il y aurait plus de mérite. Il était dans ses moments de haute moralité, et cherchait des sacrifices à faire.

Il en fut récompensé (car en ces dispositions d'esprit on est sûr que la vertu obtient toujours sa récompense), et récompensé au delà même de toutes ses espérances, par le bonheur véritable, profond, inattendu pour lui, qu'il éprouva réellement à être père. Inattendu, certes ; car il prétendait bien, avant la chose, se sentir père ; mais il parlait de *chic* alors ; et, tout à coup il se trouva qu'il avait, en effet, un cœur paternel.

Littéralement, il s'arrêta de battre, ce cœur, quand la vieille Marceline leur cria, un beau soir, du haut de l'escalier :

— Ça y est. Montez vite. Venez la voir, ch'tiote mignonne.

Et les jambes d'abord lui défaillirent, molles comme s'il était ivre, si bien que la vieille dut répéter, en tapant dans ses mains :

— Mais montez donc. C'est-il que vous avez de la glu aux pieds ?

Car Désiré non plus ne bougeait pas. Amable, même, eut là une repiquée de jalousie, à voir cette immobilité semblable à la sienne, y supposant une cause semblable aussi, une paralysante ivresse de joie. Mais tout de suite sa jalousie fut guérie, à voir que sa supposition était fausse, et que, si Désiré demeurait inerte, c'était pour un tout autre motif que le poids d'un trop lourd bonheur.

Désiré, en effet, ne paraissait pas ravi, mais atterré. Ses gros sourcils froncés et sa lippe bas-tombante signifiaient la plus noire tristesse, le dépit le plus anéantissant. Amable n'eut pas le loisir de se demander le pourquoi de cette physionomie dolente et amère. Il la remarqua seulement, et y prit plaisir, quoique sans méchanceté, et plutôt avec l'arrière-pensée généreuse qu'il allait avoir à consoler son frère.

D'ailleurs le moment n'était pas aux longues réflexions. Celles-ci n'avaient guère duré plus que le temps d'un rapide clin d'œil. Puis, l'effet une fois passé du coup de foudre donné par l'annonce de Marceline, Amable s'était précipité vers l'escalier, grimpant quatre à quatre, sans attendre l'aîné, toujours immobile et de visage morne.

Tandis que lentement Désiré le suivait, Amable ainsi pénétrait le premier dans la chambre, et le premier prenait aux mains de la sage-femme l'enfançon piaulant, et le premier mettait de tendres baisers sur la peau si fine, à peine débarbouillée, grasse encore de mucosités essuyées vaguement, et toute frissonnante au dur toucher des choses, à l'aigre piqûre de l'air, au lancer dans la vie.

En cela il était père vraiment, le tel quel Amable, qui ne pouvait se rassasier de contempler le petit être, et le jugeait beau, et même ne le jugeait pas, mais le voyait ainsi, sans qu'il lui fût possible de se figurer qu'on pouvait le trouver autrement. Lui qui, naguère encore, après son échec dernier auprès d'Anaïs, avait pensé, à cause d'elle enceinte, si vilainement et de si sale et grotesque imagination, il ne concevait ici qu'idées gracieuses, comparaisons riantes, ou alors grandioses.

C'était une fleur, cette fillette, une jolie fleur aux pétales soyeux. C'était, aussi, l'auguste émanation de lui-même, un moi neuf en qui son moi renaissait, se prolongeait. Des idées philosophiques lui venaient, à ce mot. Il méditait, en confuses et très rapides visions, des théories mal digérées, allant de l'embryon à la cosmogonie. Puis, à la traverse, repassaient les images de banale poésie, souvenirs de lectures. Il les répétait sans rougir de leur banalité, sans y songer même. Il lui semblait tout naturel d'appeler bouton de rose cette pauvre chair bouffie, bleuie, et de dire à cette face plissée, camarde, pleurarde, grimaçante, masque de monstre :

— Qu'elle est donc belle ! Mon cher petit ange ! Mon doux chérubin !

Et tout cela en absolue sincérité, et avec quelle folie, et dans quelle extase, puisqu'il était père ! Et comme, à ce moment, il se sentait réellement bon et généreux, et méritant son bonheur, et voulant celui des autres ! Non plus, d'ailleurs, en se trompant lui-même sur ses vertus, et en les grossissant; mais les possédant *pour de vrai*, et en ayant parfaite conscience qu'il s'était, jusqu'à cette minute précise, fait illusion touchant sa nature, pour l'avoir trop flattée.

— Car, il n'y a pas à en douter, se disait-il. Avant ce que j'éprouve aujourd'hui, j'étais plutôt mauvais. Je m'en rends bien compte maintenant, à voir ce que je suis devenu tout à coup, et ce que c'est que d'être absolument bon ainsi que je vais l'être désormais en étant heureux.

C'est dans de telles dispositions qu'il se pencha sur Anaïs et lui baisa le front, qu'il mouilla en même temps de tendres larmes. Il y avait dans cette caresse une telle gravité, une si profonde affection, et tant de respect, et tant de reconnaissance, et tant de promesses, que la pauvre femme ne put s'empêcher de pleurer, elle aussi, et de lui dire à plein cœur :

— Oh! merci, merci! Tu es véritablement le meilleur des hommes.

Désiré entrait à ce moment. Il entendit la phrase, ne distingua pas le tutoiement (duquel il ne se fût pas offusqué, du reste) et releva le sens par cette remarque, faite d'un ton aigre :

— Le meilleur, certes. Il faut qu'il le soit, amon, pour être content.

Anaïs lui jeta un triste regard, puis baissa les yeux avec l'air de quelqu'un qui se reconnaît en faute. Elle devinait bien, elle, d'où venait la mine déconfite de Désiré, et que la naissance d'un enfant mâle avait toujours été l'espoir unique du mari. Elle n'y avait plus songé tout d'abord, dans son ravissement maternel. Amable pouvait encore moins y réfléchir, lui si vite et si totalement envahi par le sentiment d'être père, sans plus, sans discussion surtout, trouvant l'enfant admirable en son sexe comme dans sa personne entière.

Que Désiré ne fût pas immédiatement en proie à la même admiration, Amable en éprouva contre lui une subite colère. Tout à l'heure, il lui en eût voulu d'em--

piéter, en quelque sorte, sur l'enthousiasme paternel, en
se montrant trop ivre de joie. Et à présent qu'Amable
avait tout à loisir savouré la primeur de cette ivresse, et
volontiers en abandonnait les restes à l'autre, il était
furieux que Désiré n'y goûtât pas, ou plutôt y répugnât.

Aussi est-ce d'une voix agressive qu'il lui dit :

— Alors, toi, tu ne l'es donc pas, content?

— Non, répondit Désiré.

Amable fut si interloqué de cette déclaration inattendue,
qu'il ne trouva pas un mot à riposter. Anaïs éclata en
sourds sanglots. La sage-femme et Marceline se regar-
dèrent avec des yeux qui signifiaient clairement à Désiré,
s'il les avait vus :

— Vous êtes un monstre ou un fou.

Mais Désiré n'y prit pas garde, non plus qu'aux sanglots
d'Anaïs ni à la stupéfaction d'Amable. Profitant du silence
général, et entre deux miaulées de l'enfant, comme pour
donner à sa parole plus de solennité, il répéta d'une voix
très lente :

— Non, je ne suis pas content, fichtre non !

Marceline ne put y tenir, et, venant se planter devant
lui et lui disant *vous* en signe de colère :

— Eh bé! nô maître, s'écria-t-elle, si v'n'êtes pas content, c'est que v's êtes bougrement difficile et nareux.
Parce que des éfants comme c'tilà, on n'en fait pas à baise-
que-veux-tu.

Puis, prenant le poupon et le lui poussant au nez, elle
ajouta :

— Mais regardez-la donc, amon ! Vous ne pouvez pas la
renier, cependant. C'est bien une Randoin, tout ce qu'il y
a de plus Randoin. Défunt votre père, que je vous dis, lui-
même, tout craché !

— C'est vrai, tout de même, fit Amable, avec un redoublement d'admiration. C'est vrai, n'est-ce pas, frère?

Et sa colère contre Désiré augmenta, Désiré se taisant.
Ce silence était pour Amable une insulte personnelle.
Car ne pas reconnaître, proclamer, avec enthousiasme et
amour, que la petite ressemblait, en effet, au vieux papa

Randoin, c'était nier qu'elle fût la fille d'Amable, lui-même étant le vivant portrait de son père. Pourquoi donc Désiré ne s'inclinait-il pas devant cette ressemblance? Pourquoi n'en était-il pas joyeux et fier?

Cependant, la vieille Marceline continuait à harceler Désiré, voulant le forcer à se montrer content, et elle répétait :

— Défunt Randoin tout craché, amon. Il me semble que je le vois core. Eh! parbleu! c'est son petit nez toujours au vent du bon côté, et ses yeux pareillement, clairs comme des lanternes. Et ses cheveux, donc! Vouette s'ils ne tournent pas à boucler, tout menus qu'ils sont! On dirait des plumes au débout frisé. Oui, oui, elle sera frisée, amon, et un peu roussotte, ainsi que le grand-père et que son oncle Amable.

Ici se tournant vers Amable, elle ajouta :

— Car elle te ressemble aussi, à toi, cadet.

Mais Amable ne vit là aucun danger, et, sans tressaillement, répondit, l'air plutôt rengorgé du compliment :

— Dame! Je suis un vrai Randoin, moi.

— Sûr, reprit la vieille, toi, à la bonne heure!

Ce disant, elle glissait vers Désiré un regard de côté, légèrement haineux, méprisant surtout. Au fond, elle lui préférait Amable, sans se l'avouer d'ordinaire, mais aujourd'hui en connaissance de cause. Désiré tenait tant de sa mère la Bragnaux, sous laquelle Marceline avait pâti, durement menée! Amable, au contraire, c'était le vieux Randoin, chéri même en ses mauvais jours de bougonnade, nature aventurière, point chicaneuse et tâtillonne, mais fouille-aux-jupes, tandis que l'autre n'était que fouille-au-pot.

Comme Désiré ne disait toujours rien et gardait sa mine en groin malcontent, la vieille se moqua de lui alors pour le secouer.

— Ma fi! dit-elle, c'est si bien le papa Randoin tout craché, que, si le cher homme n'était point là-bas, au cemitière, je croirais qu'il a oublié sa culotte sur le lit de vô femme.

15

Puis, l'enfant remis dans son berceau, elle haussa les épaules et dit tout bas à l'accoucheuse :

— Il le mériterait, hein? d'être cocu !

Anaïs, malgré la jovialité de Marceline, continuait à se douloir. Amable sentit, à cause de cela, grandir son irritation contre Désiré. A cause, aussi, du mauvais entêtement que mettait dans son silence le pataud, toujours raide et rude, bouche mousante, visage grippé.

— Enfin, quoi? s'écria violemment Amable, qu'est-ce que tu as, à faire une gueule pareille? Pourquoi n'es-tu pas content? Pourquoi? Explique-toi au moins.

A cette bourrade de verbe, Désiré comprit qu'il avait tort peut-être de tant manifester son mécontentement, et qu'en effet il devait au moins en fournir les motifs. Il crut donc s'excuser, et répondre avec tact et justesse, par ces mots, qu'il laissa tomber d'un ton navré, mais comme écœuré aussi :

— Qu'est-ce que tu veux ? J'espérais, j'attendais un garçon. Et ce n'est qu'une fille.

Anaïs seule, toujours indulgente, comprit que Désiré était plus à plaindre qu'à blâmer. Elle se rendait compte que très réellement, et sans penser à mal, et sans cesser d'être bon, il avait souffert là une grande déception. Elle n'était pas ignorante de la raison pour laquelle on l'avait épousée. Elle savait de reste, par les reproches de Désiré après la fausse couche, qu'on exigeait d'elle un héritier, un Randoin. Et, très douce, elle eût voulu en cela satisfaire le brave homme. Il lui semblait qu'ainsi, elle aurait racheté la faute commise en le trompant. Elle accepta donc comme une punition méritée le triste et humiliant et écœuré :

— Ce n'est qu'une fille.

Mais il n'y eut qu'elle à le subir ainsi. Marceline et la sage-femme elle-même en furent indignées. La méprisante constatation n'injuriait-elle pas tout leur sexe ?

— Eh bé ! quoi ! fit la vieille servante. Vous v'là bé dégoûté, nô maître. Il en faut pourtant, des filles, pour être père. Ce n'est pas le tout d'avoir une cheville. On n'ajuste rien sans le trou. Si le père de vô mère avait parlé comme vous, amon, vous seriez resté dans la braguette de papa. Ah ! ce n'est qu'une fille ! Ma fi, vô femme non plus n'était qu'une fille, et v's avez été ben aise qu'elle ne soit pas un garçon, je pense. Vous ne pouviez quand même pas vous engrosser vous-même, ni le premier homme non plus ne le pouvait pas ; et si, sans vous offenser, je crois qu'il était plus malin que vous et mieux emmanché, puisqu'il sortait tout battant neuf des mains du fabricant, lui et son vit ebouquin.

Une fois montée (et elle l'était ferme en cet instant), la vieille Marceline enfilait des discours de longueur. Personne, au reste, ne l'interrompait. Anaïs était comme assoupie, et se laissait bercer à ce ronronnement de verbiage. La sage-femme tenait sur ses genoux l'enfant, et, lui boutant entre les lèvres un bâton de racine de guimauve pour la faire taire et l'accoutumer à prendre tantôt le sein, elle lui sifflotait tout près de l'oreille un vague dodinot. Désiré s'était assis, les coudes aux genoux, la tête dans les mains, comme écrasé sous la pluie de paroles jetées, à seau par la vieille. Quant au cadet, il était tout en proie à la haine soudain rentrée en lui, formidable, rugissante.

— Ce n'est qu'une fille !

Le mot avait été aussi blessant que les premiers dont jadis son retour avait été si maladroitement salué. Il se rappelait cet accueil de Désiré ; minutieusement et douloureusement il se le rappelait ; et jamais comme aujourd'hui il ne se l'était rappelé en aussi vive et dure lumière.

— Es-tu assez changé, mon cadet ! Non, mais regarde-moi cette mine de déterré, Marceline. Et ces frusques, vois donc ! Et nous qui le pensions un mirliflore ! Le v'là plus gueux qu'un merlifiche.

Et aussi le fameux :

— Mange ma soupe, mon pauv' fieu, mange ma soupe !

Oui, tout cela, et tout le reste, lui revenait, lui remonlait au cœur, et toute la kyrielle des *mon, ma, mes*, et toute la lente oppression subie pour se plier aux manies tyranniques du vieux garçon, et tout le martyre souffert, tout ce fumier où la haine naguère avait germé et s'était si largement épanouie. Oh ! comme elle repoussait à présent ! Combien vivace ! Combien plus vigoureuse que jamais ! Car jamais, en vérité, Désiré n'avait dit au malheureux une parole plus méprisante, plus odieuse, plus cruelle, plus empoisonnée, plus à tord-boyaux et à retourne-cœur, que celle-ci dans laquelle Amable voyait tant et de si abominables choses :

— Ce n'est qu'une fille !

Cela, d'abord, voulait dire, au vrai mâle créateur :

— Tu n'as pu faire que ce rien sans importance. Peuh !

Et cela signifiait aussi et surtout :

— On recommencera. Il faut un garçon.

Désiré, certes, n'avait point dit la chose. Ses regards eux-mêmes ne l'avaient pas exprimée, fût-ce vaguement. Mais, dans la vive et clairvoyante imagination d'Amable, cette conclusion était fatale au présent désappointement de Désiré. Et, du coup, il *voyait* Désiré redevenu mari, voulant être père d'un garçon, et s'y obstinant, et Anaïs possédée par le misérable. Car comment pourrait-elle se soustraire à ce devoir ? Au moins une fois elle serait forcée de céder.

— Oh ! non, non, pas même une fois ! Pas l'ombre d'une fois ! s'écriait Amable, en son for intérieur, avec rage.

Et tout à coup, constatant cette rage :

— Mais j'aime donc toujours Anaïs, puisque j'en suis jaloux ?

Et enfin, avec de lourdes larmes qui lui brûlaient le visage et qui lui salaient âprement les lèvres :

— Oui, oui, je l'aime. Elle est à moi, à moi seul. Et personne ne l'aura. Personne ! Pas même lui ! Oh ! surtout pas lui !

Du coin où il se tenait, debout, caché dans une ombre

où l'on ne pouvait apercevoir le flamboiement de ses yeux, il regardait fixement le dos de Désiré. Il le voyait courbé, toujours la tête entre les mains et les coudes aux genoux. En cette posture, l'aîné avait l'air d'une bête accroupie sur son train de derrière, ramassant ses forces et bandant tous ses muscles pour bondir d'un élan furieux. Évidemment, c'est Anaïs qu'il était en train de guetter ainsi, c'est vers elle qu'il apprêtait son élan, c'est sur elle qu'il allait se ruer, pour lui faire enfin le garçon qu'il voulait. L'hallucination fut si puissante, aux yeux visionnaires d'Amable, qu'il sauta brusquement du côté de Désiré, et lui empoigna les épaules, et le retira en arrière de toutes ses forces, en lui criant :

— Non, non, je ne veux pas.

Il s'aperçut alors que Désiré pleurait à chaudes larmes. Et Désiré, croyant qu'Amable le plaignait et souffrait à le voir pleurer, eut le cœur inondé de gratitude, et soupira :

— Tu ne veux pas que je sois triste ? Eh bien ! mon fieu, je ne le serai donc pas. Car il ne sera pas dit que je ne ferai pas tout au monde pour toi, puisqu'il n'y a que toi au monde qui m'aimes véritablement.

Comme l'autre soir, il embrassa encore son frère, avec effusion de tout son être. Mais cette fois, Amable ne lui rendit pas de cœur l'amicale accolade. Cette fois, il ne se sentait plus généreux, ni bon. Il se serait plutôt reproché comme un crime d'éprouver de tels sentiments, une telle faiblesse, une telle lâcheté. Il se retrouvait l'homme opprimé, malheureux, injustement sacrifié, de jadis. Il se jugeait absolument en droit de se venger. Il se disait :

— Oh ! que ne puis-je t'étouffer au lieu de t'embrasser, toi qui m'as volé ma terre, toi qui méprises mon enfant, toi qui vas essayer de violer ma femme !

Et, la tête sur un billot, en présence de Dieu en personne, s'il eût cru en Dieu et eût pu l'évoquer, au tribunal le plus secret de sa conscience la meilleure, il pensait à cette minute :

— La victime, c'est moi ; le bourreau, c'est lui.

15.

XXI

— En tous cas, elle est plus mère que maîtresse !

Amable avait fait preuve de sagacité, le jour où il s'était ainsi prononcé sur Anaïs encore enceinte. Il eût dû persévérer d'autant mieux dans cette opinion, après les couches. La chose, en effet, était maintenant, pour n'importe qui, très vérifiable. Toute naturelle, d'ailleurs ! Anaïs, en cela, obéissait à la loi d'instinct qui régit la femelle humaine comme les autres femelles. Amable, et même le simple va-trop, en y réfléchissant (voire sans y réfléchir), pouvait savoir cette vérité, et que les femmes réfractaires à cette loi sont de rares exceptions.

Justement alors, où une vulgaire jugeotte eût vu clair, son intelligence si affinée n'y vit goutte. Aveuglé de nouveau par l'orgueil, il ne songea plus à cette constatation de naguère, ou plutôt n'y songea (ce qui était pire) que pour la répudier, et dès ce moment se créa de cruelles tortures à sentir qu'Anaïs lui échappait et à ne pas comprendre pourquoi.

Ce qu'il y a de certain, c'est qu'elle lui échappait. Pour se reprendre (comme il n'osait l'imaginer) à Désiré ? Non certes. Mais pour se donner toute à l'enfant, mille fois oui. Et aussi, par l'entremise de l'enfant, pour retourner un peu, bientôt de plus en plus, à la dévotion ancienne.

De ce dernier revirement spirituel, Amable ne pouvait avoir soupçon, il est vrai. Anaïs en personne ne s'en aperçut pas tout d'abord, et revint à la religion comme elle s'en était éloignée, sans y prendre garde.

Moins infatué de sa puissance, Amable cependant aurait

pu prévoir cette révolution d'âme, et par conséquent essayer d'y parer. Mais il s'était trop divinisé lui-même, et trop accoutumé à être divinisé au cœur d'Anaïs, pour la supposer en rupture de culte amoureux, et capable d'apostasie. Car, ne plus l'aimer, lui, n'était-ce pas apostasier? Envers le Dieu ancien d'Anaïs, comme envers le mari, Amable eût raisonné ainsi à l'envers et de bonne foi. Il n'admettait jamais l'hypothèse que Désiré eût été débouté de ses droits par lui. Non plus il ne se fût dit :

— Avant moi, dans le cœur d'Anaïs, régnait en maître quelqu'un que j'en ai chassé, comme de son lit je chasse mon frère.

Loin de là, il considérait Désiré comme un voleur, à l'idée seule que Désiré pût rêver possession conjugale désormais. De même, s'il eût pensé à un regain possible du sentiment religieux dans Anaïs, il eût volontiers traité de voleur Dieu lui-même (ou plutôt le fantôme de Dieu, puisque Amable avait la prétention d'être athée, à certains moments, y croyant un peu à d'autres, notamment quand il se trouvait bon, juste, héroïque et digne de récompense). Or, à cette heure précisément, où il se haussait dans sa propre estime en se proclamant victime de son grand cœur, il ne pouvait lui venir à la pensée que ce Dieu ne lui en tînt pas compte, et au contraire commît l'iniquité de le supplanter dans le cœur d'Anaïs. Pour se figurer chose pareille, il avait, en ses instants de déisme, trop de respect pour Dieu, et aussi, et surtout, trop de respect de lui-même.

Et pourtant, ce Dieu (sous sa forme catholique, bien entendu) était en train de lui jouer ce mauvais tour. Et à sa suite, il allait, dans ce cœur d'Anaïs, si pleinement propriété d'Amable, introduire le seul maître qui dût avec Dieu y commander légitimement. Oui, légitimement, quoiqu'un tel mot pût, aux yeux d'Amable, paraître blasphématoire!

— Ainsi, je vais aimer mon mari?

A cette question, qu'elle se posait à elle-même, Anaïs en effet répondit bientôt, vaguement d'abord, puis plus

clairement de jour en jour, et en s'habituant peu à peu à
l'idée :

— Dame ! n'est-ce pas mon devoir?

Bien sûr, avant d'en arriver là, c'est par de longs et obs-
curs détours qu'elle avait passé, pour revenir d'Amable à
sa fillette, de l'enfant à elle-même, d'elle-même enfin à
Dieu. Mais le point de départ avait été ce premier et radi-
cal changement constaté, puis oublié, par Amable :

— Elle est plus mère que maîtresse.

Tant qu'elle était restée maîtresse, hypnotisée par la
chère volonté de l'amant, et si anesthésiée à tout par les
passes magnétiques des caresses, par la soûlerie voluptueuse, elle n'avait jamais eu seulement cette arrière-
pensée, fût-ce une seconde, fût-ce en un fugitif éclair de
récurrence morale :

— Je commets un péché. Je suis criminelle. Tâchons de
résister !

Non pas. Elle avait cédé, passive de nature, et en proie
à la suggestion impérieuse d'Amable, ainsi doublement
esclave, et la conscience même subjuguée, annihilée plutôt, ou (plutôt encore, et cela seul est vrai) absorbée par
celle de l'amant. Avec lui, comme lui, en lui positivement,
elle avait pensé, voulu, agi, sans l'ombre d'un remords,
d'un regret, en plein abandon, en parfaite inertie spirituelle, tout son être abîmé dans une charnelle et absolue
extase d'innocence édénique.

Avec la naissance de l'enfant, le charme avait été tué.
Déjà, un peu auparavant, pendant la grossesse, le soir du
sale attentat risqué par Amable, ce charme avait perdu
force un bref instant, juste le temps qu'elle pût entrevoir
la possibilité de ne plus aimer cet homme. Depuis, elle
avait cru de nouveau l'aimer autant. Le père tendre qu'il
était, oui; et le garde-malade très doux et prévenant,
oui; mais le mâle, non pas. Un baiser de lui, maintenant, un baiser d'entre lèvres, elle n'eût pas pu le recevoir. Il n'était plus le magnétiseur tout-puissant. Entre
lui et elle, rompant la chaîne des effluves, il y avait la
petite fille.

Malgré tout, Amable eût probablement conservé sur Anaïs sa domination, sinon entière et en acte, du moins latente et prête à de futures revanches, à condition de ne pas suspendre lui-même l'émission du courant par lequel il la tenait naguère. Or, c'est précisément ce qu'il fit, sans le vouloir, d'abord en cessant d'aimer Anaïs avec passion (pendant le temps où il se persuadait être dégoûté d'elle, pour s'excuser son hideux ratage), puis en étant père de si bon cœur et quasi uniquement au début.

Quand il voulut, ensuite, aiguillonné par la jalousie, se retrouver amant, et de nouveau lui imposer les mains, il n'avait plus de fluide (comme on dit), et elle-même n'était plus en état de soumission hystérique. Momentanément, leurs deux chairs se repoussaient, en réalité. Sans haine, d'ailleurs, et même avec mutuelle tendresse des deux *moi* qui communiaient en l'enfant.

C'est précisément cette tendre communion dans l'amour de la petite, c'est la certitude de toujours s'aimer l'un l'autre en l'aimant, elle, c'est là ce qui les empêcha tous les deux de percevoir d'abord leur réelle rupture, et de prendre l'avenir en méfiance. Sans quoi, dès le premier jour, ils eussent bien vu où ils allaient, Anaïs au remords, Amable au désespoir.

Mais Anaïs se disait, toujours naïve :

— Je ne l'aime pas moins. J'aime aussi mon enfant, voilà tout.

Et Amable pensait, toujours orgueilleux :

— Quand elle embrasse si frénétiquement la petite, c'est encore moi qu'elle embrasse.

Et, tandis qu'ils se leurraient ainsi, ils se détachaient lentement l'un de l'autre, sans grande souffrance au début, surtout pour Anaïs.

Car tout de suite, elle, et même dès la grossesse, elle avait trouvé aide et consolation (si tant est qu'elle avait besoin d'être consolée) dans sa piété renaissante. Avant le remords, qui ne devait venir que plus tard et par effet de réflexion, elle y avait rencontré la joie, et vivement s'en était délectée. Joie de se sentir encore en possession d'un trésor qu'on croyait perdu ! Joie de se reposer, comme au frais, après une folle course qui vous laisse tout haletant et en sueur !

Ainsi qu'elle avait jadis suivi Amable dans Toraval, et, depuis, partout où il avait voulu la mener, à travers les chimériques pays de la débauche, ainsi elle revint vers les mystiques bosquets où son enfance et sa jeunesse avaient prié, et dans les deux sens avec une pareille tranquillité, avec une aussi complète innocence. Le retour fut, comme le départ, sans secousse. Elle ne se douta seulement pas, ni d'être partie, ni d'être revenue.

Même matériellement, même aux regards des autres, fût-ce du curé (le mieux placé pourtant, en cette occurrence, pour voir, et forcé de voir), rien ne fut visible, de ce va-et-vient moral. Quand Anaïs avait, pour la première fois, été la maîtresse d'Amable, ses Pâques étaient faites depuis six semaines. Sa grossesse, très vite l'avait dispensée de confession nouvelle, les trois derniers mois s'étant passés presque à la chambre.

L'abbé Pauquet, au surplus, n'était guère exigeant sur la pratique des devoirs religieux. Il ne demandait à ses ouailles que le strict nécessaire, et disait volontiers en souriant :

— Tout ce qu'il faut, pour faire plaisir au bon Dieu, c'est une bonne lessive pascale.

Ainsi, le roman d'Anaïs s'étant écoulé entre deux lessives pascales, personne, pas même le curé, n'avait pu savoir si cette âme avait cessé d'être pure, et si elle l'était redevenue. Et Anaïs le savait encore moins que personne, elle qui avait péché sans remords et qui sans repentir s'était arrêtée de pécher, aussi inconsciente dans la résipiscence que dans la faute.

Mais cet état d'innocence édénique ne pouvait durer. Le voluptueux hypnotisme ayant pris fin, et la dévotion ayant réintégré domicile au cœur d'Anaïs en même temps qu'y entrait la maternité, la conscience allait se réveiller, aux nécessités de l'examen préalable que demandait la confession. Car voici que Pâques de 1870 approchait, et à grandes enjambées d'heures, encore plus précipitées par la fringale eucharistique des tantes.

Elles s'étaient, elles, bien mieux que le tolérant curé, aperçues d'un attiédissement religieux chez Anaïs. Sans doute, elles avaient fait la part des circonstances atténuantes, surtout Zénaïde, toujours portée à l'indulgence.

— Ce n'est pas trop sa faute, disait-elle à Herminie en excusant la nièce. D'abord, elle n'a plus été au bon air de l'exemple, du jour où elle nous a quittées, pour aller au Moulin-Joli. Le Désiré, et plus encore Amable, sont comme tous les hommes d'aujourd'hui, sans ferveur chrétienne. Amable est même quelque peu mécréant, m'est avis. Puis, il y a eu la longue brouille entre le meunier et nous, et, par suite, avec l'abbé. Pendant ce temps, Anaïs n'a pu pratiquer que tout juste. Là-dessus est survenue sa grossesse. Le Moulin-Joli est loin de l'église. Elle a dû rester couchée longtemps.

— Bon, bon, répondait Herminie, j'admets toutes ces mauvaises raisons pour le quart d'heure. J'aime mieux croire cela que de croire notre Anaïs en voie de perdition, loin des sentiers de Notre-Seigneur. Mais où en est-elle, positivement, et où va-t-elle, c'est ce que nous saurons sous peu. Elle est en parfaite santé maintenant. Elle en devrait profiter pour rattraper le temps perdu, et se remettre à pratiquer d'autant.

— Eh ! c'est ce qu'elle fera, soyez tranquilles, affirmait le curé, pris pour arbitre en cette discussion.

Arbitre partial, incliné d'avance vers toute absolution, et qui ne faisait que corroborer les arguments de Zénaïde, jusqu'à plaisanter le rigorisme d'Herminie et à relever son « rattraper le temps perdu », par cette phrase irrespectueuse :

— Bien sûr, chère mademoiselle ! Elle le rattrapera. Nous lui garderons tout ce qui lui revient. Elle mettra les bouchées doubles.

Ce qui semblait charmant à Zénaïde, et quasi sacrilège à la raide Herminie, se disant à part soi :

— Est-il possible d'être enjoué de la sorte à propos de

choses aussi graves ! Un prêtre, parler ainsi de la religion !
Les bouchées doubles, à la Sainte Table ! Heureusement il
ne pense pas à la portée de ses paroles. C'est un brave
homme, mais hurluberlu.

Et elle se trompait, d'ailleurs. Le curé savait fort bien
ce qu'il disait, et ne croyait pas blasphémer contre la
communion en en parlant de cette façon familière. Les
mots, au surplus, n'étaient que des mots, n'est-ce pas ? Le
principal, c'est qu'il affirmait la dévotion toujours vivace
d'Anaïs, malgré les apparences, et qu'il ne doutait point
de la faire communier à Pâques, comme à l'ordinaire.
A quoi Herminie, en tremblant, lui disait :

— Mais lui avez-vous demandé si elle s'y prépare ?

Et, à la réponse que non (pourquoi l'eût-il demandé,
puisque tous les ans Anaïs communiait sans y être solli-
citée par lui ?) à cette réponse donnée avec haussement
d'épaule, Herminie se récriait, prétendait que cette année-ci
ce n'était pas la même chose, et qu'elle était sûre d'un
refroidissement religieux chez sa nièce, et que le curé avait
tort de prendre la chose aussi légèrement.

Son flair de dévote, toujours fervente et par conséquent
de pénétration inquisitoriale, la servait évidemment, et
elle seule, sans preuve aucune, devinait ainsi la période
d'évanouissement moral par laquelle avait passé Anaïs.
A force de dire qu'elle était sûre, et qu'elle voyait Anaïs en
perdition, et qu'il était urgent de lui porter secours, et
avec vigueur, et malgré elle-même, la peur vint à Zénaïde
aussi, et enfin même au confiant curé, qui, pour la première fois, se prit à songer :

— J'ai peut-être été trop indulgent, trop tolérant.

Ainsi poussé, et pour complaire aux tantes, il se risqua,
contre toutes ses habitudes, à tenter ce qu'il appelait un
coup d'État sur une conscience, chose dont il avait horreur,
au point que jamais il ne se présentait chez un mourant
sans y être formellement invité. Car, ainsi qu'il avait cou-
tume de dire, quand il expliquait sa conduite en ces occurrences :

— Entre cette intrusion et le bûcher de Torquemada, il

n'y a pas de différence. Dieu ne peut pas vouloir qu'on le fasse aimer par force. Il n'a d'agréable que l'amour de bonne grâce.

.Il fallut donc au curé un véritable effort sur lui-même, et s'infliger presque une souffrance, pour simplement glisser un jour, tout en causant avec Anaïs, qui avait prononcé le mot de Pâques :

— A propos, ma chère enfant, puisque vous m'en parlez, permettez-moi de vous interroger sur la question de savoir si:..

Et, malgré sa ferme résolution d'être hardi, il resta court, n'osant continuer à « faire le Torquemada », et rougissant à la seule idée d'en avoir l'air. Ce qui l'embarrassait le plus d'ailleurs, c'est le regard étonné, naïf, avec lequel Anaïs le contemplait, un regard qui se traduisait nettement par :

— Ah ! çà, quelle incongruité va donc me dire le curé, pour qu'il soit si mal à l'aise, si bégayant, si pudiquement empourpré dès le premier mot?

Il poussa un grand soupir, baissa les yeux afin d'échapper au regard d'Anaïs, et, en se frottant les mains, après plusieurs hum ! hum! inarticulés, s'écria tout à coup :

— Bref, votre tante Herminie s'imagine que vous ne voulez pas faire vos Pâques cette année !

— Et pourquoi donc? riposta ingénument Anaïs.

— Pourquoi, en effet? reprit l'abbé Pauquet. Oui, pourquoi? C'est précisément ce que je réponds à votre tante. Mais nous avons beau dire, mademoiselle Zénaïde et moi, rien ne peut la tranquilliser, mademoiselle Herminie. Elle se figure...

A ce coup, ce n'est plus l'abbé Pauquet seul qui se mit à rougir, ne sachant comment terminer sa phrase. Anaïs aussi, brusquement, devint écarlate. Pour un peu, elle eût pleuré. Il lui avait semblé, à l'instant, que sa tante Herminie connaissait l'adultère, et que le curé lui-même en était instruit, et que tout le monde, par la voix de l'abbé, criait à la coupable :

— Malheureuse! tu as commis un crime. Tu es en état

16

de péché mortel. Et, si tu communies, tu vas être sacrilège.

C'était le remords qui fondait sur elle, le remords
auquel elle ne pensait pas une minute auparavant. Car,
moralement, elle ne s'était jamais sentie en faute vis-à-vis
de Désiré, sauf pendant le rapide moment où elle l'avait
excusé du :

— Ce n'est qu'une fille!

Et, à présent non plus, l'adultère ne lui apparaissait pas
comme attentatoire aux droits du mari. Mais elle y voyait
le péché contre la religion, le péché à confesser, le péché
dont il fallait obtenir l'absolution avant de faire ses
Pâques. Et elle demeurait épouvantée entre ces deux
choses : ou communier sans avouer le péché, ce qui devenait la plus monstrueuse des abominations, ou se confesser
loyalement, et en ce cas elle imaginait dans sa naïveté
qu'il lui serait infligé comme pénitence de tout révéler à
son mari.

Par ce biais, un remords nouveau l'assaillit. Enfin elle
comprit qu'elle avait fait tort à Désiré, et qu'elle avait envers
lui des devoirs à remplir. Le bandeau magnétique, qui lui
avait si complètement bouché les yeux à cet endroit, tombait maintenant, et elle contemplait dans sa pleine horreur sa faute conjugale. Tel avait été son premier pas pour
s'acheminer en la voie du repentir, au bout de laquelle
devait se dresser l'injonction suprême, sous forme interro-
gatoire d'abord :

— Ainsi, je vais aimer mon mari ?

En même temps, un autre remords lui venait, ou plutôt
l'idée d'un remords *futur*, envers Amable. Avait-elle le
droit de confesser un secret qui n'était pas à elle seule ?
Pouvait-elle encourir l'affreuse responsabilité (dans l'hypothèse d'un aveu à Désiré) de la haine qu'elle susciterait
sûrement entre les deux frères? Ne serait-elle pas cause,
ce faisant, qu'Amable serait, à tout le moins, chassé, mau-
dit, réduit à la misère? N'allait-elle pas être un monstre,
de payer aussi atrocement un amour aussi tendre, aussi
absolu, quoique criminel?

Et l'enfant! Ah! surtout à l'idée de l'enfant, elle se révolta contre la supposition d'une pénitence pouvant entraîner l'aveu à Désiré!

Du point de vue où elle aurait dû se placer, en stricte justice, il lui eût fallu considérer que le plus grand crime de son adultère était précisément l'introduction de cet enfant adultérin dans un rang et des droits volés. L'amour même que Désiré aurait sans doute plus tard pour la fillette (une fois sa déception digérée et grâce à sa bonté foncière), c'était un bien de rapine, à peser les choses au vrai poids. Mais Anaïs les pesait à faux poids, forcément, étant mère par-dessus tout. Ainsi, dans sa justice à elle, très sincère, ce n'est pas Désiré qu'elle craignit de frustrer, ce fut bel et bien et uniquement l'enfant.

— Qu'a-t-elle fait, elle, la pauvre mignonne, pour mériter qu'on la traite en étrangère, qu'on la renie? Est-ce sa faute si elle est le fruit d'un amour coupable? Y a-t-il équité à lui en infliger le châtiment? Non, non, mille fois non.

Très rapidement surgissaient devant l'intelligence d'Anaïs toutes ces réflexions, à peine formulées, et pourtant si nettes, non pas dans le processionnel déroulement d'une déduction analytique, mais comme à la lumière d'une vision instantanée de panorama. Et, presque au même instant que ce flux d'arguments, il lui arrivait, apportée par eux et sortant d'eux, avec une voix impérieuse, la conclusion :

— Tu n'as pas le droit de confesser ton adultère.

Tout cela, tandis que l'abbé Pauquet demeurait interdit de la voir rougissante et elle-même embarrassée, et pendant la brève demi-minute de silence où il cherchait à terminer sa phrase pour expliquer ce que se figurait la tante Herminie. Et, comme Anaïs s'était méprise sur le sens de ces mots suspendus, il se méprit aussi sur la cause du trouble où il avait jeté Anaïs. Il crut l'avoir froissée en lui supposant de la tiédeur religieuse, et il lui saisit soudain la main très affectueusement, en lui disant avec une mine qui demandait pardon :

— Mais je sais bien que ce n'est pas vrai, qu'elle se figure à tort ; et cela se devine de reste, à la honte que vous fait une idée pareille ! Peut-on avoir des imaginations de ce genre ! Aller croire que...

Il s'arrêta de nouveau et se mit à sourire. Anaïs énervée, partit d'un rire aux éclats. Brusquement elle avait compris que ni le curé, ni ses tantes, ni personne, ne se doutaient de l'adultère et qu'il s'agissait simplement de cette grosse question, grosse pour les dévotes et l'abbé, pas plus :

— Anaïs fera-t-elle ses Pâques ?

N'importe ! L'accès de rire nerveux une fois calmé, la question subsistait, grosse pour Anaïs aussi, puisque tant de conséquences en pouvaient, en devaient jaillir. Et ce qui subsistait surtout, c'est le remords, maintenant éveillé. Avec lui était né le désir de la pénitence, désormais nécessaire.

— Oui, oui, j'ai péché. Je n'ai pas le droit d'en faire souffrir les autres. Mais j'ai le devoir, absolu, inexorable, de m'en punir, moi.

Désir, presque besoin, bientôt tout à fait besoin, exaspéré par cette arrière-pensée superstitieuse, qui, à peine conçue, grandit toute-puissante et terrifiante :

— Car, si je ne paye pas, moi, c'est sur ma fille que retombera ma dette. Si je ne me châtie pas, je porterai malheur à mon enfant.

Le châtiment de la confession au curé, et par conséquent (songeait-elle toujours) de l'aveu à Désiré, lui étant impossible (elle se l'était si bien démontré), elle en chercha quelque autre, plusieurs autres, les plus cruels, afin de mieux conjurer la mauvaise fortune menaçant sa fille. Et tout de suite elle les trouva, tant l'amour maternel est ingénieux.

D'abord, elle se condamna au mépris, peut-être à l'aversion, de ses tantes qu'elle chérissait, et du curé lui-même, quoique si indulgent. Pour cela, elle n'eut qu'à lui dire soudain, en se levant d'un air délibéré et en prenant congé de lui par ces mots :

— Eh bien ! savez-vous une chose, monsieur le curé?
Oh ! je préfère vous en instruire dès aujourd'hui, et je vous
prie de l'annoncer à mes tantes. Je ne ferai pas mes Pâques
cette année.

A l'instant même, comme si déjà ce commencement de
pénitence lui rassérénait le cœur, elle se sentit allégée, et
le second châtiment auquel elle songeait ne lui parut plus
un châtiment, mais un simple devoir. Ce châtiment consistait en ceci, qui vraiment ne l'effrayait plus, tout à coup,
et même pourrait ne pas être sans douceur dans un avenir
qu'elle imaginait probable et non très lointain :

— Il faut que j'aime mon mari.

XXII

Le pire, pour Amable, c'est qu'il croyait être en pleine possession de tous les secrets d'Anaïs, y compris ceux qu'elle ignorait elle-même. Car il poussait la prétention jusqu'à se dire, sans d'ailleurs se juger très fort pour cela :

— Il ne peut rien se passer en elle dont je ne sache les causes.

Et il se rappelait, à preuve, les étranges facultés de pénétration dont il jouissait naguère, alors que, pendant la fenaison, il sentait les plus intimes sensations inexprimées de la jeune femme. Comment eût-il pu se résoudre à s'en déclarer privé maintenant ? Pourquoi cette déchéance de son pouvoir magnétique ? Il continuait donc à s'en estimer investi, et par là se leurrait avec plus d'autorité.

Ce pouvoir, en effet, il ne l'avait plus dorénavant. Comme Anaïs ne vivait plus en lui, il cessait absolument de voir en elle. Mais, toujours certain qu'il y voyait, il prenait pour vérités les plus mensongères illusions, qu'il se faisait par amour-propre.

C'est ainsi qu'au lieu de constater chez la jeune mère ce retour si caractéristique vers la religion, il se persuada au contraire qu'elle tournait de plus en plus le dos à l'Église.

Cela, sur la simple annonce que l'abbé Pauquet lui fit, en lui disant, d'un air navré et mystérieux, qu'Anaïs était résolue à ne point, cette année-ci, s'approcher de la Sainte Table. À quoi le curé avait ajouté cependant, beaucoup plus fin psychologue qu'Amable sans y avoir autant de prétention :

— Et je soupçonne à cela quelque motif de délicatesse morale exagérée. Quoi? Je ne puis le savoir. Mais vous devriez tâcher de le deviner, vous qui avez de l'influence sur elle, et qui la connaissez mieux que moi. Oui, je m'imagine une peur de la confession, peut-être du sacrilège. Sans cela, c'est inexplicable.

Amable sourit. Il ne voulut pas humilier l'abbé Pauquet de sa supériorité, et se contenta de penser à part lui :

— Inexplicable, dis-tu, pauvre bonhomme? Eh! en quoi? Si Anaïs a pris enfin cette décision, c'est que mes idées là-dessus ont germé en elle. Une femme est toujours, un peu plus tôt ou un peu plus tard, conquise par la philosophie de celui qu'elle adore. Voilà l'explication que tu ne peux supposer, et que je ne te donnerai pas; car je ne veux pas m'enorgueillir.

Toutefois, s'il ne le fit pas avec le curé, il jugea bon de ne pas s'en priver avec Anaïs. Malgré sa certitude de domination, il la sentait trop lui échappant (au fin fond de ses franchises passagères) pour ne pas tenter tout ce qui pouvait la reprendre. Il crut donc utile de lui montrer qu'il était toujours le maître puissant et clairvoyant à qui jamais elle ne pourrait complètement échapper. Et, en lui rapportant la remarque de l'abbé, il y fit, tout haut cette fois, l'infatuée réponse, en se disant :

— Comme elle m'admire, en ce moment! Comme elle est mienne, toujours! Car en qui trouverait-elle pareille science de son âme?

Tandis qu'il se flattait de la sorte, Anaïs, tout à l'opposé, le reconnaissait ignorant d'elle-même, s'étonnait de cette ignorance, en était un peu blessée, et concluait fatalement :

— Il ne m'aime pas bien, oh! non, non, pour me si mal pénétrer.

Ce qui n'était déjà pas très loin de cette pensée, mortelle à tout amour :

— Nous voilà comme deux étrangers!

Certes, ils n'en étaient pas encore là. Même, en ce

moment, si Anaïs l'avait cru, elle en eût souffert. Car elle
tenait par bien des fibres subsistantes au cœur d'Amable,
ne fût-ce que par celle-ci, la plus forte de toutes, qu'il
était le père de la fillette. Elle ne pouvait donc songer à
un détachement de lui aussi absolu. Elle se fût refusée à
dire, à insinuer même, la phrase odieuse. Et cependant...

Et cependant, c'est vraiment en étranger qu'Amable lui
répondit, lorsqu'elle lui demanda, d'un confiant abandon :

— A ton avis, est-ce que j'ai raison de ne pas les faire,
mes Pâques ?

— Non, dit-il, tu n'as pas raison, et je vais t'expliquer
pourquoi.

Hélas ! ce fut cette explication surtout qui fut d'un
étranger, d'une âme désormais en rupture d'harmonie
avec l'âme d'Anaïs, d'une intelligence inintelligente, d'un
cœur où il lui parut impossible que jamais elle eût délecté
son cœur.

— Tu comprends bien, fit-il, que je suis ravi de ta
détermination, en un sens. Elle me prouve qu'enfin ton
esprit s'est ouvert à ma philosophie. Je ne t'ai, d'ailleurs,
tu dois me rendre cette justice, jamais tourmentée à propos
de ta dévotion. Je n'en ai que plus de plaisir à t'en voir
revenue. Donc, en principe, j'approuve que tu trouves
niaises et vaines maintenant les pratiques de cette dévotion. Mais...

Elle l'écoutait bouche bée. Ainsi, toutes les subtiles, et
délicates et belles raisons pourquoi elle ne communiait
pas, il n'en avait pas la moindre notion ! Les remords, si
raffinés, si rares, par où elle avait passé, et en songeant à
la petite, et en songeant à lui-même, il ne s'en doutait
seulement pas !

Et cela n'était rien encore, à côté de ce qu'il dit ensuite !
Que de sottises, que de vilenies même, après ce *mais*...

— Mais, continuait-il, ces pratiques peuvent avoir du
bon, au point de vue *diplomatique* de notre amour.

Il souriait finement à ce mot de diplomatique, et surtout à l'idée qu'il allait ravir Anaïs de plus en plus en
admiration, tant il se sentait un extraordinaire Machiavel !

— Comment cela? interrogea anxieusement Anaïs, sans la moindre admiration, et plutôt indignée, car elle croyait comprendre.

— Dame! reprit Amable (de plus en plus spirituel, à son avis), la Sainte Table, c'est encore pour nous le meilleur et le plus sûr des paravents.

Anaïs retint un *oh!* d'horreur, à ce blasphème. Elle ne se souvint pas, au reste, que naguère, voici quelque mois, elle avait entendu Amable en proférer d'aussi abominables et n'en avait pas été autrement horrifiée. En ce temps-là, elle n'éprouvait, à des paroles de ce genre, qu'un petit frisson plutôt agréable, s'estimant bien scandalisée, mais trouvant aussi qu'Amable avait bonne façon à *crâner* de la sorte contre l'Église. Aujourd'hui, c'est à grand'peine qu'elle se retint de lui crier :

— Tais-toi, misérable!

Et ce qui la retint, d'ailleurs, c'est la grande pitié qui lui vint tout à coup pour cet infortuné, tandis qu'il poursuivait, s'enfonçant et pataugeant dans la hideur de son blasphème :

— Comme ça, c'est le curé en personne, pour ainsi dire, qui nous tiendrait la chandelle...

Il se jugeait en veine d'esprit, et voulait de plus en plus éblouir Anaïs. Aussi se reprit-il, avec un rire prétentieux, pour ajouter :

— Et quelle chandelle! Un cierge!

Anaïs ne riait pas. Il en fut choqué. Il songea (très rapidement, mais très nettement) que peut-être jadis il s'était fait sur elle des idées un peu trop *avantageuses*, et qu'elle n'était pas aussi fine qu'il avait cru alors. Il fut obligé de se retenir, lui aussi, pour ne pas crier une injure. Mais son haussement d'épaules fut significatif. Il voulait dire :

— Cristi! pauvre créature! Que tu es bête!

Et, sans la moindre plaisanterie désormais (à quoi bon, puisque Anaïs n'était pas en état d'en goûter le sel?) il recommença son exposé diplomatique, tenant à faire au moins apprécier la force de son jugement. Il y mit une lourdeur particulière, appuya sur les motifs d'intérêt, sur la nécessité de l'hypocrisie, exagéra même, en ce sens, poussé à cela par son insatiable vanité qui cherchait des éloges en tout et à tout prix. Il lui semblait beau, en ce moment, de jouer au Tartuffe, et il n'eût pas été fâché qu'Anaïs le trouvât quelque peu satanique.

Hélas ! Elle le jugeait surtout grossier. Et elle était peinée de le juger ainsi, d'autant que c'était pour la première fois, et que ce jugement sévère s'appliquait non seulement à l'homme aimé, mais au père de la fillette, père respecté jusqu'alors. A cette idée, elle concevait des craintes, des soupçons, touchant l'affection paternelle d'Amable.

— Puisqu'il comprend si mal une âme féminine !

Le fait est que le malheureux s'égarait de plus en plus, pour le quart d'heure, loin de cette âme qu'il perdait positivement de vue. Il était en train de dire sottise sur sottise. Anaïs ayant manifesté le chagrin qu'elle éprouvait d'une brouille avec les tantes, par suite de son refus de faire ses Pâques, et l'ayant manifesté les larmes aux yeux :

— Laisse donc, fit-il. Voilà-t-il pas une belle perte ! De vieilles bigotes ! Si encore tu devais en hériter, je comprendrais ton ennui de rompre avec elles. Mais puisqu'elles n'ont pas le sou !

Pourquoi cette dernière remarque ? Lui-même eût été fort embarrassé de le dire. Ces calculs n'étaient précisément pas dans sa nature. On eût cru plutôt une phrase de Désiré. Mais il ne s'en douta guère. Il se gourait de cynisme pour l'instant et rien ne pouvait l'empêcher de croire que cela lui allait bien.

Pas une minute il ne lui vint à la pensée que depuis une grande heure il était justement occupé et appliqué à martyriser Anaïs de la même façon qu'il avait été lui-même martyrisé jadis par son frère. Oui, par la même ignorance, la même vulgarité, le même manque de tact ! Car Désiré autrefois ne s'était pas montré plus maladroit, plus pataud, à blesser le cœur d'Amable, qu'Amable ne l'était aujourd'hui à blesser le cœur d'Anaïs. Ces gouailleries sacrilèges, ce mépris des demoiselles de Vendeuil, ces fanfaronnades de tartuferie, de bas intérêt, cet étalage de vilains principes, c'était pour Anaïs autant d'insultes, de coups, insultes pires que les plus grosses gronderies de l'aîné jadis au cadet, coups portés brutalement en plein amour saignant.

Il y avait, en effet, entre le supplice passé d'Amable et le supplice présent d'Anaïs cette grande différence, que le martyr d'autrefois détestait d'avance son bourreau, au lieu que la tourmentée d'aujourd'hui avait passionnément aimé le sien. Il y avait une autre différence encore, et très essentielle, que voici : les maladresses de Désiré n'avaient eu pour cause que sa bêtise, et, une fois cette cause connue, on devait lui pardonner, puisqu'il était bon ; les maladresses d'Amable venaient de sa vanité seule, et il n'était bon, somme toute, que pour lui-même.

A coup sûr, Anaïs ne fit pas si vite, ni si complètement surtout, cette comparaison, et elle n'aperçut pas non plus, en pleine lumière d'abord, cette conclusion au détriment d'Amable. Pour cela, elle venait trop de le chérir, elle le chérissait trop encore, même scandalisée, même froissée et blessée par lui. D'autre part, elle avait été si prévenue par lui contre Désiré ! Elle était tellement habituée à ne voir dans son mari qu'un rustre, bon comme un bon chien, sans plus ! Comment eût-elle pu songer à établir un parallèle quelconque, entre le paour meunier et le *délicat artiste*, et surtout à établir ce parallèle avec l'arrière-pensée que peut-être il tournerait à l'avantage formel du pauvre paour ?

C'est pourtant ce qui arriva, presque malgré elle, et assez vite, par la force même des circonstances, Désiré ayant précisément à lui donner son avis, lui aussi, sur la question des Pâques. Or il le donna comme un brave homme qu'il était, sans malice, et avec une bonté qui alla droit au cœur d'Anaïs.

— Moi, lui dit-il, je pense que tu as raison de ne point communier si tu n'y crois plus, et que, tout de même, fût-ce dans ce cas-là, tu as tort, puisque ça fera de la peine à

tes tantes. Et puis, au fond, ce que je pense surtout, c'est
que, quoi que tu décides, ce sera bien parce que tu dois
savoir pourquoi tu le décides, et que je m'en rapporte à
toi.

Les phrases n'étaient ni fines, ni spirituelles. Elles
étaient même assez embourbées. Mais quelle confiance elles
respiraient! Quelle tendresse véritable et profonde !

Désiré, en effet, était revenu, et sans grande peine, et
tôt, de son premier mauvais mouvement, alors que déçu il
s'était écrié :

— Ce n'est qu'une fille!

Dès ce jour-là même il avait été tout radouci par la
douceur avec laquelle Anaïs avait accueilli ce reproche, et
il s'était repenti de sa brutalité presque aussitôt après l'avoir
commise. Depuis, il s'était senti aussi, sans comprendre
pourquoi, plus cher à la jeune femme. Il avait, en sa lente
jugeotte, attribué cette recrudescence d'affection à ceci,
qu'Anaïs se savait en faute d'avoir mis au monde seulement une fille.

— Elle veut me faire oublier cela, pensait-il, et elle me
câline du regard pour me ramioter.

Puis, par l'enfant encore plus que par la mère, il était
peu à peu conquis. Elle avait beau, la chère mignonne,
n'être qu'une fille, cela ne l'empêchait pas de sourire, et à
ces sourires-là tout le cœur de Désiré se fondait. Lui, si
dévoué de nature, si foncièrement paternel, et même
maternel, puisqu'il l'avait été pour Amable et pour Anaïs
aussi, pouvait-il ne point l'être pour sa propre enfant?
(Certes sa propre enfant, du moment qu'il le croyait
ainsi.) Il avait fallu toute l'énergie de sa désespérance
touchant la non-venue d'un garçon, toute sa rancœur de
paysan se jugeant *volé*, pour qu'il se montrât dès l'abord
tellement revêche à aimer *ch'tiote blonde*. Mais aujourd'hui
son vrai caractère avait reparu, de bon papa-gâteau, et
envers la petite, et par suite envers Anaïs.

Elle s'étonna de s'en apercevoir aujourd'hui seulement
si à plein. Elle en fut charmée d'autant plus, qu'elle ne s'y
attendait pas. Ce qui la séduisit particulièrement, ce fut

l'abandon de cette gâterie, la naïveté de cette confiance que Désiré avait en elle, et surtout à l'idée qu'elle avait pu ne pas être digne de cette confiance. Cela l'induisit à se promettre d'en rester digne dorénavant. Promesse qui, d'ailleurs, lui parut extrêmement facile à tenir.

Car, en peu de jours, elle avait fait beaucoup de chemin, sans y prendre garde, dans la voie qui l'éloignait d'Amable et la rapprochait de Désiré. Elle avait commencé par se demander :

— Ainsi, je vais aimer mon mari ?

Elle avait ensuite entrevu sans trop de terreur la possibilité de ce châtiment :

— Il faut que j'aime mon mari.

Maintenant, il s'en fallait de bien peu qu'elle n'en fût à se dire :

— Il me semble que je l'aime.

XXIII

Ce n'est pas de la peine seulement, que causa aux demoiselles de Vendeuil la résolution d'Anaïs ; c'est du désespoir, d'abord, puis de l'indignation. Zénaïde elle-même, si indulgente, fut obligée d'avouer que c'était abominable. Sa dévotion avait beau être enjouée, elle ne pouvait prendre en souriant une chose pareille. Quant à la sévère Herminie, elle la prit tout à fait au tragique. A ses yeux, Anaïs commettait le plus grand de tous les crimes. La vieille chrétienne eut là-dessus ce mot terrible, et qui rendait bien toute l'horreur de sa désolation :

— Malheureuse enfant ! Elle suicide son âme.

Il fallut que le curé plaidât la cause de la mécréante. Mais qu'avait-il à dire, en vérité ? Rien. La seule raison qu'il invoquât, et qui était réellement la bonne, personne n'y croyait que lui. Pas plus qu'Amable, les demoiselles de Vendeuil ne voulurent s'imaginer qu'Anaïs refusait la communion par crainte de la confession, par excessive délicatesse de conscience.

— Voyons, l'abbé, dit Herminie, quelle excuse lui cherchez-vous là ? Quel péché aurait-elle commis, dont elle n'oserait pas s'accuser, à vous surtout ? Quel péché, je vous prie, quel ?

La demande était faite avec tant d'impérieuse autorité, que le pauvre homme se voyait coupable s'il ne répondait pas ; et traité positivement comme tel, il s'ingéniait à trouver.

— Quel péché ? disait-il. Mais, dame, sans doute un péché qu'elle chérit et dont elle ne veut pas se repentir.

Dans cet effort de perspicacité, il pensait bien le deviner, lui, le péché mystérieux. Il soupçonnait Anaïs d'amour criminel. Oh ! en intention seulement ! Il n'allait pas jusqu'à la supposer adultère de fait. Mais oui bien, de désir. Pour qui, par exemple? C'est ce qu'il ne devinait point. En tout cas, ce n'est pas au beau-frère Amable qu'il eût songé. Comme, d'autre part, il ne voyait absolument personne, dans l'entourage d'Anaïs, à qui la jeune femme eût pu se prendre, il se contentait donc de cette très vague hypothèse :

— Peut-être simplement a-t-elle de l'aversion pour son mari, et éprouve-t-elle ce désir imprécis de péché, sans savoir comment et avec qui, ce désir dont parle saint Augustin quand il dit : *Nondum amabam, verò amare amabam.*

Le latin cité faisait toujours grande impression sur les demoiselles de Vendeuil. Par malheur, le curé était trop loyal et trop peu charlatan pour ne pas le leur traduire. Aussi leur expliqua-t-il que les paroles du saint évêque d'Hippone signifiaient :

— Je n'aimais pas encore, mais j'aimais à aimer.

Du moment que le saint évêque d'Hippone s'exprimait en français, et par la bouche de l'abbé Pauquet, Herminie ne tint plus aucun compte ni de la phrase, ni de l'application qu'on en faisait au cas d'Anaïs.

— Ta, ta, ta, dit-elle, tout ça, mon cher abbé, c'est du verbiage. Anaïs n'aime personne, qu'elle-même, voilà la vérité. Et elle s'est laissé corrompre par les idées de ces deux parpaillots avec qui elle vit, du Désiré surtout. Car monsieur Amable, lui, a des allures de gentilhomme, et doit en avoir par conséquent les principes religieux. Il ne pratique guère, je le sais. Mais il a des principes, cela se devine. Tandis que ce butor de meunier est un homme du siècle, un adorateur du veau d'or, c'est-à-dire pire qu'un veau lui-même. Déjà, c'est pour lui faire plaisir que naguère Anaïs s'est brouillée avec nous. Il veut sans doute que cela recommence, et il a trouvé le meilleur moyen d'y arriver, et que la chose soit définitive. C'est évidemment lui qui l'empêche de remplir son devoir pascal. C'est un bas coquin. Et elle est une petite misérable lâche. Et je la maudis. Vous pouvez leur transmettre mes paroles, vous, leur avocat.

Zénaïde, quoique en colère elle-même, essaya en vain de calmer sa terrible aînée. Le curé y perdit son temps, et ne tenta pas d'y perdre encore son latin. Il dut se charger de la fâcheuse commission. Il en modéra les termes violents, en atténua de son mieux la fureur, mais ne put en changer la conclusion, et fut même forcé (mis en demeure de le faire par mademoiselle Herminie) de prendre nettement parti pour les pieuses fidèles contre la révoltée.

— J'en suis désespéré, dit-il, ma chère enfant; mais me voilà, moi aussi, hélas! et sans qu'il y ait de ma faute, je vous le promets, me voilà donc brouillé avec vous! Ou plutôt, non, pardonnez. Mais c'est vous qui êtes brouillée avec moi, puisque vous l'êtes avec ces saintes demoiselles et avec le bon Dieu.

Et Anaïs accepta la chose ainsi, sans avoir le courage de protester, sans s'écrier qu'elle chérissait et le bon Dieu et le curé, et les tantes, et que jamais elle ne les avait mieux chéris. Elle l'accepta humblement, dévotement, comme une pénitence d'autant plus forte qu'elle serait plus secrète.

Si secrète elle fut, en effet, que personne ne s'en aperçut, pas même Amable, surtout Amable, pour qui en réalité elle la subissait et qui continuait à ne pas s'en douter.

Cette fois, il faut le reconnaître, il n'y avait plus absolument de sa faute. Le revirement religieux d'Anaïs, il eût pu et dû le sentir et en induire les causes, sans l'aveuglement où le réduisait sa vanité. Mais il lui était interdit, à lui et à n'importe qui, d'éventer l'insensible et radicale transformation qu'éprouvait maintenant Anaïs, à la fois dans son âme et dans son corps. Anaïs elle-même n'y prenait pas garde. Et pourtant, il ne s'agissait de rien moins que ceci :

— Qui sait, en somme, si ce n'est pas Désiré qui est le père de la petite? Qui le sait, sinon Dieu?

Cela lui était venu tout d'abord à l'esprit sous la forme d'une insinuation vague et fugitive, sans même la sensation manifeste que l'insinuation demandât une réponse. Puis le doute s'était corroboré de ce désir, encore obscur d'ailleurs :

— Comme il vaudrait mieux qu'il en fût ainsi ! Comme cela, très naturellement, arrangerait les choses, oui, toutes les choses !

En effet, avec cette certitude de paternité légitime, il semblait à la coupable Anaïs que sa coulpe serait presque abolie. Le péché, au moins, deviendrait quasi véniel, ne fût-ce que par les conséquences. Enfin (et cette idée en particulier excitait Anaïs à souhaiter la ratification de son hypothèse), elle se persuadait qu'en ce cas la confession peut-être lui apparaîtrait accessible.

— Évidemment, pensait-elle, cela dûment établi, l'abbé Pauquet ne songerait pas à m'infliger comme pénitence l'aveu à mon mari, *si peu trompé*, et que du reste je ne hais pas, puisque au contraire je suis prête à ne le plus tromper désormais.

Dès le moment où ce doute lui fut né, touchant le père authentique de son enfant, et surtout du jour où elle désira que ce doute fût tranché en faveur de Désiré, tout lui devint argument en ce sens. Elle ne chercha pas à se duper. Elle y alla de très bonne foi. Les preuves avaient l'air de surgir malgré elle et de lui crever les yeux. Elle ne pouvait pas s'y refuser.

D'abord, la profonde et croissante tendresse de Désiré pour l'enfant. Tendresse d'autant plus probante que Désiré avait commencé par être déçu de n'avoir qu'une fille ! Quoi donc le ramenait si vite et si passionnément à l'adoration de la petite, sinon *la voix du sang ?* Quelque chose, un instinct obscur, mais puissant et invincible, ne se fût-il pas soulevé en lui contre le fruit d'un adultère ? Certes, certes ! Anaïs, du moins, se plaisait à le croire, et très ferme et en toute sincérité.

Une autre preuve, à ses yeux, c'était cette soudaine grossièreté sentimentale qu'elle venait d'observer chez

17.

Amable. Elle prenait conscience d'être prête à le quitter, en pensée et en acte. Elle le voyait désormais comme loin d'elle, bientôt étranger à elle. Néanmoins, elle ne se faisait à cet égard aucun reproche. Elle était sûre d'elle-même, d'avoir un cœur reconnaissant et fidèle. Eh bien? si, malgré cela, elle se détachait ainsi d'Amable, n'est-ce pas parce que réellement il n'y avait point entre eux deux l'indéchirable lien de l'enfant?

— Oui, oui, se disait-elle, il me comprendrait mieux que jadis, mieux même que lorsqu'il était mon amant, il devrait me comprendre mieux pour sûr, s'il était le vrai père de la petite. Car nous serions tous les deux comme fondus en elle.

Et, précisément, elle constatait que de moins en moins elle était comprise par lui. Elle oubliait de s'avouer qu'elle se tenait plus close d'âme, et même dissimulée, jusqu'à ne pas pouffeter devant les plus monstrueux blasphèmes et à le confirmer exprès ainsi dans cette fausse idée qu'elle était devenue irreligieuse.

Elle se complaisait plutôt, maintenant, à le voir errer de la sorte, ce qui la soutenait en son doute sur l'ambiguë paternité. Et, d'autre part, elle s'exagérait la pénétration sentimentale de Désiré, lequel se bornait à ne point commettre envers elle les grosses méprises d'Amable.

— A la bonne heure, pensait-elle, comme il a du tact, lui, tout lourdaud qu'il est! Il se rend bien compte de ma situation morale, et il y compatit. Il ne peut deviner pourquoi je ne veux pas faire mes Pâques; du moins, il voit que j'en souffre. Et pourtant, je ne le lui dis pas!

Non; mais elle le lui insinuait, quoique sans parler.

Par ses regards, ses mines dolentes, des soupirs placés à propos, des silences éloquents, elle lui faisait de véritables confidences, et ne les faisait qu'à lui. Il n'était pas aussi lourdaud qu'elle le disait, ni que l'avait toujours orgueilleusement déclaré Amable, et sa rustrerie n'était pas sans matoise finesse. Si bien qu'il comprit, en effet. Quoi? Pas tout ce que voulait exprimer Anaïs, et dont elle lui supposait l'intelligence subtile; mais certainement ceci, qu'elle était triste, embarrassée au moral, et qu'elle avait besoin d'être consolée.

Il la consola donc, de son mieux, sans curiosité blessante, sans chercher malice à rien, tout confiant en elle, presque tout confit en confiance, d'autant plus qu'il la sentait heureuse de cela, et enfantinement heureuse.

— Ma fi, disait la vieille Marceline, ça fait plaisir à voir comme vous v's entendez à être gentil à c't'heure. Jamais je ne vous ons connu tant paterne et boniface.

Et elle ajouta, ne perdant jamais l'occasion de soutenir son sexe :

— Vouette, nô maître, d'être brave avec les femmes, n'y a rien de tel pour rajeunir un homme. V's avez comme qui dirait dix ans de moins en ce moment ici. Vous rembellissez.

A cette idée, Anaïs était ravie, d'une joie en quelque sorte rétrospective, songeant que Désiré en effet n'était point si vieux ni si peu beau (comme elle se l'était figuré naguère), et qu'il pouvait donc être aimé sans dégoût, même avec plaisir, et qu'en somme elle l'avait *peut-être* aimé ainsi, quoique inconsciemment.

Oui, inconsciemment, et peut-être! Car était-elle en mesure de retrouver tous les détails de ses nuits écoulées, voici longtemps, alors qu'elle était déjà la maîtresse d'Amable et encore l'épouse de Désiré? Elle y tâcha loyalement.

— Je te jure que je suis à toi seul, rien qu'à toi, toute à toi.

Ainsi, naguère, elle rassurait Amable. Et sincère, en ce temps-là. Toute à l'éblouissement nouveau des voluptés que venait de lui révéler l'amant, elle comptait pour néant l'accomplissement passif de ses devoirs conjugaux.

En ce temps-là, certes! Mais aujourd'hui (toujours sincère d'ailleurs) elle se rappelait de vagues demi-réveils, la nuit, où elle avait aimé avec l'image rêvée d'Amable, mais dans les bras de l'autre. Et ma foi, dès lors!... Qui pouvait savoir?...

Du doute, elle passa désormais à une quasi-certitude :

— L'enfant pourrait être de Désiré, avait-elle pensé d'abord, en s'attardant déjà avec insistance sur cette probabilité.

Maintenant, il lui semblait que, de ces nuits passées, surgissaient maintes récurrences précises, qui en illuminaient les mystérieuses ténèbres. Réfléchissant à ces demi-réveils, à ces équivoques étreintes, elle se surprit bientôt à dire de plus en plus affirmativement et avec plaisir :

— L'enfant *doit* être de Désiré.

Puis, à force de le souhaiter, elle finit par le croire. Et, vraiment, elle n'y mit aucune hypocrite astuce, aucune fourberie intentionnelle.

Il y eut même un moment où elle éprouva le besoin de réagir contre la facilité qu'elle avait à s'en convaincre. Cela lui produisit un singulier effet de remords envers Amable. Elle eut l'impression de l'avoir, alors, trompé, lui ! Son premier mouvement fut de se le reprocher.

— Comme c'était mal ! Comme j'étais infâme ! Est-ce possible ?

Mais presque aussitôt elle prit sa propre défense, et eut honte d'avoir, pendant une minute, raisonné si déraisonnablement, si contre toute justice, de façon si diabolique. Et ce recours lui fut suppédité par sa dévotion, recours d'idée bizarre pour une autre, mais bien naturelle dans une âme affinée longtemps aux catholiques superstitions :

— Sans doute, à ces moments où je trompais Amable avec Désiré, c'est mon ange gardien qui veillait sur moi, faisant que cette tromperie fût précisément l'acte légitime.

Et c'est sans rougeur, sans pudeur, sans impudence non plus, qu'elle mêlait l'image de son ange gardien à ces évocations d'alcôve. Elle attribuait même cette intervention céleste à l'efficace observance religieuse et aux abondantes prières des bonnes tantes.

Ainsi, à descendre au plus profond de son cœur, on n'y eût certainement trouvé rien d'impur, de cynique, d'indélicat même, surtout rien d'immoral, quoique ces singuliers calculs pussent paraître dictés par la plus scélérate casuistique. Elle s'y livrait, elle, en toute innocence. Elle n'avait aucune répugnance, fût-ce physique, à établir cette espèce de bilan charnel, doit et avoir des voluptés adultères et des complaisances légitimes, ni à opérer entre les deux ces étranges virements.

Au reste, à supposer qu'elle eût dû avoir là-dessus des scrupules, tous allaient être levés, et lavés, par l'eau lustrale de cette petite source bénie, qui se mit doucement à poindre, yssant de tant de réflexions accumulées en montagne :

— Je puis faire mes Pâques. Quelle joie ! Je le puis. Je les ferai.

Car c'est à cela qu'aboutit fatalement Anaïs, et tout de suite, sans la moindre hésitation, le jour où elle n'eut plus l'ombre d'un doute sur la paternité de Désiré.

Se confesser d'un adultère qui n'avait pas eu de conséquences, et s'en confesser au si doux, au si tolérant abbé Pauquet, qu'était-ce vraiment ? Moins que rien. Et à quel prix modique serait l'absolution ! A ce peu de chose, pénitence à peine pénitence : cesser l'adultère ! Et pas même pénitence du tout, puisque en réalité l'adultère n'existait plus, puisque Anaïs était bien décidément prête à ne jamais le renouveler. Oh ! certes, jamais, jamais.

Très vaguement, par acquit de conscience, pas davantage, Anaïs insista sur le bien-fondé de ce *jamais, jamais*.

— En es-tu très sûre ? se murmura-t-elle.

Mais c'est pour avoir le plaisir suprême de se répondre bravement :

— Si j'en suis sûre ! Allons donc ! Je n'y aurai même aucun mérite, non, en vérité, aucun. Car, à présent...

Et elle n'eut pas seulement un petit frisson, ni de regret, ni d'étonnement, ni de joie non plus, en achevant sa pensée, qu'elle formula comme une simple constatation indifférente :

— Car à présent, fit-elle, je n'aime plus Amable.

Après quoi, naturellement, elle ajouta, un vague sourire aux lèvres :

— En somme, l'ai-je aimé ?

Amable, s'il avait pu assister à de tels soliloques, n'en eût pas pu croire ses perceptions. Ou bien encore il eût accusé Anaïs de la plus monstrueuse infidélité. Il lui eût crié, dans la plénitude de son droit, et en toute justice, n'est-ce pas :

— Misérable ! Comment oses-tu penser et seulement insinuer de pareils mensonges ? Mais, évidemment, tu cherches à te leurrer toi-même, pour leurrer ton Dieu. Tu triches avec tes souvenirs. Rappelle-toi que tu m'as aimé autant qu'il est possible d'aimer. Et encore, aimer n'est pas assez dire. Tu m'as adoré, positivement. J'ai remplacé dans ton cœur ce Dieu qui revient m'en chasser aujourd'hui. Rappelle-toi, et, si tu n'es plus la même, au moins avoue-le. Mais ne prétends pas pouvoir te demander si tu m'as aimé.

Et cependant, en dépit de toutes les apparences qui lui eussent donné raison, Amable aurait eu tort de parler et de juger ainsi. Précisément parce qu'elle n'était plus la même, Anaïs était aujourd'hui de bonne foi jusqu'en ce doute sur l'amour qu'elle avait éprouvé pour lui.

Elle ne se rappelait vraiment pas l'absolue possession à laquelle tout son être avait été en proie. A peine pouvait-elle se figurer vaguement les spasmes voluptueux dont sa chair avait été si violemment meurtrie sous les caresses d'Amable. Cela lui apparaissait dans une sorte de brume irréelle, comme l'image d'un rêve évaporé maintenant. A cette évocation sans consistance, sa chair ne tressaillait plus en aucune de ses fibres.

Et sa chair, pas plus que son cœur, en cela n'était infidèle. Ses fibres elles-mêmes avaient changé. Son moi était aujourd'hui un autre moi.

Le moi d'antan, éveillé aux jouissances amoureuses jusqu'alors inconnues, s'était concentré, avait en quelque sorte pris conscience dans l'organe même de ces jouissances. Pendant cette période, Anaïs n'avait plus été qu'une femelle en chaleur, *tota in vulvá*. Une fois grosse, le moi s'était déplacé, l'âme de la mère, avec ses pensées de chaque minute, ayant pour lieu d'élection cette matrice en travail où le moi se dédoublait en celui de l'enfant. Et maintenant, remontant encore, le moi fleurissait dans les seins gonflés de lait. Toute la vie, tout l'intérêt de la vie, toute la morale, étaient là. Anaïs ne pouvait plus, sinon par un effort d'imagination, se retrouver l'amante de jadis. Elle était uniquement mère et nourrice.

C'est l'ancien moi, le moi vulgaire, qui avait eu (par influence comme posthume et de testament) peur de la confession, et qui avait suggéré l'idée saugrenue de refuser le devoir pascal. Oui, saugrenue, absurde, cette idée ! Ainsi la jugeait le moi calme et souriant d'aujourd'hui. Et, dans l'entourage d'Anaïs, on demeura convaincu qu'elle avait en cela éprouvé une sorte de passager accès de folie, de caprice, une lubie d'après couches.

— Le lait vous donne des à-coups ainsin, avait dit sagement la vieille Marceline. Les vaches n'nont tout comme, j'entends les aumailles à leur prime veau.

L'explication était si topique et juste, que le curé lui-même n'en chercha pas d'autre à donner aux demoiselles de Vendeuil, quoique avec une comparaison moins précise. Et c'est aussi sur le compte d'une montée de lait au cerveau qu'il mit certaines phrases ambiguës dans la confession d'Anaïs. Il se dit, en les écoutant :

— Voilà de bien délicats scrupules ! La pauvre enfant ! Sans doute elle veut parler de refus qu'elle a opposés aux exigences conjugales de Désiré. Elle appelle cela des défaillances à ses devoirs. Pour un peu, elle se croirait adultère. Mais glissons ! N'insistons pas sur ces détails scabreux.

Et il avait coupé court aux explications embarrassées d'Anaïs :

— Bien, bien, avait-il fait. Passons, mon enfant, passons. Vous vous repentez, n'est-ce pas, et de tout cœur ? Vous ne retomberez plus dans les mêmes fautes? Non? C'est entendu? Contrition sincère !... Pénitence !... Mieum, mieum, mieum, *in nomine Patris*..., mieum, mieum !... Absolution !

Ainsi, dans les marmonnages du confessionnal, avait

passé sans encombre l'aveu de l'adultère, inaperçu du
curé, et que cependant Anaïs eut conscience d'avoir avoué
pleinement. Elle était ravie d'en être quitte à si bon marché. Les tantes et l'abbé rayonnaient de joie. Désiré pensait :

— Elle a bien fait tout de même, puisque tout le monde
est content. Et puis, en somme, il n'y a pas à dire, une
femme doit avoir ainsi de la religion. Ça va bien avec son
sexe.

Quant à l'aveugle Amable, il se félicitait d'avoir toujours son empire sur Anaïs, il s'imaginait l'avoir convertie
à ses théories machiavéliques, à son fameux et spirituel :

— La Sainte Table est pour nous le plus sûr des paravents.

Tout à cette idée flatteuse, il admirait avec quel art
Anaïs profitait des leçons qu'il lui avait données. Elle faisait vraiment merveille, en ce moment, comme Tartuffe.
Quel air d'extase en recevant l'hostie ! Quelle douceur ensuite à l'égard de tous, et surtout de Désiré ! Comme elle
se penchait câlinement au bras du lourdaud, en revenant
vers le Moulin-Joli par le sentier bordant la rivière ! Comme
elle lui faisait les honneurs du grand dîner qu'il présidait !
En vérité, elle semblait n'avoir d'attentions que pour lui !
C'était presque exagéré.

Mais non, c'était de la plus haute diplomatie, évidemment. Car tout le monde s'y trompait.

Au sortir de la grand'messe, Amable avait parfaitement
entendu des gens s'exclamer ainsi :

— On peut dire qu'il en a une, de brave femme, ce monsieur Randoin ! La perle, quoi !

En arrivant au moulin, ils avaient rencontré le Borgnot,
embusqué sous le portail même de la ferme, et sans doute
exprès là pour bien examiner la *madame* qu'il n'avait
point vue depuis les relevailles. Or le Borgnot lui-même
la trouvait probablement tout auréolée d'honnêteté; car il
avait, au passage, lancé en plein cœur d'Amable un coup
d'œil qui signifiait :

— Ami, pauvre ami, je te plains. A c't'heure, tu n'es plus le chéri.

Et Amable s'était dit, orgueilleux de la dissimulation d'Anaïs :

— Faut-il qu'elle cache bien notre amour, pour que le Borgnot, si clairvoyant, si sondeur d'âme, ne s'aperçoive de rien !

Cela le rendait tout gai, même goguenard, même d'une goguenardise à sous-entendus tellement fins que lui seul pouvait les comprendre et s'y amuser. Lui seul, et aussi Anaïs un peu, pensait-il. Car en ce jour il ne la trouvait plus sotte, mais au contraire la croyait particulièrement subtile et maligne. Aussi lui supposait-il, comme à lui-même, des intentions d'esprit, qu'il savourait en gourmet connaisseur.

A un moment, elle s'alanguissait en une silencieuse et souriante contemplation de Désiré. Les tantes le remarquèrent, et tout bas Zénaïde chuchota dans l'oreille d'Amable, après avoir chuchoté d'abord avec Herminie :

— Voyez donc, quelle béatitude donne une conscience heureuse !

Le curé levait les mains, à cet aspect, dans un geste de bénédiction, car il pensait ainsi que les tantes.

Amable, lui, riait diaboliquement en son for intérieur. Ce lent et muet sourire d'Anaïs, accompagnant un regard tendre, il y lisait un ironique défi au cocu bafoué.

En réalité, Anaïs était en train de se dire :

— Comme ma petite fille ressemble à mon mari !

Et Désiré lui paraissait beau.

Cela non plus, Amable n'aurait pu le croire, même s'il lui avait été donné de lire à livre grand ouvert dans l'âme d'Anaïs, et de vivre en elle comme au jour de la fenaison. A découvrir qu'elle trouvait maintenant une beauté quelconque dans Désiré, il se fût plutôt supposé fou lui-même, que de la croire tombée, elle, à ce degré de folie. Tout au plus eût-il admis qu'elle songeât à une beauté *morale* alors ! Mais jamais il n'eût imaginé qu'il

18

s'agissait, positivement, de beauté physique, oui, physique, et que Désiré paraissait beau dans son corps et sa figure.

Or la vérité est qu'il semblait tel, en ce moment, non seulement à la changeante Anaïs, mais à tous. Ainsi Anaïs n'était pas si folle ! Ou bien alors, c'est que tous avaient la berlue.

En réalité, personne ne l'avait. Comme le disait justement l'autre jour la vieille Marceline, Désiré *rembellissait.* Pour parler plus exactement encore, il devenait beau, ne l'ayant jamais été.

Le Borgnot lui-même ne l'avait-il pas remarqué à sa façon, en devinant qu'Amable n'était plus le chéri? La chose constatée, le malandrin s'en était allé en grommelant cet antique proverbe thiérachois, qui lui expliquait le phénomène :

> *Ch'ti là est bieu* (beau)
> *Qui est heureux.*
> *Ch'ti là l'est mé* (mais, plus)
> *Qui est aimé.*

Et sans doute, en effet, la beauté de Désiré lui venait surtout de son bonheur, et du rayonnement que lui donnait l'affection admirative d'Anaïs, à l'insu même de l'admiratrice et de l'admiré. Mais il était beau, d'autre part et aussi, simplement parce qu'il l'était, dans le robuste et superbe épanouissement de sa cinquantaine, soudain jeune.

Car, pour la première fois de sa vie, il se sentait jeune, et comme en fleur. Joyeusement en fleur et fortement ! Fleur tardive éclose au soleil inespéré de l'été de la Saint-Martin ! Fleur, quand même, n'est-ce pas ? Et toute fleur est belle.

Chaque être a ainsi dans le cours de son existence, fût-ce pendant une minute au moins, sa printanière et radieuse fête, un instant où toute sa beauté possible et latente s'exprime formellement. Les uns l'ont dans la

prime enfance ; d'autres, à la limite extrême de la vieillesse ; certains, particulièrement privilégiés, l'ont plusieurs fois. La plupart des hommes l'ont le temps d'un
éclair, à un âge et dans des circonstances où nul n'y fait
attention. Mais personne n'en est privé. Jusqu'alors Désiré
n'avait point passé par là, non pas même étant tout petit.
Aujourd'hui son heure était venue.

Sa face, jadis trop bouffie et trop haute en couleur,
avait maintenant comme séché et s'était recuite. La peau
en était toujours colorée, mais non plus tendue et pétant
de pléthore. Elle s'était assouplie en se dégonflant, et tan-
née, et un peu mordorée. Sans un poil de barbe, rasée de
près, le grain menu, elle avait l'apparence d'un bronze
à la rouge patine.

Dans ce ton chaud, les yeux semblaient d'abord d'un
éclat froid, avec leurs petites prunelles bleues dont le
regard, pensait-on, devait être dur et perçant. Mais, à les
bien examiner, on s'apercevait au contraire que ce bleu
était extrêmement doux, semblable au tendre azur des
fleurs de lin, et que le regard était bon.

Les cheveux de Désiré avaient été jadis d'un noir terne,
d'un noir de coke. Ils avaient grisonné de bonne heure.
Mais justement le poivre-et-sel leur donnait aujourd'hui
un accent. En outre, ils étaient épais et drus en épis. Ils
donnaient une idée de vigueur et de saine rudesse.

C'est, d'ailleurs, cette saine impression de force qui
caractérisait tout son corps. Grand et très large de poitrine,
il était d'aspect lourd, à cause de ses grosses épaules, de
ses bras toujours ballants et en parenthèse, de son allure
lente, aux pas traînants et enfoncés, au chef penché, à
l'échine inclinée en avant. On eût dit qu'il marchait sous
l'invisible poids d'un sac de farine écrasant sa nuque, et
ses pieds avaient peine à se détacher du sol, comme s'il y
portait des mottes de glèbe restées collées à ses semelles.
Mais cette massivité avait sa beauté, certes, et même sa
grâce, oui bien, à présent que l'approche de la vieillesse
faisait songer au tôt-fané de toute cette robustesse.

En somme, il est curieux (mais l'égotisme en était cause)

qu'Amable, avec son œil de peintre, ne s'aperçût pas du
beau paysan qui était son frère. Si Désiré eût été un étranger, nul doute qu'Amable, en le recontrant dans les
champs, ne se fût écrié tout de suite, pris d'enthousiasme
et (comme il disait) *emballé* :

— Mâtin ! quelle chic étude ! Attends un peu, toi, je vais
te piger.

Cette beauté réelle et solide, à coup sûr personne ici ne
pouvait l'analyser ; mais, sauf Amable, tout le monde la
sentait, et il n'est donc pas étonnant qu'Anaïs en fût particulièrement touchée.

En même temps, et fatalement, elle devait à cette sensation comparer celle que lui donnait maintenant Amable.
Or, il faut le reconnaître, Amable, qui avait eu voici deux
ans sa dernière floraison d'homme mûr, n'était pas encore
à son été de la Saint-Martin. Entre sa quarantaine largement dépassée (de cinq ans, ma foi) et les cinquante-deux
ans de son frère, c'est la quarantaine d'Amable qui avait,
et de beaucoup, l'air le plus décrépit.

Amable était, pour ainsi dire, à l'âge ingrat qui précède
la venue de la première vieillesse.

Ses longues biles des dix années dernières, puis ses
récentes randonnées voluptueuses, l'avaient séché aussi,
lui, mais plutôt encore desséché. Ses cheveux, qui le
quittaient un peu, étaient de ce ton sale que prend le roux
en blanchissant. Sa barbe *d'artiste* lui faisait paraître les
joues creuses. La flamme de ses yeux avait de l'éclat ;
mais un éclat de fièvre.

Et dans tout son corps, à lui, dans ses membres maigres, dans ses mouvements saccadés, dans sa marche
rapide et en même temps furtive, c'est ce malsain, cette
fièvre, qui se manifestait. Si bien que positivement, à
regarder d'un regard impartial, il était, pour le moment,
en laideur plutôt. Et surtout dès qu'on le comparait à
Désiré.

C'est pourquoi très innocemment, sans croire lui faire
injure, et en ayant au contraire conscience d'être juste,
strictement juste, Anaïs acheva son sourire d'admiration

tendre pour Désiré, et l'acheva en une moue pour Amable,
une moue qu'il traduisit inintelligemment par :

— Crois-tu qu'il n'est pas joli, hein, pas joli du tout,
le malheureux !

Et cette moue, hélas, signifiait :

— Évidemment je n'ai jamais préféré, jamais, au grand
jamais, ce pauvre souffreteux Amable à ce supérbe Désiré.

Oui, elle en arrivait jusque-là, jusqu'à ce point d'oubli
où s'abolissaient les souvenirs mêmes de sa chair, si indifférente jadis aux brutales accolades de Désiré, si vibrante
aux neuves et habiles caresses d'Amable. Elle déviait à
cette sensuelle ingratitude, justement parce que maintenant ses sens dormaient, tout paralysés en sa neutralité de
nourrice, et, de plus, anesthésiés par les mystiques jouissances de la communion.

De même que, là-haut, dans Toraval, en s'éveillant au
spasme de la volupté, elle avait blasphémé Dieu naguère,
de même elle blasphémait l'amour, avec une pareille et
parfaite innocence. Alors, tout son être avait été abîmé
dans la joie de la possession corporelle, et aujourd'hui
c'est dans une joie idéale qu'il s'abîmait. Alors Amable lui
avait paru presque une incarnation de la divinité, et elle
avait, au plus profond de son cœur, défini ainsi son éré-
thisme satisfait :

— C'est comme une communion qui durerait, et dont
l'hostie liquide vous inonderait et vous brûlerait à la fois
l'âme et le corps.

En ce jour, la paix de sa conscience, la béatitude de ses
Pâques, son bonheur et son honnêteté s'incarnaient en
Désiré, qui à son tour ainsi s'apothéosait aux yeux et
dans l'esprit de la dévote toujours tournée à diviniser ses
délices.

Et voilà aussi pourquoi, sans être infidèle, ni ingrate,
ni le moins du monde en faute d'hypocrisie, elle préférait
si fort son mari à son amant, et ne pouvait s'imaginer
qu'elle eût jadis préféré l'amant au mari. A son insu, ce
qu'elle avait chéri, adoré dans Amable, et ce que doréna-

vant elle contemplait tendrement dans Désiré, c'était son propre plaisir, tour à tour fait de péché, puis de vertu.

Seulement, par une réaction réciproque, il se trouvait que jadis sa jouissance charnelle l'avait induite en de mystiques sensations, et qu'aujourd'hui l'eucharistie aux exaltations mystiques la faisait, en face de Désiré, songer aux charnelles et légitimes joies qu'elle croyait lui devoir, et dont elle pensait, sans formuler toutefois son espérance aussi crûment :

— Il y en aura encore.

Il faut croire cependant que, malgré sa sécurité de conscience, Anaïs avait quelque chose en elle qui se révoltait là-contre, une lointaine voix réclamant en faveur d'Amable sacrifié. Car ce confus désir qu'elle éprouvait pour son mari, ce besoin nouveau d'être en espoir de lui comme mâle, besoin plutôt senti qu'exprimé d'ailleurs, si obscur qu'il fût, elle crut nécessaire de le cacher à tous, et particulièrement aux soupçons possibles d'Amable.

Ainsi Amable, aveuglé en outre par sa persistante vanité, ne s'aperçut toujours de rien. Comme le jour même des Pâques, il prit désormais à contresens tous les actes d'Anaïs. Mais, à présent, sa perspicacité n'était plus seule en défaut. Car on s'ingéniait à le tromper, et il n'était plus dupe de son orgueil uniquement, mais bien de manœuvres hypocrites destinées à le maintenir dans l'erreur.

Pourquoi Anaïs se conduisit-elle de la sorte? Elle se le demanda, ne se résignant pas à croire qu'elle agissait mal par pure malice.

— C'est surtout, dit-elle à part soi, pour ne point peiner Amable.

Et il y avait, à coup sûr, un peu de cela dans le soin qu'elle prenait pour qu'il ignorât l'*infidélité* commise. Oui, l'infidélité! Car, ce mot, elle l'avait prononcé malgré elle, en le trouvant d'ailleurs monstrueux, mais en s'avouant qu'Amable l'emploierait et croirait l'employer à bon droit, s'il se doutait qu'elle avait seulement l'intention de...

— De quoi, en somme? pensait-elle. D'aimer mon mari

et d'être aimée par lui. Eh bien! de quel droit Amable
m'empêcherait-il…?

Toutefois elle n'osait insister, aborder de front cette discussion, non seulement avec Amable, mais avec elle-même.
Elle préférait ne pas trancher la question, ne pas savoir
quel droit avait ou n'avait pas Amable. Tout son instinct
de femme, toute sa passive mollesse, l'entraînaient à ruser
plutôt. Elle le faisait avec d'autant moins de remords
qu'elle avait cette puissante excuse :

— Puisque c'est pour faire, somme toute, une chose légitime !

Sans compter qu'involontairement elle trouvait ainsi un
charme de plus à remplir son devoir, ce devoir prenant
des airs mystérieux et alléchants d'acte défendu.

Du coup, elle fut obligée à une coquetterie en partie
double qui, au reste, l'amusa. Elle devait ne pas se montrer trop revêche avec Amable, afin qu'il ne se jugeât pas
rebuté, ne devînt pas jaloux et soupçonneux. Et elle devait
aussi conquérir Désiré en cachette, et lui faire comprendre
que leur renouveau d'amour était condamné à la pudeur.
(Dame! une mère et une nourrice!)

Elle joua très habilement son jeu. Très naturellement
aussi. Il faut reconnaître, en effet, que son goût vif pour
Désiré ne lui donnait pas de l'horreur contre Amable. Elle
s'était, un moment, figuré qu'elle allait avoir de l'aversion
à l'égard de l'ancien amant. Mais vite cette appréhension
s'était dissipée.

— C'est pour mieux pouvoir aimer mon mari, se disait-
elle.

En réalité, peut-être n'était-elle pas éloignée, sans y
prendre garde, et tout bonnement, d'aimer les deux.

Il est certain, d'ailleurs, que pour l'instant elle avait
surtout (à parler rude et franc) envie de Désiré. Et c'est à
lui qu'elle réservait les coquetteries les plus séduisantes,
les avances les plus câlines. Toujours, au demeurant,
quand ils étaient seuls tous deux. Plus particulièrement
encore (sans doute par souvenir involontaire du jour de la
fenaison) quand ils étaient aux champs.

De ces embrassades en plein air, Désiré était troublé extraordinairement. Tant qu'un jour, il voulut l'accoler là, sur la glèbe. Elle s'enfuit. C'était dans un endroit à découvert.

Or, le soir même, comme Amable se promenait à la brune, il se trouva soudain en face du Borgnot, qui cette fois ne se contenta pas de lui parler à la muette, en le regardant, mais lui cria tout haut, en se sauvant ensuite par crainte des coups :

— M'n ami, on se fout de vous. V'là ce que c'est que d'être trop bon. Je l's ai vus, je l's ai vus, tantôt. Elle va avec, que j'vous dis. Vot' salop de frère vous fait cocu.

XXIV

Ces paroles, jetées ainsi d'une voix entrecoupée, hâtive,
brutale, et suivies aussitôt par la brusque disparition du
Borgnot, Amable tout d'abord les comprit à peine. Le sens
en était si monstrueux! Il demeura donc immobile, aba-
sourdi, n'osant presque pas en approfondir l'absurde signification, se croyant fou, en proie à quelque hallucination
déjà évanouie. Il en gardait seulement une sensation à la
fois étrange, douloureuse et ridicule. Il lui semblait que
ces paroles avaient été des poings, soudainement jaillis
de l'ombre et qui soudainement y étaient rentrés, après
l'avoir frappé en plein visage, mais sans lui faire mal, et
en s'y aplatissant comme de la boue.

Son second mouvement, irrésistible, fut pour éclater de
rire. Et tout haut, bellement, les poings aux rognons, en
se répétant parmi des hoquets de joie et d'incoercibles
pouffades :

— Désiré me faire cocu! Moi! cocu! Oh! non, non! C'est
trop drôle! Mon frère, lui, lui! Me faire cocu! Quelle idée!
Quelle farce!

Et tout de suite, il pensa que le Borgnot était saoul.
Cependant, le gueusard avait filé bien prestement, pour un
homme aussi saoul. Car il l'était d'une rude manière, à
coup sûr! Imaginer des âneries pareilles! Et se fourrer
dans la tête que...

— Je l's ai vus, je l's ai vus, avait-il dit.

Où donc, alors? Où aurait-il pu les voir? En pleins
champs, donc, puisqu'il n'entrait jamais au moulin! Allons,
c'était plus absurde encore, plus impossible, plus inad-

missible. Mais non, non, à quoi bon seulement discuter les bourdes de ce bas pochard? Il n'y avait pas de quoi s'y attarder, fût-ce une seconde, sinon pour en rire.

Et pourtant, voilà qu'Amable ne riait plus. Voilà qu'il réentendait les phrases si nettes du Borgnot, et qu'il était bien forcé de reconnaître que ni la voix, ni l'allure du vieux ne ressemblaient à celle d'un homme en ribote. Et il dut s'arrêter à se dire, anxieusement :

— Pourquoi m'a-t-il dit cela? Quel est son but? Quel est son intérêt, au misérable, dans cet abominable mensonge?

Car, pour être un mensonge, c'était un mensonge, une infâme calomnie, Amable n'en doutait pas, ne pouvait pas en douter.

Pour admettre, même à l'état d'hypothèse, qu'Anaïs eût consenti à être possédée par Désiré, il eût fallu qu'Amable abdiquât le fond le plus essentiel de sa nature, son tout-puissant et tout confiant orgueil. Une telle supposition ne lui était suggérée par rien. Il en eût cru à peine le propre témoignage de ses sens, et, devant le spectacle de la chose, il eût commencé d'abord par nier, tant il était sûr d'Anaïs.

— Oui, mais, et Désiré? Qui sait si lui, le cochon, par violence...?

Et Amable se rappelait le soir où il avait imaginé Désiré prêt à bondir sur Anaïs, où il l'avait vu, positivement vu (comme en rêve, sans doute, mais enfin!) le grand mâle membru et redoutable, semblable à un verrat arc-bouté sur ses cuissots, et l'échine déjà bandée pour le va-et-vient de l'assaut amoureux. Il se rappelait avec quelle féroce jalousie il s'était rué alors vers Désiré, en criant:

— Je ne veux pas, je ne veux pas!

La même jalousie lui mordait le cœur soudainement. Sans rancœur contre Anaïs, dont il répondait; mais de quelle âpre rage contre la brute de mari, qu'il se figurait abusant des droits conjugaux, de la force masculine, et culbutant la pauvre jeune femme au revers de quelque fossé, derrière quelque haie, bestialement, crapuleusement.

— Car, pour que le Borgnot le sache, il est nécessaire
que Désiré ait fait cela ainsi. L'autre, toujours rôdant en
ancien contrebandier, à pas de loup, comme à cligne-
musette, rasé en guetteur guetté, aura vu le viol, ou tout
au moins l'aura deviné, de loin, avec son terrible petit œil
gris qui distingue une queue de lièvre à cent mètres.

Amable écumait, à se représenter la scène, la trouvait
immonde, ne se souvenait plus qu'il avait agi de même
naguère, dans Toraval, avec quel farouche et cruel élan
d'animal en rut. Tout au plus s'en souvint-il une brève
seconde, juste le temps de songer à la différence qu'il y
avait, l'énorme différence entre son acte à lui (très juste
et explicable, et même beau, naturellement) et l'acte de
Désiré (seul horrible, sans aucun doute).

A cette comparaison, son orgueil reprit barre et de nouveau l'induisit à penser qu'il avait tort de se tracasser pour
de telles chimères. Au cas, en effet, où le viol aurait été
consommé, est-ce que le visage d'Anaïs, sa contenance, son
effarement, le dégoût de tout son être, n'eussent pas
dénoncé le crime, et crié vengeance vers Amable?

— Bon Dieu de bois! s'exclama tout à coup Amable, que
je suis bête! Je me demande quel intérêt pousse le Borgnot à me dire ces choses. Mais c'est bien simple. Il est
trompé comme tout le monde, par la merveilleuse tartuferie d'Anaïs; et, dès lors, il la croit détachée de moi
absolument, et retournée vers son mari. Voilà bien ce que
m'a exprimé l'autre jour son regard chargé de pitié. Et le
vieux gueux s'imagine que je me résigne à ma défaite. Et
il cherche à m'exciter. Cela l'amuse, la haine qu'il a devinée entre mon frère et moi. Il a peur qu'elle ne s'éteigne.
Il l'attise. Maintenant, je comprends.

Il fut tranquillisé d'autant mieux que ce soir-là précisément Anaïs redoubla de gentillesse avec lui. Sans doute,
quoique sans se l'avouer, elle se sentait de plus en plus
coupable envers l'amant, ayant été plus coquette envers le
mari. D'instinct, elle donna une compensation à l'amant.
Rien qu'au très tendre et très long serrement de main
qu'elle lui octroya en lui souhaitant le bon soir, il fut

convaincu qu'elle l'aimait toujours et n'aimait que lui.

— Bah! se dit-il, en allant se coucher, où avais-je le
. sens, tout à l'heure, de me faire de la bile pour les inventions (si stupidement invraisemblables) de ce sacré vieux
soiffard de Borgnot? Paille-à-poux de malheur, va!

Toutefois, et malgré qu'il en eût, il était désormais en
éveil de soupçons, et fatalement, machinalement, aux
aguets. Il aurait eu honte et se fût méprisé de se confesser
jaloux. Il croyait ferme ne pas l'être. Quand même, il l'é-
tait et se conduisit comme tel, observant sans en avoir
l'air, prenant prétexte de tout pour se torturer à plaisir.
Son orgueil cessa de le soutenir là-contre, ou plutôt se
tourna sottement à son désavantage, comme, par exemple,
à lui insinuer :

— Anaïs fait des grâces à Désiré pour réchauffer ton
amour qu'elle croit attiédi. C'est pour toi, pour toi seul,
qu'elle est coquette, à travers lui pour ainsi dire, en simulant de l'être pour lui.

Car de ces coquetteries conjugales, il finit par s'apercevoir, et aussi, bientôt, de l'effet qu'elles produisaient sur
Désiré. Anaïs avait eu beau, en effet, recommander à son
mari d'être moins expansif, plus pudique, ainsi qu'il convenait avec une jeune mère en puissance de nourrisson :
Désiré n'avait qu'à demi tenu compte de la consigne. Il
n'y voyait guère qu'un caprice, s'y soumettait par complaisance, mais comme à un caprice, sans le prendre trop au
sérieux. Aussi cachait-il mal qu'il était amoureux de sa
femme, et il eût fallu être absolument aveugle pour ne pas
le voir.

Un moment arriva donc où Amable ne put s'empêcher
de se dire :

— Diable! J'ai bien conseillé à la mâtine d'être machiavélique; mais elle l'est excessivement. C'est à croire qu'elle
y prend plaisir.

Il lui en voulut, moins encore d'y prendre ce plaisir, que
de l'amener, lui, Amable, à remarquer qu'elle le prenait,
et à en souffrir, si peu que ce fût. Car il en souffrait, il
ne chercha pas à se le dissimuler.

Une chose pourtant le consola et lui fit prendre patience :
c'est que, selon toute apparence, Désiré allait souffrir
davantage. A cela seul, en effet, tendait évidemment la
coquetterie d'Anaïs ! Sinon, comment eût-elle osé se
montrer si manifestement impudente ?

Impudente, elle le devenait, à coup sûr, de jour en jour,
Désiré perdant toute retenue, et Anaïs elle-même s'affran-
chissant bientôt de trop méticuleuses précautions. Cela,
forcément. D'abord, parce que la légitimité même de leur
amour l'enhardissait, elle, de plus en plus. Puis, à cause
de l'orgueil d'Amable, qui se gardait bien de se laisser
prendre en flagrant délit de torture jalouse, et qui ainsi
semblait, par sa visible indifférence, autoriser et presque
encourager Anaïs.

A le trouver si calme, si peu choqué des tendresses de
Désiré, elle se persuada en effet peu à peu qu'il était
(comme elle le désirait) devenu raisonnable. Ayant, au plus
fin fond d'elle-même, une obscure tentation de les aimer
tous les deux, si c'était possible, elle jugeait naturel que
tous les deux en vinssent à y consentir. Elle rêvait cette
combinaison, sans avoir l'audace de la formuler en un
souhait précis. Elle la voyait arriver un jour, plus tard,
tout doucement, sans secousse, sans qu'on eût échangé à
ce propos aucune explication embarrassante, par un tacite
accord souscrit de part et d'autre, et qui rendrait ainsi la
chose comme familiale, sans aucune ombre de crime pour
personne, ni même de mécontentement.

Il faut dire, à sa décharge, que ce rêve n'avait encore
pas grande floraison charnelle, et se bornait vraiment à
une vision de bonheur affectueux où l'union des corps ne
comptait presque pas. Car l'envie qu'Anaïs avait de Désiré,
quoique assez vive, était de curiosité surtout, et si légitime ! Et, d'autre part, le souvenir qu'elle gardait des
chaudes caresses d'Amable ne lui chauffait plus beaucoup
le sang, qu'elle avait quasi tout tourné en lait. Ainsi son
moi était toujours établi dans ses tetons de nourrice surtout, et ne redescendait que par furtifs cuatouillements
prendre conscience plus bas, où n'était encore que vague-

ment réveillé, mais où rêvait déjà, prêt à s'épanouir
bientôt sous une nouvelle rosée d'amour, l'ancien et
ressuscité moi vulvaire.

Le proche regain de cet ancien moi, et sa latente
germination déjà si vive, n'échappèrent point à la perspicacité d'Amable. Il était redevenu très perspicace, en
effet ; d'abord parce qu'il était jaloux et ainsi d'observation plus assidue et plus aiguë ; ensuite parce qu'en lui
aussi remontait une printanière poussée de sève amoureuse.

Bien passager avait été son dédain charnel pour Anaïs,
et dédain surtout cérébral, tout d'orgueilleux raisonnement, par quoi ses sens étaient restés réfrigérés, engourdis,
crus morts, mais seulement en artificielle somnolence. A
l'effluve du désir réveillé chez Anaïs, ils s'étaient réveillés
tout de suite, le raisonnement envoyé au diable. Du coup,
sans qu'Amable y prît garde, la chaîne magnétique s'était
renouée entre Anaïs et lui, moins puissante et coagu-
lante qu'au jour de la fenaison, mais tout de même assez
forte pour qu'il ne commît plus désormais les grosses
bévues dont il venait de se rendre coupable envers l'aimée
pendant le temps où il croyait ne l'aimer plus.

Il comprit donc aussitôt ce que signifiaient les yeux noyés
d'Anaïs, les alanguissements suivis de brusques sursauts
nerveux, les flammes rapides lui empourprant soudainement les joues. Et cette fois, il ne fut plus absolument
induit en erreur par sa vanité, lorsqu'elle lui suggéra :

— C'est de toi que cette ardeur de rut a soif. Aie pitié
d'elle !

Car, à l'insu même d'Anaïs, ces soupirs et ces regards
mendiants d'amour s'adressaient de plus en plus à l'amant
aussi bien qu'au mari ; et bientôt uniquement à l'amant.
Elle ne le voulait certes pas ainsi, et ne le pensait même
pas, et se fût scandalisée (si reprise de religion !) qu'on
l'accusât de le faire. Mais sa chair le faisait pour elle et
malgré elle, sa chair assoiffée réellement de désirs en
renouveau, sa chair que la légitime rosée conjugale ne
désaltérait point, hélas ! et qui demeurait donc pantelante
et toute en feu.

Passive, toujours et irrémédiablement passive, Anaïs n'avait pas retrouvé dans les bras de Désiré les âpres voluptés, longues et savantes, savourées dans les étreintes et sous les caresses d'Amable. Malgré sa complexion amoureuse, elle n'était pas capable d'instruire quelqu'un en amour, surtout ce grand ignare, si mal doué, si pataud, si bestialement expéditif en besogne, que Désiré restait et resterait en dépit des plus violents prurits. D'ailleurs, même si elle eût possédé ce don d'enseignement, et eût voulu l'exercer, elle n'en eût pas eu l'audace avec cet homme, dont elle eût redouté la stupéfaction.

Il avait donc fallu qu'elle se contentât des brèves accolades d'antan, plus passionnées toutefois, mais d'autant plus brèves, meilleures sans doute pour Désiré, moins agréables sûrement pour elle que les absolues gaucheries de jadis, lesquelles offraient encore quelque imprévu. Ah! cette monotone et correcte *culture* d'aujourd'hui, quelle désillusion! Oui, *culture!* En vérité, le mot était venu de lui-même s'imposer à l'esprit déçu d'Anaïs, tant le brave paysan Désiré la traitait en simple cultivateur! Et elle, maintenant, était si *artiste!*

Très vite donc, et très piteusement, s'était passée l'envie qu'elle avait eue de son mari. Mais son envie d'amour, non pas. Aussi souffrait-elle de n'être pas satisfaite, et souffrait-elle à la fois physiquement et moralement.

C'est la souffrance physique seule que vit Amable. De la souffrance morale il ne pouvait avoir vent, puisque Anaïs elle-même s'en rendait à peine compte. Cette souffrance, en effet, encore confuse et de cause non définie, venait d'un sentiment tout nouveau chez Anaïs, du remords que lui donnait enfin l'idée consciente de l'adultère.

Même, ou plutôt surtout au moment de la confession et de la communion pascale, elle n'avait rien éprouvé de pareil, anesthésiée alors par la béatitude mystique d'une si facile absolution. Auparavant, elle n'avait jamais non plus pris acte de sa coulpe, anesthésiée alors par les révélations enivrantes de la béatitude charnelle. Mais à présent, voilà qu'une comparaison fatale s'établissait en elle, entre ses espérances de joie trahies par l'innocent Désiré, et ses souvenirs de bonheur dus au savant Amable; et, de cette comparaison, ceci en pleine lumière jaillissait, dont s'illuminait sa conscience :

— Ce qui est morose, c'est le devoir. Ce qui est délicieux, c'est le péché.

Et plus elle désirait ces délices du péché, plus le péché lui apparaissait coupable. Et réciproquement, d'ailleurs. De là une torture double, se nourrissant et s'amplifiant d'elle-même. Car la pauvre femme maintenant ne pouvait plus s'abandonner mollement à son instinct, sans le discuter, et jouir de son crime en continuant à être convaincue qu'elle n'était point criminelle. Le remords une fois conçu, sa conscience et sa bonne foi la tenaient en garde contre elle-même. Elle n'était pas, comme Amable, d'intelligence sophistique, et capable de se duper. Sa religion l'en empêchait. Elle se posait donc nettement le cas :

— Ce que je désire, ce dont j'ai soif, oh! presque irrésistiblement soif, c'est l'adultère, c'est un péché mortel. En ne le confessant pas d'une façon plus claire avant mes Pâques, je n'ai pas rusé avec Dieu, certes. La chose a passé ainsi, escamotée, non par fraude de ma part, mais grâce à la confiance indulgente de l'abbé Pauquet. Alors, en vérité, je ne me sentais pas adultère. Je ne savais pas. Aujourd'hui, je sais, je sens. Si je recommençais, je commettrais volontairement le péché mortel d'adultère, et dans le présent, et même dans le passé.

Ce dernier point était d'assez subtile casuistique, bien naturelle chez l'ancienne élève des Béguines. C'était, d'ailleurs, une des théories favorites de la sévère tante Herminie, qu'en retombant dans un péché absous, on détruisait quelquefois l'absolution obtenue. L'opinion n'était guère orthodoxe, et eût fait bondir le bon curé, tant il l'eût jugée cruelle. Dans l'état d'esprit anxieux et troublé où se trouvait Anaïs, tourmentée en quelque sorte

de remords à la fois futurs et rétrospectifs si elle péchait
à nouveau, elle s'attacha précisément à cette idée à cause
de ce tourment qu'elle y puisait. Ce fut, pour elle, comme
un adjuvant de mortification contre le péché possible.
Elle en vint même, dans un coup de dévotion tout à fait
exagérée et presque grisante, jusqu'à cette conclusion
épouvantable :

— Être adultère à présent, ce serait l'avoir été au
moment de la confession, et l'avoir dissimulé exprès, et
par conséquent avoir volé l'absolution, communié en état
de péché mortel, et commis positivement un sacrilège.
Oui, ce comble d'horreur, un sacrilège !

L'effet inévitable de cet excès dévotieux fut une réaction
plus agressive de la chair, matée par de tels absurdes
moyens. Aux délices de l'amour avec Amable, à ces souvenirs si chers, désormais condamnés d'une abolition absolue,
elle se reprit avec d'autant plus d'intensité qu'ils étaient
condamnés plus sévèrement et plus irrémissiblement. Le
charme de ces voluptés s'augmentait de leur qualité crimi-
.nelle. Sans qu'Anaïs le comprît, et quoiqu'elle ignorât ce
mot de sadisme, cet amour devenait sadique en se compli-
quant et se raffinant et *s'infinisant* de cette idée de sacrilège.

En vérité, Amable aurait pu chercher longtemps, qu'il
n'eût rien imaginé de mieux en sa faveur, rien qui fût
plus propre à lui ramener Anaïs affolée de désir. Il ne vit
pas cette cause secrète de ce retour à lui ; mais le retour
même, il le constata dès l'abord, et voulut en user.

C'est un matin, dans une grange, qu'il crut le moment
de reprendre effectivement celle qui d'intention et d'attitude, de regards et de tout son être en effusion extérieure,
se redonnait si pleinement à lui. Ce matin-là même, plus
que jamais, il la sentait en sa puissance magnétique, lisait
en elle combien elle avait soif de lui, de lui seul, de lui
uniquement propre à la désaltérer. Comme jadis, là-haut,
à Toraval, il l'avait liée à ses pas, entraînée, sans dire un
mot, sans faire un signe, par la mystérieuse et invincible
attirance d'un coup d'œil. Elle avait aussitôt suivi, en laisse.

19.

Toujours comme à Toraval, il l'empoigna, une fois dans la grange, à bras-le-corps, d'une étreinte impérieuse, muet, les dents serrées, et ne lui parlant que par l'étreinte même, la serrade de ses bras enlaçants, la tension de tout son corps frénétiquement bandé pour l'élan d'un furieux assaut. Et elle aussi, comme là-haut dans l'herbe, s'abandonna toute, les yeux clos, l'être fondu d'avance, passive et vaincue délicieusement.

Mais quel fer rouge soudain la toucha, la menaçant d'une atroce et profonde brûlure? Elle n'eut pas le loisir ni le sang-froid nécessaires pour se le demander. Elle l'éprouva seulement, avec quelle énergie, quelle douleur, quelle brusque horreur de sa chair rétractée et de son sexe même se barricadant! Ce n'était pas Amable qu'il lui semblait accueillir, mais le diable en personne, le sacrilège incarné, tout l'Enfer la voulant pénétrer de force. Par une complète réaction du moral sur le physique, la pensée du péché et de la damnation s'était transformée en une charnelle et réelle impression faite à ses nerfs, à sa peau, à sa muqueuse positivement en contact avec un chaud métal qui allait la parcheminer.

Et soudain, à la stupéfaction indignée d'Amable, la passive victime se ressaisit, l'inconsciente se trouva en vigueur de conscience, l'abandonnée eut un éclair de volonté quasi miraculeux. Anaïs s'écria, raidie :

— Non, non, je ne me damnerai pas. Je ne veux plus. Je mourrai plutôt.

Puis, par un suprême effort, avec une puissance musculaire qui d'un seul coup désarçonna le mâle effaré, elle se redressa, devant lui qui restait prostré dans la paille, honteux, et les reins comme rompus.

— Pardon, pardon, lui dit-elle en sanglotant. Je t'aime, oui, je t'aime toujours; je t'adore; plus que jamais; plus que tout. Mais il ne faut plus, il ne faut plus. Car c'est l'enfer, l'enfer, l'enfer !

Et, répétant ce mot comme une folle, les yeux hagards, la face terrifiée, elle se sauva.

Ah ! elle n'avait pas besoin de demander pardon !

Amable ne lui en voulait point. Tout de suite, il était revenu de sa courte honte et avait cuvé comme électriquement son humiliation de mâle débusqué par un si prodigieux saut-de-carpe. Il avait vu le pourquoi de cette révolte, intellectuelle seulement. Il avait si bien senti la chair en proie au désir et lui appartenant d'intention ! Il était tellement dans le secret du coup de mors sous lequel elle avait renâclé, prise d'épouvante ! Car tout le sang d'Amable lui refluant brusquement au cœur, pendant sa brusque déconvenue, lui était ensuite remonté au cerveau, en congestionnante fusée ; et de là une explosion de génie psychologique, par quoi il avait tout compris, absolument tout.

Elle eût pu même ne pas s'expliquer, et partir sans prononcer une parole. Avant qu'elle eût parlé, il lisait en elle. Il s'y voyait incarné en le péché mortel, en l'affreux sacrilège, et divinisé encore, autant qu'autrefois, quoique à rebours maintenant. De cet à-rebours, il était plus glorieux que de l'apothéose ancienne. Être le Diable pour cette dévote, et qu'elle l'aimât quand même, n'était-ce pas être plus que Dieu, puisque c'était vaincre Dieu, et dans une conscience qui le savait ?

Du coup, par un biais naturel à son orgueil, il se reprit, lui aussi, à croire en ce Dieu dont il se trouvait le vainqueur. Un peu, pas plus, pas assez pour abdiquer ses forfanteries d'esprit fort qui considérait la foi catholique comme une basse superstition, mais un tantinet tout de même, juste ce qu'il fallait pour triompher d'autre chose que d'un pur néant. Et ce n'était pas un néant, en effet, que cette idée religieuse inspirant à la pauvre énamourée de si puissants remords, et lui donnant l'extraordinaire force de résister à son amour.

Mais quelle joie aussi pour Amable, quelle enivrante joie, de lutter contre ces remords, de les surmonter ! Non pas en les supprimant, certes ! Cela eût été le fait d'une brute sans gourmandise morale. Il espérait bien, au contraire, lui, que ces remords subsisteraient, et qu'Anaïs les subirait en péchant, et qu'il les savourerait, l'obligeant à céder en dépit de la torture endurée pour lui et par lui.

Il imaginait là un nouveau ragoût de volupté. Il eût voulu être tout à fait croyant, aussi catholiquement super- stitieux qu'un prêtre de bonne foi, afin de pouvoir ajouter à son adultère l'assaisonnement du sacrilège consenti et de la damnation acceptée. Et il le dit à la malheureuse femme déjà si affolée pourtant, et qui acheva de perdre le sens à cette rhétorique infernale.

— Oui, oui, lui souffla-t-il d'une voix ardente, je com- prends tes angoisses, tes repentirs, tes terreurs. Je les partage.

C'était le lendemain de la scène dans la grange. Ils étaient tous deux assis sous les arbres, à deux cents mètres du moulin, dont les fenêtres ouvertes les regardaient. Désiré allait et venait dans la haute salle, et, de temps à autre, en passant, leur jetait un coup d'œil et un sourire de confiance heureuse. La fillette gazouillait dans son berceau, qu'Anaïs balançait en chantonnant. Amable, d'une main machinale, posait sur une toile des touches de couleur. De loin, il avait l'air de chantonner, lui aussi, dans sa barbe. Anaïs l'écoutait en frissonnant, et n'avait pas le courage de ne point l'écouter, et se tranquillisait à se dire :

— Ici je ne risque rien. On nous voit. Et d'ailleurs mon enfant me garde. Qu'importe ce que j'entends ?

Et ce qu'elle entendait, pourtant la grisait peu à peu, lui faisait tourner le sang en lave, la caressait, l'exta- siait.

— Je le partage, certes, je le partage, ton enfer, murmu- rait Amable, et je voudrais le partager plus encore, et qu'il fût l'enfer pour de bon, un enfer où nous serions de vrais damnés, damnés l'un par l'autre, l'un dans l'autre. Oh ! ne vois-tu pas, ma chère aimée, que cet enfer-là, ce serait le paradis. Mais nous ne savions pas ce que c'était qu'aimer, avant ce remords. Nous aimions comme des brutes, sans avoir conscience du prix de notre amour. Aujourd'hui, à la bonne heure ! Nous connaissons ce qu'il vaut, et ce qu'il va nous coûter. Eh bien ! oui, c'est l'adul- tère, c'est un crime, c'est un péché, c'est la perte de notre

salut. Tant mieux ! Nous risquons notre bonheur éternel ;
mais ce risque rendra nos délices infinies.

Et d'autres paroles encore il trouvait, plus éloquentes,
plus enflammées, plus lyriques, qu'il susurrait d'une voix
chaude et grave, et qui troublaient Anaïs non seulement
par leur signification, mais encore et surtout par leur
accent, leur timbre. Elle en était tout enveloppée, toute
chatouillée. Cela lui semblait des caresses promenées lentement à fleur de peau et à fond d'âme. Elle en éprouvait
une physique jouissance en même temps qu'un moral
anéantissement, et les deux si exquis.

Lui ne tarissait plus, était en verve et fluait de phrases
délirantes, comme s'il se répandait lui-même au flux des
mots, comme s'il avait tout son cervelet dans un cerveau
en rut. A cette griserie dont il pénétrait Anaïs, il se grisait aussi et se livrait de bonne foi, à la façon d'un acteur
peu à peu devenu le personnage qu'il joue.

Il avait commencé, en effet, à déclamer ainsi, en sachant
fort bien qu'il déclamait, et en se rendant compte des
moyens employés et de l'effet à produire. Puis, fatalement,
il s'était, à son artificiel emballement, emballé pour de
bon, la tête perdue aux capiteuses vapeurs des paroles
qu'il disait. Le confus et réel désir qu'il avait, d'être un
croyant, s'était transformé en la certitude de se sentir ce
croyant, à cause du raffinement de volupté qu'il goûtait
par avance à l'adultère combiné du sacrilège.

Cette prélibation de plaisir suffisait presque à l'enthousiasmer, grâce à sa vive imagination. Il s'exaltait en outre,
physiquement, à respirer sa propre haleine ardente, qui
était comme réverbérée, plus ardente encore après s'être
surchauffée de désir au contact de la peau d'Anaïs.

Cette peau, il la voyait frisser de près, telle qu'une eau
prête à bouillir. Il en recevait les énergiques effluves, le
lubrique rayonnement, qu'Anaïs ne pouvait contenir, et qui
même s'exhalait maintenant avec d'autant plus de vigueur,
malgré elle, qu'elle l'avait plus longtemps et plus fortement comprimé.

Pour toutes ces raisons, Amable était donc sincère en

sa diabolique éloquence, et par conséquent persuasif. Et
Anaïs le comprenait à chaque instant davantage, ne se fiant
plus à la présence de son enfant pour échapper à la séduction, ne se fiant plus surtout à elle-même.

Le pire, c'est qu'elle trouvait du charme à écouter ces
choses et à se savoir en péril, et particulièrement à savoir
Amable aussi en péril à cause d'elle. De quoi elle le plaignait, s'attendrissait sur lui, et en même temps l'admirait, puisqu'il voulait si bravement partager avec elle la
damnation et l'enfer.

Oh! comme il l'aimait! Et comme elle était ingrate,
injuste, de ne point répondre à un tel amour, si grand, si
généreux, si désintéressé, si absolu! Dire qu'elle avait
l'affreux courage de préférer à cet amour quoi que ce soit!
Oh! mauvaise, cruelle!

Pendant qu'elle se jugeait ainsi, Amable lisait en elle
et formulait précisément ce qu'elle pensait, aussi désespéré maintenant qu'il s'était montré brûlant tout à l'heure.
Et sincère, plus que jamais! Sans la moindre intention,
la moindre conscience même de jouer une comédie, tout
à son rôle désormais (*dans la peau du bonhomme*, eût-il
dit s'il avait pu lui-même s'observer de sang-froid), il ne
mentait pas en jurant qu'il se tuerait si elle cessait de
l'aimer.

Et elle était convaincue qu'il ne mentait pas. Et elle se
demandait si elle avait le droit de l'acculer au suicide..

Il était, d'ailleurs, tellement beau en ce moment! De
quelle radieuse beauté, qu'elle ne lui connaissait pas,
certes, et dont elle n'eût pas supposé qu'il pût s'auréoler
jamais!

Était-ce bien là le même homme que, tout récemment,
elle comparait à Désiré, donnant l'avantage à celui-ci?
Était-ce là ce quadragénaire à mi-chemin de la cinquantaine, et qui, à côté du robuste et lourd meunier, lui avait
paru souffreteux et quasi incliné vers la proche décrépitude de la vieillesse? Elle ne pouvait se le figurer, n'en
croyait pas ses yeux éblouis, et pensait :

— J'étais folle, j'étais aveugle, quand cela m'a semblé

ainsi. J'étais *injuste, injuste*. (Car ce mot revenait, comme une obsession, en faveur d'Amable.)

De fait, non seulement pour ses yeux de femelle troublés par le désir du mâle, pour ses yeux de pauvre possédée auxquels son rêve seul devait paraître réel, mais aussi pour n'importe quel impartial regard, Amable véritablement était beau. Peu de femmes, pourvu qu'elles fussent un tantinet sensuelles, eussent pu le contempler et demeurer auprès de lui, en cet instant, sans éprouver cet alanguissement nerveux et ce tressaillement dans les moelles qui annoncent et préparent à la fois la défaite chez celles qui en sont friandes. Tout son être, en effet, exprimait à plein la volupté.

Mais il était beau, en même temps, et malgré cela; ou plutôt en dehors de cela, d'une beauté noble, à laquelle l'âme aussi courait risque de se prendre, comme le corps se prenait aux promesses de son assaut amoureux. Il était beau d'éloquence, de volonté et de douleur.

Son visage amaigri, aux joues creuses, recuit de verte bile et empourpré par la fièvre, faisait songer à une face d'apôtre et de martyr. Ses yeux clairs et perçants étincelaient d'une lueur étrange, avec leurs prunelles pâles de visionnaire. Les mèches rousses de ses cheveux et de sa barbe, secouées et brusquement éparpillées en tous sens par les mouvements saccadés de sa tête, semblaient des langues de flammes qui se tordaient.

Il se changeait par moments, au milieu de ces fauves rayons d'enfer, en une sorte de Satan dans un ostensoir de feu. Mais, alors même, l'Ange déchu qui apparaissait à l'hallucination d'Anaïs, elle le voyait plus ange que déchu, et le trouvait si triste, si victime, qu'elle cessait d'en être épouvantée, pour ne songer qu'à lui porter miséricorde et consolation.

— Oh! oui, oui, continuait-il, lisant toujours en elle, oui, vois-tu bien, il faut avoir pitié de moi qui t'aime tant; il faut être équitable aussi, et ne pas me laisser tout seul dans cet enfer où nous devons être ensemble. Pense, d'ailleurs, que l'enfer ne peut rester enfer que si l'un de nous y est condamné sans l'autre. Mais à deux, je te le répète, et tu le sais, et tu le devines, à deux il devient le paradis, tandis que le paradis, pour moi sans toi ou pour toi sans moi, c'est le plus hideux des enfers. Voilà, voilà ce qui est vrai. Écoute-moi. Ou plutôt, non, regarde-moi seulement.

Et, les lèvres subitement muettes, mais entr'ouvertes, il lui soufflait au visage son haleine haletante et rauque, déjà comme ahannant dans le roucoulis de l'amour. Ses narines battaient. Ses yeux incendiaient. Une rosée de rut lui perlait aux tempes. Il ne l'exprimait plus seulement, la volupté; il la respirait, il l'exhalait, il la suait, il la dardait.

Anaïs se sentit perdue, en proie. Non plus passive, d'ailleurs. Mais, bien au contraire, d'une activité farouche vers sa propre et volontaire perdition.

Elle avait parfaitement conscience qu'elle allait commettre un péché mortel et même un sacrilège (car ses plus terribles terreurs de casuistique lui revenaient en cette minute avec une extraordinaire netteté). Mais elle avait conscience aussi du sacrifice qu'elle devait à l'infernal amour de ce Satan qu'elle ne pouvait sauver et avec qui fatalement il lui *fallait* se perdre.

Et c'est par bravoure, par esprit de justice, dans l'espoir confus d'un devoir à remplir, qu'elle étouffa en elle toute autre pensée sous la pesée victorieuse de celle-ci, qui grandissait soudain :

— Moi, moi seule, je veux assumer la responsabilité du crime. Je ne puis accepter qu'il le fasse. Ce serait lâche. Ma pitié de lui soit mon excuse et mon rachat! J'ai du cœur. Il le mérite. Il est digne que j'ouvre cet enfer, où il voit par moi et avec moi le paradis. Et il est nécessaire et bon, et juste, oh! juste surtout, que je l'ouvre, moi, moi seule, en acte au moins, puisque je lui ai laissé l'horrible péché, à lui, de l'ouvrir en intention et par ses paroles blasphématoires.

Combien plus rapide sa fulgurante galopade de réflexions, et plus décisive, que ce vague discours figé en mots impuissants, veules! A peine le temps d'un éclair enfui, et tout cela lui avait passé par l'esprit et le cœur, la convainquant, au point que, si elle était morte à cette seconde et qu'on eût pu déchiffrer le plus intime, le plus secret et le plus loyalement sincère de son être, on y eût lu ceci :

— Oui, je vais me damner, je n'en doute pas. Mais en même temps j'agis saintement, je ne saurais non plus en douter.

De là l'impudence tranquille, superbe, souveraine, avec laquelle subitement elle plongea dans les yeux d'Amable un regard qui voulait dire :

— Je suis à toi, certes, où et quand il te plaira, mon cher aimé.

Amable en fut stupéfait lui-même.

Il s'attendait bien à la vaincre, mais ne pouvait se figurer qu'elle s'offrirait si résolument à être vaincue, et presque avec des airs victorieux. Car elle semblait non pas céder, ainsi qu'il l'espérait, mais plutôt commander, exiger la consommation de la faute et en être fière.

Afin d'ailleurs qu'il comprît absolument ce qu'elle voulait, de l'impudence en regards elle passa aussitôt à l'impudeur en paroles. Et, en vérité, Amable ne la reconnut point quand il l'entendit lui dire d'une voix lente et ferme :

— Viens!

La suprême audace de cet appel acheva de stupéfier Amable et lui fit presque peur, ne venant pas de lui-même et, au contraire, s'imposant à lui. Son orgueil aussi se révolta un peu de se sentir dominé. Du coup, il lui flua par l'esprit, en réfrigérantes ondées, des objections prudentes, qui n'étaient guère dans ses habitudes. Il n'osa pas les exposer, en ayant honte ; mais il les laissa comprendre, par le regard inquiet qu'il jeta, malgré lui, vers la maison, puis vers l'enfant.

— Es-tu donc folle? semblait-il dire. Où veux-tu que nous allions, où, vraiment? Là-haut est Désiré, qui passe et repasse incessamment derrière les fenêtres grandes ouvertes. Ici est ton enfant que nous ne pouvons quitter. Tu vois bien que tu es folle.

Elle se contenta de hausser les épaules en jetant, elle aussi, un regard vers la maison, mais un regard chargé du plus hautain et plus calme mépris. Puis elle montra, d'un geste rapide, que l'enfant dormait dans sa barcelonnette. Et elle sourit silencieusement.

Amable, tout à l'heure empourpré par la fièvre de son discours et de son désir, était maintenant tout pâle. Le sang lui rebroussait chemin au cœur, lui laissant le cerveau anémié.

La réaction survint aussitôt. Le rouge afflux lui revint, non à fleur de peau (car il demeura pâle), mais au cervelet qu'il eut tout à coup fourmillant et embrasé. Une chaude coulée de lave lui roulait le long des vertèbres. Et lui aussi, décidé à présent, farouche, impudique, surexcité soudain par la probabilité d'un péril, il dit, presque avec un grincement de dents :

— Oui, viens.

Près d'eux, derrière une touffe de sureau, se trouvait une légère dépression de terrain, très peu creuse, abritée à peine par l'arbrisseau contre la vue de la maison, et absolument à découvert du côté des champs. Il y poussa quasi violemment Anaïs, et tout de suite, sans la moindre caresse, sans même un baiser, l'accola comme jadis la prime fois, à Toraval, d'une aussi rude et brève et profonde effusion !

Mais ici, que de nouveaux éléments, d'idées, de souvenirs, d'espérances, de remords, de terreurs, se mêlaient à l'acte brutal et le compliquaient ! Et combien, pour tous deux, il fut plus exquis, plus extasiant, plus en effusion complète, non seulement de l'âme liquide d'Amable répandue dans Anaïs et la pénétrant, mais de leurs âmes entières (pensées, rêves, sentiments, sensations) réellement amalgamées l'une à l'autre pendant la fulgurante seconde où il leur sembla que leurs deux êtres n'en faisaient plus qu'un seul, consubstantiel au fond de l'infini touché. Car c'est cela (quoique inexprimé et sans doute inexprimable) qu'ils éprouvèrent en somme.

Mais avec cela, ou plutôt avant cela, que d'autres choses

encore, plus inexprimées, vagues, confuses, bien fortement senties cependant, et de quelles délices longues,
incroyablement longues, pour avoir été savourées en
un aussi court laps de temps! Rien qu'à en retrouver les bribes en remémorance, il devait leur falloir, par
la suite, combien de patients loisirs! Et ici, tout cela
vu, vécu, dans la furtive passée d'une secousse électrique!

Pour Anaïs, c'était l'enfer délibérément accepté, la
damnation voulue, et l'enfer et la damnation prenant
corps dans cette brûlure positive et nullement imaginaire
où elle flamba en absolue réalité. Car l'impression reçue
l'autre jour dans la grange se renouvela et se paracheva
aujourd'hui. C'est bien d'un fer rouge et diabolique
qu'Anaïs fut transpercée et incendiée. C'est cet ardent jet
de feu, de blasphème et de sacrilège, en corrosive liqueur,
qu'elle absorba à plein corps, à plein cœur et à pleine
âme. Pour la première fois de sa vie, elle goûtait l'horrible charme du crime conscient.

Pour Amable, rien ne pouvait valoir cela précisément,
rien n'était plus doux et tout ensemble plus triomphal
que ce consentement d'Anaïs à la conscience du crime,
consentement actif désormais jusqu'à en être devenu impérieux et à l'avoir, lui, Amable, traité en simple complice
passif. Son orgueil en était consolé, tant sa haine en jubi-
lait.

Car, à présent, et à présent seulement, il se vengeait de
son frère, et en toute perfection, puisque Anaïs péchait
volontairement et en sachant qu'elle trompait Désiré, et
puisqu'elle se damnait pour le faire. Oui, en toute perfection, presque! Hélas! Amable se dit, en effet, ce *presque*.
Pour qu'il ne fût pas, ce *presque* odieux, il eût fallu que
Désiré vît de ses yeux l'adultère et en souffrît.

— Allons, allons, je suis insensé, pensa soudainement
Amable, d'avoir des désirs pareils. Pourquoi gâter ainsi
ma profonde joie?

Mais il l'avait gâtée, certes. Et Anaïs s'en aperçut bien,
lui trouvant tout à coup, à peine rassis devant sa toile, la

mine aigre et renfrognée. Elle lui demanda avec une timide tristesse :

— Qu'as-tu donc? On dirait tout à coup que tu n'es pas content.

A ce moment, Désiré parut à une fenêtre et leur envoya son regard toujours confiant et son éternel sourire de bonté.

— Ce que j'ai? répondit Amable en crispant son visage. J'ai, que son bonheur m'embête, à lui, ce plein de soupe. Je voudrais lui crier que tu es à moi, comme la terre, comme tout.

Et il lui cria, en effet, mais à voix rauque et sourde, entre ses dents :

— Cocu! cocu! sale cocu !

Anaïs, encore grise, éclata de rire.

XXV

Ainsi qu'Amable l'avait promis et qu'Anaïs y avait cru, ils entrèrent, en effet, dès ce jour, dans un véritable paradis, où les délices étaient précisément faites de remords étouffés et de damnation consciente.

Tout de suite aussi, à ces délices morales s'ajoutèrent les piments enragés du péril bravé cyniquement. Ils y avaient trop bien mordu, pendant cette folle accolade derrière le sureau, et en avaient eu les muqueuses, les pupilles et les nerfs trop en jouissance, pour ne pas désormais rechercher par-dessus tout ces diaboliques épices.

Anaïs particulièrement en était devenue gourmande. L'occasion furtive et absurde d'un baiser entre deux portes, d'une troussade en plein air, d'un spasme suffoquant de terreur sous la menace d'une surprise, voilà ce qu'il lui fallait maintenant. A ces tentations offertes, elle voyait trouble, haletait de subits désirs, perdait la tête, pâmait.

Amable non plus, cet alcool poivré étant goûté une fois, ne pouvait dorénavant s'en passer. Outre qu'il y trouvait aussi une plus énergique secousse électrique, un ébranlement plus à fond, il en sentait ses facultés de mâle surexcitées incroyablement. Et ainsi, non seulement sa sensualité, mais sa vanité était satisfaite.

Sa haine renaissante contre Désiré, son besoin de revanche, avaient également de quoi se contenter dans cette perpétuelle bravade. Commettre l'adultère avec tant d'audacieuse impudicité, en prendre à témoin des endroits où Désiré venait d'être présent, où il allait rentrer tout à

20.

l'heure, en faire pour ainsi dire confidence à tous les coins
de la maison, et aux champs, et aux nuages eux-mêmes,
c'était presque réaliser le rêve de crier au malheureux,
ainsi qu'Amable avait eu envie de le faire l'autre jour :

— Cocu, cocu, sale cocu !

Et l'éclat de rire dont Anaïs alors avait comme applaudi
à cette insulte, elle semblait le continuer toujours par son
prurit pertinace de dangereuses bravades. Cette ardeur à
pêcher dans des conditions où ils risquaient sans cesse
d'être pris en flagrant délit bestial, ce besoin d'outrage
joint à la faute, n'était-ce pas l'acquiescement absolu à la
haine vengeresse d'Amable? Et réellement Anaïs en était
arrivée, par détraquement passionnel, à partager jusqu'à
cette idée monstrueuse de son amant, que Désiré était
l'usurpateur de tout le bien d'Amable, y compris elle-même.
Elle jugeait naturelles des paroles telles que celles-ci,
favorites au cadet, et mensongères :

— C'est comme aîné qu'il m'a tout pris, j'ai donc le droit
de tout lui reprendre. Et toi, d'abord. Car, de par l'amour,
tu es mienne, tu devais être uniquement mienne. Ainsi,
légitimement, tu m'appartiens et il te volait.

Il ajoutait parfois, ce à quoi elle assentait pareillement,
quoique sans comprendre aussi bien (mais qu'avait-elle
besoin de comprendre, en somme?) :

— Et la terre de même, certes !

Bonne et tendre, jusqu'en son crime, Anaïs était heureuse de croire aux revendications d'Amable touchant
elle-même. Cela lui permettait de le voir innocent, ou au
moins si excusable, et d'assumer sur sa propre tête toute
la responsabilité de l'adultère. Car elle ne dissimulait par
aucun sophisme sa culpabilité, à elle, envers Désiré. Elle-
même eût été fâchée, à présent, de garder, à cet égard,
son inconscience d'antan, puisque avec son remords elle
eût perdu la meilleure source de sa volupté.

De là, au reste, beaucoup plus que d'une méchante
intention contre Désiré, venait un peu son cynisme actuel.
A coup sûr, dans ses rages de dangers affrontés, elle était
poussée surtout par le pervers besoin d'éprouver cette

foudroyante sensation purement charnelle où tout son être flambait si étrangement. Mais en même temps elle y était engagée par une sorte d'esprit de mortification spirituelle.

Cela, sans nulle hypocrisie, très religieusement. Elle avait le vague espoir d'une punition qu'elle-même cherchait à s'infliger, en s'exposant à la honte d'être surprise. Être vue en faute par le ciel, c'était déjà une façon de pénitence, de confession loyale. Et elle s'imaginait volontiers qu'un secret confié simplement au vent qui passe devait être porté à quelque oreille, et qu'ainsi *on* finirait par se douter de leur adultère, et que cela était le châtiment, bien sûr. Et donc, elle croyait, de bonne foi, en étant cynique, travailler un peu à sa future purification.

Par bonheur, cependant, ici le terrible *on* n'était guère représenté. Le garçon meunier et le va-trop vaquaient, l'un au moulin, l'autre aux champs, mais celui-ci en un lieu toujours déterminé, où Amable et Anaïs n'allaient pourtant pas exprès se donner à lui en spectacle. Ces deux serviteurs étaient d'ailleurs trop occupés de leur besogne, et trop simples aussi, pour s'aller aviser d'abominations telles. Sans compter que, depuis longtemps, ils étaient accoutumés aux très familières et tendres relations d'Anaïs avec son beau-frère, et qu'ils s'étaient comme ankylosés dans l'immuable opinion que cette amitié était en tout bien tout honneur.

Quant à Désiré en personne, aux surprises de qui les coupables s'exposaient le plus follement, il n'était et n'avait jamais été effleuré par l'ombre du plus léger soupçon. Il n'avait donc à leur endroit aucune allure guetteuse, aucun furtif regard. Toujours il leur donnait, malgré lui, signal de sa proche présence, de sa venue par son pas lourd et sonore, de son attention (prête à se fixer sur eux) par la lente levée de ses paupières.

Pour se laisser voir à lui en flagrant délit, il leur eût fallu le faire tout à trac et délibérément. Or cela même, quelle que fût la bougrerie méchante d'Amable, leur était impossible. Car leur volupté ne consistait pas à être surpris, mais à l'être *presque*. Et ce *presque*, exigé par leur

involontaire sadisme, les obligeait aux précautions nécessaires pour que le flagrant délit fût toujours évité précisément d'un rien, puisque ce rien était le tout constituant le
fond même de leurs délices.

Il n'y avait que deux personnes, en réalité, à qui leur
fringale amoureuse ne pouvait échapper quand même : le
Borgnot et la vieille Marceline.

Le Borgnot, lui, dès le lendemain de leur rechute près
du berceau, les ayant entr'aperçus, et de fort loin cependant, avait aussitôt deviné la chose et s'était dit :

— Étais-je bête et ouarlu (*aveugle*) l'aut'jour, d'avoir
cru que Désiré devenait le béjamin ! C'était de la bonne
malice en frime, pour mieux le fout' dedans, amon. C'est
m'sieu Amable qu'elle aime, toujours, comme il faut que
ce soit.

Et il s'était remis à les épier, non pas pour se donner
des preuves de leur passion, mais pour en jouir, lui aussi,
à sa manière. Rien ne le ravissait en joie, quasi en extase,
comme de les suivre aux champs, tout rasé à plat ventre
parmi les sillons parfois, et plus souvent abrité derrière
des haies, à pas de renard, invisible, et voyant.

Anaïs elle-même, qui d'abord avait eu peur de ce loqueteux hirsute, maintenant le rencontrait avec plaisir, le
sentait amical, confident presque. Elle comprenait, quoique confusément, qu'il devait les avoir observés. Elle
n'osait demander à son amant, ni se demander à elle-
même, si ce n'était pas là une chimérique imagination.
Elle préférait y croire, néanmoins, et était heureuse de
cette espèce de confesseur à qui elle n'avait rien dit et qui
avait si bien l'air de tout connaître.

Amable, lui, était positivement sûr de ne pas se repaître
d'une illusion en lisant dans l'œil radieux du Borgnot,
radieux et si doucement tendre :

— Ah ! quelle joie tu m'as donnée encore hier en *nous
vengeant* de ce gros cochon de proprio ! Oui, nous, nous,
nous ! Car avec toi et en toi, c'est tous les traîne-cul-la-
houzette qui se payent du bon temps aux dépens du voleur,
du gavé, de l'accapareur. Va, va, continue, mon vrai

frère, mon chérubin, mon roi. Je suis là pour que tu aies un témoin de ta jouissance et de ton triomphe. Moi, je t'ai vu, je t'ai bien vu. Ne crains rien, tu es apprécié, encouragé, glorifié.

Bientôt, il ne se contenta même plus, le bon et fraternel malandrin, de cette muette adhésion. Quoique si explicite, il ne la jugea pas assez manifeste, et trouva moyen de joindre à l'expression de son regard le témoignage plus matériel du geste et même de la parole. Oh! avec quelle délicatesse d'astuce, toujours! Avec quelle synthétique éloquence de sauvage!

Comme il rôdait de plus en plus autour du moulin, Désiré avait fini par lui dire, un jour, en excitant le chien de cour contre lui :

— Je te ferai mordre les fesses par Frisé, toi, tu sais, Paille-à-poux. Tu es trop souvent à ferlamper dans les environs de chez moi.

Le Borgnot avait répondu en simulant l'enfant poltron.

— Méchant, méchant! avait-il crié. Oh! oui que tu l'es, méchant, oui que tu l'es! (Il prononçait *tu lll'es*, avec plusieurs *l*.)

Et, ce disant, il faisait les cornes avec son index et son auriculaire, des deux mains, très vivement, dans la direction de Désiré.

— Soùlard! avait repris le meunier. Tu réponds comme lés galopins, à c't'heure. Tu ne peux donc plus parler, tant la langue te pèle de boire.

— Hou! hou! avait riposté le Borgnot, en répétant son geste enfantin. Méchant, méchant! Oui bien, que tu ll'es! Oui, que tu ll'es!

Et depuis, chaque fois qu'il rencontrait Désiré par les champs, du plus loin qu'il l'apercevait, il se mettait à lui faire les cornes et à glapir avec de longs ricanements (d'imbécile, pensait et disait le meunier) :

— Tu ll'es, tu ll'es, oui que tu ll'es!

Surtout lorsque Amable était présent, le malicieux gredin chantait ainsi à sa façon le déshonneur du cocu, sans que Désiré pùt y rien comprendre, ni personne, sauf

Amable, qui savourait la basse ironie, fine et spirituelle
par cela qu'elle était savourable à lui tout seul. Anaïs, en
effet, n'y prenait pas garde tout d'abord. Elle y prêta pourtant attention, un jour qu'à cette phrase et à ces cornes
gesticulées elle vit la face de son amant s'épanouir. Et
soudain elle goûta aussi la saveur de l'outrage fait à son
mari, et (comme récemment à la crapuleuse insulte
d'Amable) elle éclata de rire.

Du même coup un doux sentiment lui vint au cœur, la
joie d'une pénitence accomplie un peu, puisque vraiment
quelqu'un, ce Borgnot, était dans le secret de leur crime.
Ah ! enfin, c'était donc le commencement de sa réhabilita-
tion ! On savait, en réalité ! Elle ne se l'était pas imaginé
follement ! Elle avait à sa honte un confident pour de bon !

— Oh ! que je suis contente ! dit-elle ingénument à
Amable.

Et il crut que ce contentement venait de la plaisanterie
entendue, du ridicule infligé à Désiré. Il ne pouvait se
douter, en effet (ni Anaïs non plus, certes), que c'était là
le premier pas dans la voie du remords sérieux, du repentir
réfléchissant, de l'efficace résipiscence.

Le second pas qu'elle y fit, c'est lorsqu'elle vit, bientôt,
que le Borgnot n'était plus l'unique possesseur de leur
secret. Ce jour-là, sa singulière joie de pénitente se doubla
d'une terreur de coupable. La nouvelle confidence de leur
adultère, c'est Marceline qui la reçut, et de quelle sorte,
dans quelles horrifiantes et abominables circonstances !

De leur rechute, la vieille les soupçonnait, et elle les
avait guettés, elle aussi.

Elle avait été forcément mise en éveil par leurs allures
de chats en chaleur, leurs regards en perpétuelle fornica-
tion quand Désiré avait le dos tourné. Curieuse, elle s'était
embusquée dans une indifférence apparente, toujours la
tête du côté où ils ne se trouvaient pas et l'esprit comme
absorbé en ses actives besognes. Mais du coin de l'œil elle
les observait sans cesse, et avait l'oreille tendue au moindre
bruit, et ainsi n'avait rien perdu de leurs muettes conver-
sations entre visages, de leurs gestes, serrements de main

à la dérobée, brefs attouchements voluptueux. Et elle avait
perçu de même les claquements des baisers derrière les
portes, et les pas étouffés dans les chambres d'en haut, et
les lointaines mais si caractéristiques pesées sur les plan-
chers sonores. Et les retours des champs, avec la face
tirée, les lèvres sèches ! Et tout, absolument tout ! Car, une
fois en appétit de savoir, la vieille finaude avait de quoi
se rassasier et n'en laissait point passer une seule occasion.
D'autant que la chose, à elle comme au Borgnot, lui faisait
plaisir.

Elle ne se l'avouait pas, et, si elle y eût réfléchi, elle se
fût dit bien certainement, en son rude parler de bonne
femme très honnête :

— Tu n'es qu'une trouille, de surquer ainsi ces deux
cochonniers, et d'être en joie parce qu'ils font du tort à
ton maître.

Mais elle ne s'appesantissait pas sur cette brave pensée,
et ne suivait que son instinct de femme et de vieille servante, qu'elle ne pouvait pas non plus trouver si mauvais.
Or Désiré avait beau être son maître, et l'acte d'Amable et
d'Anaïs être vilain, rien ne prévalait contre ceci : c'est
qu'elle n'avait jamais beaucoup aimé Désiré, qu'elle avait
toujours chéri Amable, et qu'ainsi elle devait juger moins
à plaindre le malheur de l'un, et moins à blâmer la faute
de l'autre.

Puis, par une fatale récurrence, elle ne voyait pas les
deux frères en hommes qu'ils étaient devenus (et bientôt
vieux), mais en enfants, tels qu'elle les avait connus jadis
et gardés en son cœur depuis. Et pour elle, aujourd'hui
comme alors, Amable le *Béjamin* avait le droit de tout
faire, et Désiré le devoir de tout subir.

Anaïs aussi lui était chère. D'abord, parce qu'Amable la
trouvait à son gré ; ensuite, quelle patronne, sans exi-
gence, abandonnant toute autorité, abdiquant toute prétention, laissant Marceline réelle maîtresse et seule reine
à la maison ! C'était là pour la vieille une raison capitale
(n'y en eût-il pas eu d'autres) de défendre la jeune femme,
qu'elle choyait encore comme victime de Désiré. Car elle

n'oubliait pas, elle, les rognonnades du mari, infatué de
sa qualité d'homme, et se désolant à l'idée (humiliante
pour le sexe) de n'avoir eu qu'une fille.

Ainsi ce n'est pas par curiosité pure, encore moins par
malice, que Marceline avait *surqué* les deux adultères.
C'est surtout par tendre et maternel intérêt pour eux.
Elle les trouvait imprudents, et avait peur qu'ils ne se mis-
sent en danger. Et en même temps, de les constater heureux (quoique coupables), cela lui était positivement
agréable et comme chatouillant au cœur. Sans compter
que son esprit gouailleur se divertissait au cocuage de
Désiré comme à tout autre, ce genre d'infortune et les
farces scatologiques faisant le foncier patrimoine de l'antique gaîté gauloise.

Par malheur pour ceux qu'elle surveillait, la brave Marceline, tout astucieuse qu'elle fût, n'avait pas la légèreté
d'approche, la fantômale allure du Borgnot, aux quêtes de
contrebandier en fraude et de braconnier en affût. Et,
lorsqu'elle fut bien sûre de l'adultère, pour montrer qu'elle
le savait, et afin de pouvoir ensuite lui servir ouvertement
de protectrice (car voilà ce qu'elle voulait, par dévouement à son *ch'tiot blond* d'Amable), elle ne trouva rien
de mieux que de prendre les deux amants en flagrant
délit.

— Comme ça, pensa-t-elle naïvement, ils verront bien
qu'ils peuvent se fier à moi, les pauv' petits. Et ils en
seront plus tranquilles.

Un jour donc, Amable et Anaïs étaient dans le fournil.
Marceline les y avait vus filer et s'enfermer l'un après
l'autre, d'une marche significative, les yeux fous de désir,
les lèvres déjà mouillées d'avance aux baisers en espoir.
L'instant leur paraissait propice à leur infernale délectation, Désiré étant précisément dans la grange voisine, sur
laquelle le fournil prenait lumière par un lucarneau ; et
vite, ils avaient profité de la tentation offerte par le danger
possible qui les menait soudain au rut.

Brusquement, la porte du fournil fût ouverte toute
grande, par la vieille Marceline, qui portait à la main une

pannerée de son et qui avait l'air de venir là pour une
besogne.

— Oh ! fit-elle en poussant un cri et en se cachant le
visage avec son tablier.

La porte se referma plus vite encore qu'elle ne s'était
ouverte ; mais Anaïs avait eu tout le temps de se sentir
étalée et vue en pleine honte, sous la large nappe de
lumière qui s'était ruée brutalement dans l'ombre du
retrait.

Elle aussi avait poussé un cri, puis était restée comme
frappée de raideur cataleptique, la respiration suspendue,
le spasme coupé, tout son sang figé dans ses veines. Amable
la crut morte, sortit effaré, rappela Marceline qui s'était
éloignée à la galopade. La vieille revint, et, tout de suite,
se penchant vers Anaïs, lui tapa dans les mains et lui dit,
d'une voix volubile et caressante :

— Vous esbrouchez pas pour ça, nô dame ; il n'y a pas
de quoi. J'en ons bé vu d'autres. Ce n'est pas moi qui en
bavarderai jamais, amon. Entre nous, d'ailleurs, j'ons rin
vu. Et puis, qu'ça fait, puisque je suis pour vous ? Allons, reprenez du ravigotis, mame Naïs. Ne restez pas
comme ça comme en bois, et l's yeux de verre. Ne rai-
dissez nin, j'vous dis. Vous feriez tourner vô lait, dame
donc !

Puis se redressant vers Amable, et avec sa familière
gaudriolérie, qui jamais ne la quittait, elle ajouta gaîment :

— Tu lui as que trop baratté, son lait, toi, m'sieu cogne-
nombril.

Anaïs, à cette phrase, reprit complètement connaissance.
La vulgarité de cette plaisanterie paysanne la froissait, en
cette occurrence, particulièrement. Pourtant elle ne se
plaignit pas. Toujours bonne, elle comprit que la vieille
parlait de la sorte par habitude de gausserie, et sans
intention blessante, et au contraire avec la secourable
pensée de détendre l'esprit anxieux d'Amable. En même
temps, pour Anaïs, la souffrance endurée ainsi semblait le
payement (un peu, un acompte) de son adultère. Donc,
loin d'en vouloir à Marceline, elle l'en remercia ; et son

premier regard, en revenant à la vie, fut un regard de reconnaissance pour la vieille.

— A la bonne heure ! fit Marceline. Vous v'là avec des yeux en-z-yeux, et même diablement tendres, amon ! Ah ! nô pau'p'tite dame, il y a encore du bel amour qui reluit là dedàns. C'est un restant de tout à l'heure, bé sûr. Je vous ai coupé la chanson au bec, hein ! Bête que je suis ! Mais ce n'est pas ma faute. Et puis, je vous revaudrai ça, craignez pas. A c't'heure, je monterai la garde pour vous. Tenez, pas plus tard que tout de suite ! Allez, ne vous gênez pas, donc ! Puique je vous dis que je vas surquer au Désiré.

Et, avec la tranquille impudeur d'une vieille entremetteuse, cédant à cette sorte de besoin qu'ont souvent les anciennes nourrices, de protéger les amours de leurs nourrissons devenus grands, elle empoigna soudain Amable par les épaules, et le poussa vers Anaïs, en lui soufflant à l'oreille :

—Aïe donc, mon fieu ! Rattrape le temps que je vous ai fait perdre. La chère petite, elle en veut core, vois-tu. Donne-y en tout son saoul.

Après quoi elle referma la porte du fournil, en marmonnant pour elle-même, au souvenir de lointaines et douces heures :

— Parce que, après tout, c'est bé ça qu'y a de plus vivant dans la vie !

XXVI

Le lait d'Anaïs avait-il tourné, en effet, dans la seconde
de saisissement, puis la minute de quasi-catalepsie, pro-
duites par la brutale apparition de Marceline? Ou bien,
comme disait la vieille (avec beaucoup de sagesse médicale
sous sa gauloise gouaillerie), Amable avait-il trop rudement baratté ce lait, non seulement ce jour-là, mais à tant
de reprises depuis leur rechute, et toujours parmi les éner-
vements d'un danger possible? Le fait est que la pauvre
Anaïs tomba malade, subitement en langueur, les fibres
molles, les moelles endolories, le front cerclé de migraines
aux pointes vrillantes.

Et, plus encore que sa chair, son esprit eut mal. En
langueur, lui aussi, comme dégoûté d'amour et tout détendu
des folles exaltations où elle venait de se livrer en ses rêves
d'infernales délices, de damnation consentie voluptueuse-
ment. De ces exaltations, une sorte de courbature morale
lui restait. Et, comme son front était cerclé de migraines,
sa conscience étouffait sous l'étreinte de remords chaque
jour plus précis, plus térébrants, et avec des pointes vrillantes, eux aussi, et dont la malheureuse souffrit en atroce
torture.

Ce qui rendait ces remords si aigus, si incessants,
c'était la complicité désormais toujours présente de Marceline. Impossible de s'imaginer l'adultère autrement que
sous sa forme de péché et dorénavant de péché forcément
vilain, hypocrite! Impossible de le transfigurer en quoi que
ce fût de beau, de noble, de dévoué! La brave vieille aux
grosses jovialités appelait trop bien les choses par leur

nom, pour qu'on s'y trompât. Avec la meilleure volonté
d'être agréable à *nô dame* et à son *Béjamin de ch'tiot
roussot*, elle leur faisait, à propos de tout, et combien
pesamment, sonner leur crime. Sitôt que Désiré avait
tourné les talons, elle leur lançait un clin d'œil malicieux,
et ricassait quelque allusion grasse :

— Il peut bé aller cultiver sa terre de là-bas ; celle
d'ici n'a nin besoin de son outil. Nous n'n'avons un de
mieux affûté, amon.

— Pour quoi aussi qu'il s'imagine de mettre un vieux
couvercle à une marmite neuve?

— C'est bé fait pour lui, puisqu'il a des bourses et
pas de monnaie dedans, et qu'il veut faire danser le monde
avec un flûtiau qu'a le trou bouché et le débout, m'est
avis, en lavette.

Et d'autres plaisanteries, dont elle riait toute seule,
parfois même au nez de Désiré, comme de lui dire, avec
un sous-entendu dont personne ne pouvait deviner le sens
obscur :

— V's êtes bé l'aîné, ça se voit.

A quoi elle ajoutait mentalement, faisant pour sa propre
satisfaction et savourant à gorge déployée ce calem-
bour :

— Je veux dire laîné comme un bélier, mais pas tout de
même par ce qui lui pend entre les jambes, et tant seulement par les cornes qu'il a comme vous su'l'tiête.

Et c'étaient alors de longs éclats de rire qui semblaient,
à tout le monde, être sans raison, car elle se gardait bien
de plaisanter ainsi à haute voix. Mais elle n'en riait que
plus fort, si bien que Désiré disait parfois :

— Je crois que notre vieille Marceline devient folle. Elle
va bientôt tomber en enfance, si ça continue.

La vieille, là-dessus, s'esclaffait de plus belle, et ne
cessait qu'à un regard suppliant d'Anaïs, ou bien à un
geste impérieux d'Amable. Tous deux, en effet, étaient
agacés de cette perpétuelle ironie, qu'Amable jugeait
empiétante sur ses droits à lui, qu'Anaïs trouvait grossière
et lâche. La vieille alors se taisait pour un moment, leur

disant ensuite lorsqu'elle était de nouveau seule avec eux :

— Vous êtes trop bons. Il ne le mérite pas, allez.

— Pourquoi ? lui demanda un jour Anaïs.

Elle s'étonnait, en effet, de cette croissante animosité de la servante contre Désiré, animosité incompréhensible vraiment, si soudaine, si violente, sans apparente raison. Elle ne pouvait savoir (ni Marceline non plus, d'ailleurs) que c'était là un regain bizarre de l'aversion que jadis, voilà plus d'un demi-siècle, Marceline avait éprouvée contre la mère Randoin, l'ex-veuve Bragnaux, l'avare et tracassante patronne qui menait la maison à la baguette en ce temps-là. Et c'est toute cette rancune, enterrée, mais enterrée vive, qui ressuscitait aujourd'hui, et qui se dressa dans cette phrase de la vieille servante :

— Pourquoi ? que vous demandez. Pourquoi que j'y en veux ? Ma fi, parce qu'il ressemble trop sa mère.

Anaïs ne comprit pas cette ténébreuse raison, et même y vit une affreuse injustice. Ses remords s'en augmentèrent. Elle eut l'idée que Désiré était une espèce de martyr, et qu'en le trompant, et en tolérant qu'on se moquât de lui à cause de cela, elle torturait à plaisir un être sans défense. Et tout à coup cette terreur lui vint, qu'elle avait déjà sentie passer en elle, mais vaguement, tandis qu'aujourd'hui l'horrible chose se précisait :

— Pourvu que cela ne finisse pas par porter malheur à mon enfant !

Il n'y avait qu'un pas de cette supposition craintive à cette conclusion nette, où bientôt elle arriva :

— Oui, oui ; plus de doute, cela lui porte malheur.

La petite, en effet, qui d'abord avait poussé en belle santé florissante, s'étiolait depuis quelques jours. La mère ayant les nerfs détraqués, et par les spasmes de leurs amours périlleuses, et par les tourments de sa conscience de nouveau à vif, avait comme un peu empoisonné la fillette. Elle aussi s'énervait, prompte aux colères, aux convulsions, digérant à la diable un aliment élaboré de même. D'où, un très prompt dépérissement.

Pour comble de malheur, on n'avait pu encore la baptiser. La tante Herminie, qui devait être marraine avec Amable pour compère, tenait absolument à remplir tous ses devoirs en cette qualité, et avec toutes les cérémonies d'un beau baptême solennel. Or elle avait été prise de rhumatismes aux jambes, juste la veille du jour fixé pour la fête. Impossibilité de se rendre aux fonts baptismaux ! Nécessité d'attendre que tante fût sur pieds !

— Ah ! pensait Anaïs, qui sait si ce n'est pas par punition que le Ciel nous inflige ce retard ?

— Quelle serait donc son intention ? demandait Amable, revenu à ses goguenardises touchant les choses de ce genre.

— Je ne sais pas, répondit Anaïs, mais j'ai peur.

Il se moquait d'elle. Elle en fut douloureusement navrée. Un doute épouvantable lui passa dans l'esprit.

— Est-ce qu'il n'aimerait pas notre enfant ?

Car, maintenant, elle était convaincue de la paternité d'Amable. Le doute lui fut d'autant plus cruel, le doute sur l'affection paternelle de ce sceptique pour la pauvre enfant. Elle lui en voulut, d'avoir répondu à de telles angoisses sans les avoir comprises, et surtout de l'obliger ainsi à le juger mauvais père.

— Ne l'est-il pas, en effet ? se disait-elle. N'est-ce pas abominable qu'il ne soit pas en communion d'idées avec moi sur ce point capital, le salut de notre fille, de l'être qui m'est, à moi, plus cher que moi-même !

Et elle ajouta, sans la moindre hésitation :

— Plus cher que lui aussi !

En un autre moment, elle eût peut-être goûté quelque joie à constater, comme elle le constata aussitôt, qu'il était donc plus amant que père. A cette heure d'inquiète maternité, elle le lui reprocha. Elle-même se sentait beaucoup plus mère que maîtresse, et s'en félicitait, et trouvait dans ce sentiment de quoi se reprendre, si humblement que ce fût, à sa propre estime.

Elle oubliait que, dans son assagissement actuel, il y avait un peu de lassitude voluptueuse. Certes, le dépérissement de la petite était la cause principale de ce com-

plet retour à la pure maternité absorbant tout. Mais ce
retour n'eût pas eu la voie si facile sans la courbature
d'amour qu'éprouvait alors Anaïs, lassée des caresses
comme un ivrogne est, pour un jour, écœuré du vin, après
une ribote poussée jusqu'à l'indigestion.

Très probablement, cette période eût été passagère, et,
une fois la santé revenue et chez Anaïs et chez l'enfant,
le tempérament voluptueux d'Anaïs eût ressaisi le dessus.
C'est ce que pensait Amable, qui assista sans crainte amoureuse à ce brusque refroidissement. Il s'en donnait, en
effet, l'explication. Et la vieille Marceline aussi, d'ailleurs,
très fine en cela, malgré sa grossière façon d'exprimer les
choses.

— Nò dame, disait-elle, a tout bêtement le froyon au
cœur comme à l'entrecuisse. Il n'y faut que du beurre de
repos, et huit jours de je-ne-guinche-plus.

Oui, évidemment, le froyon au cœur, le froyon, cette
brûlure et cette fatigue par frottement excessif! Et il eût
vite été guéri, sans doute, avec le remède indiqué.

Par malheur pour l'amour d'Amable, ce que le sort
allait mettre sur l'endroit brûlé et blessé à vif, ce n'était
pas cet emplâtre adoucissant, c'était du poivre et du vitriol.
Lui-même, d'ailleurs, ne faisait pour le moment que d'y
verser du vinaigre, avec ses railleries touchant les plaintes
superstitieuses d'Anaïs. Il faut dire aussi que, tout comme
elle, il avait un peu les reins lourds et son saoul de volupté, et par conséquent l'aimait moins, ce qui le rendait
maladroit et sans perspicacité à l'égard d'elle, ainsi qu'il
l'avait été une fois déjà.

Au contraire, Désiré se montrait doux à la malade d'âme,
l'étant par instinct de gâterie pour la malade de corps. Il
ne comprenait pas mieux qu'Amable, évidemment, les
causes de la présente souffrance; mais au moins il ne
discutait pas ces causes, n'en imaginait pas de fausses,
ne cherchait même pas à en connaître d'aucune sorte, et
ne s'occupait que d'être compatissant à la douleur exprimée
ou inexprimée.

Et ainsi, derechef, Anaïs se rapprocha de lui, en son

cœur reconnaissant, tandis qu'elle s'éloignait, froissée, d'Amable. Elle s'éloignait même d'Amable d'autant plus, moralement, que, tout en ne la désirant plus, il continuait par habitude à la tracasser de prévenances charnelles, vagues baisers, attouchements d'un geste machinal, où il ne trouvait certes pas plaisir et qu'elle prenait de plus en plus en horreur.

Les prévenances de Désiré étaient toutes différentes, sans manifestations extérieures, uniquement faites de tendresse. Elle en éprouvait comme une impression très suave et absolument immatérielle. Cela lui semblait une caresse d'âme à âme.

C'est donc à cette affection qu'elle eut recours tout de suite, et de tout son être, le jour où sur son pauvre cœur tomba le jet de vitriol d'un irréparable malheur. C'est auprès de Désiré qu'elle se réfugia, naturellement, sans même réfléchir, et sentant que lui seul pouvait panser l'horrible blessure par où elle crut soudain expier le crime qu'elle avait si monstrueusement commis envers lui. Et, à l'heure où la catastrophe survint, c'est en toute sincérité qu'elle lui cria :

— Oui, oui, il n'y a que toi qui m'aimes, et je n'aime et je n'aimerai jamais que toi.

Cela était proclamé et comme juré devant le cadavre de l'enfant subitement emportée au cours d'une convulsion, par le coup de foudre d'une méningite.

Désiré en ce moment était seul à la maison avec Anaïs, tous deux auprès du berceau de la petite.

Amable était parti à la pêche de grand matin. Le temps étant particulièrement favorable, il avait voulu en profiter, malgré les pressentiments d'Anaïs qui lui avait dit, presque avec des supplications pour qu'il restât :

— Ne t'en va pas. J'ai peur. Il me semble qu'il doit nous arriver un malheur aujourd'hui. Et j'ai besoin de te sentir ici, avec moi.

— Bah ! bah ! avait-il répondu, en voilà des idées ! Pourquoi diable arriverait-il un malheur ? Tu deviens stupide avec tes épouvantes sans raison. Si je t'écoutais, je serais toujours dans des transes perpétuelles. Ce n'est pas une vie, ça, voyons. Sois raisonnable.

Très sincèrement il la croyait alarmée à tort, et lui-même n'avait aucune inquiétude. Toutefois, malgré lui, il s'était un peu forcé à ce beau calme. Il avait si fort envie de cette partie de pêche! Être anxieux assez pour renoncer à ce plaisir, cela l'eût contrarié tellement! Il s'était donc bien convaincu qu'il n'éprouvait pas et qu'il n'y avait pas à éprouver la moindre crainte. Et certes, de fort bonne foi, il se fût révolté, si on lui eût dit qu'en cette occurrence il faisait preuve du plus mesquin égoïsme.

C'est pourtant (et à juste titre, elle n'en douta pas) ce que pensa tout d'abord Anaïs quand il s'en alla. Et plus encore lorsque le mal s'abattit, vers le milieu de la matinée, sur la fillette. Amable ne rentra pas même, en effet, à l'heure du déjeuner. Anaïs ne put s'empêcher d'en faire la remarque, avec amertume, d'autant que l'état de l'enfant empirait de quart d'heure en quart d'heure, et qu'Anaïs s'affolait à mesure.

— Mais, disait-elle, pourquoi donc Amable ne revient-il pas? Pourquoi n'est-il pas rentré, quand notre enfant est si malade?

Désiré ne prêtait pas attention à l'ambiguïté de ce *notre*. Il ne songeait qu'à consoler tant bien que mal Anaïs, et aussi à excuser Amable.

— Dame! répondait-il, la pêche aura marché à souhait, et il sera resté dans un bon endroit. Il a emporté de quoi manger sans doute.

Et Marceline, toujours à la rescousse pour défendre son *Béjamin*, ajouta :

— Sûr, sûr. C'est comme son père, amon. Il faisait ainsin, le vieux. Et vô mère en bougonnait assez. Mais quand même, il n'en menait qu'à ch'tiète. Faut les prendre du poil qu'ils sont, ces vrais Randoin-là.

Anaïs ne ripostait ren, mais s'indignait, au fond, contre Amable, et le comparait de plus en plus désavantageusement au bon Désiré, qui ne savait comment prouver et sa douleur véritable et son dévouement prêt à tout. Quelles grosses larmes il avait dans les yeux, le brave et rude homme, quels sanglots soulevant sa large poitrine, quelles paternelles angoisses, pendant qu'il soignait l'enfant de son mieux, lui réchauffait les pieds sous ses baisers, lui parlait en bégayantes paroles, et l'apaisait par moments, et essayait de sourire pour la faire sourire elle-même.

Et tandis qu'il se conduisait de la sorte, lui, si naturellement, si simplement, l'autre, le vrai père, était là-bas, quelque part, au bord de la rivière, uniquement absorbé dans la contemplation de son bouchon de liège flottant parmi les rides de l'eau ! Il ne pensait pas à la malheureuse mère en proie aux plus terribles affres, à la chère petite mignonne dont le corps se tordait en d'atroces contractions, à la mort peut-être toute prochaine de cet être adoré ! Non, non, à rien ! Ou, si par hasard cette pensée venait l'effleurer, vite il la chassait comme importune, et peut-être se la reprochait comme troublant son plaisir ! Oh ! le monstre, le monstre, l'abominable égoïste !

Ainsi réfléchissait Anaïs, et cependant elle s'affolait de plus en plus, très malade elle-même, au point de ne pouvoir s'occuper efficacement de la petite. Car elle y mettait alors une fébrile impatience, des mouvements désordonnés, nerveux, presque brutaux sans le vouloir. Une montée de lait (eût dit la vieille Marceline) lui barbouillait le cerveau, la soûlait jusqu'à une sorte de délire.

C'était aussi, et surtout, une montée de remords et la hideuse vision du châtiment naguère si redouté, mais hypothétique, et aujourd'hui sinistrement apparu, réel, prêt à être subi.

— Ma fille va mourir à cause de mes crimes, de mon adultère, de mon sacrilège. C'est moi, moi seule, qui suis la coupable, et c'est elle qui est la victime.

L'idée religieuse en ce moment illuminait toute l'âme d'Anaïs, et lui montrait l'infernale horreur de la damnation, non plus pour elle-même seulement (ce à quoi elle consentait, se jugeant irrémédiablement perdue), mais pour la pauvre fillette aussi. En cela pourtant, Anaïs n'était pas orthodoxe ; elle n'eût dû redouter pour elle que les limbes. Mais la malheureuse femme se croyait dans un cas tout spécial de péché mortel, à cause de sa communion faite après une absolution obtenue frauduleusement, somme toute; et ce péché, il lui semblait que l'enfant le partageait, n'ayant pas été lavée par le premier sacrement. Cette pensée rendait Anaïs plus misérable que la pensée même de voir mourir l'enfant de sa chair. Car ici, c'est en son âme qu'elle agonisait, la pitoyable innocente, en son âme pourtant si pure et toute fraîche et néanmoins souillée du plus grand de tous les crimes. Et, avant même de songer à envoyer chercher le médecin, Anaïs s'était écriée, lorsque le mal avait redoublé dans l'après-midi :

— Qu'on aille chez monsieur le curé ! Qu'il vienne! Lui, lui d'abord, qu'il vienne !

Le garçon meunier était parti au grand trotton vers le presbytère. Du même temps, le va-trop avait enfourché un bidet à cru, et s'était mis au galop, en route pour Hirson, où habitait le plus voisin docteur. Comme, cependant, Anaïs continuait à réclamer Amable, Marceline avait dévalé jusqu'au second tournant de la rivière, et de là s'égosillait à appeler l'absent, d'une voix en fausset suraigu.

C'est pendant ces instants qu'Anaïs et Désiré avaient commencé, pour la première fois vraiment et complètement, de se sentir en spirituelle communion. Ils étaient seuls. Anaïs endurait la plus effroyable torture morale. Désiré voulait de toutes ses forces la consoler, sans savoir comment, sans même se rendre un compte bien net du genre de cette torture. Il ne voyait dans Anaïs qu'une mère au désespoir, et ne se doutait pas de la chrétienne au supplice. Mais, ce qu'elle voyait, elle, et en éclatante et splendide lumière, c'est la charité, la bonne volonté, la toute absolue volonté de sacrifice du brave homme. Et du coup, elle avait poussé, d'abord en elle-même, ce cri :

— Je l'aime, certes. Je ne puis pas ne pas l'aimer.

Mais il ne s'agissait plus de l'accès amoureux qu'elle avait naguère éprouvé à l'aspect du mâle robuste, et mal connu et offrant la tentatrice espérance d'une expérimentation voluptueuse nouvelle. Non ! cette fois, ce qui s'éveil-

lait au cœur d'Anaïs, c'était un amour noble et presque
religieux, et nullement sensuel surtout.

Elle avait, en ce récent accès d'amour charnel, trouvé
que Désiré était beau. Aujourd'hui, elle le trouvait plus
que beau, ou, du moins, beau d'une beauté différente. Il
lui semblait grand. Plus, même, elle l'avait autrefois
rabaissé en son esprit, alors qu'elle le trompait et se
moquait de lui intérieurement, plus elle le rehaussait à
l'heure présente. De tous les outrages qu'elle lui avait
infligés, elle lui faisait comme un piédestal, sur lequel
elle le contemplait radieux.

A coup sûr, si en cette minute Amable eût pu lire dans
l'âme de sa maîtresse, et y voir une pareille aberration, il
eût dit :

— Fièvre de lait! Revenue à elle, la malheureuse ne se
rappellera même pas ces cauchemars, ou bien elle en aura
honte.

Et il eût dédaigneusement haussé les épaules. Anaïs
pensa précisément à cette réflexion possible d'Amable ; et
c'est elle qui, à cette idée, haussa les épaules, en concluant
contre lui :

— Avec toute son intelligence, cet homme est une bête ;
tandis qu'avec sa pauvre jugeotte quelconque, la grosse
bête de Désiré comprend seul les choses du cœur. Oui,
oui, seul! Et si bien !

Comme pour lui donner raison, Désiré, en effet, eut
alors une inspiration qu'Anaïs trouva sublime, et justement. Le garçon meunier tardait à revenir; l'enfant,
secouée par une crise nouvelle, blêmit tout à coup, et
parut prête à mourir subitement. Désiré, qui était en train
de la frictionner, soudain s'arrêta. Puis, prenant dans un
bénitier une branche de buis qui trempait, il aspergea
l'enfant d'eau bénite, en disant d'une voix lente et grave :

— Au nom du Père, et du Fils, et du Saint-Esprit, je te
baptise.

Anaïs fut éblouie de la grandeur simple avec laquelle il
se transfigura en cette minute. Pour elle, ce n'était plus
Désiré, le meunier, son mari, ni même le robuste et

superbe cinquantenaire, digne d'amour; c'était le prêtre,
la vivante incarnation de la divinité elle-même. Oui,
c'était comme si Dieu en personne avait ouvert le ciel,
était apparu aux yeux d'Anaïs, et lui avait dit :

— Va, ton enfant ne sera pas punie à cause de ton
crime. Ton enfant est sauvée. Sauvée, grâce à Désiré. Ton
enfant ne mourra que pour venir à moi, parmi mes élus,
parmi les bienheureux.

La joie mystique de cette salvation inespérée, désormais certaine, fut si vive et si profonde au cœur désolé
d'Anaïs, qu'il en fut comme enivré brusquement. Et dans
cette ivresse, elle fut tout d'un coup anesthésiée à la
douleur humaine qui presque aussitôt vint la frapper.
Quelques minutes, en effet, après ce baptême, l'enfant
mourut. Mais Anaïs, en la voyant mourir (très doucement,
d'ailleurs, en un furtif et léger soupir comme de repos
dans l'allégresse), ne poussa que ce cri, d'enthousiasme
vraiment, quasi de bonheur :

— Elle est donc au ciel! Ah! que Dieu soit béni!

Ce n'est qu'après, à peine après (en même temps, presque,
au pèse-secondes de la sensation), qu'elle éclata en sanglots de mère à qui l'on arrache le meilleur de son cœur,
en ces sanglots mêlés de paroles inarticulées, où l'on
appelle l'être en allé qu'on ne peut croire parti.

Alors, elle s'était jetée dans les bras de Désiré, et avait
senti les larmes brûlantes qu'il versait tomber sur elle,
comme couler en elle; et avec ces larmes, c'est toute l'âme
de Désiré qu'elle absorbait en quelque sorte. Lui, éperdu,
tendre, répétait :

— Ne pleure pas, ma chérie. Ne pleure pas. Tu vois bien
que je t'aime. Ne pleure pas, ne pleure pas, puisque je
t'aime.

Et à ces mots presque bêtes, ressassés machinalement,
et dont il avait à peine conscience, mais où tout entier il se
dévouait, elle avait répondu par cette sincère déclaration
et ce solennel serment faits devant le cadavre de l'enfant :

— Oui, oui, il n'y a que toi qui m'aimes, et je n'aime et
je n'aimerai jamais que toi. »

XXVII

Une fièvre, sans métaphore aucune cette fois, mais très réelle et médicalement caractérisée fièvre cérébrale par le praticien, tel fut le fatal aboutissement de cette exaltation extraordinaire. Ou plutôt, cette exaltation même en était déjà une manifestation, la première poussée du délire. Les suites furent terribles. Anaïs faillit y rester. Pendant presque une semaine, elle se débattit entre la vie et la mort.

Par ordre du médecin, ni Désiré ni Amable ne purent la soigner. Il avait remarqué, en effet, que la présence de l'un ou de l'autre, et encore plus celle des deux ensemble, surexcitait étrangement la malade, et la jetait en des crises quasi épileptiformes. Elle se dressait alors sur son séant, gesticulait d'une façon désordonnée, tantôt comme pour attirer dans ses bras, tantôt comme pour repousser avec horreur, et le plus souvent mêlant ces intentions contradictoires, qui s'exprimaient aussi par des phrases telles que :

— Viens, viens, toi, mon cher ange gardien, toi qui m'as sauvée.

— Va-t'en, va-t'en, démon, toi qui m'as perdue. Arrière ! Arrière !

Et sans qu'on pût savoir exactement, dans le chaos de ses gestes et de ses cris, qui elle appelait et qui elle renvoyait, de Désiré ou d'Amable. Dans le doute, donc, le médecin leur avait à tous les deux consigné la porte d'Anaïs, et, pour plus de sûreté, l'avait consignée même à tout homme, sauf bien entendu à monsieur le curé. Avec l'abbé Pauquet, en effet, Anaïs se calmait tout de suite, le brave homme lui ayant dit, dès sa première visite, pour couper court aux terreurs qu'elle avait du démon :

— Ne craignez rien du diable, ma chère enfant. Au nom du bon Dieu qui m'en a donné pouvoir, je vous absous de toutes vos fautes, petites ou grandes, et vous voici donc en état de grâce.

Et chaque fois qu'elle voulait se confesser (car c'était une de ses idées fixes), il l'en empêchait, le médecin ayant défendu de trop l'agiter.

— A quoi bon, disait-il, à quoi bon, mon enfant? Puisque vous avez l'absolution ! Craignez-vous d'avoir commis quelque oubli? Je le prends sur moi. Ne vous inquiétez pas de cela. Ne vous tracassez point.

Certes, la sévère tante Herminie aurait trouvé un peu bien sans gêne cette si facile indulgence. Mais ses rhumatismes la clouaient là-bas au Pavillon. Seule la bienveillante Zénaïde assistait à ces visites, partageant son temps par le milieu entre sa sœur et sa nièce. Pour elle, une fois loin d'Herminie, cette religion tolérante et même gaie était la bonne ; et c'est avec le cœur tout inondé de piété qu'elle entendait le curé dire tranquillement, ne croyant pas mal faire de traiter un sacrement si à la bonne franquette :

— Allez, allez, ma pauvre enfant, tous vos péchés oubliés, j'en fais mon affaire auprès du bon Dieu. Il n'est pas *visard* dans sa tenue des livres. Pourvu qu'on se repente bien, en gros, il ne chipote pas sur les détails.

Le septénaire de la période inflammatoire une fois écoulé, l'habitude était prise de ne laisser personne pénétrer chez Anaïs, sauf la tante Zénaïde, la vieille Marceline et le curé. L'habitude dut se continuer pour la période suivante, de détente et de réaction quasi comateuses, tant le corps et l'esprit de la malade tombèrent en une profonde inertie. Ainsi près de trois semaines se passèrent pendant lesquelles Amable et Désiré ne la virent guère que par échappées, pendant qu'elle dormait.

Désiré en prenait mal son parti, aurait voulu demeurer

auprès d'elle, la soigner, la choyer. Il était très endolori
de cœur, aussi, à cause de.la fillette perdue. Il aimait Anaïs
davantage en pensant à l'enfant. Il se sentait plus intimement lié avec la pauvre femme, depuis cette affreuse douleur éprouvée ensemble, depuis cette minute de désespoir
et de recours à lui où elle s'était réfugiée en lui seul.

Amable, lui, en voulait au contraire à la malheureuse.
De quoi? Oh! de tout. Il ne manquait pas de prétextes à
rancune. Et c'est de fort bonne foi qu'il les ruminait, tournant les choses contre elle et à son avantage à lui, de la
façon la plus naturelle, si bien qu'à l'écouter plaider de la
sorte, un juge impartial eût peut-être couru risque de lui
donner raison.

Il lui en voulait d'être chassé de la chambre, *lui aussi!*
Que Désiré n'y entrât point, puisque l'état de la malade
exigeait le repos absolu, il l'admettait. Mais qu'elle n'eût
pas fait entendre au médecin la nécessité de soustraire
Amable à cette consigne, il jugeait cela méchant, presque
criminel. Il souffrait, non seulement dans ses prérogatives
d'amant qu'on méconnaissait, mais encore dans sa vanité
d'homme pour qui l'on ne faisait pas une exception, et qui
la méritait pourtant, que diable!

— Car, en somme, je ne suis pas, moi, un butor comme
Désiré, un gros pile-la-terre aux pesants souliers, incapable de marcher sans bruit. Moi, je suis presque médecin. Alors?... Et puis, enfin, quoi? *Je suis moi.*

Cette dernière raison, à coup sûr, était stupide; mais
que celui-là jette à l'égoïste Amable la première pierre,
et le condamne, qui n'a jamais prononcé ce monstrueux :

— Pourquoi cela, qu'on fait aux autres, me le faire *à moi?*

Mais la cause principale de sa colère contre Anaïs,
c'était de n'avoir pas été présent, lui, à l'agonie et à la
mort de l'enfant.

— C'est sa faute, certes, se disait-il. C'est uniquement
sa faute.

Et il le croyait, l'avait pensé tout de suite, le pensait
encore plus après mûre réflexion. Il eût été malaisé de lui
persuader le contraire.

— Il lui était si facile, en effet, de me retenir ce jour-là.
Rien de sérieux ne m'appelait hors de la maison. Une
partie de pêche, voilà tout. Mais qu'est cela, quand on a son
enfant malade? Seulement, elle ne m'a pas dit, non, non,
certes, que la petite allait moins bien ; elle ne me l'a pas
dit d'une façon positive. Elle m'a parlé de pressentiments,
sans doute. La belle affaire, des pressentiments ! Elle sait
que j'ai la superstition en grippe. Et chercher à me faire
rester pour des motifs de ce genre, c'était presque vouloir
me forcer à partir, surtout étant donné mon esprit de contradiction, qu'elle connaît si bien. Donc, en résumé...

Et il se prouvait ainsi qu'elle seule avait été coupable
en cette occasion. Par inadvertance et sottise, crut-il
d'abord. Puis, à mieux examiner les choses, et des soupçons jaloux lui venant, il ajouta :

— Qui me répond qu'elle n'a pas agi exprès ? En somme,
pourquoi pas ?

Car, les rares fois où il avait pu pénétrer avec Désiré
chez Anaïs, pendant la période délirante, il avait fort bien
discerné, lui, l'horreur qu'il inspirait à la dévote en diva-
gation. Il se rappelait les phrases, antérieures à la catastrophe, et relatives à un châtiment possible qui s'exer-
cerait par le moyen d'un malheur arrivé à l'enfant. Ce
malheur, sans doute, Anaïs le prévoyait le matin où elle
avait *si mal insisté* pour qu'Amable restât à la maison !
Et, justement, elle s'était *arrangée* de façon à être seule
avec Désiré au moment de la catastrophe !

Voilà dans quelles imaginations Amable roulait à cette
heure. Et cela, sans intention malveillante, mais par
simple besoin, très naïf, d'excuser à ses propres yeux
son absence au chevet de la fillette mourante ; et aussi
par vanité, pour s'expliquer la désaffection, et même
l'aversion présente d'Anaïs envers lui, et se l'expliquer
en l'attribuant à une sorte de passagère folie superstitieuse.

Aussi pensa-t-il être indulgent, lorsque, cela constaté,
il se dit :

— J'ai tort, donc, de lui en vouloir. La pauvre malheureuse, elle agit sans conscience ! Je ne dois pas l'accuser comme je fais, de ces partis pris qui seraient odieux. Elle n'a péché contre moi que par manque de tact, et il est digne de moi, et juste, et noble, que je lui pardonne. Même si elle ne m'en a aucun gré maintenant, qu'importe ! Soyons bon sans espoir de reconnaissance, et pour le simple plaisir d'être bon.

Et il ne manifesta point sa rancune, qu'il gardait cependant malgré tout. Ne point la laisser voir ni produire d'effet, cela lui parut un suffisant effort sur lui-même, et un témoignage de bonté assez louable. Il crut vraiment avoir fait tout ce qui était humainement possible en pareil cas, le jour où il s'aperçut qu'Anaïs lui était devenue presque indifférente. Non comme malade, certes ! Mais comme femme l'ayant méconnu et blessé. Il s'intéressait toujours à elle, d'intention ; mais manifestait peu cet intérêt aussi, comme sa rancune. Il sortait beaucoup, demandait des nouvelles d'Anaïs à Marceline, pas plus, et se disait :

— Je ne lui en veux plus, vraiment !... Et comme c'est bien !

Au fond, il la méprisait un peu, de la deviner si profondément en rechute de catholicisme ; mais surtout il l'en plaignait, quoique avec une pointe d'ironie.

— Triste sotte ! Elle a des remords, sans doute. Elle croit sincèrement que la mort de notre petite a été un châtiment de notre adultère ! Du coup, elle s'imagine qu'elle doit me moins aimer, et retourner à son Dieu. Bah ! bah ! c'est une petite infidélité spirituelle que je tolère. La crise bondieusarde ! Tout indiquée après un malheur ! Ça passera, comme a passé la fièvre de lait.

Il se surprenait même à ajouter, sans la moindre tristesse, voire avec une résignation plutôt allègre, qui parfois ressemblait à un joyeux soulagement :

— Et puis, après tout, si ça ne passait pas, je m'en fiche ! Est-ce que j'y tiens beaucoup, beaucoup, à ce que ça passe ? Peuh ! Savoir !

Aussi appuya-t-il de toute son influence cette proposi-

tion que fit un jour le curé (proposition soi-disant personnelle, mais venue d'Anaïs en réalité) :

— Je crois que la santé morale, et par conséquent la
santé physique, de notre chère malade, se trouverait bien
d'une petite retraite chez les bonnes Sœurs où elle a été
élevée. Ce serait comme un bain de douce religion calmante.

Anaïs l'avait supplié de préparer à cette bizarre idée
l'esprit des deux hommes, qu'elle y supposait hostile.
L'idée, en effet, pouvait les étonner, eux ; et, à vrai dire,
elle surprit tout d'abord le curé lui-même, qui ne voyait
guère la nécessité de cette claustration.

— Car enfin, mon enfant, avait-il dit, vous êtes mariée ;
et l'on ne se marie pas pour aller passer le temps au couvent. La meilleure retraite, si vous avez besoin de retraite,
vous la ferez ici, tout en remplissant vos devoirs de maîtresse de maison. Prenez garde aux excès de la piété,
puisque, par malheur, comme toutes les choses humaines,
la piété a ses excès.

Mais Anaïs avait insisté avec une inquiète obstination,
et l'abbé Pauquet était trop compatissant pour se faire prier
davantage. Sans même demander les impérieuses raisons
qu'Anaïs pouvait avoir de se cloîtrer momentanément, il
avait pris sur lui de les déclarer irréfutables et de présenter la chose en son propre nom afin qu'elle eût plus d'autorité. Et, en effet, grâce à lui, la retraite fut acceptée comme
nécessaire, quoique Désiré y rechignât singulièrement tout
d'abord.

A quoi le sévère Amable lui objecta, en lui faisant un
peu honte :

— Comme tu es égoïste, voyons ! Puisqu'on te dit que
cela est utile, qu'Anaïs le désire d'ailleurs, et puisque
monsieur le curé en est partisan. Que diable ! tu peux bien
te priver pendant quelque temps, pour elle. Il ne faut pas
non plus tout sacrifier à soi. Moi aussi, parbleu, cela va
me sembler drôle de ne plus sentir Anaïs dans la maison.
On en a l'habitude, n'est-ce pas ? Changer, c'est toujours
dur. Cependant, on se fait une raison, quand on a du

cœur, et qu'on aime les gens, et que l'on se sépare d'eux
pour leur bien. Ainsi, moi, je t'assure que, malgré tout le
chagrin que j'ai au fond, c'est presque avec un certain
plaisir que...

Et, somme toute, c'est le plaisir seul qui transparaissait
sur son visage. Plaisir inavoué, mais vif. Le départ
d'Anaïs *débarrassait* Amable. Il ne le pensait pas aussi
brutalement, toutefois, et se figurait être gai de son dévouement charitable, et reprochait sincèrement à Désiré d'être
attristé par ce départ et de l'être pour cause d'inconscient
égoïsme.

Anaïs, elle, ne s'y trompa point. Mais elle ne fut pas
blessée de sentir Amable pousser, au plus secret de lui-
même, cet injurieux *ouf!* Et elle sut gré infiniment à
Désiré de tant vouloir la retenir. Elle s'en alla ainsi avec
cette double consolation dont l'idée l'inondait de joie :

— Amable va certainement m'oublier, et Désiré m'aime
de plus en plus. Quand je reviendrai, purifiée enfin et par
une absolution bien loyalement obtenue (oh ! oui, bien
loyalement, cette fois, et sans réticence aucune), alors je
pourrai récompenser tout l'amour de l'un, et ne pas faire
souffrir le peu qui restera de l'amour de l'autre. Telle est,
mon Dieu, la grâce que je vous demande.

· Son intention, en effet, dans cette retraite chez les
Béguines, était de se laver définitivement de toutes les
souillures qu'elle se sentait encore au fond de l'âme, malgré la pénitence épouvantable que Dieu venait de lui infliger en lui prenant son enfant. Elle éprouvait l'irrésistible
besoin d'effacer sa frauduleuse confession à l'abbé Pauquet, frauduleuse involontairement, mais criminelle quand
même, puisqu'il en était résulté le sacrilège d'une communion en état de péché mortel. Que le sacrilège n'eût été
qu'à demi consommé, elle l'espérait, mais ne voulait plus
s'en rapporter là-dessus à sa lâche indulgence envers elle-
même. Il lui fallait l'aveu de tout aux pieds d'un prêtre,
et que ce prêtre lui dictât *officiellement* la règle de conduite, certes bien tracée déjà en son esprit, mais sans
la consécration religieuse.

— Pour que le sacrilège n'ait pas existé, il est nécessaire absolument de ne plus jamais retomber dans ce péché, aujourd'hui que vous en avez conscience. De cette inébranlable volonté contre l'adultère, en action, en parole et jusqu'en pensée, votre cœur prend l'engagement solennel, avec votre éternel salut pour caution, et sans excuse quelconque admissible.

L'appétit de cet engagement solennel avait, à coup sûr, quelque chose de maladif. En le satisfaisant, Anaïs obéissait à un vague restant d'esprit satanique et sadique laissé en elle par Amable. Bien portante, elle se fût contentée d'une simple et complète contrition. Encore un peu dans le délire, elle avait besoin, pour racheter à ses yeux son sacrilège passé, de s'exposer au danger toujours menaçant d'un sacrilège futur.

A vrai dire, ce danger possible était désormais très vague, tant Anaïs se sentait bien guérie de sa passion pour Amable, foncièrement et radicalement cette fois, et tant elle croyait qu'Amable était *désaltéré* d'elle (au point de ne plus avoir soif jamais, pour sûr, pensait-elle avec preuves à l'appui). Et peut-être cette sécurité même avait-elle été cause, en un sens, de la bravoure dévote affrontant de nouveaux risques damnatoires. Anaïs, sans se l'expliquer formellement, trouvait trop aisée sa tâche à venir, et, pour en accroître le mérite, en exagérait la sanction, par cette naturelle tendance qu'ont les plus vertueux à se figurer leur vertu d'autant plus belle qu'elle est exposée au bord de gouffres plus terribles, ce qui la rend d'ailleurs, non seulement plus glorieuse, mais en même temps plus *amusante* à pratiquer.

Amable n'était plus assez en communion magnétique avec Anaïs, pour discerner tous ces subtils entortillements en elle qui ne les percevait pas elle-même. Il ne comprit seulement pas ce que lui en signala la vieille Marceline, qui venait de vivre si intimement avec la malade et ainsi l'avait pénétrée, sans y chercher malice, au reste. Le jour où Anaïs s'en alla, la vieille dit tout bas à Amable, le voyant sourire dans sa barbe malgré lui :

— T'as tort d'être content, mon fieu, si t'l'aimes core. Parce que je sais ce que je sais, amon. Elle n'est plus en chaleur de toi, à c't'heure, mais du bon Dieu.

Il n'y prit garde qu'à la réflexion, et non pour en être peiné ; au contraire, il trouva là un redoublement de sécurité pour l'avenir, et une véritable satisfaction vaniteuse pour le présent.

Pour l'avenir, c'était la probabilité, presque la certitude, d'être délivré de cette liaison définitivement, grâce à une reprise totale du cœur d'Anaïs par la dévotion. Or cette perspective lui était fort agréable. Il n'était pas, en effet, sans inquiétude physiologique sur les conséquences qu'aurait pu avoir à la longue, si elle avait dû se perpétuer, leur boulimie amoureuse de ces derniers temps. Tout en se jugeant encore d'attaque, malgré ses quarante-sept ans, il avait par moments des accès de modestie et des remords hygiéniques en quelque sorte. Il eût craint pour plus tard des défaillances déplaisantes à son amour-propre, ou (à vaincre par orgueil ces défaillances possibles) des excès désormais dangereux. Mieux valait donc ne pas avoir à recommencer, sans conviction et *de chic* maintenant, des exploits qui avaient été doux à sa seconde jeunesse en folie. Mieux valait surtout laisser Anaïs sur ces brillants souvenirs. En se faisant ces observations, il se félicitait d'être un sage, et volontiers se fût appelé encore Machiavel.

Quant au tort qu'en pouvait recevoir sa vanité, ainsi souffletée au futur, il s'en consolait par l'actuelle consolation de ceci, tout à son honneur : qu'il fallait, pour le supplanter dans le cœur d'Anaïs, Dieu lui-même. A coup sûr il eût été jaloux, moralement et physiquement quoique sans amour, s'il avait pu se douter que Désiré en personne prenait pour Anaïs la figure de ce Dieu. Mais il n'avait pas même l'ombre d'un soupçon à cet égard. La vérité, croyait-il, c'était bien ce qu'avait exprimé si crûment Marceline. De cela, loin qu'il eût à souffrir, il jouissait plutôt. Il en eut un retour de foi, presque, ou du moins un regret de ne pas croire fermement en Dieu. Car y croire

ainsi, cela lui eût permis de proférer en toute sérénité
ce blasphème, qu'il dut seulement se contenter de murmurer entre ses dents comme une mauvaise plaisanterie
sans importance :

— Pauvre bon Dieu ! Il n'aura jamais que mes restes.

XXVIII

Lorsque Anaïs sortit de sa retraite, au bout de deux longs mois, en vérité Amable l'avait complètement oubliée comme maîtresse, et même ne songeait plus guère à elle d'aucune façon. Et en vérité aussi, il eût été fort injuste de lui en faire un grand crime. Pendant ces deux mois, en effet, étaient survenus des événements dont la vie d'Amable avait été singulièrement bouleversée, avec celle de tout le monde, et plus que celle de bien des gens. La guerre avait été déclarée à la Prusse ; nous avions subi Sedan ; la France était envahie, et Amable Randoin de Toraval battait l'estrade entre la Thiérache et les Ardennes à la tête de soixante francs-tireurs qui l'avaient élu capitaine.

— Tu es fou, n'est-ce pas ? s'était écrié Désiré, quand l'autre avait pris la campagne. Je te demande un peu ce que tu vas aller faire avec ces cerveaux brûlés, à ton âge. Quarante-sept ans, nom d'un zo ! Et passés ! Reste donc ici avec moi, à nous chauffer les grévions devant l'âtre. Il n'y a pas de patriotisme qui tienne ! Quand on est jeune, rien de mieux ! Mais des vieux comme nous !

Et Désiré, tout en parlant, se tassait d'un mouvement machinal, comme pour montrer de quel poids lui pesaient les ans, et aussi comme pour se garer sous une menace de coups. Et Amable n'avait pas même discuté, trouvant son frère lâche, et ne tenant pas à l'en corriger.

— Sang de vilain ! avait-il murmuré en lui-même. Tandis que moi !...

De fait, lui, sans forfanterie, très naturellement, se

sentait, plus que jamais à cette heure, un autre sang dans les veines, le sang de ses aïeux les hobereaux, gens d'épée, le sang de son père surtout, du soldat coureur d'aventures. Il s'enorgueillissait de constater cette belliqueuse humeur d'atavisme, et la constatait bien réelle. Il poussait même jusqu'à ne pas s'en faire un mérite, plus fier de se dire :

— Par patriotisme, allons donc ! C'est par goût de la guerre que je pars, avant tout, parce que j'aime le danger, parce que c'est amusant.

Et il y avait du vrai en cette outrance, comme aussi un peu dans l'accusation de lâcheté qu'il portait si complaisamment contre Désiré. Aussi était-il parti de meilleur cœur, pour se mieux prouver et sa *noble* crânerie et la *rustre* couardise de l'aîné. Car cela encore, c'était une revanche, ou du moins une protestation contre l'injustice de la fortune, qui avait dépouillé le gentilhomme au profit du serf.

Désiré, en voyant s'en aller son frère, avait eu des larmes plein les yeux et lui en avait un peu voulu de ce *coup de braque*. Il était effrayé des périls auxquels Amable s'exposait, et il souffrait sincèrement et profondément dans son affection inquiète. En même temps, par une pensée toute d'intérêt personnel, et bien excusable, mais qu'il exprima en lourdaud, avec trop de franchise, il ajouta :

— Ce n'est pas bien, non plus, de m'abandonner ainsi. Rien que pour moi, tu devrais rester. Tu ne m'aimes donc pas, voyons ?

Amable en tira naturellement, et avec toutes les apparences du bon droit, un nouveau constat de son éternel grief :

— Quel indécrottable égoïste !

C'est sur ces impressions qu'il avait quitté le Moulin-Joli, et, il faut le reconnaître, heureux de les emporter, mais (il faut bien le reconnaître aussi) en pleine et légitime conscience de n'être pas lui-même un pleutre et d'agir virilement. Ce que Désiré en personne fut obligé de proclamer par ce mot :

— Il n'y a pas à dire, tu es un vrai Randoin, toi !

— Je te crois, riposta fièrement Amable.

Puis, tout bas, en son for intérieur, avec un *juste*
mépris :

— Et non pas seulement *un* vrai ; mais *le* vrai.

Ah ! quels bons et beaux jours il passa, le casse-cou
revenu à sa destinée réelle, le fils du Randoin aux étranges
aventures, le descendant authentique des batailleurs et
des chasseurs jadis essorés de Toraval, quel superbe temps
d'existence hasardeuse, où largement s'épanouit toute la
fleur de vaillance de sa vieille race ! Le bohème d'autrefois, l'artiste raté, l'enfant prodigue au retour humiliant,
le cadet envieux, le vieux garçon repris de sensualité aux
dépravations d'un adultère incestueux, rien de tout cela
ne subsista plus, ne se réveilla plus, pendant cette péril-
leuse campagne, ces affûts, ces marches, ces nuits en plein
air, ces journées sans pain, avec des coups de fusil pour
dessert ? Et, parmi les enivrantes sensations nouvelles, le
souvenir qui revint le moins souvent au cœur du capitaine
Amable, ce fut bien celui, si vague désormais, si peu inté-
ressant, de l'insignifiante Anaïs !

Quand parfois, entre deux alertes, au monotone berce-
ment d'une interminable étape, il pensait au Moulin-Joli,
c'était pour se dire avec étonnement, avec dégoût de
lui-même :

— Comment ai-je pu m'enterrer ainsi là-bas pendant
douze ans, y vivre d'aumônes, accepter ce servage honteux
sous un pareil tyran ! Car m'en a-t-il fait souffrir, l'horrible bienfaiteur ! En ai-je assez enduré sans me plaindre,
sans me venger qu'en le cocufiant ! La belle affaire, d'ailleurs ! Une proie offerte à n'importe qui, cette dévote dont
la dévotion n'était qu'une sorte d'hystérie dévoyée vers
Dieu !

Et les hôtes du Moulin-Joli lui semblaient des ombres,
des êtres à peine vivants, à côté de ses rudes compagnons
d'aujourd'hui ! Et tout ce qu'il avait éprouvé là-bas (sauf
sa haine), lui revenait en goût fade, écœurant, comparé à
ce qu'il éprouvait ici, aux fortes et savoureuses émotions

de risquer sa peau, et de trouer à l'occasion celle des autres !

Car il eut le bonheur de rencontrer plusieurs fois l'ennemi, de le vaincre en de petites escarmouches sous bois, de battre en retraite aussi devant des poursuites acharnées, où la fureur de fuir était ennoblie et consolée par cette pensée :

— Ceux qui sont pris sont fusillés, et l'on raconte même que d'aucuns (les *francs-tireurs* étant hors la loi) sont brûlés vifs.

C'était donc la guerre sans quartier, la guerre de sauvages. Amable s'en délecta. Il y perdit ce qu'il y avait en lui d'horreur à verser le sang, horreur artificielle, de civilisé pourri dans les luttes lâches des villes, où l'on ne tue (parmi les gens bien élevés, du moins) qu'à coups de perfidies. Loin de l'épouvanter, de lui donner le frisson et les poils droits, l'aspect du sang, giclant en jet de pourpre, lui fut agréable, dès la seconde fois qu'il le vit, et délicieux, le jour où il le fit jaillir lui-même.

Il faut dire, du reste (sans quoi il paraîtrait avoir une nature de boucher, et ce n'était point), que ce jour-là il se défendait. Blessé d'un coup de sabre au bras gauche, il avait riposté par une flanconade de pointe qui avait ouvert le ventre à son Prussien. Les tripes vertes avaient sauté dehors, avec une fusée rouge qui lui avait comme craché au visage, tandis qu'il gueulait à l'ennemi, d'une voix à la fois rageuse et joyeuse :

— Tiens, cochon !

Et sa joie venait, certainement, surtout d'avoir la vie sauve, mais aussi d'avoir pris la vie à quelqu'un. Joie pure, sans doute, puisque le meurtre avait son excuse ; et tout de même, joie de la bête féroce que chacun de nous porte en soi.

Quatre fois il eut encore l'occasion de voir tomber un homme qu'il avait frappé. Ces fois-ci, avec un allègre sursaut de chasseur qui a visé juste ; car c'était à coups de fusil ; or, sans fanfaronnade aucune, il eut l'impression d'avoir tiré sur du gibier. En deux occurrences, particulièrement, sous bois, à l'embuscade. En l'une des deux, il avait salué le mort, culbutant, de ce cri involontaire, qui lui était familier dans ses fusillades en garenne :

— Lapin, lapin !

Il s'étonnait lui-même de son insensibilité à un trépas humain, et n'osait pas trop s'avouer qu'il y prenait plaisir, ou du moins ne se l'avouait qu'avec la restriction de cette circonstance atténuante :

— Après tout, si je suis content, c'est d'avoir tué non pas un homme, un de mes semblables (ce qui serait odieux), mais bien un Prussien, un ennemi, un envahisseur de la France.

En quoi il se dupait, n'étant pas aussi bon patriote qu'il se plaisait à le croire, quoiqu'il ne fût pas non plus aussi sanguinaire qu'on pourrait le penser, puisqu'il n'en avait pas ou refusait d'en avoir conscience. Résultat, incontestable celui-ci, et dont il s'apercevait quand même : une passion désormais, au lieu d'une horreur, pour la sensation écarlate et chaude du sang versé.

Par moments, à déguster lentement cette sensation, il songeait au Borgnot, brusquement, se rappelait les légendes sinistres courant sur le malandrin du temps qu'il était contrebandier, et *revoyait* le gueux lui faire le geste de mettre en joue, et l'*entendait* lui marmonner d'une voix rauque :

— Je ne l'ai pas manqué, moi, mon gabelou !

Alors, avec un soupir d'envie, Amable se prenait à penser, tout au fond de lui-même, au fond le plus intime et le plus obscur, en un coin noir, noir :

— Quelle joie, quelle ivresse infinie il a dû avoir, ce pauvre bougre, à descendre ainsi, bien en plein, non pas *un* ennemi, mais *son* ennemi ! Ah ! rien ne peut être comparable à ce délice. Oui, oui, quel moment il a dû vivre alors ! Quel moment, en un cas pareil, *on* doit vivre !

Et, tout en prononçant à voix haute (quoique toujours au fond de lui) ce *on* qu'il ne voulait pas préciser, il écoutait (encore plus, plus au fin fond de son être) une voix lointaine, mais claire, qui lui criait :

— Pourquoi *on?* Pourquoi ce masque? Dis donc *toi, toi, toi!*

Si bien qu'un jour, en visant un grand Badois, aux larges épaules, à la lourde allure, il eut la nette hallucination de tenir au bout de son fusil le corps de Désiré. Sa main trembla une demi-seconde; son œil fut troublé; son cœur s'arrêta de battre. Puis, le sang reprit vivement son cours, l'œil redevint clair, le regard perçant, et c'est un index ferme qui pressa la gâchette. Le Badois tourna sur lui-même et tomba la face en avant. Et, seulement pendant qu'il tombait, l'hallucination cessa. Elle durait encore quand Amable avait tiré.

Deux heures plus tard, Amable tombait à son tour, frappé d'une balle à la mâchoire. Sa première pensée, en reprenant connaissance, fut :

— Mâtin! Si j'étais superstitieux, je croirais que c'est mon coup de fusil de tantôt qui m'a porté malheur.

Mais il ajouta aussitôt, et non pour crâner (fût-ce avec lui-même), mais par bravoure poussée d'instinct à la bravade :

— Couillon, va! Ah! çà, est-ce qu'à l'idée de claquer j'aurais des remords, moi, moi! Allons donc! Des remords de quoi?

Il fit, à ce moment, malgré lui, cette sorte de rapide examen de conscience que fait, à l'approche possible de la mort, l'être le plus *amoral*, et c'est en toute bonne foi qu'il conclut :

— Car je n'ai rien à me reprocher envers mon frère, rien, en vérité, rien, sinon d'avoir toujours, toujours, été trop bon.

Sur ce consolant jugement, il perdit connaissance de nouveau; et, s'il eût passé de vie à trépas en cet instant, et s'il eût été donné à quelqu'un de lire en cette conscience les confuses pensées qui avaient servi à établir ce jugement *sincère*, voici ce qu'on y eût découvert, fortement senti et impartialement motivé :

— N'ai-je pas tout fait pour lui? Je me suis ruiné afin qu'il rachetât mon bien à bas prix. J'ai engrossé sa

23.

femme pour qu'il eût un héritier et que le domaine ne
s'en allât pas à vau-l'eau. Je lui ai épargné la honte d'être
cocu par un autre ; car il l'eût été indubitablement. Enfin,
pour défendre ce sol de la patrie, dont il a sa part et la
mienne, et dont, moi, je n'ai plus rien, je me suis battu
en brave ; et tandis qu'il se goberge lâchement là-bas à
jouir de ce qu'il m'a volé, c'est pour lui conserver le fruit
de son vol que je me fais casser la gueule.

En bonne santé, et dans l'ordinaire train-train de la
vie, Amable ne se privait pas (et surtout ne s'était point
privé jadis) de telles boutades haineuses contre son frère.
Mais, sauf sous le regard couveur du Borgnot, ces boutades restaient volontiers boutades, satisfaites de s'être
exprimées violemment. La vengeance vaguement rêvée et
proclamée légitime, il n'en fallait pas plus pour faire
baume à l'envie ulcérée d'Amable. Ce vieux mal était
aujourd'hui passé en diathèse, mais aux accidents désormais bénins, depuis le temps que le malade s'y était
accoutumé, le virus diffus en lui n'ayant plus sa malignité
d'autrefois. Or, brusquement, sous le coup de sa blessure
réelle, et pendant les longs jours de sa convalescence en
captivité, la haine reparut, avec une force extraordinaire,
comme si elle venait de naître pour la prime fois en son
cœur infecté d'un chancre neuf.

Ramassé par des paysans (ses hommes l'ayant abandonné), Amable avait été transporté évanoui dans une
ambulance française ; l'ambulance avait été enlevée avec
un convoi de vivres par les Prussiens ; et, sans savoir
comment, le blessé s'était retrouvé trois jours après, la
tête menacée d'un érysipèle, la mâchoire inférieure dimi-
nuée d'un quart, la bouche à moitié vide de dents, tout
l'être endolori et abruti, et prisonnier dans l'hôpital
militaire de Magdebourg.

— Et tout cela, pensa-t-il, à cause de ce jean-foutre de
Désiré !

Car, si Désiré, au lieu d'être un couard, l'avait suivi
aux francs-tireurs, certes il n'aurait pas laissé Amable
recevoir une balle et ne l'eût pas abandonné, au moins la

blessure reçue, et l'eût gardé d'être pris par l'ennemi, et l'eût, etc., etc...

Ainsi Amable, déjà délirant un peu à la fièvre de l'érysipèle, imaginait toutes sortes de belles actions qui auraient pu être faites par Désiré, qui auraient *dû* être faites (oui, *dû*, certainement, puisque lui, Amable, n'y eût pas manqué envers son frère, même haï). Et à tant d'héroïsme, si naturel, si banal, l'ignoble lâche s'était dérobé !

— Quel sans-cœur ! se disait Amable. Quel sale frère ! Quel mufle !

L'érysipèle, suivant son cours, le jeta ensuite dans une longue période de divagations ténébreuses, de cauchemars, où il se vit persécuté, martyrisé par son frère.

Convalescent, il eut notamment cette idée singulièrement cruelle :

— Pourquoi n'ai-je pas ici, près de moi, pour me soigner, ma femme ?

Et le souvenir d'Anaïs lui revint, non pas d'Anaïs la maîtresse, la folle d'amour, mais d'une très douce et très sororale garde-malade qu'elle aurait pu être pour Amable, qu'elle aurait *dû* être.

Encore ce mot *dû!* Encore cette pensée d'un devoir qu'on ne remplissait pas envers lui !

Ici, par exemple, ce n'est pas Anaïs qu'il incriminait, celle qui avait à remplir ce devoir ! Il lui semblait qu'elle n'était pas coupable, elle, en s'y dérobant, mais bien qu'on la forçait à cette félonie.

Qui ? Évidemment Désiré. Car c'est pour rester auprès de son mari légal, et par dévote obéissance, qu'elle ne venait pas au chevet de son vrai mari, de son amant.

Et d'autant s'augmentait la rancune d'Amable contre Désiré, et s'accentuait le refrain :

— Quel sans-cœur! Quel égoïste !

Le retour à la santé chassa la nette perception de ces cauchemars, et en montra les illogiques conclusions, qui ne tenaient plus debout à la lumière d'un raisonnement sans fièvre délirante ; mais l'impression en subsista, profonde et douloureuse. Et c'était là un fait indéniable, même au plus impartial jugement.

Toute la chaîne du sophisme s'évaporant, le point de départ et le point d'arrivée demeuraient solidement établis, à savoir qu'Amable avait souffert, souffrait encore, était délaissé, et que d'autre part Désiré, là-bas, ne cessait point d'être heureux. Ainsi, malgré tout, les deux constats s'imposaient avec l'indiscutable caractère (pour Amable encore imprégné de ses cauchemars), l'un d'un effet et l'autre d'une cause. Et l'on eût coupé la tête d'Amable plutôt que de lui faire dire non. On l'eût d'ailleurs irrité, comme d'une injustice, en essayant de le détromper.

Les ennuis aigrissants de la captivité, propices aux soliloques et à l'idée fixe, creusèrent encore et gravèrent de plus en plus indélébilement cette noire impression.

Sans compter que la bile du malheureux se concentrait et se recuisait à la lecture des lettres, si vides toujours, de Désiré. Amable avait écrit, en effet, pour annoncer sa blessure, sa convalescence, son internement là-bas. Réponse : des envois d'argent (oh ! il n'y avait pas de quoi être reconnaissant, n'est-ce pas ? Qui n'eût pas agi de la sorte, en pareille circonstance ?) Et avec ces envois, quoi pour le cœur ? Rien, que des phrases de banale condoléance, et des nouvelles comme : « *Ici, tout va bien !* »

— Ici, tout va bien ! s'écriait Amable. Et il a les Prussiens chez lui ! Il appelle ça : *tout va bien !* Pied plat ! Lâche ! lâche ! lâche !

A cette pensée, Amable s'indignait follement, non pas tant comme patriote, que par cette réflexion toute personnelle, mais combien excitante, en effet, à la colère :

— A quoi donc a servi mon noble dévouement, mon martyre ?

Et le mot ne lui semblait pas trop fort (et vraiment l'était-il ?) quand il regardait dans un miroir son visage fracassé, visage digne réellement d'un martyr, encore comme ébouillanté et dépiauté par l'érysipèle, et avec cette couture horrible dans la joue, et ce menton tout déprimé à gauche, l'épiderme s'étant rétri en une hideuse cicatrice sur le trou fait par l'ablation d'un morceau de mâchoire !

Il avait alors la sensation que c'était Désiré en personne l'auteur de cette atroce blessure ; et loin de chasser cette sensation, qu'il savait abominablement fausse, il se plaisait à l'aviver en se répétant :

— Oui, oui, c'est lui qui m'a tiré dessus par la main de ce Prussien. C'est lui qui est le vrai coupable, moralement. C'est comme si c'était lui qui avait visé, puisqu'il est leur ami, maintenant, à ceux qui m'ont fait cela, puisqu'il les héberge, puisqu'il trouve que *tout va bien !*

Et dans ces moments d'absurde rage, il se prenait à songer au grand Badois en murmurant :

— Ah ! comme je le tenais, là, nom de Dieu !

XXIX

— Mon pauv' cadet, mon cher fieu, que je suis donc
content de te revoir ! Laisse-moi t'embrasser encore un
coup, un grand coup, mon frère.

Et derechef Désiré embrassait Amable, à la mode thiérachoise, trois couples de baisers longs et sonores sans
reprendre haleine ; et, tout en le pressant fortement sur
sa poitrine, il avait la gorge pleine de sanglots, les yeux
fondus de larmes, et débordait d'une émotion sincère et
profonde.

Eh ! parbleu, oui, sincère et profonde, Amable n'en
doutait pas, non plus que de ces sanglots et de ces larmes.
Cependant, il ne trouvait à ces preuves d'affection aucune
douceur. Son cœur n'en était pas amolli, attendri. Ses
nerfs eux-mêmes ne cédaient pas à la naturelle contagion
d'exemple de cette effusion physique. Il se sentait les
yeux absolument secs. Les manifestations de Désiré lui
semblaient quelque peu ostentatoires, donc ? Nullement.
Il savait fort bien que Désiré était en ce moment tout hors
de lui, tout entier à sa joie pleurante et chignante, et persuadé d'adorer Amable et voulant le lui témoigner de son
mieux. Et néanmoins Amable n'en avait pas à Désiré la
moindre gratitude ; et cela sans méchanceté, sans parti
pris, uniquement parce que Désiré avait d'abord accueilli
Amable par ces mots :

— C'est-il toi, mon frère ? Pas possible ! Comme tu es
changé ! C'est affreux.

Affreux, ce trou au bas de la face, cette brave et noble
cicatrice ! Le cri, bien naturel pourtant, avait indigné

Amable. Il y était habitué, lui, à cette cavité aux bords rouges et comme fongueux, qui lui mangeait un morceau de menton, et paraissait un éboulis dans les maigres broussailles de sa barbe. Il estimait belle, à présent, cette hideur. Qu'un étranger, ignorant la blessure, s'exclamât à l'aspect de sa mutilation, soit ! Mais Désiré qui en savait la cause glorieuse, ne prendre garde qu'à la première impression ! Quel bas esprit !

— Et dire, pensait Amable, que j'ai attrapé ça pour ses propriétés, à lui !

Aussi, sans répondre aux embrassades, il ramena, malgré lui, avec insistance, la question de sa plaie, comme désireux (et peut-être l'était-il au fond, à son insu) de remettre l'aîné en flagrant délit de non-héroïsme, de bassesse morale, inapte même à l'admiration envers l'héroïsme. Encore parmi les baisers claquants et mouillés de pleurs, il demanda brusquement, et d'un ton à bien laisser comprendre que cela seul en cet instant avait de l'intérêt pour lui :

— Alors, je suis horrible, hein ? Tu trouves que je suis horrible ?

Désiré riposta tout naïvement, sans chercher malice, et tâchant (pas davantage) d'égayer un peu sa pensée pour ne pas *désobliger* le malheureux :

— Dame ! je ne peux pas te dire que tu sois joli, joli, avec un coin de moins dans le visage. Bien sûr que si j'étais une femme, j'y regarderais à deux fois avant de te biger. Mais quoi ! puisque je suis ton frère...

Et il allait recommencer une embrassade thiérachoise, quand Amable le repoussa presque, en grommelant, quoique de façon à ne pas être entendu :

— Oui, oui, je comprends, comme frère ! Par devoir, n'est-ce pas, par devoir !

Aussitôt ensuite, à haute voix et d'un air rieur (pour effacer le fâcheux effet qu'avait pu produire sur Désiré la rebuffade montrant trop la mauvaise humeur presque odieuse en un tel moment), il ajouta, l'œil cligné :

— Dis donc, c'est Anaïs, de cette affaire-là, qui va être

dans ses petits souliers quand elle sera obligée, elle aussi,
comme belle-sœur...

— Ma foi, oui, répliqua Désiré, ça sera drôle, vraiment
farce !

Il continuait bonnement sur le ton plaisant, heureux
qu'Amable prît la chose à la gaîté. Il crut devoir accentuer
encore, par gentillesse, et, avec sa gentillesse particulière
d'ours aux grosses pattes, il lâcha ce pavé :

— Bien sûr que si elle était enceinte, je ne la laisserais
pas te mettre les lèvres, et pas même les regards, sur la
hure, mon pauv'fieu !

Amable éclata de rire, mais d'un rire forcé, quasi
féroce, pour faire chorus à l'esclaffement de l'autre, qui
lui tapait à grands coups de poing sur l'épaule en répétant :

— Oui, ça sera drôle. Elle en aura la lippe rêche et les
dents liées comme quand on mange des meurons pas mûrs.
Ça sera drôle !

— Bon, bon, pensait Amable, ris toujours, bougre
d'idiot. Tu ne riras pas le dernier, va, sans-cœur, égoïste !
Ou tu riras jaune, oui, jaune, vieux cocu.

Et il se fit à lui-même, solennellement, un serment
monstrueux, à la fois monstrueux de perversité (puisqu'il
n'aimait plus Anaïs) et d'orgueil (avec sa tête épouvantable
d'aujourd'hui) ; et ce serment le rendait plus ricaneur.

— Car tu le seras encore, je te le jure. Car Anaïs m'ai-
mera toujours, tel que je suis. Car il faut qu'elle soit de
nouveau à moi. Il le faut. Tu me le dois, lâche pour qui
je me la suis fait démolir de la sorte, ma hure, comme
tu dis !

La rage qu'il éprouvait en ce moment l'empêcha même
de se juger.

— Ne suis-je pas un scélérat de vouloir cela d'Anaïs, ne
l'aimant plus ? Est-elle coupable, elle ? A-t-elle mérité que
je fasse d'elle désormais un vil instrument de vengeance,
rien de plus, sans passion autre que ma haine, cruelle-
ment, froidement ? Ai-je le droit de me servir d'elle de la
sorte ?

Il se dit cela et y répondit avec calme par de bonnes raisons.

— Anaïs sera coupable si réellement elle éprouve à mon aspect cette horreur que prévoit Désiré, si elle n'est sensible, elle non plus, qu'à la matérialité de ma blessure, si elle ne m'aime plus assez pour comprendre la noblesse de ma cicatrice. Oui, elle sera coupable, et j'aurai donc le droit de la châtier en me servant d'elle comme je voudrai, absolument comme.

Malgré sa *hure*, il ajouta naïvement, tant sa fatuité était forte et inexpugnable (et à cet aparté son rire redoubla, mais de vraie joie) :

— De la châtier ! De la châtier ! Savoir si ce sera un châtiment, en somme ! Je ne suis pas encore tellement dégoûtant, que diable !

Toutes ces réflexions, il les ruminait en lui-même, tandis que Désiré, le regardant du coin de l'œil, continuait à rire, lui aussi, mais du bout des lèvres, et très triste au fond, très affectueusement triste à se dire :

— Il n'est pas flambard, tout de même, le pauv' cadet; et la vie ne va plus être bien gaie pour lui, à c't'heure ! Parce qué, malgré tout ce que je pourrai lui dire pour rire, il n'y a pas de quoi rire, hélas ! d'avoir en guise de figure un pareil épouvantail.

Et, tout en le quittant quelques minutes pour aller lui-même atteler sa bidette à la carriole (l'homme soigneux !), il ne put se retenir de murmurer entre ses dents, mais presque à être entendu, avec l'égoïste et naturelle satisfaction de quelqu'un qui compare son bien au mal d'autrui :

— Ça ne fait rien, nom d'un zo ! On a bigrement raison de dire, quoique le père Randoin ne fût pas de cet avis-là, lui, parbleu : beau qui a tous ses membres !

A quoi Amable, ayant compris à la dérobée, riposta en lui-même cyniquement :

— Tu verras si je ne les ai pas, espèce d'andouille !

Ils étaient en ce moment à Verzy, petit hameau belge, où Désiré était venu au-devant de son frère, l'ayant prié par lettre de ne pas arriver tout de go au Moulin-Joli. La lettre, très brève, avait exprimé ce désir sans en donner les raisons, remplacé par un :

— Je t'expliquerai à loisir pourquoi, tout en faisant la route.

— Eh bien ! demanda soudain Amable (une fois qu'ils furent dans la carriole et sur le chemin de Herme-les-leups), si tu m'expliquais, maintenant, tes motifs pour m'avoir empêché de rentrer chez nous tout bêtement !

Désiré retint les rênes à la bidette, qui voulait allonger le trot, se sentant sur le chemin de l'écurie. Il prit une mine extrêmement grave.

— Voici, fit-il, c'est de la plus haute importance. Il faut d'abord que je te dise une chose : c'est que je suis maire. Oui, à la place de maître Leherpeur.

— Ah ! et pourquoi donc ? interrogea le cadet. Ou plutôt, pourquoi ne m'apprends-tu cela qu'aujourd'hui ? Pourquoi, dans tes lettres... ?

— Parce que, reprit Désiré, je ne pouvais pas te raconter en détail comment c'était arrivé. Et puis aussi, je l'avoue, parce que je craignais de ne pas avoir ton approbation. Tu comprends, on s'explique si mal, moi en particulier, par lettre. Sans compter que je n'aurais pas osé te confier toute la vérité. Il paraît qu'on décachetait votre correspondance. Et alors, dame, n'est-ce pas ? Je ne voulais pas risquer de...

Au son embarrassé, aux paroles hésitantes et bredouillantes de Désiré, à la rougeur et à la pâleur qui, tour à tour, lui changeaient le visage, Amable flaira quelque honteux secret de lâcheté envers les Prussiens. Il eut une secousse de contentement haineux. Avec une feinte compassion, il se rapprocha de son frère et lui dit doucement :

— Bon, bon, je vois ce que c'est. Les vainqueurs vous auront un peu molestés, comme partout. Il a fallu pour les amadouer quelqu'un de calme, de pacifique, de conciliant, n'est-ce pas ? Et on t'a choisi, exprès à cause de ça, hein ? Et tu as accepté, et tout enduré, tout. Pour le bien du pays, dame, c'est entendu. Dans l'intérêt de la commune, cela va de soi ! Enfin, quoi, tu t'es sacrifié. Quand je te dis que je devine. Mais tu as eu raison, mon frère. Mais ne rougis donc pas. Conte-moi tout, voyons !

— Ah ! que tu es bon, repartit Désiré, tout attendri. Vrai, vrai, mon fieu, tu comprends ça, tu m'excuses, tu ne m'en voudras pas ?

— Mais non, encore une fois ! reprit Amable, en se léchant d'avance les lèvres, au régal de la lâcheté fraternelle. Dis-moi donc la chose, mon frère. Quoi que ce soit, tu ne peux pas avoir mal agi, toi ! toi ! Et d'ailleurs, est-ce à moi de te juger, et le pourrais-je ?

Il lui rendit alors, avec une profonde jouissance d'ironie (perceptible pour lui seul), le mot de tout à l'heure, à propos de l'embrassade :

— Puisque je suis ton frère !

Et Désiré lui raconta ce qui s'était passé avec les Prussiens à Herme-les-leups. Il n'y mit aucune intention de plaidoyer en sa faveur, ne chercha pas les circonstances atténuantes, convaincu qu'il avait en effet rempli son devoir à sa façon, devoir d'homme sage, prudent, entendu aux intérêts de tous et de lui-même. Il sentait, toutefois, que cette façon de comprendre le devoir ne pouvait être celle de ce *braque* d'Amable, et voilà bien pourquoi il était, malgré sa bonne conscience, un peu gêné.

Mais sa gêne disparaissait petit à petit, sous le sourire d'Amable, qui semblait ravi à l'écouter. Et ravi, en effet, était le mauvais bougre, au récit de ces événements dont il résumait ainsi la moralité :

— Dire que ce gros misérable est encore plus lâche que je ne pensais, plus lâche que ce gredin de maître Leherpeur !

En deux mots, voici de quelle aventure Désiré avait été le triste héros pendant l'absence d'Amable.

Un jour, on avait relevé mort, à son poste de sentinelle, un des garnisaires prussiens établis à Herme-les-leups. L'homme s'était suicidé, comme le prouva une lettre de lui annonçant sa résolution de se tuer précisément à ce

poste. Mais on ne retrouva auprès de lui ni son fusil, ni sa
giberne, qui avaient été volés. En revanche, on constata
que le cadavre avait été l'objet d'une abominable profana-
tion : la face était souillée par un tas d'excréments
humains. Fureur de ses compagnons ! Menace officielle,
lancée par l'officier commandant la garnison, de rendre
tout le pays responsable du crime si le coupable n'était
pas dénoncé dans les vingt-quatre heures. Or, ce coupable,
tout le monde le connaissait. Lui-même s'était vanté
publiquement de son acte comme d'un exploit, et les
paysans avaient jugé la chose de bonne guerre.

— Ah ! ce Borgnot ! il n'y avait que lui pour inventer
des farces pareilles ! Plus souvent qu'on allait le dénoncer !
Il avait revengé tout le pays ! C'était d'un tapé !

Sans compter que le vieux *conquerbanguieux* avait
dit à qui voulait l'entendre :

— Et si quelqu'un s'avise de vendre la mèche, je lui
ferai son affaire, amon !

Maître Leherpeur était maire. Il se vit déjà empoigné,
emmené prisonnier en Allemagne peut-être, en tous cas
obligé de fournir sa part, et la plus grosse, dans la contribution qu'on ne manquerait pas de lever sur Herme-
les-leups. D'autre côté, il ne se souciait guère d'encourir
la rancune du Borgnot. Au fond, d'ailleurs, en vrai robin
d'antique veine gauloise, il goûtait aussi la plaisanterie du
gueux, quoique funèbre, mais parce que scatologique. Pour
couper court aux dangers qu'il courait de toutes parts, il
avait pris le soir même ses cliqués et ses claques, c'est-à-
dire ses valeurs de papiers, et avait filé en Belgique, se
disant tranquillement :

— Qu'on s'arrange sans moi ! On ne pillera toujours pas
l'étude. Ça, c'est sacré. Et puis si on la pille, tant pis ! Il
n'y aura que les clients à en souffrir.

Mais sa fuite n'avait pas été interprétée de cette façon.
Une fois en sûreté, il avait pris soin d'écrire à quelques
personnes, notamment au curé, pour expliquer que son
patriotisme ne lui permettait pas de se faire le pourvoyeur
de la justice prussienne. Grâce aux commentaires élogieux

et naïfs du bon abbé, on avait admis la chose ainsi, et le notaire s'en était tiré tout à son avantage. Même maintenant, dans le récit de Désiré, c'est en ce sens que le tourna Amable, puisqu'une telle interprétation était au détriment de son frère.

— Car moi, disait Désiré, je ne pouvais pas agir de cette manière hypocrite.

— C'est toi, pensait Amable, qui es un être hypocrite, d'incriminer la conduite de ce bon patriote, et tu le fais parce que tu n'as pas eu le courage de l'imiter.

Désiré, en effet, les menaces prussiennes ayant redoublé après la fuite du notaire, avait provoqué une réunion des notables et leur avait proposé de sauver le pays en dénonçant le Borgnot, qui d'ailleurs avait commis réellement une infamie.

— Cela, je le pensais et je le pense encore, ajoutait Désiré. Il n'y a pas de Prussien qui tienne! Un mort est un mort, et par conséquent on doit le respecter.

Tel n'était pas l'avis d'Amable, qui jugeait cela de la sensiblerie.

— Au reste, se disait-il, Désiré non plus ne devait pas être de cette opinion, en toute sincérité. Il s'en servait seulement pour excuser sa délation.

Désiré, en effet, avait dénoncé le Borgnot, sans même hésiter.

— Et c'était mon devoir, continuait-il. On ne pouvait pas laisser le pays exposé à une contribution, à un pillage peut-être, à pire encore, qui sait? Et cela pour soutenir l'immonde farce d'un misérable, d'un va-nu-pieds, d'un ivrogne, universellement méprisé! Même un honnête homme, en ce cas, eût été dénonçable. Le salut général avant tout, n'est-ce pas? Au surplus, étant donné que le Borgnot avait promis de faire son affaire à celui qui le vendrait, il y avait quelque courage à le vendre quand même, dans l'intérêt de tout le monde. Et puisque personne ne voulait s'en charger, j'ai pris la chose sur moi, simplement.

Mais Amable se refusait à comprendre ainsi. Pour lui,

24.

Désiré avait très vilainement choisi de deux périls le moindre, au prix de la honte suprême.

— Car, songeait Amable, pour quelque raison que ce soit, toujours est-il que tu l'as vendu, le pauvre bougre, vendu un Français aux Prussiens. Et tu t'es donc fait leur serviteur, leur mouchard, à eux. Je ne sors pas de là.

Il est certain qu'à la suite de cette dénonciation, Désiré (il en convenait lui-même) était devenu cher aux vainqueurs. Grâce à eux, on l'avait nommé maire, et comme tel il avait présidé à l'arrestation et à la punition du Borgnot.

Oui, présidé, l'écharpe au ventre! Il l'avouait, et s'en vantait.

Devant lui, le vieux vagabond avait été passé par les coups, au plat de sabre et à la baguette de fusil, et laissé par terre à moitié mort, comme un chien assommé.

— Et c'était bien fait, concluait Désiré. Cela montrait, moi étant là et représentant l'autorité, que nous n'étions pas, nous autres, les honnêtes gens, solidaires de ce cochon. Parce que, enfin, il y a Français et Français, et celui-là n'en est pas un. Je n'étais donc pas humilié de prêter la sanction de mon écharpe à cette juste exécution. D'autant qu'en somme, ces Prussiens ne sont pas des brutes, mais des soldats très bien tenus, très disciplinés. Rien de vexatoire dans leur façon d'occuper le pays. On s'entend admirablement avec eux, tu verras! Et c'est aussi pour te prévenir à ce propos que j'ai voulu te parler un peu avant ton arrivée.

Et la prudence de Désiré s'étala bonifacement en longues et minutieuses recommandations, qu'Amable savourait avec gourmandise, y trouvant à chaque mot une raison nouvelle de mépriser l'incontestable lâcheté de son frère.

On savait, parmi les Prussiens, que le cadet des Randoin avait été officier de francs-tireurs, blessé et fait prisonnier, et qu'il ne devait donc pas les chérir.

— Seulement, disait Désiré, il est inutile de trop le leur montrer. A quoi cela servirait-il? Je ne te demande pas, bien sûr, d'être avec eux comme je suis obligé de le paraître, moi, en qualité de maire, toujours dans l'intérêt du pays. Non, certes, toi, qui t'es battu contre eux, tu ne pourrais pas leur faire bonne figure. Mais enfin, tu n'as pas besoin non plus de les regarder, plus que de raison, en chien de faïence. Puisque la guerre est finie ! Puisqu'on est vaincu !... Et surtout, puisqu'ils sont gentils ! Car, je t'assure, ils ont beau être Prussiens, ils sont gentils.

Amable acquiesçait de la tête, pour laisser Désiré patauger à l'aise dans sa bassesse de soumis ; mais, tout en souriant avec un oui murmuré, il se disait :

— Gentils ! Il trouve gentils ceux à qui je dois ce qu'il appelle ma hure !

— Je te prie notamment, continuait Désiré, de ne plus jamais parler, ainsi que tu le faisais jadis, en artiste, avec ce coquin de Borgnot. Cela les irriterait plus que n'importe quoi. On le sait dans le pays, et personne n'ose plus lui adresser un mot. Quelques-uns ont essayé, les premiers temps, de lui payer à boire, par bravade. Il en est résulté pour eux de fâcheuses histoires. On les a repincés au demi-cercle, sans avoir l'air de rien, pour des vétilles, et on les a salés. Des amendes à les ruiner en une fois. Ce n'est pas drôle.

— Je croyais, interrompit Amable, que l'occupation de ces messieurs n'avait rien du tout de vexatoire.

— Oh ! mais dans ce cas-là, répondit Désiré naïvement, ils sont en droit de se montrer durs, tu conçois. Être aimable avec le Borgnot, c'est approuver son crime, c'est en quelque sorte le réitérer. Voilà comme ils entendent la chose.

— Et de quoi vit-il, à présent, alors, ce malheureux ?

— On lui fait l'aumône en cachette. Et l'on a bien tort. Il vaudrait mieux lui couper les vivres tout à fait. Ainsi on le forcerait à quitter le pays, tandis qu'il s'obstine à y demeurer. Et ce n'est pas très rassurant pour moi.

— Bon, bon, fit Amable gaîment, ne crains rien. Je le ramioterai, moi qui suis au mieux avec lui. Je lui expliquerai que tu as agi dans l'intérêt général.

De quelle aiguë et ironique gaîté il assaisonnait (pour

lui seul) la syllabisation de ces deux mots : *in-té-rêt gé-né-ral !* En les prononçant, il se répétait intérieurement, avec une vraie gaîté, cette fois :

— Il t'en foutra, lui, le Borgnot, il t'en foutra, de l'intérêt général.

Et, en une brève et sinistre vision, il imaginait le gueux couchant Désiré en joue, comme le gabelou de jadis, et ne le manquant pas. A cette vision, son sourire s'épanouissait, tandis qu'en lui-même, à voix bourdonnante et vague, ainsi que d'un étranger, il entendait susurrer ces mots :

— Et ainsi tu ne serais pas coupable, toi, nullement coupable.

Machinalement, il se frotta les mains, l'air si content que Désiré lui dit :

— Qu'est-ce que tu as donc, que tu sembles tout ravi ? Pourquoi ?

— C'est de revoir le pays, répondit Amable vivement. Ma belle Thiérache !

Ils étaient alors en haut de la grimpette d'Eclausiaux. La phrase que venait de dire Amable, il l'avait trouvée tout instinctivement pour dissimuler la vraie cause de sa joie ; mais, à peine prononcée, elle traduisit une impression qui se produisit aussitôt après. C'était la toujours neuve et inévitable impression d'attendrissement qu'Amable avait eue, voici treize ans, en revenant se terrer au pays après ses défaites parisiennes. Aujourd'hui encore, c'est après des défaites qu'il rentrait, mais des défaites qui ne lui étaient point personnelles. Au contraire, dans la honte générale, il se sentait, lui, comme rehaussé, glorieux de sa blessure, et fier de se dire :

— L'ennemi ne l'occuperait pas, ma belle Thiérache, s'il y avait eu pour défendre la France plus de gaillards comme moi et moins de poltrons comme mon frère.

Et il montra le poing à un peloton de soldats prussiens qui, là-bas, sur la place de Herme-les-leups, faisaient l'exercice.

— Prends garde, cadet, lui souffla Désiré d'un ton tremblant.

— Mais ils ne peuvent pas me voir à cette distance, s'exclama le cadet en riant d'un rire rageur. Laisse-moi donc, encore un peu, avant d'être sous leur coupe, laisse-moi leur crier ce que le Borgnot leur a si bravement fait sur la gueule.

Et, dressé tout debout, il envoya, d'une voix tonnante, le mot à travers la vallée, tandis que Désiré gémissait piteusement :

— Je t'en prie, Amable, je t'en prie, tais-toi ! Tu vas me compromettre.

XXX

De bonnes et braves larmes, et douces à verser, venant d'abondance et ayant pris source au fin fond du cœur, telles furent celles dont Amable mouilla le visage de la vieille Marceline, quand elle le reçut dans ses bras, au sauter de la carriole, et demeura un long temps, sans dire un mot, ses lèvres pieusement collées à la hideuse cicatrice. Ah! elle n'avait pas besoin de parler, en effet, et son acte simple, en sa vénérante tendresse, valait tous les discours du monde. Ce qui ne l'empêcha pas, la chose faite, de la commenter à sa façon, dont Amable pleura de plus belle.

— A la bonne heure, s'exclamait la vieille, te v'là core mieux un vrai Randoin, avec ta balafre d'à c't'heure! Défunt ton père avait son pilon de bois. Toi, tu as ton menton en manque. Mais de la viande en moins quéque part, enlevée à la guerre, amon, ça prouve qu'on en a en plus par ailleurs. Tout un chacun ne peut pas en dire autant.

Et, avec ces mots prononcés à griche-dents, elle jetait vers Désiré un regard de mépris. Il n'entendit pas la phrase, mais la devina, et avait d'ailleurs perçu le geste. Il fronça le sourcil et fit durement :

—Tais-toi, hein? Tu finis par m'embêter avec tes insolences.

— Tu te sens donc morveux, que tu te mouches? répliqua la vieille.

Puis, haussant le ton, et venant se planter crânement devant son maître, et le regardant bien en face, les poings aux hanches, elle ajouta :

— Ah ! je pourrai peut-être dire ce que je pense, maintenant que j'aurai Amable pour me soutenir. Car il pense comme moi, mon brav'fieu, j'en suis sûre. Il me donnera raison de ne pas aimer les Prussiens, tes sales Prussiens, tes Prussiens de mon cul. Oui, parce que c'est là que je les ai, tes Prussiens, tes amis, oui, là dans le mien, de prussien.

— Veux-tu te taire, nom d'un zo, vieille folle ! s'écria Désiré en la menaçant de son fouet brandi, qu'il faisait claquer au-dessus d'elle.

— Nin, nin, je n'me tairo nin ! hurlait Marceline.

Et elle le poursuivit en déblatérant, jusque dans l'écurie où il remisait lui-même la bidette (toujours soigneux, quoique en colère). Et quand il se retournait, le fouet levé, elle le bravait, disant :

— Tu n'oseras peut-être pas me battre, ni me foutre à la porte, amon, moi qui suis dans vô maison depuis soixante-dix ans, moi qui étais de la famille avant toi, entends-tu, faux Randoin, avant toi !

Les pleurs d'Amable s'étaient séchés pendant cette altercation, qui l'enchantait. Il songeait, en l'écoutant, et songeait avec délices :

— Je ne suis donc pas seul à le trouver lâche ! J'ai donc raison de tant le mépriser !

Marceline tout à coup s'était sauvée de l'écurie, et revenait vers la maison, le cœur réilluminé de joie :

— Oui, sûr, que je suis une vieille folle ! disait-elle en se rejetant au cou d'Amable. Sûr, puisque je te laisse là planté pour reverdir, au lieu de te demander ce que tu veux boire comme ginglette de bon accueil. Je ne me rappelais plus que mame Naïs n'était pas là pour t'honorer. Ça devrait pourtant être elle, hein ? Mais tout est en dix-huit ici, vois-tu, depuis qu'il y a les alliés chez nous, Dieu de Dieu de bon Dieu de bois !

Elle levait les bras au ciel, et répétait en grommelant :

— Les alliés, les alliés ! Les salops d'alliés !

Car elle confondait ses souvenirs de 1815 avec ses impressions présentes, si bien même, qu'un instant après,

comme elle offrait d'aller querir du vin blanc, et que
Désiré revenu répondait oui, elle répliqua :

— A moins que tes Prussiens n'aient tout bu ; car ils
sont si cosaques !

Tandis qu'elle descendait au cellier, Amable interrogea
négligemment :

— Ah çà ! où donc est Anaïs, qu'on ne la voit pas ?

— Anaïs ? fit Désiré non moins négligemment (et, en
effet, il n'attachait aucune importance à ce qu'il allait
dire) ; mais elle est à la messe, comme tous les jours,
à la messe et à son chemin de croix, à cause de son
vœu.

Comme Amable haussait les sourcils, ne comprenant
pas :

— C'est vrai, reprit Désiré, encore une chose dont je ne
t'ai pas parlé dans mes lettres ! Oh ! cela ne t'aurait pas
intéressé. Eh bien ! voici. Anaïs a fait, pendant sa retraite,
le vœu d'assister chaque jour à une messe et de dire des
chapelets aux stations du chemin de croix, jusqu'au moment où arrivera un certain événement. Je ne sais pas
lequel, par exemple. Ou du moins je suis censé ne pas le
savoir. Au fond, je m'en doute un peu.

Marceline était remontée du cellier, sa bouteille à la
main et prête à maudire les *alliés* qui avaient tant diminué
la provision ; mais en entendant parler son maître, elle
s'était arrêtée, avait prêté l'oreille.

A ce moment, Désiré se penchait vers Amable, et, l'air
égrillard :

— Oui, continua-t-il, je m'en doute. Elle veut un nouvel
enfant, et le demande là-bas, comme si je n'étais pas là,
moi pour...

A l'éclat de rire poussé par Marceline, il se retourna,
vexé.

— Qu'est-ce qui te prend ? fit-il. Pourquoi ris-tu ? De
ce que je dis ?

— Bédame ! riposta la vieille en venant verser le vin.
Faut croire, en effet, que non, que vous n'êtes pas là
pour... Puisque mame Naïs a toujours le ventre comme

ma main, depuis tantôt six mois que vous repiquez tous les deux, en tourtereaux, à la lune de miel.

Elle vit blêmir Amable, comprit qu'elle lui faisait de la peine en parlant ainsi, mais ne put se retenir de parler. Car cela aussi, elle l'avait sur le cœur depuis longtemps, et mieux valait s'en dégorger tout de suite.

— Oui, tu ne sais pas, lieu, ajouta-t-elle ; eh bé ! tel que tu le vois, ton aîné, avec cinquante-cinq ans aux prunes, sa femme en est tout éberluée, à c't'heure. C'est comme je te le dis. Et lui, dame, tu conçois, ça le farande.

Désiré se rengorgeait, rougissant un peu, clignant de l'œil, et sans s'apercevoir de l'aigre mine que prenait Amable, devenu quasi livide. Il est vrai que le cadet se cachait en cet instant le visage dans sa main, n'en laissant voir que le bas, où la pâleur verte de sa peau disparaissait dans le roux de la barbe, excepté du côté de la cicatrice, dont les bourrelets étaient violâtres. Au surplus, Amable réagit brusquement, et, affectant de plaisanter :

— Comment ! dit-il, avec un ricanement d'apparence gouailleuse, ça te reprend, la femelle, à ton âge ! Tu n'es pas honteux, vieux couriat !

Désiré se rengorgea de plus belle, tout glorieux d'avoir à répondre :

— Mais ce n'est pas moi qui cours après elle, je te le jure. C'est elle, oui, elle, en vérité, qui... Demande plutôt à Marceline, si je mens.

— Il ne ment pas d'une liquette, s'écria la vieille. N'y a pas à dire non ; c'est bé mame Naïs en personne qui lui a rallumé ce feu-là aux fesses. C'est elle qui lui affait la cour, amon. Elle virait autour de li en s'esbrouiffant comme une poulette autour d'un vieux cô. C'est farce, n'est-ce pas, sûr ? Mais c'est ainsin. E' n' n'avait envie, ça crevait l's yeux.

Amable n'en pouvait croire ses oreilles. Que Désiré, lui, eût été repris de désir pour sa femme, d'un désir sénile (ainsi Amable le qualifiait), que la chair d'Anaïs, reposée dans la retraite, eût aguiché le mari, cela paraissait admissible. Mais que la malheureuse, après avoir connu

25

avec Amable toutes les délices de l'amour, de la passion,
de la volupté, tous leurs plus pimentés ragoûts, fût revenue avec appétit à ce paour bientôt sexagénaire, et eût
fait pour lui la coquette, et en eût semblé ridicule même
à la vieille Marceline, Amable se refusait à y ajouter foi.
Il s'imaginait être la proie d'un cauchemar. C'est en toute
sécurité qu'il partit d'un bruyant éclat de rire et s'é-
cria :

— Allons, tu te fous de lui et de moi, n'est-ce pas, Marceline ? Me raconter qu'Anaïs a eu envie de... oh ! non !
assez ! assez !

Désiré se requinqua d'un air froissé, en grognant :

— Pourquoi pas, donc ?

Et Marceline, venant parler en plein au nez d'Amable,
insista :

— Quand je te répète qu'é'n' n'a envie, oui, mon fieu,
oui. Et la preuve, tu la verras par toi-même. Car é'n' n'a
toujours envie.

Puis, se retournant vers Désiré, avec une moue moqueuse :

— Faut même croire, continua-t-elle, pour que cette
envie-là lui dure autant, que tu ne la lui passes guère.

— C'est ce qui te trompe, riposta Désiré.

Et il allait sans doute entrer en des détails scabreux,
Amable le comprit à lui voir soudain la face enflammée.

— Ah ! le bougre, pensa-t-il, qu'est-ce qu'il va me dire,
quelles saloperies ?

Il eût voulu lui fermer la bouche d'un grand coup de
poing.

Ah ! quelle rage frénétique, insensée, formidable, le
secoua, quand tout à coup, cette bouche, prête à expectorer
des confidences d'alcôve conjugale, cette bouche d'où allait
jaillir ce sacrilège contre son ancien amour, il la vit se
fermer, non sous son poing comme il le désirait, mais
sous le tendre baiser d'Anaïs ! Elle venait d'entrer en
courant, à la légère, et Désiré s'était levé aussitôt pour se
précipiter amoureusement au-devant d'elle. Et là, en face
d'Amable, avant même de lui rien dire, à lui, le pauvre

blessé, l'ancien amant enfin de retour, oui, là, sans peur de l'offenser, sans pudeur, les deux époux se baisèrent sur les lèvres !

C'est seulement ensuite qu'Anaïs eut l'air d'apercevoir Amable, et qu'elle alla lui tendre la joue, avec une sorte de gêne résignée. Dans ce froid mouvement Amable vit toutes sortes de monstruosités : oubli de lui au passé, dégoût physique de lui au présent, infâme trahison en faveur de Désiré. Et, tandis qu'il embrassait Anaïs, très longuement, à la mode thiérachoise, avec une envie de la mordre, et en lui frottant exprès sa cicatrice contre le visage, il se disait :

— Tu seras encore à moi, va, garce.

Il fallait la superbe et sincère sérénité de Désiré pour ne point comprendre cette farouche résolution, si énergiquement empreinte dans les regards, le geste, toute l'attitude d'Amable. L'indignation, en effet, était tellement forte chez l'amant trahi, qu'elle ne pouvait se dissimuler. Certes, en ce moment, Amable n'aurait pas mieux demandé que d'être compris de la sorte, afin que Désiré lui sautât à la gorge. Pendant une seconde, même, la phrase outrageante pour Anaïs et le mari fut sur le point de jaillir au dehors, Amable songeant :

— Ce sera la bataille, tant mieux ! Et je serai le plus fort. Je lui en veux tellement, au misérable !

Cette folle envie ne céda que devant un brusque cri de Marceline faisant diversion, et surtout à une supplication brève et toute-puissante d'Anaïs elle-même. Les deux femmes, en effet, avaient nettement perçu, elles, le soulèvement de colère furieuse qui allait crever chez Amable, et elles en avaient été épouvantées.

Marceline, aussitôt s'était écriée, courant vers la cour :

— Ohé, va-trop, viens donc me chercher mes siaux, tiens, pour remplir?

Le va-trop, pourtant, n'était pas dans la cour; mais la vieille pensait très sagement que l'empoignade possible entre les deux frères n'aurait pas lieu sous la menace d'un nouveau témoin survenu. Aussi bien, tandis qu'elle appe-

lait et détournait l'attention de tous vers l'extérieur, Anaïs
avait eu le temps de glisser à l'oreille d'Amable et avec
un ton de douce prière que lui donnait la peur :

— Je vous expliquerai, quand nous serons seuls.

Le *vous* était irritant, sans doute; mais il était corrigé
par l'espoir du *quand nous serons seuls*. La vanité
d'Amable mit donc le *vous* au compte du saisissement
que devait éprouver Anaïs, et se délecta suffisamment du
reste pour se griser aussitôt de consolantes chimères. Il
lui sembla lire dans les yeux d'Anaïs, très troublés en cet
instant, qu'elle l'aimait toujours, certainement, et que la
prétendue lune de miel, reprise avec Désiré, n'était qu'une
frime machiavélique. Dans quel but? Et pourquoi aussi
ces excès nouveaux de dévotion? Il n'en savait rien. Mais
qu'importe! Puisqu'on allait lui donner le mot de tous ces
secrets, *quand nous serons seuls*. Et l'idée de cette
revanche d'amoureux lui ôta toute velléité de revanche
autre, si bien qu'il se mit soudain, sans hypocrisie aucune,
ni même ironique intention, à sourire bonnement à Désiré.

Marceline, quoique si fine mouche, s'imagina qu'elle
s'était trompée tout à l'heure, en croyant Amable prêt à
un mauvais coup, et que sur la lune de miel aussi elle
avait fait erreur, en supposant Anaïs éprise de Désiré.

— Ou bien alors, pensa-t-elle, c'est que la mâtine est
core plus denrée que je ne me le figurais, et que son envie
de l'un ne l'empêche pas d'avoir envie de l'autre. Ah! la
sacrée bique! Leurs y en faut, à ces cagotes-là!

Car elle lui en voulait maintenant, sûre qu'en tous cas
on avait *fait tort à ce pauv' Amable*. Toutefois, en sa
grande indulgence de vieille, elle se sentait disposée à
pardonner, si Amable devait rentrer en grâce pleinement,
Amable, son cher Béjamin. Très sage, au reste, et perspicace, elle voyait juste l'avenir probable, recommence-
ment tranquille du passé, et songeait :

— Allons, allons, j'étô bête de me tracasser rapport à
une estrangouille possible. Nô dame aime core Amable.
Alors tout va comme il faut. Tant qu'elle fera toujours

avec, il n'arrivera rien entre les deux frères. Prions donc
le bon Dieu pour qu'elle ait longtemps ainsi la cuisse gaie
et le croupion chaud.

La journée, si mal entamée, se termina joyeusement par
un fin dîner où assistaient tante Zénaïde et l'abbé Pauquet. On y fêta le retour du prisonnier, on y but ferme à
sa blessure glorieuse, sur laquelle le curé fit quelques
belles phrases éloquentes, douces au cœur d'Amable.

Cela l'aida un peu à supporter l'énervement qu'il avait
recommencé à sentir, le tantôt, en voyant Désiré très
amoureux d'Anaïs et celle-ci très coquette à ces galantes
manifestations. Il avait beau se répéter que c'était de la
frime machiavélique, il en était agacé. Il lui semblait,
vraiment, qu'Anaïs exagérait son jeu. Il s'attendait sans
cesse, et toujours vainement, à ce qu'elle lui donnât une
preuve de constant amour malgré cette comédie conjugale.
Il avait espéré quelque petite œillade, un serrement de
main ou un effleurement de pied à la dérobée, une parole
même, oui, une tendre protestation, ne fût-ce que la répé-
tition de la phrase si bienvenue ce matin :

— Je vous expliquerai, quand nous serons seuls.

Malgré le *vous*, comme il l'eût trouvée douce, cette
vague promesse, qui ne parlait cependant pas de baisers,
ni d'amour, mais simplement d'explications! Il se régalait
à l'avance de ce moment souhaité, de ce tête-à-tête où il
pourrait enfin la prendre dans ses bras, lui parler bouche
à bouche, la caresser, la posséder! Car il ne doutait plus,
à présent, de la manière dont cette explication devait
se terminer fatalement.

Et ce n'est plus par esprit de vengeance contre Désiré,
par orgueil de mutilé qui veut être choyé malgré sa cicatrice, par calcul et mauvaiseté, qu'il désirait Anaïs. Non,
non, il l'aimait encore, il l'aimait plus qu'il ne l'avait
jamais aimée, croyait-il.

Hélas! il ne s'apercevait pas, le malheureux, que la
recrudescence de son amour avait pour cause première et
principale la certitude où il s'enfonçait d'heure en heure
davantage, sans se l'avouer, l'horrible certitude de n'être

25.

plus aimé par Anaïs. Oui, sans se l'avouer en termes exprès. Mais combien il le sentait, à d'obscures et lancinantes tranchées de jalousie, qui soudain lui passaient dans les entrailles à retourne-boyaux, comme s'il avait avalé quelque poison!

Et c'était du poison, en effet, un brûlant et acide poison, dont son être se tordait, que de voir Anaïs faire la chatte autour de Désiré, en si parfaite comédie! Ah! cela ne pouvait pas être de la comédie! On ne pousse pas la frime à ce point de sincérité apparente! En vain l'orgueil d'Amable se révoltait contre l'hypothèse absurde de cette sincérité admise comme réelle. Si fort que fût cet orgueil, il souffrait de constater comme tout donnait raison à la monstrueuse hypothèse. Dire qu'un mot, un geste, un clin d'œil d'Anaïs eût suffi à le tranquilliser, et qu'elle le comprenait bien, et qu'elle s'obstinait de plus en plus à les lui refuser, expressément, positivement!

Car, au dîner, il ne lui fut plus permis, à l'amant évincé, de conserver l'ombre d'un doute, en dépit de tout son orgueil et de sa ténacité d'espérances.

Assis à côté d'Anaïs, il essaya d'entrer en contact avec elle, bêtement, à la façon d'un galantin risquant une craintive déclaration au moyen d'un pied curieux et d'un genou frôleur. Il en fut pour sa sotte honte, et subit le plus mortifiant échec. Même cela, elle y renâclait, et avec une répugnance nullement déguisée à cette heure. Car, à mesure que la journée s'était écoulée, et qu'Anaïs avait vu Amable se soumettre, en somme, elle était devenue plus catégorique en son quant-à-soi. On eût dit, en vérité, qu'elle cherchait à le tourmenter. Un instant, Amable en tira cette conclusion un peu calmante pour son amour-propre :

— Peut-être se figure-t-elle que l'absence m'a refroidi, et elle veut me rattiser en me rendant jaloux. C'est assez femme, et elle l'est tant !

Il profita de ce regain de foi pour lui demander tout bas :

— Quand m'expliqueras-tu? Quand donc serons-nous seuls ?

Et il s'attendait presque, en ce rapide retour de fatuité, à ce qu'elle lui répondît :

— Tout à l'heure, mon aimé, cette nuit.

Un simple regard, où cette réponse aurait été jetée, sans même qu'on prononçât une parole, il n'en eût pas fallu davantage pour le plonger dans le ravissement. Et il en avait conscience, et se disait en l'attendant :

— Comme je l'aime ! Comme je vais le lui prouver ! Comme c'est bon d'aimer !

Mais, au lieu de cette réponse, fût-ce muette et exprimée seulement par un regard, il reçut, comme des coups de couteau en plein cœur, ces mots :

— Demain, demain, mon ami ; vous voyez qu'aujourd'hui c'est impossible.

Cela d'un ton presque impertinent, tant il était détaché, tant l'on comptait pour rien l'angoisse d'Amable, tant l'on avait l'air de lui signifier que ces instances étaient importunes ! Et l'impertinence fut encore soulignée par la hâte que mit Anaïs à se retourner gracieusement vers Désiré, pour répondre à une question absolument oiseuse. Il semblait que cela seul avait quelque intérêt, qui sortait de sa bouche à lui !

— C'est un rêve que je fais, se disait Amable. Ou bien elle est folle. Je ne comprends plus. Qu'elle ait cessé de m'aimer, qu'elle aime mon frère avec cette passion, voilà déjà qui me stupéfie. Mais qu'elle s'amuse à m'exciter ainsi contre lui, à me mettre hors de moi, c'est infernal. Quelle est son intention ? Car elle en a une, évidemment.

Et, affolé lui-même, il en arrivait à des chimères monstrueuses comme celle-ci, qui lui traversa l'esprit d'un trait rouge :

— Veut-elle donc me pousser à le tuer ? On le dirait, vraiment.

Le pire, c'est qu'en réalité il ne pouvait se ménager une minute d'entretien avec elle. Outre la présence de Zénaïde et du curé, qui l'en empêchèrent toute la soirée, il trouvait toujours entre elle et lui l'indécollable Désiré, aux allures grotesques mais tenaces de mari amoureux et heu-

reux, cousu aux jupes de la coquette, et portant son amour
et son bonheur orgueilleusement en ostensoir. C'en était
presque indécent, au point que Marceline, profitant de la
familiarité éclose en fin de repas, crut pouvoir se per-
mettre, devant monsieur le curé, de lancer tout crûment
une de ses gaillardises.

— Fichtre! dit-elle, on jurerait que nô maître a ce soir
un goupillon de rechange. Savoir si ce n'est pas l'eau bénite.
qui manquera.

Anaïs, que de telles plaisanteries froissaient tant jadis,
ne sourcilla pas; au contraire, elle sourit doucement, et
envoya du bout des doigts un long baiser à son mari, tandis
que de biais elle jetait enfin un regard au pauvre Amable,
mais un regard qui voulait nettement dire :

— Eh bien! oui, c'est ainsi. Je l'ai allumé à dessein. Et
je l'aime.

Cette fois, Amable était forcé de comprendre. A voix
basse et toute rauque, il grogna rageusement à l'oreille
d'Anaïs :

— Tu veux donc que je te haïsse, malheureuse?

Tranquille et froide, quoique avec une profonde tristesse qu'elle ne put cacher, Anaïs lui répondit, les yeux
dans les yeux, et tout haut :

— Oui, c'est cela.

Quand on se leva de table, pour aller se coucher, elle
dut l'embrasser au bonsoir coutumier, et le fit d'un air de
martyre.

— Gueuse! infâme! lui souffla-t-il presque bouche à
bouche.

Et elle se contenta de murmurer très doucement:

— Merci.

Tout ce que ce *merci* révélait de chrétienne résignation, de volontaire et enthousiaste ardeur pour la pénitence, de plaisir réel et profond à subir les mépris, les
injures, la haine même, Amable ne le comprit pas. Il n'en
eut pas le moindre soupçon. Et comment eût-il pu pénétrer désormais dans l'âme d'Anaïs, si neuve pour lui, si
essentiellement transformée depuis la retraite, et comme

étrangère? Il ne vit donc en ce mot qu'une ironie. Il n'avait, pour en démêler le sens, que des données fausses, puisqu'il raisonnait sur la seule âme qu'il connût d'Anaïs, l'âme d'antan, aujourd'hui morte, abolie absolument et à tout jamais. Cela même, cet anéantissement de *son* Anaïs, pour en admettre la possibilité, il eût fallu que son moi personnel, à lui, fût devenu un autre moi. Avatar naturel à un être passif comme Anaïs, mais interdit à un être tel qu'Amable, en perpétuelle activité d'égotisme.

Aussi est-ce de très bonne foi que, le lendemain, lorsque enfin tous deux se trouvèrent seuls, il se refusa énergiquement à l'explication tant souhaitée, et fournie par Anaïs avec non moins de bonne foi. Il leur était dorénavant impossible de s'entendre, chacun d'eux parlant une langue que l'autre ignorait complètement. Ce fut un duel dans les ténèbres.

Anaïs avait, pendant sa retraite, abdiqué résolument aux mains d'un confesseur, missionnaire de passage, moine dominicain qui avait vu clair en elle, et nettement discerné la nécessité d'une discipline violente, despotique, au besoin torturante, sur cette conscience en déliquium. Il l'avait traitée comme les médecins traitent les anémiques, par le fer. Le fer, ici, était représenté par une pénitence longue, précise, minutieusement réglée, qui devait, dans l'esprit du confesseur, tonifier et reconstituer l'âme de la jeune femme. En quoi il ne s'était nullement trompé.

Naturellement le prêtre avait pris pour sanction, et aide en même temps, de son hygiène de pénitence, la terreur d'Anaïs touchant le sacrilège qu'elle avait quasi commis en communiant à Pâques après une absolution en quelque sorte filoutée. Il s'était servi aussi, et très particulièrement, de ce sentiment toujours vivace au cœur dolent de la mère :

— La mort de ma fille a été le châtiment de mon adultère et de mon sacrilège, et c'est par grâce spéciale que Dieu a inspiré à mon brave mari l'idée de la baptiser et de la sauver spirituellement *in extremis*.

Partant de là, le subtil confesseur n'avait pas eu de peine à épouvanter Anaïs de ceci, dont elle avait peur déjà d'elle-même, et qu'elle lui suggéra presque, en son affolement d'inquiète maternité :

— Qui sait si ce baptême est bien valable? Qui sait si, malgré cela, ma fillette n'est pas dans les limbes, ou même dans le Purgatoire, ou, plus effroyablement encore, victime innocente de mes fautes?

A quoi le dominicain avait ingénieusement paré en disant :

— Oui, ce baptême est valable, si vous le rendez tel par un repentir efficace. Car, en cet *in extremis*, vous avez en quelque sorte, seule assistante, fait office de marraine et de parrain, et renoncé, pour l'enfant, à Satan, à ses pompes et à ses œuvres. Mais il faut que la renonciation ait été de plein cœur. Ici elle se précise nettement pour vous. Ces pompes et ces œuvres, c'est proprement l'adultère. En y retombant donc, vous rendriez comme nul et non avenu, peut-être, cet à peu près de baptême.

La thèse n'était pas strictement orthodoxe, et les commentaires du sévère dominicain s'égaraient quelque peu en singulière casuistique. Mais il n'en eut cure ni scrupule, puisque la fin justifiait les moyens.

Et la fin, c'était que cette épouse adultère ne retournât pas à son vomissement. Tout n'était-il pas licite pour l'en empêcher?

A scruter très délicatement cette conscience, et aussi à étudier cette physiologie (car ce prêtre était *moderne*), le confesseur eut vite trouvé le secret de cette faible mais non mauvaise nature. Il la reconnut passive, bonne, tendre, jusqu'à la sensualité, et facile aux griseries voluptueuses; en revanche, fort capable de s'exalter le physique par des considérations morales, et, donc, d'aimer charnellement qui elle arriverait à aimer idéalement. Il s'agissait, par conséquent, de faire dériver vers le mari le courant de passion qu'elle avait suivi vers l'amant.

Curieux (et il le fallait bien) des plus intimes détails, il avait appris par quelles pratiques savantes l'amant avait su se rendre cher, et susciter des désirs, puis entretenir des habitudes, dans cet organisme sensuel que le mari était inhabile à mettre en vibration. Et, dès lors, à la fois pour empêcher les rechutes possibles avec l'amant, et pour faciliter la pénitence sans en avoir l'air, il s'était arrangé de façon à idéaliser le mari et à le faire (tranchons le mot) *instruire* par la femme.

La chose avait été présentée à l'esprit d'Anaïs en toute décence.

— Vous devez, *pour vous punir*, et par une sorte de compensation équitable, chercher auprès de votre mari *tout* ce que vous trouviez auprès de votre amant, et, en le cherchant, le lui donner. Que si d'abord vous n'y éprouvez que répugnance, offrez cette répugnance à Dieu, en expiation de votre crime. Et, plus tard, peu à peu, cette grâce vous sera faite, de remplir sans peine, et même avec plaisir, votre devoir, et, au besoin, un peu plus que votre devoir. J'entends par là que les inventions et les raffinements diaboliques, puisque vous avez eu le tort et le malheur de les apprendre, doivent au moins vous être utiles en ce sens. Mais je n'insiste pas, et m'en rapporte à votre tact. Il suffit seulement que vous soyez avertie et que vous vous sachiez autorisée à ces choses, désormais licites et qui même peuvent devenir pieuses, sanctifiées par le but et l'intention.

Toutefois, ces licences et ces presque instigations à la volupté, ne se développaient pas aussi brutalement. Ce n'est pas en une fois, mais à petites doses soigneusement mesurées, que l'adroit médecin d'âme conseilla ces roueries hygiéniques. Il les mêlait, d'ailleurs, à des injonctions plus apparemment religieuses, à des pénitences effectives, telles que cette obligation d'une messe quotidienne suivie de chapelets aux stations du Chemin de Croix. Le mélange était même d'une étrange dextérité, jusqu'au parfait amalgame; car le vœu (qu'ignorait Désiré, et dont il croyait avoir deviné la teneur) était celui-ci, vraiment étrange, quasi monstrueux : .

— Mon Dieu, je fais vœu de continuer cette dévotion

quotidienne jusqu'au jour où j'aurai connu dans les bras de mon mari la même charnelle extase que j'ai eu l'infamie d'éprouver dans les bras de mon amant.

En l'engageant ainsi, le confesseur savait bien que cette chair, habituée aux délices criminelles, avait besoin d'être repue encore de délices, et qu'elle en trouverait à la seule idée d'en vouloir trouver, et que cela suffirait à lui faire peu à peu passer la soif infernale, qui se changerait en une moins âpre, plus facile à satisfaire. Pareillement pour guérir un alcoolique, on ne le prive pas brusquement de tout alcool; mais on arrive par degrés à lui dépoivrer le palais, à lui rendre les papilles en joie sous des caresses de moins en moins violentes, et finalement à lui faire goûter de nouveau l'eau simple comme une boisson savoureuse.

Et, en effet, Anaïs en était presque là. Elle s'était faite, par pénitence d'abord, et à contre-cœur (croyait-elle), coquette avec Désiré. Mais, très vite, elle avait jugé la pénitence assez douce. Son état d'autrefois (si passager, et pourtant si vif) vers Désiré comme mâle, lui était revenu comme en mémoire aux sens. Et son palais, si vigoureusement brûlé au terrible alcool des caresses d'Amable, s'était tout de suite délecté, rafraîchi, au vin moins capiteux, mais encore assez corsé, qu'elle sut tirer de son mari.

Elle s'y était appliquée si consciencieusement, si *pieusement!*

— Et Dieu m'en a récompensée, pensait-elle en sa naïve simplesse. Trop, peut-être. Il me semble que je devrais expier davantage.

Voilà bien pourquoi, dès l'arrivée d'Amable, elle s'était comme heurtée à lui si durement. Sa première idée, en apprenant qu'il allait revenir, avait été pour espérer par lui la mortification dont elle se jugeait encore redevable envers la Providence. Elle s'était dit aussitôt :

— Je n'ai pas souffert mon compte. Mais lui, il va me tourmenter, à la bonne heure. Son mépris, sa haine peut-être! oh! comme je les désire!

De là son baiser à Désiré, en entrant, sa froideur avec Amable, et toute sa conduite en ce jour, pour arriver enfin à ces insultes qui lui avaient fait répondre merci avec tant de profonde reconnaissance.

Une seule chose l'ennuyait, c'est qu'Amable eût au bas du visage cette hideuse cicatrice par quoi il cessait d'être désirable à toute femme. Elle eût préféré pouvoir le trouver beau, comme autrefois, et avoir à le repousser en combattant contre cette beauté. Elle jugeait trop facile de renoncer à lui, sentait qu'elle n'y avait aucun mérite, et s'en indignait.

Hélas! combien de telles préoccupations, si généreuses et nobles en leur subtilité, étaient incompréhensibles pour Amable, à qui en ce moment elle essayait d'expliquer tout cela! Et comme elle perdait son temps à vouloir lui ouvrir les yeux! Et, n'avait-elle pas tort, même, de le vouloir, puisque, si soudain Amable avait compris, il eût cessé de la mépriser, de la haïr? Or c'est là ce qu'elle désirait, être méprisée, haïe, pour expier.

Mais, en vérité, elle ne s'attendait guère à expier de si cruelle façon!

Ils étaient seuls tous deux, dans le salon du rez-de-chaussée. Désiré avait dû aller à Herme-les-leups. Ils avaient deux grandes heures devant eux. Longuement, méticuleusement, Anaïs avait raconté sa retraite, les conseils de son confesseur, sa ferme volonté de lui obéir, le bonheur qu'elle en ressentait. Elle croyait sans doute avoir convaincu Amable, car il ne répondait rien. Il écoutait, stupéfait, assommé. Il semblait presque dormir.

Brusquement il se dressa devant elle, et lui cria :

— Tiens, tais-toi! Tu n'es qu'une putain.

Et à son tour, longuement, lui aussi, méticuleusement, non pas toutefois avec une douce et calme résignation, comme elle, mais avec une éloquence furieuse et cabrée, il donna l'explication de ce revirement. Il la donna ainsi qu'il pouvait, qu'il devait fatalement l'imaginer, en y trouvant pour causes la soif sensuelle d'Anaïs et la saloperie sénile de Désiré *instruit* par elle (ne l'avait-elle pas

26

avoué, la misérable?) Et ces causes lui paraissaient les seules admissibles, et tout le reste n'était évidemment qu'une abominable hypocrisie, un tissu de mensonges pour pallier l'infamie d'une telle trahison.

— Car, à qui feras-tu croire que c'est par pénitence, par esprit de mortification, ta coquetterie, ton allumage de Désiré? Dis donc la vérité. Je n'étais plus là, et tu avais besoin de ça, et tu as pris le premier venu. Allons, dis-moi cela, au moins. Parce que cela, ce serait pardonnable, après tout.

Oui, cela, cette faiblesse d'Anaïs à la diète de voluptés et en ramassant une miette n'importe où, cette infidélité de chair malade, il l'eût excusée. Par orgueil, par un reste d'orgueil, qui en lui ne voulait pas se rendre encore à l'évidence. Avoir été trompé de la sorte, même avec Désiré, lui semblait moins dur, moins humiliant, que cette affreuse constatation à laquelle il se refusait :

— Je ne l'aurai plus jamais, jamais. Elle est morte pour moi.

Et c'est bien cette perspective qu'ouvrait Anaïs, en présentant son retour à Désiré comme définitif, sacré, religieux. Or Amable sentait qu'en acceptant une pareille interprétation il abdiquait absolument : c'était tout son orgueil à bas!.

Il s'arrêtait donc à des chicanes de détail (oh! combien inintelligentes!) telles que :

— Parbleu! je comprends! Si j'étais revenu avec le même visage que j'avais en partant, tu ne me ferais pas tant de giries dévotes, tu ne m'inventerais pas toutes ces bourdes. Tu lâcherais ton paour, qui doit être quand même un foutu maladroit, malgré tes leçons; et tu reprendrais ton maître d'amour, moi, moi, le seul qui t'ait fait ce que tu es, putain, putain! Mais c'est ma gueule qui te répugne, qui t'épouvante, n'est-ce pas? C'est ma cicatrice! Alors tu cherches des faux-fuyants, des raisons pour ne plus recoucher avec moi. Et tu mens, et tu veux me convaincre de tes repentirs, pour me cacher simplement ton dégoût. Mais avoue-le-moi donc, que je te dégoûte? J'aimerais mieux ça.

— Hélas! répondait-elle, je n'éprouve du dégoût que
pour moi-même, pour mon péché d'autrefois. A coup sûr,
je préférerais vous retrouver beau, comme jadis, et sans
cette horrible plaie.

— Tu vois bien, criait-il en l'injuriant de nouveau par
termes orduriers.

— Je vois, reprenait-elle, que vous vous égarez de plus
en plus. Oui, je voudrais vous retrouver encore plus beau
que vous ne me sembliez jadis, irrésistiblement beau, le
plus beau des hommes, et jeune, et radieux, pour avoir
plus de gloire à vous repousser, puisque en vous c'est le
péché lui-même que je repousse.

Pour le convaincre, elle lui dit tout à coup :

— Tenez, je vais vous prouver que la cicatrice ne me fait
pas horreur. Je vais y poser mes lèvres, si vous le voulez.

Et, sans même attendre sa réponse, elle mit, en effet,
sur la blessure d'Amable, un long baiser, avec une héroïque
tendresse.

— Ah! pensa-t-il, j'avais donc raison! Elle ne m'a été
infidèle que par besoin des sens. Mais elle m'aime encore.
Je l'aurai encore. Je vais l'avoir.

Il comprenait de moins en moins, à un point qu'elle ne
pouvait certes pas supposer; sans quoi elle n'eût pas ainsi,
de gaîté de cœur, affronté la suprême épreuve et le péril
(pour elle) de ce soudain peau-à-peau. Mais, comme son
mysticisme désormais était lettre close à l'esprit d'Amable,
l'ancien Amable lui était à elle maintenant un être indé-
chiffrable.

Elle fut donc stupéfaite du mouvement, pourtant inévi-
tablement déterminé, que son acte suscita aussitôt. Elle
ne s'y attendait vraiment pas, tandis qu'Amable était convaincu qu'elle l'avait provoqué.

Ce mouvement, ce fut un brusque élan de rut, par
lequel Amable fut, à l'instant, et de toutes ses forces, jeté
vers Anaïs.

— Elle s'offre! se dit-il, sans même prendre le loisir de
réfléchir à l'étrangeté de cette offre après une si longue et
si pénible conversation.

Et, profitant de ce qu'Anaïs était tout contre lui, corps
à corps, en train de baiser la cicatrice comme une patène,
et en aucune façon sur ses gardes, il la crut s'abandonnant,
et la renversa sur le canapé qui se trouvait derrière elle.
En même temps, il lui mordait la bouche à pleines
lèvres.

Mais brusquement deux mains contractées l'empoignaient
par le cou, à l'étrangler, et Anaïs, les yeux flamboyants
de colère, lui cracha au visage.

Il éclata de rire, sardoniquement, et grommela, tout le
corps tendu, la tête dégagée :

— Je t'aurai, je t'aurai. Je te veux. Qu'est-ce que tu as?
Es-tu folle?

Puis il s'imagina pendant une minute qu'elle résistait
par raffinement, pour se faire violer.

Mais il fut obligé de s'apercevoir qu'elle luttait sincèrement, en lui voyant, à elle aussi, tout le corps tendu,
toute la volonté en faisceau. Il en fut exaspéré, perdit la
raison, tenta cette chose impossible : un viol.

Et soudain son énergie s'étant dépensée entièrement et
follement à cet assaut musculaire, sa provision d'influx
nerveux vite épuisée à cet exercice (où des hommes jeunes,
eux-mêmes, sont tôt mis à bout), il eut la honteuse et
désespérante sensation de sa virilité réduite à néant. Il
contempla en son horreur cette vision qui lui passa devant
les yeux : si Anaïs tout à coup lui cédait, il serait, lui, le
vainqueur, il serait impuissant à profiter de la victoire.

Il la lâcha, se releva, la sueur ardente de la bataille se
changeant sur toute sa peau en sueur froide. Il regarda
longuement Anaïs, qui ne se redressait même pas, restait
accroupie, pelotonnée et barricadée. Elle ne semblait pas
s'enorgueillir de n'avoir pas été défaite. Mais sa sérénité
était plus insultante que la plus superbe attitude.

Amable en pleurait de rage. Il eut, un instant, la lâche
idée de se jeter à genoux et de la supplier. Elle le devina,
et lui dit très doucement :

— Non, je vous jure que non. A moins de me tuer...

Elle était debout maintenant. Il la frappa du poing

en plein visage. Elle tomba, la bouche ensanglantée, sans un cri, sans même un regard de reproche, cependant qu'il se sauvait après lui avoir jeté comme dernière parole, au lieu d'un « *pardon, pardon* », un ignoble :

— Charogne, va !

XXXI

Il était saoul. Il était fou. Il ne voyait plus qu'en lui-même, où tout lui semblait de rouges ténèbres. Il marchait, il courait, à travers champs, tout droit devant lui, sans savoir où il allait, sans se demander ce qu'il faisait, ce qu'il voulait faire. Il était nu-tête, au gros du soleil. Il suait à lourdes gouttes et se sentait transi de froid. Il ricanait par moments, et se frottait les mains, à se dire, en s'arrêtant pour soliloquer tout haut :

— Si elle crevait là-bas ! Pourquoi ne l'ai-je pas assommée ? Elle l'est peut-être. Et personne ne m'a vu. Personne n'en saurait rien.

La ferme, en effet, était vide lorsqu'il en était parti. Désiré ne devait pas rentrer avant une bonne heure. Marceline lessivait, au bas de l'écluse. Le garçon meunier était à Hirson, et le va-trop dormait à l'écurie, mettant à profit l'absence du patron. Amable, ricanant derechef, pensait :

— Moi aussi, je peux mettre à profit cette absence. Quelle idée !

Il revint machinalement sur ses pas, en courant, toujours le rictus aux lèvres.

— Oui, oui, je vais l'achever, c'est dit. Elle ne l'a pas volé.

Puis il fit halte, brusquement, et trembla de tous ses membres, à ces réflexions, suggérées en lui comme par quelqu'un :

— Bête ! Avec ça que Désiré ne t'a pas laissé auprès d'elle ? Donc, il saurait, lui ! Comment expliquerais-tu ?... Allons, allons, mon bonhomme, pas de stupidités, hein ?

Pas tant d'histoires, pour si peu de chose ! Ne risque pas ta tête pour une femme ratée ! Ce serait trop godiche, mon vieux !

Il ne ricanait plus nerveusement. Subitement calmé, le sang rafraîchi d'ailleurs par le grand air, il riait d'un rire presque bon enfant.

— Mâtin ! vous êtes gai, vous ! grogna derrière lui une voix aigre et faible.

Il se retourna, ne vit d'abord personne ; puis, entendant du bruit comme sous terre, il regarda à ses pieds, et aperçut, dans le fond d'un fossé, sous une petite arche de ponchet, un homme caché parmi les ronces.

C'était le Borgnot, mais à peine reconnaissable. A la voix, Amable ne l'avait pas deviné ; car cette voix était maintenant toute cassée et fausse. A la mine, il fallait un effort pour retrouver la trogne d'antan, enluminée, joyeuse, dans cette face hâve, décharnée, au ton bis. Seul le petit œil gris gardait son caractère de jadis, son éclair de vrille en pâle acier.

— Et qu'est-ce que tu fais donc là-dessous, Borgnot ? demanda très affectueusement Amable, en sautant dans le fossé pour se rapprocher du gueux.

D'un preste mouvement, le Borgnot avait dissimulé quelque chose dans un sac de toile, quelque chose de luisant. Il tenait encore en main un objet dont la lueur métallique fut perçue par Amable.

— Oui, reprit celui-ci, qu'est-ce que tu fais, et qu'est-ce que tu caches ?

Le Borgnot le contempla sournoisement et répondit, en s'asseyant sur le sac :

— C'est m'n affaire, amon. Je ne vous demande pas, moi, pourquoi que vous riez et que vous vous promenez ainsi, la caboche sans capet, au grand soleil. Chacun ses œuvres, donc ! Laissez-moi faire les miennes.

— N'est-ce pas toi qui m'as interpellé ? dit Amable.

— Malgré moi, répliqua le Borgnot. Oui, sûr, je n'ai pas pu m'en retenir.

— A cause ? Parce que je riais, peut-être ? Hein ! c'est ça ?

— Bon Dieu, oui, que c'est ça! Que vous preniez la vie à
rire, vous, avec tout ce qui se passe ici! Je m'en mange-
rais le ventre, moi, m'sieu Amable. Mais vous ne savez
donc rien, rien du tout? Ou ben, vous n'avez donc plus
de poil nulle part, nom d'un tonnerre? Vous, que vous
supportiez tout ça!

Et le vieux poussa un sourd rugissement, en s'arrachant
les cheveux.

— Quoi? Qu'est-ce que je ne sais pas? fit Amable, l'excitant exprès.

— Eh bé! reprit le Borgnot, tout, donc! Et les Prussiens! Et la schlague en fer qu'ils m'ont foutue, devant le
lâche qui m'avait dénoncé! Et que tout lui réussit, à ce
gros plein de soupe-là! Et qu'il est maire! Et qu'il sera
maire et père, avec vô belle, mon fiston, parce qu'il la
carambole à son loisir, voyez-vous, et qu'elle l'a dans la
peau, elle! Et tout ça ne vous fait rien, quand même! Et
vous riez! Et vous êtes gai, vous! Vous êtes heureux!

Ah! quelle haine étincelait dans l'œil du Borgnot!
Comme Amable en fut touché, ravi en gratitude! Tout
d'un coup, sans précaution oratoire, le visage penché vers
le gueux presqu'à l'embrasser, il lui dit:

— Je ne serai vraiment heureux, Borgnot, tout à fait
heureux, que le jour...

Mais il n'avait pas eu besoin d'achever sa phrase. Avant
même qu'il l'eût commencée, le Borgnot l'avait devinée,
et il la termina ainsi, en montrant ce qu'il cachait dans sa
main:

— Oui, que le jour où on lui aura mis ça entre les deux
yeux.

C'était une cartouche au culot de cuivre. Le Borgnot la
caressait comme un fruit, et l'on eût dit qu'il allait y
mordre, à voir sa langue frétiller à petits coups gourmands
sur sa lippe.

— Oui, reprit-il, ça dans ch'tiête, et vous rirez pour tout
de bon, hein, m'sieu Amable. Ah! que vous rirez-t'y, fin
Dieu de bois!

Puis, d'un air farouche et avec un grand soupir:

— Mais pas core tant que moi, tout de même, je vous en réponds.

Amable avait le cœur battant de féroce joie. Il en perdait toute prudence.

Tout à l'heure, n'avait-il pas failli déjà proclamer en termes nets son désir de fratricide, ce désir si longtemps obscur en lui, qu'à peine il osait s'avouer à lui-même, et dont il ne parlait jamais au Borgnot qu'à la muette, en insinuations de regard? Et voilà que maintenant, loin de regretter cette quasi-confidence exprimée, il éprouvait le besoin, l'irrésistible besoin de la compléter tout au long. Il en voulait presque au Borgnot de la lui avoir, en quelque sorte, extorquée en achevant la phrase. Cette phrase, il tenait à la prononcer entière. Sûr de la haine chez son vieux et discret complice, il avait comme honte de ne pas étaler une haine plus profonde encore et en faire parade pour en humilier le gueux.

Il avait été particulièrement froissé de la dernière affirmation du Borgnot. Il lui répliqua en se rapprochant :

— Pas tant que toi, dis-tu? Allons donc! Mais tu ne lui en veux, toi, que depuis quelque temps. Moi, je lui en ai voulu toujours.

— Pas assez, riposta le Borgnot, pas comme il faudrait.

Et, comme Amable allait protester de nouveau et se répandre en plaintes furieuses, le malandrin lui mit familièrement la main sur la bouche et lui cria d'une voix rauque :

— A quoi bon des parleries? Ça ne prouve rien. Non, vous ne lui en avez jamais voulu pour de vrai, puisqu'il vit core.

Amable, machinalement, regarda autour de lui, comme s'il craignait d'être entendu par quelqu'un. Puis, presque à l'oreille du Borgnot :

— Eh bien? murmura-t-il. Et toi donc? Pourquoi fais-tu tant le malin? Est-ce que tu l'as tué? Est-ce que tu le tueras?... Peuh! des blagues!

Le Borgnot tira de dessous lui le sac sur lequel il était

assis, le dénoua lentement, développa la toile, et montra un fusil tout frais astiqué. Il semblait ne plus s'occuper d'Amable, ne pas agir ainsi en vue de lui répondre, et n'avoir d'attention que pour l'arme. Il la contemplait, la retournait, la câlinait, avec un silencieux sourire.

Amable ne parlait pas non plus, demeurait haletant. L'arme semblait, lui aussi, le charmer, le tenir comme en extase. Il était presque jaloux que le Borgnot la caressât.

— Alors, dit enfin le vieux, vous vous imaginez que ça, c'est pour en faire des reliques que je l'entretiens comme ça? Vous croyez peut-être que c'est en souvenir du Prussien que j'ai débarbouillé avec mon bren?

Son rire silencieux s'était changé en un rire à la fois goguenard et sinistre, tandis qu'il mimait, accroupi, sa cacade sur la face du mort.

Et, tandis qu'Amable l'écoutait bouche bée, le vieux lui raconta qu'il avait, depuis lors, accompli des miracles pour garder et maintenir en bon état ce fusil précieux, volé au suicidé et destiné maintenant à *ce lèche-cul de maire, plus Prussien que les Prussiens.*

Sans domicile, sinon parfois des coins d'écurie, le Borgnot ne pouvait mettre en dépôt nulle part ce fusil trop facile à reconnaître. Il devait donc le confier à des cachettes, l'enterrer, et venir de temps en temps le regarder et l'entretenir. Amable l'avait surpris dans cette occupation. Ici, sous l'arche du ponchet, dans les ronces, pas de danger qu'on vous dérangeât! Pour être venu là, il fallait qu'Amable fût fou, égaré à travers champs jusqu'à cette fondrière. Et encore, n'eût-il pas vu le Borgnot, si l'autre n'eût pas parlé.

— Allons, fit brusquement Amable, c'est à ton tour d'être bavard. Tout à l'heure, tu m'as imposé silence. Maintenant, tu n'arrêtes plus de jacasser. Et pour me dire quoi, je te demande? Une belle affaire, d'avoir un fusil tout paré, et des cartouches, pour les regarder!

Pendant qu'il avait longuement prêté l'oreille aux papotages du gueux, il n'avait écouté, en somme, qu'une suite de raisonnements qui se déroulaient en lui comme indépendamment de sa volonté et même de son intelligence. C'était, en quelque sorte, un étranger qui (sans le distraire, en apparence, de la conversation extérieure) lui murmurait *in petto* :

— Ce vieux en veut à Désiré, certes ; mais il ne serait pas fâché non plus de joindre à la satisfaction de sa haine un profit plus palpable. De là cette interminable histoire qu'il te conte, afin de te montrer le mal qu'il a eu à préparer sa vengeance, et, par conséquent, tout le prix que cela vaut. Mais ne ruse pas avec lui. A quoi bon? Va droit au but. Sois franc et net. Prouve que tu lui es supérieur. Aie le courage, après ta confidence, de lui faire carrément ta commande. Sois honnête homme!

Et, *en honnête homme*, il dit soudain au Borgnot, avec une claire physionomie :

— Combien veux-tu, m'n ami, pour le tuer? Voyons, fais ton prix.

Il obtint pour toute réponse un regard chargé du mépris le plus profond, tellement, qu'il en pâlit, comme d'un outrage reçu.

— Ah! fit alors le Borgnot en se rengorgeant, je l'savais bé, amon, que vous ne le détestiez pas autant que moi. Vous avez core un cœur de bourgeois, malgré tout. Pauv' petit m'sieu! Pauv' petit m'sieu!

Il se leva tout debout, et ajouta, l'écrasant du geste :

— Quand c'est pour de vrai qu'on n'aime pas les gens, on ne les fait pas tuer par un autre, voyez-vous! Ah! fin Dieu! si quelqu'un m'avait tué mon gabelou, à moi, mais j'y en aurais voulu autant qu'au mort.

Amable suffoquait d'humiliation. Il se sentait inférieur à ce scélérat. Il souffrait au plus intime de son orgueil. Il eut un moment l'envie de se défendre contre cette accusation qu'on lui jetait à la face ainsi, d'être pusillanime, de ne pas bien et vigoureusement haïr. En même temps, ses mesquines vanités de psychologue sagace étaient froissées, à cause de l'erreur qu'il avait commise en croyant à des astuces de vénalité chez le Borgnot. Il se trouvait; à tous

les points de vue, en comparaison de ce gueux, n'être
qu'un petit garçon. Au moins voulut-il en avoir le béné-
fice, et même, par là, prendre une façon de revanche.

— Bah! pensa-t-il, mettons que je ne suis pas un assassin
à poigne, et que je préfère le crime sans péril! Mais alors,
puisque c'est lui l'homme fort, servons-nous-en.

Et prenant l'air humble (il l'était, d'ailleurs, effectivement) :

— Eh bien! oui, dit-il, tu as raison. Oui, j'avoue que ta
haine est plus brave que la mienne. Mais ne me méprise pas
à cause de cela. Est-ce ma faute, à moi, si je ne puis surmonter l'espèce d'horreur que j'ai, quand même, à l'idée
de commettre une pareille chose? Mon frère, en somme!
C'est mon frère? Que veux-tu! Appelle-moi lâche, soit!
Ah! pourtant, reconnais que je hais aussi, et que je veux
aussi... Et accepte, accepte au moins ma complicité dans
ton acte, puisque c'est toi, toi seul qui le feras, et sans
que je te paye pour cela, mais en te payant toi-même par
le plaisir de te venger.

Le discours était bien subtil. Le Borgnot n'était peut-
être pas en état de le comprendre nuance à nuance. Mais
il en sentit, sûrement, ce qu'il y avait là dedans de défé-
rence et d'affection pour lui. Il en fut ému. Un attendrissement singulier lui vint au cœur. Ce m'sieu Amable
qu'il venait d'humilier, c'était le m'sieu Amable que tant
il admirait jadis, et que toujours il aimait, somme toute,
et le seul être même qu'il aimât désormais. Aussi, tout
soudain, il lui sauta au cou et l'embrassa. Après quoi,
comme lui faisant un grand cadeau, il lui dit :

— Tenez, mon cher doux ami, savez-vous comment je
m'arrangerai, afin que vous soyez satisfait, quant et moi?
Ah! il faut que ce soit vous, pour que je promette une
chose pareille. Eh bé! fieu, écoutez! Vous allez voir si
le Borgnot en tient pour vous, et vous veut du bien, et
vous choie ainsi que lui-même.

Et en parlant de la sorte, il l'avait repris dans ses bras,
et le serrait contre sa poitrine, avec des tremblements passionnés.

— Eh bé◆ continua-t-il, v'là ce que c'est; le jour où je le tuerai, je vous jure de le tuer pour vous autant que pour moi.

Amable se sentait encore amoindri par cette sorte de partage où il n'avait que des restes; et, pendant l'étreinte même, il pensait douloureusement :

— Alors, lui aussi! Jusqu'à lui, ce pauvre, qui me fait l'aumône !

Un désir de vengeance contre le Borgnot, de vengeance atroce, exorbitante, lui traversa l'esprit. Et, à peine fut-elle conçue, qu'il ne la jugea plus si exorbitante. Pouvait-il, en effet, y avoir un châtiment trop fort pour payer le supplice de honte qu'en ce moment le gueux lui infligeait ?

Et Amable rêvait le crime, commis tout à l'heure par le Borgnot, et le criminel aussitôt arrêté, jugé sommairement, condamné, exécuté ?

Ainsi, Amable serait à la fois débarrassé de son frère et de son complice! Car nul ne connaissait cette complicité.

Tout cela, très vite, lui apparut fait, puis, à la réflexion, au moins faisable. On ne savait pas qu'il avait revu le Borgnot! Personne, certes, personne! Or, si le Borgnot, ce soir même...

— Et quand, demanda brusquement Amable, quand fais-tu la chose? Le plus tôt est le mieux, n'est-ce pas ? A quoi bon tarder? Justement aujourd'hui, l'occasion se présente. Écoute.

Encore une fois le Borgnot lui posa la main sur la bouche.

— Ta, ta, ta! fit-il. Un instant, fin Dieu de bois! Pas plus vite que les violons, dame! J'ai core ma jugeotte, moi. Me revenger, oui, je le veux. Mais donner sûrement ma caboche en pour, non, foutre! Je tiens à m'piau. Celle de Désiré, je l'aurai. Pas contre la mienne, quand même. Nom de Dieu, non! Il me la faut pour rin.

— Qu'entends-tu par là ? demanda fiévreusement Amable.

27

— J'entends, reprit le Borgnot, qu'à c't'heure il est trop tôt pour moi.

Amable se méprit à ce *trop tôt*, et répondit niaisement :

— Bon, bon, je ne te dis pas à la minute, parbleu ! Je te dis ce soir, quand il fera nuit. Cela va de soi.

— Bêta ! s'écria le Borgnot en ricanant de bon cœur. Il ne s'agit pas de trop tôt dans la journée. Je parle d'années, moi. Trop tôt de quelques années, qu'il est.

— De quelques années ! Es-tu fou, Borgnot ?

— C'est vous qui ne savez rin de quoi qu'il retourne, mon fieu ! Laissez-moi faire, allez. Ça me connaît, moi ! Il y faut des ans et des ans, que je vous répète, et core des ans et des ans.

Il se posa l'index sur le front, regarda comme en lui-même, et, avec son sourire silencieux, prononça :

— Je l'ai guigné pendant onze ans, mon gabelou. Oui, onze !

Amable avait envie de le prendre à la gorge. Il se contenta de le secouer furieusement par les deux bras en lui criant, le verbe redevenu hautain :

— Et tu crois que j'attendrai autant, moi ? Et tu prétends que tu lui en veux mieux que moi ? Onze ans ! Est-ce que tu les vivras, seulement, ces onze ans-là ? Bon de remettre quand on a l'avenir à soi. Mais tu ne te vois donc pas, vieux malheureux, à moitié crevé ? Mais tu n'as plus que le souffle ! Et ça se met dans la tête de prendre son temps, de choisir ses échéances ! Et je me laisse embobiner par un propre à rien pareil ! Oui, oui, un propre à rien, entends-tu ! Espèce de radoteur ! Bavard ! Baveur !

Il lui lâcha les bras en le poussant avec rudesse, si bien que le Borgnot roula par terre. Mais il n'en parut pas autrement fâché, le vieux gueux. Sa face, au contraire, exprimait une vive joie, et son petit œil pétillait, la prunelle dansante. Il bavait, en effet, mais comme d'extase.

— A la bonne heure, donc, s'exclama-t-il, vous v'là ainsin que je souhaite. Non plus en foireux qui serre les fesses ! Ah ! oui, que vous y en voulez, et de vrai cœur. Cognez-moi core, mon cher ami. Foutez-moi des coups de

pied, tenez, par rage contre lui. J'aime ça, vouette! Ça me
fait du bien.

Il se redressa, la goule écarquillée d'un large rire à
bruit de scie, et caressa doucement les mains d'Amable en
lui susurrant :

— Alors, c'est tout de suite, hein, que ça vous réga-
lerait?

Puis, avec un profond soupir de regret mal résigné :

— Et moi donc, et moi! Mais y a pas mèche, non, y a
pas. Ça serait trop bonifacement donner m'tiête à couper.
Écoutez-moi plutôt, mon doux fieu. Faut être juste aussi.
Tuer pour être tué, la belle apette! Métier de couillon!
S'agit de bien faire, amon. Tuer sans être tué, v'là
l'plan.

Et il expliqua longuement l'impossibilité absolue où il
se trouvait, lui, de nuire en quoi que ce fût à Désiré, sans
être soupçonné aussitôt et convaincu de la chose. Il avait
si ouvertement proclamé qu'*il ferait son affaire* à qui le
dénoncerait! Et cela lui liait les mains à présent. Mais
plus tard, quand l'aventure aurait été oubliée, on verrait!
Le Borgnot se ramioterait avec Désiré, au moyen de m'sieu
Amable. Le temps passerait là-dessus. Le vieux gueux
deviendrait plus vieux, et s'arrangerait pour le paraître
plus encore. Et il ne dirait pas de mal du meunier! Tout
au contraire! Ainsi, pauvre mendigo, à moitié crevé, en
effet (vous voyez bien, vous vous y trompez vous-même),
et sans rancune visible, on ne se méfierait plus de lui du
tout, du tout! Et alors un beau soir...

— Car j'ai core bon œil pour longtemps, allez! continua-
t-il, et de la moelle dans les os plus que je n'en ai l'air,
avec ma mine de déterré.

Ce disant, il serrait dans sa maigre poigne le bras
d'Amable à le faire crier et, en même temps, il dardait par
son œil un de ces regards qui semblent une épée portant
un coup droit, et il ajoutait :

— Quand cet œil-là est d'un bout et qu'il y a quelqu'un
à l'autre bout, et qu'il y a un fusil entre les deux bouts, je

vous réponds que la balle va tout fin dret et de bout en bout.

De nouveau, pendant le long bavardage du Borgnot, Amable avait écouté en lui-même tout en écoutant l'autre. Son moi dédoublé lui disait :

— Il est indubitable que si Désiré était tué en ce moment, c'est le Borgnot qu'on accuserait de l'assassinat, lui seul. Et le pauvre bougre aurait beau s'en défendre, il en serait coupable pour tout le monde. A moins d'un alibi indéniable, il aurait contre lui les présomptions, les preuves, presque comme s'il avait été pris en flagrant délit. Eh bien! toi, pourquoi ne pas t'ingénier à mettre à profit ces circonstances admirables? Ne sont-elles pas quasi *providentielles?* Voyons, cherche, trouve.

L'instigation était pressante. Amable en demeurait tout haletant. Il sentait que l'occasion offerte ne se représenterait peut-être jamais, jamais. Il avait honte de ne point la saisir. Il se jugeait lâche de tant hésiter. Mais en même temps il se demandait, la tête perdue :

— Hésiter à quoi? Comment, par où, la saisir, cette occasion? Ai-je le loisir de réfléchir, de parer à tout, de ne rien laisser au hasard? Ai-je suffisamment ma raison pour être sûr que je n'oublierai pas un détail, un misérable détail, grâce auquel tout tournera contre moi?

Cependant, au fort même de cette angoisse, il prenait résolument un parti, comme si tous les détails lui semblaient soudain élucidés. Et il se décidait ainsi sans même savoir à quoi, sincèrement, sinon à ceci, dont les moyens *devraient* se présenter tout seuls, à ceci : agir! En conséquence, quoique réellement dans l'indécision la plus trouble touchant ce qu'il allait faire, c'est avec une énergie résolue qu'il dit au Borgnot, d'un ton autoritaire ne souffrant pas de réplique :

— En attendant, ces cartouches et ce fusil, donne-les-moi. Il faut attendre, tu as raison, mille fois raison; mais, justement, pour que plus tard on ne puisse te soupçonner en aucune manière, il est nécessaire que tu ne coures pas même le risque d'être vu par quelqu'un en possession de cette arme. Si malin que tu sois, qui te garantit contre un hasard? Ceci aperçu dans tes mains, et ta perte serait certaine. La meilleure cachette, la seule, c'est de me confier ton sac. Et quand le jour sera venu, sois tranquille, je te rendrai tout en bon état.

Avec une féroce expression qui charma le malandrin, il ajouta :

— Au moins, laisse-moi cette part de joie, d'avoir entretenu et soigné l'instrument de notre vengeance. Tu veux bien, n'est-ce pas?

Et il prit le fusil et les cartouches, les roula dans le sac, tendrement, sans une protestation du Borgnot, tant la haine illuminait le visage d'Amable, tant on y lisait, sans •mensonge possible, la volonté du fratricide.

— Mais c'est moi, se contenta de dire le gueux, c'est bé moi, pour sûr, amon, c'est moi seul qui le tuerai. Pour nous deux, d'accord; mais c'est moi. Et avec ce fusil-là, pas un autre !

— Oui, oui, méfiant, répondit Amable. Combien faut-il te répéter de fois que moi, malgré mon désir, le cœur me manquerait pour faire la chose, et que j'ai besoin de toi, absolument. Ah! si je pouvais!... Mais non, hélas!

— Pauv'petit m'sieu ! répéta le Borgnot, sans mépris maintenant, et au contraire avec une bienveillante pitié (dont Amable souffrit, d'ailleurs, plus encore).

— Et à présent, reprit Amable, redevenant impérieux, décampe en te rasant à ta façon, et vite ! Qu'on ne sache pas que nous nous sommes vus. Tiens! voilà quelques sous. Je n'ai pas davantage sur moi. Reviens ici demain, tu trouveras des picaillons sous cette pierre, là. Où vas-tu filer? Du côté d'Hirson. Oui, va.

Tout cela dit d'une voix brève, nette, forçant à l'obéissance. Et le Borgnot, en effet, obéit simplement, tout dompté, et avec délices. Il se borna, en s'en allant, à murmurer, le regard coulé vers le fusil :

— Soignez-le bien, not' mignon, hein? Comme vos p'tits boyaux, dame! Et ne le laissez toucher ni de la main, ni des yeux, par personne, amon! On ne fouille pas dans vot' chambre, au moins, là-bas? Ni la Marceline, ni vô denrée de belle-sœur, bé sûr? Vous m'en répondez?

Il se retournait de pas en pas pour envoyer ainsi quelque suprême recommandation, tout en se glissant le long du fossé, dans le fond, la tête au ras du sol et fouillant de l'œil la campagne.

— Va donc, va donc, et tais-toi, sacrée jacasse, lui jetait Amable en le chassant de la main, et faisant mine de lui lancer des pierres.

Tous deux de loin se souriaient, avaient un air joyeux. On eût dit deux vieux enfants en train de folâtrer.

A trente pas environ, le fossé faisait un coude. Une dernière fois le Borgnot se retourna, regarda vite à l'horizon, puis esquissa le geste de coucher quelqu'un en joue, leva les bras au ciel comme pour s'exclamer avec désespoir :

— Quel malheur que ce ne soit pas aujourd'hui !

Après quoi, sur un suprême sourire silencieux qui lui ensoleilla toute la face, brusquement il disparut.

Un afflux de sang bourdonna aux tempes d'Amable. Le reflux lui en revint au cœur ensuite, à l'étouffer. Coup sur coup, il faillit éclater d'une folle ivresse et s'évanouir de terreur glacée. Automatiquement, il avait démailloté le fusil, l'avait armé, y avait fourré la cartouche et s'était posté ainsi qu'à l'affût.

Vers quoi? Vers qui? Il ne voulait pas même y penser. Mais, sans y penser, il en était devenu subitement écarlate, puis affreusement blême. Vivement, il jeta les yeux de tous côtés autour de lui, prêt à crier :

— Non, non, ce n'est pas vrai.

Et un grand tremblement le prit, à constater qu'il était seul.

D'un mouvement instinctif et rapide, comme s'il craignait d'être surpris à le faire, il ramassa le sac de toile qu'il avait laissé choir sans y prendre garde, et à la hâte il enveloppa le fusil. Ne plus voir l'éclat métallique du canon, lui fut un soulagement. Toutefois, il conserva sous la toile l'arme chargée et toute parée à la détente. Et, malgré son tremblement persistant, il se sentait heureux

de la tenir ainsi. De même, c'est avec une sorte de joie
sereine qu'il palpa dans la poche de son veston ses cartouches et les compta à travers l'étoffe. Il y en avait
sept. Il ne se rappelait plus quand il les avait mises là.
C'était pendant qu'il avait machinalement développé le
sac où elles se trouvaient. Mais il n'en avait aucune
conscience, et, en les touchant, ne pensa qu'à ce calcul
sans but :

— Sept et sept, ça fait quatorze. Et quatorze, vingt-huit.
Vingt-huit et vingt-huit, cinquante-six. Je pose six et je
retiens cinq. Cinquante-six et...

Et il continua très attentivement cette vaine opération
d'arithmétique, jusqu'au moment où il s'embrouilla dans
des chiffres très élevés.

Tout en poursuivant cette série d'additions mentales,
il se disait :

— Désiré doit être en route pour revenir au moulin.
Il passera par le sentier des pâtures, probablement.
Savoir, quand même? Mais il faut le savoir. Pourquoi ne
pas le savoir? Après tout, *cela n'engage à rien.*

D'un bond, il sauta hors du fossé; d'un autre bond,
grimpa sur un talus voisin. De là, entre les branches des
arbres en contre-bas, il apercevait tout le panorama des
prairies par où la rivière serpentait vers Herme-les-leups.
Tantôt au long de l'eau, tantôt formant corde aux arcs de
cercle qu'elle traçait en ses sinuosités, le sentier galon-
nait de son ruban blanc le vert tapis de l'herbe. D'un bout
à l'autre, le regard perçant d'Amable le parcourut. Personne n'y était en vue encore.

Amable poussa un profond soupir de satisfaction; et,
en même temps, il éprouva comme un regret, ou du
moins, essaya de se persuader qu'il en éprouvait un. Tout
de même, s'il avait distingué Désiré déjà en route, à
moitié chemin, par exemple! En ce cas, Amable n'eût pas
eu le loisir de...

— De faire quoi donc? se demanda-t-il, avec une ingénuité
dont il s'abusait lui-même, et en se forçant à demeurer
dans l'inconscience.

Mais cependant, sans perdre une minute, il était parti
au pas de course vers le bas de la vallée; non pas en droite
ligne, à travers champs, bien que par là ce fût plus court,
et qu'il parût si pressé d'arriver! Il avait pris, au contraire, par le plus long et le plus fatigant, par les halliers
qui dévalaient jusqu'à la rivière, puis par la berge tout
encombrée de sureaux et d'osiers. Et encore ne menait-il
pas grand train, le torse droit, la tête haute, la respiration à l'aise. Il filait à la mode du Borgnot, les jambes
cagneuses, le chef dans les épaules, les épaules dans
l'échine et l'échine dans le râble, en se cachant, comme
une bête puante qui se fait toute basse et toute plate.

Il était en sueur et hors d'haleine quand il arriva au
gué du Pré-Pourri; mais il était sûr d'y être arrivé avant
Désiré, à supposer que Désiré eût quitté Herme-les-leups
juste au même instant qu'Amable avait pris sa course.
Et, à cette sécurité, Amable se sentit tout serein. La certitude d'avoir du temps devant lui, assez de temps pour
être calme et dispos, lui donna presque (sa lassitude
aidant) l'idée de faire un petit somme.

— Mais non, non, j'ai chaud et j'attraperais froid, dit-il.
Pas de bêtises !

Il préféra donc se promener de long en large, au soleil,
pour se sécher. L'endroit était favorable. Il y avait là,
entre deux bouquets de saules, une clairière toute petite,
en plein midi, sans vent d'aucun côté. Et de nulle part,
sauf de Toraval peut-être, on ne la voyait.

Il se mit à y monter la garde, posément, hygiénique-
ment.

On eût en ce moment ouvert le fond et le tréfond de
sa pensée sans y lire la moindre préoccupation d'embuscade. Il n'avait point d'inquiétude sur le poste où il allait,
tout à l'heure, prendre l'affût. Ce poste, c'est tout en courant qu'il y avait songé, qu'il l'avait choisi définitivement,
de façon à n'avoir plus maintenant à y réfléchir du tout.
Ce poste s'offrait de lui-même, si fatalement, si indiqué,
si imposé.

C'était le bouquet de saules qui bordait la clairière à

gauche. De là, on tenait sous l'œil en enfilade le sentier qui, après avoir enjambé la rivière au moyen d'un chapelet de grosses pierres, la quittait pour couper au court en grimpant à travers la pâture peudant une cinquantaine de pas.

Quant à l'instant précis où il faudrait s'y placer, dans ce poste, aucun doute là-dessus! Cet instant serait comme tinté par le bruit des pas sur le pont précédent, aux planches basculantes et sonores. Ce pont était proche, et le pan-pan claudicant de sa passerelle en balançoire s'entendait fort bien. Après l'avoir traversé, le piéton venant de Herme-les-leups devait faire un assez long détour afin d'éviter les fondrières du Pré-Pourri et rejoindre le gué aux grosses pierres. Or le temps nécessaire à ce détour était plus que suffisant à Amable pour se mettre en état de...

— Eh bien! oui, quoi? Oui, de tuer mon frère! s'écriat-il intérieurement, avec bravade envers lui-même, et honteux enfin de sa lâcheté à s'avouer la chose.

Il était, en cette minute, tout absorbé dans l'attention qu'il prêtait aux murmures lointains de la campagne, et l'idée de meurtre venait de l'en arracher, brutalement. Il s'en trouvait dérangé, la jugeait importune, eût voulu que l'acte s'accomplît presque sans qu'il y prît garde. Et c'est pourquoi, tout en cherchant à distinguer les bruits qui devaient servir de signal au crime, il tâchait de se duper un peu en tendant aussi l'oreille et en ouvrant son cœur à des impressions purement artistiques.

Et, de fait, même sans l'effort qu'il y apportait, ces impressions lui étaient venues malgré lui. L'odeur mouillée des pâtures et des oseraies, le frisson gazouillant des saules, la chanson de l'eau, toutes ces douces caresses où vibrait et s'exhalait l'âme de la Thiérache, il en jouissait jusqu'en cette heure effroyable, et en jouissait délicieusement. Deux larmes lui avaient roulé sur les joues, à ces mélancoliques pensées :

— Là, dans ce frais paradis, sur cette terre qui me parle, pourquoi n'ai-je pas trouvé, d'une façon définitive,

la profonde joie que je méritais, un amour véritable, pur,
un ménage, des enfants?

Soudain, à la traverse, de noires idées avaient surgi, de
troubles raisonnements :

— Au lieu de cela, rien! Mon bien volé! La femme qui
pouvait être la mienne, prise par un autre! D'ailleurs,
hystérique par dévotion, et corrompue forcément ensuite
par une passion adultère, honteuse, hypocrite, tandis
qu'un mariage avec moi, son vrai, son seul mari, l'eût
sauvée, rendue saine moralement. Mais non! Aujourd'hui
c'est le ragoût de l'autre qu'il lui faut. Elle l'a instruit. Et
c'est ma faute. Ma faute? Allons donc! La faute à lui,
qui m'a forcé à la lui prendre. A la lui reprendre plutôt.
Comme à lui reprendre tout le reste, d'ailleurs. Car tout
est à moi, certes. Qu'en a-t-il fait, lui, de ma bonne terre
de Thiérache? De l'argent, et encore de l'argent. Il en est
le maquereau. Il ne l'aime pas. Il la prostitue aux Prussiens. Et moi, pour elle, pour mon pays, je me suis fait
foutre une balle dans la tête. Et c'est moi qui n'aurais
rien et lui qui aurait tout! Est-ce juste, nom de Dieu,
est-ce juste? Voyons, toi, ma conscience, réponds-moi.
Suis-je un monstre ou un juge?

Il s'emballait, revenait sur ses revendications, les
brouillait, n'osait pas se dire qu'il aimait Anaïs et en était
jaloux, et passait sa main sur sa cicatrice en la frottant
avec rage et en se répétant :

— Car j'ai une sale gueule, évidemment, j'ai une sale
gueule.

En même temps, dans un autre coin de son cerveau,
quelqu'un supputait sournoisement s'il aurait tout le
loisir de se mettre en embuscade et en état de... Et c'est
alors qu'il s'était crânement écrié, en son for intérieur :

— Eh! bien, oui, quoi? Oui, de tuer mon frère.

Et, le mot prononcé, quoique non à haute voix,
Amable se trouva plus fort, l'esprit d'ailleurs très libre
d'angoisses, solidement soutenu par tant d'arguments en
sa faveur, et par le témoignage impartial de sa conscience.

Il eut là une minute de superbe épanouissement, à se dire :

— Je suis sûr de bien faire, absolument sûr.

D'autant que par *bien faire* il entendait à la fois agir selon son droit et agir avec toute prudence, les précautions matérielles étant habilement prises et les obligations morales étant strictement satisfaites. Il avait ainsi le sentiment presque d'un devoir à accomplir (devoir envers le pays et envers lui-même surtout, sans doute) et d'un crime (*si crime il y avait*) exécuté magistralement. D'où, pleine jubilation d'orgueil, à cœur dilaté.

Et malgré tout, cependant, il se resserra, ce cœur, oh ! combien vite et frappé de quel coup terrible, quand soudain Amable entendit branler les planches du pont, et qu'il soupira, prêt à s'évanouir :

— Déjà ! Ce n'est pas possible. Je ne veux pas. Je ne pourrai pas.

Mais il était, quand même, quelques secondes plus tard, posté sous les saules, le genou en terre, le coude gauche au genou pour assurer son tir, et tout le corps immobilisé, tendu, avec son regard fixé à l'orifice du sentier comme un regard de faucon planant, regard en quoi l'être entier se concentre.

Son cœur s'était remis à battre régulièrement. Son cerveau était vide de pensées. Il n'était plus qu'un chasseur à l'affût.

Et tout à coup, Désiré déboucha du bouquet de saules au bas de la clairière. Lentement, lourdement, il gravissait le sentier, montant vers Amable. Il avait la tête basse, comme roulante entre les épaules. Amable ne put s'empêcher de se dire :

— On croirait le Badois.

Il s'efforça d'avoir l'hallucination inverse de celle qu'il avait eue alors ; mais il avait conscience de s'y efforcer. Non, ce n'était pas le Badois ! C'était bel et bien Désiré, Désiré Randoin son frère, qui venait de relever le front, et dont il voyait le regard, à dix pas.

Amable ferma les yeux une seconde, comme pour des-

cendre en lui-même une dernière fois, et il les rouvrit
en déclarant :

— Il l'a voulu. Certes, c'est lui qui l'a voulu.

Et, visant à la racine du nez, il lâcha le coup à cinq
pas, presque à bout portant, sans faire attention qu'il
murmurait machinalement tout bas, entre ses dents serrées :

— Lapin! lapin!

A l'instant même, comme déchirée par l'éclair du coup
de fusil, s'évapora toute la brume trouble dans laquelle
roulait Amable, physiquement et moralement, depuis qu'il
avait quitté la maison. Plus de mouvements instinctifs,
de résolutions automatiques, de raisonnements en quelque
sorte réflexes, ainsi qu'il en avait eu pendant cette heure
où plusieurs êtres semblaient avoir pensé, voulu et agi à
la fois en son moi dédoublé par personnalités aussitôt dé-
doublées elles-mêmes !

De polycéphale qu'il était alors, et partant acéphale,
tout à coup il redevint un chef, aux deux sens du mot, un
cerveau en commandement. Il se ressaisit tout entier,
lucide, décidé, autoritaire, avec pleine et nette conscience.

Froidement, à la façon d'un médecin établissant un
constat, il marcha vers le cadavre, pour bien s'assurer
que c'était un cadavre. Il posa sa main sur le cœur qui ne
battait plus.

Aucune appréhension ne lui vint, à ce contact. Pas même
la peur d'en avoir une. Encore moins éprouva-t-il un
remords, fût-ce sous la forme d'un doute touchant la légitimité du meurtre commis. Il ne s'occupa, très naturellement, que de savoir s'il était bien et dûment et définitivement commis, ce meurtre. Rien de plus ! La férocité de ce
rien de plus ne lui apparut seulement pas. Si on la lui eût
fait remarquer en ce moment, il l'eût, en toute sincérité,
traitée de sensiblerie.

Sans se hâter, il retira du canon encore chaud le culot
de cuivre de la cartouche, et le plaça près du corps, très
en évidence, comme si, d'ailleurs, il eût été jeté là d'un

geste instinctif. Il laissa tomber par terre, un peu plus loin, deux cartouches au culot semblable, et qui avaient l'air d'objets perdus en une alerte de peur. De même il opéra pour le fusil, qu'il lança dans les broussailles à la volée, ainsi que l'eût lancé un homme poursuivi, et voulant s'en débarrasser tout en courant.

Puis, à grands pas, mais sans se mettre en sueur ni hors d'haleine, il remonta la rivière par la berge garnie de sureaux et d'osiers, avec de calmes et raisonnées précautions dans sa marche, toujours rasé bas pour se dissimuler, et relevant derrière lui les branches trop froissées. Seulement, il ne regrimpa point les halliers qui dévalaient du fossé de là-haut jusqu'à la rivière. Il continua de suivre l'eau, alla jusqu'à l'écluse où Marceline lavait sa lessive.

En chemin, il avait arrêté tout un plan, soigneusement discuté, ingénieusement machiné, avec une précision et une décision telles, que lui-même les admirait en artiste comme si un autre en avait la gloire.

Ce plan, au reste, était fort simple, admirablement simple en réalité. Encore fallait-il en avoir eu l'idée ! De quoi il se félicitait en se répétant :

— Toujours l'œuf de Colomb ! Certes, c'est-à-dire le génie.

Le danger, le seul qu'il courût, c'était par Anaïs qu'il pouvait venir.

Telles que les circonstances se présentaient (arrangées si bien grâce à l'art avec lequel il avait profité de tous les hasards), le coupable *évident* paraîtrait le Borgnot. Quoi que le malheureux pût dire, on ne le croirait pas. Sauf, toutefois, en un cas : si Anaïs parlait de la scène qui s'était passée il y avait une heure ! Cela connu, en effet, Amable risquait d'être soupçonné.

Donc, cette scène, il fallait à tout prix qu'Anaïs n'en soufflât mot. Et pour cela, pour qu'elle ne lâchât rien (fût-ce par inadvertance et involontairement), il était nécessaire de lui mettre les points sur les i en lui disant :

— Parler, c'est donner une présomption contre Amable.

Or, en brave qui va droit aux obstacles, Amable avait compris que la suprême prudence exigeait ici cette imprudence suprême, et il s'y était résolu. Mais, en Machiavel qu'il se croyait et qu'il fut bien cette fois, il avait trouvé un biais pour jouer ce va-tout en biseautant la carte.

Quand il fut près de Marceline, dont il entendait le battoir, il changea sa tranquille allure en une galopade effarée, si bien qu'il arriva sur la vieille en haletant (mais non au fond) et la tête comme perdue (mais de parfait sang-froid). Car il voulait, elle aussi, la tromper, afin qu'elle aidât mieux à tromper les autres, selon le plan combiné.

— Ah ! quel malheur ! quel malheur ! s'écria-t-il. Un malheur pour sûr ! Tu n'as donc rien entendu, toi, vieille sourde ?

— Non, fit-elle, éberluée ; quoi qu'y a? Quoi que vous ez entendu ?

— Un coup de fusil, là-bas, il y a une minute, là-bas.

Et il montrait de la main l'horizon du côté du Pré-Pourri.

— Et après ? reprit Marceline. En quoi ça serait-il un malheur ?

— Désiré ! le pauvre Désiré ! gémissait Amable.

— Amon, v'là que teu l'plains, toi ? ricana Marceline. Et de quoi, d'ailleurs ?

Mais Amable la secoua rudement et dit d'un ton lamentable :

— Hélas ! je le plains, et je me plains aussi. Songe donc ! Si on l'a tué, les gens vont peut-être m'accuser, moi !

— On l'a tué? Qui donc qui l'a tué ? Mais qui donc ? Tu l'as vu ?

— Ah! interrompit Amable, je parle comme ça, mais je ne sais pas. Je sais seulement une chose : c'est que tout à l'heure, à l'instant, je venais de l'apercevoir dans le sentier là-bas. Tiens, regarde, tu vois bien ! On peut facilement, avec de bons yeux, apercevoir quelqu'un à cette distance.

— Sûr, fit la vieille. Et alors ?

— Alors, tout d'un coup, comme il venait d'entrer dans les saules, après le gué, j'ai entendu le coup de fusil. C'est à c't'heure, là, tout de suite. Comment se fait-il que tu n'aies pas entendu ? Allons, tu as bien entendu quelque chose, malgré ton battoir?

Il la regardait fixement, lui suggérant et lui imposant sa volonté, si bien qu'elle finit par être convaincue et par répondre, peu à peu affirmative :

— Quequ' chose, dame, oui, c'est possible. Il me semble bé, en effet. Et c'était donc un coup de fusil? Oui, j'y suis. Là, dans l'instant, un petit avant que: u me parles. C'est-il ainsin ?

— Oui, c'est cela, tu y es. La minute avant que je te parle.

— Et puis, mon fieu ? J'ai entendu, oui, j'ai. Et puis?

— Et puis ! Il n'en sort plus, des saules, du gué. Il n'en sort plus, tu vois bien. Alors, Marceline, alors, c'est donc qu'on a tiré dessus.

— Ma fi, oui, Amable. Ah! pour certain, c'est le Borgnot.

— Ça ne peut être que lui, tu as raison. Mais moi, moi, hélas! ma pauvre Marceline, c'est moi qu'on va accuser de ça !

— Toi, mon fieu ! Mais puisque nous étions ici, tous les deux ensemble, quand on a tiré, c'est pas toi, amon ! Et je le dirai.

— Allons donc ! pensait Amable. Enfin, j'ai un témoin pour, et fameux.

Il se plongea la face dans les mains, comme pour sangloter, mais pour cacher la joie dont il se sentait la face épanouie.

— Tu le diras ! tu le diras ! reprit-il. Sans doute. N'empêche qu'on m'accusera peut-être. Et alors, toi aussi, on t'accusera.

— Moi, grand-saint-mon-patron ! Moi ! Et pourquoi donc moi?

— Dame ! Si on suppose que nous nous sommes enten-
dus, que tu es ma complice. Les hommes sont si méchants !

— Mais qui aura des idées du diable comme ça ?

— Bah ! est-ce qu'on sait ? Il suffit qu'on ait vent de mes
amours d'autrefois avec Anaïs, et de notre brouille aujour-
d'hui, et qu'on connaisse ta part dans toute l'histoire d'a-
lors et dans celle d'hier.

— Ma part ?

— Eh ! ne fais donc pas la bête ! N'est-ce pas toi qui nous
as servi de chaperon, pour tromper ce pauvre frère ? N'est-
ce pas toi, hier, qui m'as excité contre Anaïs en m'apprenant qu'elle l'aimait de nouveau ? Et alors, moi, veux-tu
·que je te dise ce que j'ai fait tout à l'heure ? J'ai voulu recoucher avec elle. Elle m'a refusé. Nous avons eu une
rixe violente. Je lui ai dit mille horreurs contre Désiré.
Elle m'a tenu tête, répété qu'elle ne le tromperait plus, et
un tas de bêtises. Et je l'ai cognée, voilà ! Eh bien ! vieille,
que cela soit dit, et on peut tout supposer contre moi, et,
par conséquent, contre toi aussi. As-tu compris, maintenant ?

A son tour, Marceline le regarda fixement, toute blême.
Il se demanda, pris d'angoisses, mais gardant un impassible visage :

— Se doute-t-elle de ce que j'ai fait ? Est-ce qu'elle lirait
en moi ?

Elle lui opposa soudain un visage non moins impassible,
et se contenta de dire, sans laisser voir le fond de sa pensée :

— Ne crains rien, mon fieu. J'ai compris. Et je vais lui
expliquer comme il faut, à Naïs, de façon à ce qu'elle ne
parle nin.

Elle lui prit ensuite les deux mains, et ajouta, d'une
voix tremblante, mais les yeux pleins d'un dévouement de
chienne :

— Et pisque t'es en train de me dire tout ce qu'il y a et
ce qu'il y aura à dire, dis-le-moi core, mon fieu, et du haut
en bas, que je m'embarlificote dans rin. Parc'que je vois

une chose, c'est qu'y a pas à rire dans tout ça. Mais ce qu'y a de sûr, c'est que je suis avec toi, mon Amable, mon cher cadet, mon fieu, et toujours j'y serai.

Méticuleusement il lui répéta toutes les circonstances, *minutées*, de ce qui venait d'avoir lieu, comme quoi tous deux ils avaient entendu *ensemble* le coup de fusil un peu après avoir perdu de vue Désiré sous les saules ; et il conclut :

— Tu vas raconter ça d'abord à elle, en lui signalant le danger que je cours, si elle parle de notre scène de tantôt, et de nos amours, et de quoi que ce soit. Tu entends bien ? Le danger qu'elle me fait courir, à moi, innocent !

Il articula très lentement ce dernier mot. Elle redit après lui :

— Oui, pour sûr, mon fieu, innocent.

— Et, tandis que tu lui prouveras qu'elle doit se taire, reprit-il, j'irai, moi, avec le va-trop, voir là-bas sous les saules.

Ils étaient, en marchant, arrivés à la porte de la cour. D'une voix forte, Amable appela le va-trop. Puis, avant que l'autre eût répondu, il regarda fixement Marceline, une dernière fois, pour lire à fond en elle, et tout à coup lui prit la tête à deux mains et l'embrassa, les larmes aux yeux, en lui disant :

— Ah ! ma bonne vieille, tu m'aimes pour de vrai, toi !

XXXII

L'*assassinat du Pré-Pourri* (ainsi que le dénommèrent les journaux) ne brilla d'aucun éclat dans les annales judiciaires. Le juge d'instruction, chargé de l'enquête, un homme jeune pourtant et encore enthousiaste de sa « mission », n'y trouva pas l'ombre d'agrément. Quelles qualités pouvait-il montrer, en effet, en cette besogne vraiment trop facile, et d'une simplicité si désespérante? Il eut à ce propos ces mots dédaigneux, qu'il laissa choir d'un air ennuyé, et le cœur sincèrement gros :

— Affaire banale, indigne d'un magistrat! Il y suffisait du garde champêtre.

Ce qu'il traduisait encore plus énergiquement à part lui, par un :

— Bête comme chou, ce crime-là !

Aussi mena-t-il à la dure, d'humeur grincheuse, les interrogatoires de l'accusé, stupidement barricadé dans un système de dénégations têtues autant qu'inadmissibles. Et cependant, étant donnés les antécédents du Borgnot, sa réputation de malandrin, d'ancien contrebandier plein d'astuce, le juge d'instruction était en droit de s'attendre à une plus habile et plus curieuse défense. Mais non ! Toujours cette réponse :

— C'est pas moi, que je vous dis, c'est pas moi ; c'est m'sieu Amable.

Et toujours, à l'appui de ce dire, l'*absurde* histoire racontée par le gueux, d'une rencontre avec Amable (le lendemain du jour où celui-ci revenait de captivité), d'un long colloque où avait été résolu le meurtre, du fusil confié, etc..., etc..., autant de bourdes à dormir debout!

Pas même une seconde, le magistrat n'y avait ajouté foi, malgré le très vif désir qu'il en pouvait avoir. A coup sûr, cela eût singulièrement corsé l'affaire. Mais quoi! Impossible de s'arrêter à une aussi *fantaisiste* hypothèse. Avec la meilleure volonté du monde, il fallait y renoncer. C'était par trop invraisemblable et ridicule!

D'abord, le Borgnot avait en quelque sorte avoué, tout d'abord. Arrêté, le soir même du crime, dans un cabaret de Hirson, où il était ivre, il avait eu pour premier cri en apprenant de quoi on l'accusait :

— Avec mon fusil, nom de Dieu, avec mon fusil! Oui, sûr, je sais.

Et il avait dansé de joie et s'était mis à gueuler :

— Ah! salop de Désiré, cochon de mouchard, Prussien de bren, te v'là donc où j'te voulais! Core un verre, que j'boive à la santé de la balle qui y a cassé la gnouffe !

Après quoi, brusquement, il avait fondu en larmes, en geignant :

— Pourquoi qu'on m'l'a volé, quand même? Pourquoi qu'c'est pas moi? Ah! filou! brigand! T'as pas tenu ta promesse. T'es pas un ami, donc? T'es pas un frère? Bren aussi pour ti, alors! Bren! Bren!

Paroles d'ivrogne, qu'il avait essayé d'expliquer plus tard, mais de quelle façon! Avec cette calembredaine de pacte juré entre Amable et lui, et selon lequel Amable devait lui laisser la joie de l'assassinat ! Car il ne se cachait pas d'avoir rêvé, voulu le crime. Il s'en vantait même, combien sottement naïf! Ce qu'il refusait d'avouer, c'est le coup de fusil.

Et cependant, les témoignages étaient là, tous contre lui, tous accablants! Le culot de la cartouche tirée, les autres cartouches perdues, le fusil jeté dans les broussailles! Ces munitions et cette arme reconnues par l'autorité militaire prussienne, pour avoir appartenu au suicidé dont le cadavre avait été profané par le Borgnot! Donc...

En faveur d'Amable, en revanche, que d'arguments, et

solides et *nullement préparés*, et absolument irréfutables !
Ils abondaient, se présentaient d'eux-mêmes. Arguments
topiques, preuves morales, tout !

Avant quoi que ce fût, l'alibi affirmé par Marceline, et
qui tranchait péremptoirement la question : Amable et elle
avaient entendu *ensemble* la détonation, peu de temps après
avoir vu *ensemble* Désiré entrer sous les saules du gué. A
cela, rien à répondre, rien à objecter. Cela coupait court
même au soupçon.

A moins qu'on ne doutât de la vieille servante. Mais
pourquoi en eût-on douté ? Quel intérêt eût-elle trouvé à
être complice d'un crime envers son maître qu'elle avait
toujours servi fidèlement depuis sa prime jeunesse ? Il eût
fallu, fût-ce pour le supposer, être un monstre. Le juge,
rien que d'y avoir vaguement songé, en fut honteux.

Au reste, même sans cet alibi, Amable n'avait-il pas de
quoi établir moralement son innocence ! Quoi ! la veille
encore, arrivant de captivité, il avait retrouvé son frère
qu'il aimait. Et vingt-quatre heures plus tard, il se fût
embusqué pour le tuer ! Mais d'où serait venue cette haine
subite ? Car, de tous temps, les deux frères étaient célèbres
dans le pays pour leur mutuelle affection, passée presque
à l'état de légende.

Le curé avait été admirable en exaltant ce bel exemple
de concorde fraternelle. Il en avait eu les yeux mouillés de
douces larmes. Il avait raconté, surtout, les instances
d'Amable pour le mariage de Désiré, et avait ainsi démontré amplement combien peu le cadet était intéressé. Or,
l'intérêt étant impossible à admettre ici, comme cause
déterminante du meurtre, quelle autre pouvait-on bien
imaginer ? Maître Leherpeur lui-même n'en concevait
pas !

— Cherchez la femme ! avait pensé un moment le magistrat, poussé d'ailleurs de ce côté par le Borgnot, qui avait
dévoilé les amours adultères d'Amable et d'Anaïs.

Mais là aussi, on était évidemment en présence d'une
invention abominable, et plus grotesque encore. A peine,
par acquit de conscience, le juge avait-il risqué à cet égard

quelques questions insidieuses dans les interrogatoires d'Anaïs, citée comme témoin. Mais tout de suite il avait rengainé ses insinuations, devant la rougeur de parfaite innocence qui lui avait répondu à la muette.

Anaïs, en effet, avait été soigneusement endoctrinée par Marceline, touchant le danger que courait Amable, d'être soupçonné à tort, si l'on savait leurs amours et particulièrement la scène survenue entre eux le jour même du crime. Or elle croyait, en toute bonne foi, et de tout son cœur, qu'Amable était innocent. Elle le croyait, d'abord parce qu'une telle monstruosité lui eût semblé inadmissible, presque si elle l'eût vue de ses yeux ; et elle en était pertinemment sûre à cause du récit que lui avait fait Marceline au premier moment, récit dont elle conservait indélébile l'impression, si vive en ce moment tragique.

— Nous étions donc là, tous les deux, Amable et moi, qui l'avions regardé entrer sous les saules du gué, quand nous avons entendu le coup de fusil. Il n'y a qu'un instant, amon, là, tout de suite...

Toujours imbue de ce récit, que rien ne démentait, Anaïs eût donc offert sa tête à couper pour soutenir l'innocence d'Amable. Et cette certitude lui donna la force de dissimuler tout ce qui pouvait faire mettre en doute, si vaguement que ce fût, cette innocence.

Précisément aussi parce qu'elle avait repoussé pour jamais l'amour du malheureux, et qu'elle avait été méprisée par lui et frappée à cause de cela, elle se disait en sa générosité pieuse :

— Lui attirer la honte d'être soupçonné, même à faux, et faire ainsi cause commune avec les infâmes calomnies du Borgnot, ce serait à la fois avoir l'air de me venger d'Amable, et me montrer indigne de Désiré, dont l'assassin serait comme défendu par moi. Oh ! non ! non ! Mon devoir est de mentir, au besoin. Désiré lui-même me l'ordonnerait.

Et, de la sorte, le juge d'instruction avait été jeté hors de la seule piste qui eût pu conduire à la découverte de la vérité. Il n'en avait pris que plus d'humeur contre le

Borgnot, qui avait failli lui faire *imaginer un drame hor-rible d'inceste et de fratricide*, quand il ne s'agissait que d'un vulgaire et bas assassinat, *sans aucun élément at-trayant*.

Enfin, Amable en personne avait victorieusement réfuté les inventions du malandrin, le jour où on l'avait con-fronté avec son calomniateur.

C'est avec le calme hautain d'une conscience pure, et avec mépris, qu'il avait soutenu les vociférations du misé-rable lui criant en pleine face :

— Mais vous n'allez pourtant pas, m'sieu Amable, me laisser foutre la tête dans la guillotine, vous, vous, qui savez la vérité?

Un coupable n'eût pas entendu cela sans être ému, sans sourciller! Amable avait regardé le Borgnot droit aux yeux, et lui avait dit :

— Ose répéter que ce n'est pas toi qui as voulu, qui as commis ce crime?

— Voulu, oui, voulu avec vous, avait répliqué le Bor-gnot. Mais non pas commis. C'est vous qui avez emporté le fusil, amon, vous seul...

Et le vieux avait recommencé ses contes, Amable haus-sant les épaules à l'écouter, et ne le quittant pas du regard, toujours fixe et dur.

— Ah! s'était écrié le Borgnot, vous êtes plus fort que je ne croyais, mon maître! Vous êtes le Diable lui-même, pour avoir le toupet de me dévisager ainsi, avec vos yeux où on lit la chose.

Et, en cet instant, le vieux l'avait empoigné, et, le tour-nant vers le juge, et le lui poussant presque nez à nez, avait rugi :

— Mais lisez plutôt vous-même, mon juge, lisez donc au fond de ces yeux-là. Ils parlent pourtant, eux! C'est en eux que j'ai lu pour la prime fois qu'il voulait tuer son frère. C'est avec eux que j'ai si longtemps causé sans rien dire. C'est là-bas, tout derrière, tout au creux de la tiête, qu'on peut trouver ça. Vouette, vouette, j'y vois du sang, que j'vous dis, et la fumée du coup de feu, et le Désiré qui fait la culbute, et l'autre qui rit d'avoir baisé son frère et de m'avoir foutu dedans. Assassin ! Assassin !

Le gendarme avait dû l'empêcher d'étrangler Amable. Le juge avait conclu à un accès d'alcoolisme. Amable était resté sans colère et sans peur, et s'était contenté de murmurer doucement :

— Pauvre bougre ! Il doit être fou. Cela fait pitié, oui, pitié !

Mais tel ne fut pas l'avis du jury.

Les antécédents étaient trop mauvais. Folie, alcoolisme, on eût pu trouver là des circonstances atténuantes. Le jury n'en voulut pas.

L'âge même du vieux gueux ne fut pas pris en considération. Cela vous a-t-il un âge certain, ces vagabonds ?

Deux mois, jour pour jour, après le crime, le Borgnot mourait sur la guillotine, en répétant à voix furieuse :

— C'est pas moi. C'est pas moi. C'est m'sieu Amable.

XXXIII

Qu'avait fait, dit et pensé Amable pendant ces deux mois écoulés entre le crime et l'exécution du condamné? Amable, en vérité, eût été incapable de se le rappeler exactement, ne l'ayant presque pas perçu.

Uniquement tendu et absorbé dans l'idée fixe du péril quelconque (imprévu, absurde) qui pouvait renverser tout son admirable échafaudage, il n'avait en réalité vécu que par cela et pour cela, à l'affût perpétuel de cette menace possible et prêt à se défendre contre elle. Le reste l'avait laissé sans impression tenace. Il avait traversé ce temps et les événements y survenus (autres que ceux relatifs au procès) dans une sorte d'état somnambulique, dont nul ne se doutait d'ailleurs.

Car, extérieurement, il avait toutes les apparences d'une conscience éveillée. Mais, en somme, il n'offrait plus aux phénomènes ambiants qu'une machine passive, sans esprit enregistreur, sur laquelle les êtres et les choses ne s'inscrivaient que par sensations confuses, quasi contuses.

Cette sorte de catalepsie morale, loin de se dissiper à la longue, ne fit au contraire que s'aggraver avec la marche de l'instruction judiciaire.

Pendant les premiers jours après le crime, et surtout le jour où il était allé (avec le va-trop) ramasser le cadavre, prévenir l'autorité, etc., Amable avait fort bien, et même extrêmement aiguë, la notion de ces phénomènes se passant hors de lui. C'est qu'alors tous se rapportaient à son instinct de la conservation, très en arrêt, et ainsi tous l'in-

téressaient au plus haut point, au point que rien ne pouvait
et ne devait l'intéresser davantage. De cet hypnotisme,
exercé par ces faits uniquement, était précisément venue
l'indifférence croissante, puis bientôt absolue, à tout le
reste. Il va de soi que l'attention au procès avait gagné en
intensité, à mesure qu'approchait le dénouement.

Et ainsi, le mois dernier, qu'Amable avait passé au chef-
lieu, s'était envolé pour lui. Tel du moins il paraissait,
une fois fixé; car à vivre, minute par minute, dans l'angoisse du *peut-être*, il avait duré et duré effroyablement,
ce mois, duré comme en éternité.

Or, au cours de ce mois, il était arrivé pourtant ceci,
qui n'était pas sans importance, à la réflexion : c'est que
tante Herminie était morte, et qu'Anaïs et Zénaïde s'étaient
retirées chez les Béguines, avec la volonté manifestée de
s'y cloîtrer pour toujours. Et il était arrivé encore que
maître Leherpeur avait ouvert le testament de Désiré,
testament par lequel Anaïs (puisque sans enfants) rentrait
tout bonnement dans son apport dotal, c'est-à-dire rien,
tandis qu'Amable était légataire universel.

Mais tout cela, en vérité, ne l'avait aucunement touché,
au moment où il l'avait appris. On eût dit que ce n'était
pas son cerveau qui s'était chargé d'en prendre acte, et
qu'il avait laissé ce soin à sa moelle épinière, par perception réflexe pour ainsi dire. Car, sans en avoir été
frappé, avec l'importance que cela devait avoir, il s'en
souvenait néanmoins.

Et soudain la mémoire lui en revint, et il sortit de sa
catalepsie morale (quel autre mot employer?) et reprit
pleine et précise possession de tout lui-même, une fois le
Borgnot guillotiné.

Ce *lui-même* lui parut, d'ailleurs, comme nouveau, un
moi de marmotte désengourdie, de plante en avril, fusant
vers la lumière après un long hivernage enterré. Le passé,
si peu passé cependant, lui devenait lointain, lointain et
vague, perdu dans une brume de cauchemar qui n'avait
plus rien de réel. Tout désormais se concentrait pour lui
en ce présent heureux, sûr, tranquille, où il entrait, et

d'où jamais il ne devrait sortir pour retourner en arrière aux récurrences de ces mauvais rêves si bien abolis.

Quoi pouvait l'y ramener, en ces brumes de ténèbres sanglantes ? En vérité, rien.

Il n'avait aucun remords, la fin de Désiré n'étant, à raisonner les choses, que le naturel et logique aboutissement d'une longue série de circonstances, où Amable n'avait point de nette responsabilité. Le coupable (si quelqu'un l'était en ce *fatal* sorite d'irrésistibles causes s'engendrant l'une l'autre), n'était-ce pas évidemment Désiré lui-même, cause effective dernière ?

Il n'avait pas plus de crainte que de remords. Puisque crime il y avait eu, socialement et légalement parlant, la terreur d'un châtiment devait en être le produit tant que la société et la loi demeuraient insatisfaites. Mais voici au contraire que la dette avait été payée, grâce à l'exécution du Borgnot. Le sang avait eu son quitte de sang. Alors, quoi ?

Enfin, Amable avait pour lui, et surtout, la paix intérieure, plus convaincante que n'importe quelles arguties. Toutes ces ratiocinations pour ou contre son acte et les conséquences qui en pouvaient être les corollaires, toutes les *délicatesses de conscience* qu'il y apportait (tel était son avis là-dessus), autant de preuves de la bonne volonté morale qu'il *voulait bien* montrer aux exigences *possibles* de sa conscience. Mais ce qu'il en faisait, c'était par pure coquetterie casuistique, pensait-il. Et il savait bien que de tout cela ne pouvait sortir quoi que ce fût d'assez fort pour prévaloir contre cet intime témoignage qu'il était bien forcé de se rendre :

— Je me sens heureux ; je suis heureux ; je ne cesserai plus de l'être.

Et il était, véritablement, dans l'état d'un homme qui ressuscite d'une longue maladie, et jouit de revivre, et perd dans cette jouissance, si délicieuse, toute autre conscience que celle-là. Des gens, pelés par le typhus, et qui avaient auparavant les cheveux d'une couleur, se retrouvent avec une chevelure repoussant de couleur différente. Ainsi Amable renaissait avec une âme changée.

Du moins en avait-il le sentiment, l'imagination peut-être. Mais qu'importe, même qu'il se forçât un peu (et il ne se forçait pas trop, en somme) à s'halluciner de la sorte? Le principal, c'était qu'il arrivât à prendre foi en cette hallucination. Et il y était arrivé tout de suite, et à plein cœur.

Du moi ancien, il ne subsistait en lui que juste ce qu'il fallait pour aiguiser, par la comparaison, les joies du moi nouveau. Encore ne ravivait-il pas exprès ces remémorances, et se bornait-il à en voir passer furtivement à travers lui les lueurs, comme on regarde la flamme d'un feu qui s'éteint et dont on suit l'agonie quoiqu'on ait les paupières closes.

C'est ainsi qu'en refaisant la route pour rentrer au Moulin-Joli, il se rappela particulièrement, non pas son dernier retour avec Désiré, mais bien son retour d'autrefois, il y avait longtemps, si longtemps, alors qu'il revenait humilié, vaincu, et son pan de chemise sale flottant aux trous de sa culotte percée. Ah ! quelle dissemblance aujourd'hui. La rentrée victorieuse, qu'il avait rêvée autrefois, encore plus autrefois, lors de son départ pour conquérir Paris, cette rentrée ratée de l'avant-dernier voyage, il la faisait à présent. Enfin ! Enfin !

Mais la précédente, la honteuse, l'humiliante rentrée avait-elle donc eu lieu? Non, non pas. A quoi bon y penser, fût-ce pour se délecter en comparaison? Amable préférait s'imaginer qu'il revenait pour la première fois. N'était-ce pas la bonne, la seule qu'il voulût connaître?

Voici l'antique chemin ! Rien n'a changé. C'est à la même heure matinale qu'on arrive, après la nuit passée en dormant à diligencer par la forêt du Nouvion. Depuis La Capelle, on respire le frais, et on se ravigote à la piquette de l'aube. Comme il trotte allègrement, le bidet des Ardennes qui fait sauter derrière sa croupe le léger tape-cul !

Clairfontaine ! La côte de Wimy! La grimpette d'Éclausiaux ! Et là-bas, dans la vallée charmante, Herme-les-leups !

— Ho ! là ! Ho ! laisse un peu souffler la bête, disait Amable au conducteur, tout en empoignant lui-même les brides pour arrêter le cheval.

Ce n'était plus le même conducteur que jadis. Mais le bidet ressemblait à l'autre. Et, pour l'acculer au repos, Amable avait fait le même geste.

Et avec la même émotion, plus forte encore, car il avait mieux appris à aimer son pays, il contemplait la vallée et disait, ainsi qu'alors :

— Dieu ! que c'est beau !

Les Prussiens avaient évacué le village depuis quinze jours. Cela aussi, leur absence constatée, réjouissait le cœur d'Amable.

En patriote, en homme qui a vécu et connaît le prix des choses, il se délectait du spectacle. Il retrouvait, toujours fraîches, ses impressions de poète et de peintre, devant le caractère unique de ce pays. Il en savourait l'odeur d'herbe et d'eau, la teinte grise aux nuances fondues, la tendre et discrète chanson susurrante ; et il voyait lui apparaître la vieille féerie de la Thiérache, toute cette brume si légère, si ténue, gaze vaporeuse exhalée par les étangs, et traînant au ras des pâtures, et qui peu à peu se déchirait pour laisser baiser par le soleil toutes les fées paresseuses endormies sur le velours des prés ou sous le satin des flâches.

Et des larmes douces lui perlaient aux cils, tandis qu'il joignait les mains comme en prière et murmurait tout bas :

— Ma Thiérache, ma chère Thiérache, que tu es divine ! Que je t'aime !

Puis, ce fut la descente au grand trot vers le Moulin-Joli, vers le coin familial, vers le nid des jeunes ans, tout barricadé de verdure par ses bouquets d'arbres, et dans lequel on vivrait si calme, si à l'abri, si bien en maître !

Et là-haut, au cul-de-sac de la vallée, c'était le vieux Toraval, d'où Amable irait encore humer l'âme du pays, en accolant la terre !

Et ici, sous la grande porte, entre le garçon meunier et le va-trop, c'était la brave Marceline, la chienne dévouée, aux yeux clairs et résolus qui semblaient dire :

— J'ai tout compris, moi ; mais je ne t'en aime pas moins. N'es-tu pas mon fieu, mon Béjamin ?

Et vraiment, elle eut l'air de saisir jusqu'à la revanche d'intonation que mit Amable à lui crier de loin :

— Eh bien ! la vieille, as-tu préparé ma soupe ?

Oui, jusqu'à ce *ma*, elle eut la physionomie illuminée en l'entendant, comme si elle l'entendait en toutes les vibrations d'orgueil et d'envie qu'il rendait, ce terrible *ma !* Terrible, certes, car Amable en le prononçant avait pensé :

— Elle sera bien *ma*, en effet, celle-là. Oui, *ma*, nom de Dieu ! *ma !*

Et ce lui fut un enchantement de chaque minute, un délice renouvelé à propos de tout, que cette vengeresse et triomphante affirmation de propriété, que cette incessante occasion offerte (presque obligation imposée) de rapporter le moindre objet à son moi possesseur. Car l'emploi du possessif, réellement, revenait sans effort, et s'étalait sans intention ostentatoire. Amable le remarquait seulement, ne pouvait s'empêcher de le remarquer ; et, comme il avait autrefois tant souffert à l'entendre dans la bouche de Désiré, il devait forcément en jouir d'autant à le prononcer désormais.

Il avait même, à le dire, la joie de penser que lui, au moins, ne contristait par là et n'humiliait personne. Ainsi sa revanche manquait peut-être de ragoût, songeait-il parfois ; mais aussitôt il s'en consolait par la conscience d'être bon et sans rancune.

Puis, n'avait-il pas un témoin de sa revanche, en Marceline ? Et quel bon témoin, ne laissant échapper aucune des félicités qu'il sentait, sans la lui souligner d'un clin d'œil, d'un geste approbant, parfois d'une parole dont lui seul savourait l'acquiesçante douceur !

Sans doute, Amable mettait un peu de complaisance à imaginer une complicité de nuance si raffinée chez la vieille et lui prêtait souvent des profondeurs qu'elle n'avait guère. Néanmoins, il ne se trompait point sur la tendance générale de la servante, très en adoration de nourrice

devant lui, et son âme damnée, absolument, de volonté.
Ce n'est donc pas tout à fait à tort qu'il lui attribuait tels
sous-entendus, auxquels probablement elle n'avait pris
garde, mais auxquels non plus elle n'eût pas renâclé si
l'idée lui en eût passé par la cervelle.

Plus jeune, et de langue bien affilée, comme elle était,
elle n'y eût pas manqué. Extrêmement vieillie par ces deux
derniers mois, et glissant de jour en jour à une rapide
décrépitude, elle n'avait plus ni la tête ni le verbe assez
en éveil pour jouer ce jeu. Elle se contentait de fins
regards, de mines fûtées par habitude, et de lâcher par-ci
par-là quelques dictons ou menus propos gaudriolants,
s'appliquant tant bien que mal aux circonstances, et qui
prêtaient ainsi aux subtiles interprétations d'Amable.

De là, en retour du dévouement dévot qu'elle professait
pour lui, une très vive, et sincère, et tendre affection
d'Amable pour elle.

Sans compter qu'elle était le *seul* tabernacle où il pouvait contempler son orgueil satisfait et son crime déifié.

Et cela, s'il eût dû éprouver des remords, ou des terreurs, l'en eût guéri. Car, quels remords avoir, devant la
parfaite absolution donnée par cette conscience étrangère ?
Et quelles terreurs, puisque ici ne surviendrait jamais ce
pervers prurit moral qui pousse le criminel à crier son
secret pour en partager l'horrible poids ? Comme il était
léger à porter, le poids de celui-ci, avec cette compagne
dont la présence, aux yeux complices et souriants, signifiait sans cesse :

— Va, va, moi je sais. Il faut toujours que quelqu'un
sache. Eh bien ! me voici. N'y pense donc plus. J'y pense
pour toi. Et je pense que c'est bien. Toi, repose-toi d'y
penser, même pour t'affirmer que c'est bien.

Et Amable, en effet, se reposait de plus en plus d'y
penser, et en avait à la bonne vieille une infinie gratitude.
Elle lui faisait ainsi l'effet de le bercer encore, comme
jadis, pour l'endormir, et par elle il se sentait redevenir
un tout petit qu'elle dorlotait et câlinait et endormait
réellement.

D'Anaïs, aucune inquiétude! Pas même de nouvelles rappelant qu'elle avait existé, que leurs deux existences avaient été fondues l'une dans l'autre en une charnelle et à la fois spirituelle communion! Voilà un temps qui était loin, plus loin que tout, évaporé, aboli, pareil à un rêve dont on doute au réveil!

Et c'était, pourtant, l'avant-dernière année!... Allons donc!... Pas possible!...

Aujourd'hui, Anaïs et sa tante devaient béguiner, confites en douce bigoterie, tout entières absorbées en de minutieuses pratiques où elles s'extasiaient. La passive et molle blonde y diluait sa chair aux naturelles fadeurs, à présent qu'Amable ne la tonifiait plus de sa passion pimentée. Et le palais blasé de la fausse voluptueuse (ainsi la jugeait-il maintenant, de si loin) s'était repris aux confitures mystiques; et les regrets de spasme, qu'elle pouvait éprouver encore, trouvaient à se consoler aux tièdes et chatouillantes langueurs des pénitences longuement agenouillées.

De cette existence cloîtrée, Amable avait cette vision, et ne se trompait pas. Et c'est à juste titre qu'il disait d'Anaïs, parlant d'elle au curé :

— Il me semble qu'elle est pour moi une étrangère et que je ne l'ai pas connue.

Car, l'étrangère (qu'elle lui était, certes, maintenant), il la transposait aussi au passé, étant lui-même étranger désormais aux désirs qu'elle lui avait jadis inspirés.

Jadis? Si peu jadis, hélas! Mais en ce laps de temps si bref, toute sa seconde jeunesse avait soudainement séché sur pied, toute cette poussée de regain viril qu'on a de trente-cinq à quarante-cinq ans, et qu'il avait moissonné avec tant de fougue pendant l'autre été, faisant sa fenaison d'amour la plus belle quasi à la cinquantaine, lui! A l'heure présente, plus rien! Et au sentiment de ce rien, un contentement!

Aucune vanité subsistante à cet égard! Car ce n'était pas, en somme, la virilité qui s'était éteinte en lui, mais seulement l'envie de mettre cette force à l'épreuve, lui

semblait-il, Ni pour Anaïs, ni pour une femme quelconque,
il n'en était tenté. Il se savait mâle, toujours, se sentait tel,
se le prouvait ostensiblement par des réveils d'organe ;
mais il dédaignait de le prouver à qui que ce fût, le dédaignait en toute sincérité.

A qui que ce fût, sauf à la terre !

Car ce rêve insensé lui était venu un jour, en se trouvant
là-haut, à Toraval, et en contemplant à ses pieds toute la
vallée, dont il prenait possession réelle aujourd'hui. Et
non pas assez réelle encore ! Il s'était, en effet, rappelé
ses étranges exaltations d'autrefois, dont le Borgnot disait :

— Je vous ai vu embrasser la terre comme si que vous
faisiez l'amour avec elle.

— C'est vrai, pourtant, s'était-il écrié en y revenant
tout à coup. Et il avait raison, le vieux coquin. Avec elle,
oui, je voudrais !

Puis il avait souri en songeant :

— Est-ce bête ! Je suis donc fou ?

Mais la possibilité même de ce rêve, et qu'il lui fût loi-
sible de le susciter à nouveau, c'était une fleur de plus
dans son suave paradis. Et il ne se privait point de la
cueillir, quoique chimérique. L'ascension à Toraval resta
son plaisir le plus aigu, si intellectuel (croyait-il) et néanmoins d'une volupté toute physique ; car c'est par là que
dériva, en flux d'amour singulier, ce qui lui demeurait de
passion au cœur et aux sens.

Il en vint à s'éprendre de la terre, au point de considérer bientôt comme un sacrilège le profit qu'il en tirait. De
vagues remords lui naissaient, non pas touchant le fratricide commis, mais touchant l'usage qu'il faisait de la terre,
imitant bassement le maquerellage dont il avait naguère
accusé Désiré. A quoi bon avoir supplanté celui-là, pour
continuer son infâme commerce, vivre de la tere, et ne
pas mieux l'aimer ?

Et peu à peu il se confirma dans ce dessein, qu'il devait
la laisser en friche, libre et vierge en ses productions, sans
la forcer, sans en trafiquer surtout. Le moulin ne suffisait-il

pas à l'entretien et à la subsistance de la maisonnée, réduite à lui et à Marceline, s'il louait les meules?

Il loua donc le moulin seulement. Les champs, prés, bois, cessèrent d'être cultivés, poussèrent à l'abandon. Combien, à son avis, plus beaux!

Marceline, déclinant de plus en plus, fut quand même consultée par lui, et approuva. Est-ce que, d'avance, elle n'approuvait pas tout? Le brave abbé Pauquet, toujours si indulgent, consulté aussi, ne risqua d'objections que pour la forme. Tout bien pesé, il dut se rendre, sa pitié des êtres allant jusqu'aux choses, et touchée ici par des phrases comme :

— La pauvre vieille terre, voyez-vous, monsieur le curé, c'est une sorte de Marceline. Elle a aussi besoin d'être un peu tranquille, et de ne plus rien faire. Depuis le temps qu'elle travaille sans se reposer!

— Ma foi, avait répondu le bon curé, vous avez peut-être raison.

Et il avait essayé de plaider en ce sens dans le pays, où la chose avait été vue d'un mauvais œil, où l'on commençait d'ailleurs à ne plus tant chérir monsieur Amable, surnommé le *loup-garou de Toraval*.

Amable, en effet, en vieillissant, avait pris toutes les allures sauvages de feu le père Randoin, moins la jovialité. Le goût de la chasse lui était revenu, effréné, jaloux, particulièrement jaloux. De là, souvent, des piques avec les chasseurs du village, gent qui n'existait point jadis, qui pullulait aujourd'hui. Amable eût voulu être seul à giboyer sur *son* terroir, comme si la vallée entière lui appartenait. On l'avait trouvé grincheux, violent, dur au pauvre monde, fier avec les petites gens aussi, ce qui ne l'empêchait pas, d'ailleurs, de se montrer raide avec les plus huppés.

Notamment avec maître Leherpeur il avait eu maille à partir, ayant malmené un cousin du notaire, venu à Herme-les-leups pour une *ouverture*, et qui avait osé tirer du lapin à Toraval même.

— Que je vous y repince, chez moi, avait gueulé Amable,

et tout cousin que vous êtes de Leherpeur, je vous foutrai du plomb aux fesses, vous savez. Ni vous, ni qui que ce soit, nom de Dieu, je n'en veux pas dans mes garennes. Le bon Dieu en personne n'a pas de droit sur *mes* lapins.

Brouille avec le notaire! Celui-ci d'une part, les jeunes chasseurs de l'autre, le menu peuple jabotant au-dessous, et de surcroît la réputation survenant d'original (à cause des terres à l'abandon), le curé perdit sa peine et eût perdu jusqu'à son latin là-contre. En un rien de temps, Amable, le *loup-garou*, fut la bête noire du pays.

Et un beau jour, dans un cabaret, quelqu'un insinua que peut-être, après tout, le Borgnot *n'avait pas tant menti que ça* en accusant...

— M'sieu Amable, que tu dis? Dame! Savoir! Eh! eh!...

— Tout ça n'a pas été grament clair, amon!

— Le pauv' Borgnot n'était pas core un si mauvais bougre!

— Et c'ti-ci vous a des airs!

— Paraît qu'il couchait avec sa belle-sœur!

— Il bat la berloque, à c't'heure, et il veut vivre tout seul, en hurlubier, rapport qu'il a des remords sans doute.

— On dit que Désiré revient la nuit au moulin.

— Sûr qu'il l'a tué, le cadet, pour hériter.

Si bien qu'un soir de fête à Wimy, les jeunes gens *en train de rire* s'avisèrent de venir lui faire un charivari, et il fut réveillé en sursaut par une bande de pochards qui braillaient sous ses fenêtres :

— Ohé! l'assassin ! ohé! l'assassin !

Marceline, réveillée aussi, en eut les sangs tournés d'épouvante, et du coup tomba ensuite en enfance, répétant d'une voix nerveuse et chantonnante :

— Assassin! Assassin !

D'instinct, en entendant l'effroyable cri, Amable avait couru se réfugier auprès de la vieille, comme un enfant. Mais ce ne fut chez lui qu'un éclair de terreur. Rien que de voir Marceline ainsi frappée, redevenue enfant elle-même, il se ressaisit. Le secours moral qu'il venait lui demander, il le lui donna.

— N'aie pas peur, lui dit-il. Je suis là. Laisse-les gueuler. Ça ne prouve rien.

Puis, comme elle continuait à marmotter le mot accusateur, il ajouta :

— Pourquoi dis-tu comme eux, vieille? Tais-toi donc; tais-toi.

Mais il vit qu'elle lâchait le mot sans le comprendre, et tout à coup il se mit à rire du frisson qu'il avait failli en avoir. Et, toujours riant, quoique sans bruit, il se retourna vers la fenêtre close, en répétant à voix basse :

— Non, ça ne prouve rien. Allez, criez encore, gueulez toujours, vous autres. Gueulez, tas de niquedoules! Tout ce qu'on peut croire ou dire, je m'en fous.

Il avait même envie d'ouvrir la fenêtre et de leur répondre :

— Eh bien! oui, c'est vrai, je suis un assassin. Et puis après?

Et l'envie fut tellement forte, qu'il le fit, *mais sans parler.*

Brusquement, il apparut aux ivrognes, la face en pleine lumière sous une chandelle qu'il haussait; et ses yeux leur dardaient la phrase aussi clairement que s'il l'eût proclamée. Les plus saouls en furent soudain dessoûlés, tant l'expression de son regard flambait de cette pensée atroce. Les plus épais d'intelligence furent forcés de la comprendre.

On lisait là, dans le fauve éclair de ces prunelles, dans le sinistre rictus de cette bouche, dans la tragique jubilation de tout ce masque :

— Oui, oui, oui, je l'ai tué, mon frère. C'est moi. C'est parfaitement moi. Mais jamais on ne m'en punira; jamais je ne m'en repentirai; parce que j'ai bien fait; parce que c'était mon droit; parce que c'était mon devoir.

Les paysans, terrifiés, ne purent soutenir cette vision. Leurs vociférations leur restèrent coupées dans la gorge. Un moment ils contemplèrent, immobiles, comme pétrifiés, l'horreur de ce visage, dont la hideuse cicatrice paraissait en ce moment plus hideuse encore qu'à l'ordinaire, dont

la barbe rousse leur sembla diabolique, dont l'épanouissement de damné heureux les médusait. Puis, à la débandade, sans oser retourner la tête, follement, les boyaux
tortillés, la venette leur soufflant froid aux oreilles, ils se
sauvèrent.

Derrière eux, les poursuivant, ils entendaient l'âpre
ricanement d'Amable. Et, si l'un d'eux eût été assez cou-
rageux pour regarder par-dessus son épaule, vers le
moulin, il eût vu longtemps encore la fantastique apparition.
Car Amable demeurait là, immobile à son tour, continuant à rire, tenant toujours en l'air, ainsi qu'un glaive
brandi, la chandelle au-dessus de son visage. Était-ce à
cause de la jaune flamme qui l'illuminait, tout en relief
clair sur le fond noir de la chambre ? Était-ce à cause de
sa barbe rouge ? Était-ce grâce seulement à l'orgueil étin-
celant de ses yeux ? Mais sa face atroce et superbe avait,
dans la nuit, un rayonnement d'ostensoir.

XXXIV

— Ah ! les brutes ! Ils ne savent pas quelle joie ils m'ont donnée !

— Oui, celle de la conscience pure bravant le martyre de la calomnie.

Ainsi Amable et le curé devisaient touchant la scène de l'autre soir, qui était devenue le sujet de conversation du pays. La chose aussitôt connue, le bon abbé était accouru, plein de paroles consolantes et réconfortantes, disant du fond du cœur :

— Vous pensez bien, mon cher ami, que tous les honnêtes gens sont avec vous, contre ce ramassis d'ivrognes. De jeunes écervelés, au reste ! C'est sans conséquence. Un homme comme vous ! Mais, je vous le répète, tous les honnêtes gens...

En quoi il exagérait et même mentait absolument, le brave homme, par pitié pour Amable, par affection aussi (car il l'aimait), et enfin par réaction de justice contre de si abominables inventions. Il va sans dire, en effet, que la parfaite innocence d'Amable ne faisait pas l'ombre d'un doute pour lui. Mais, hélas ! pour lui seul ! Tout le reste du pays (y compris les *honnêtes gens*, et maître Leherpeur en tête) eût maintenant crié volontiers avec le ramassis d'ivrognes.

Et l'on ne s'en priva guère. La promenade au Moulin-Joli, et le charivari à l'*assassin*, devinrent l'accompagnement indispensable de toute partie joyeuse. Ce fut l'habitude, la mode, quand on avait bu un coup de trop, aux retours des fêtes voisines, des noces, d'aller passer

sous les fenêtres d'Amable pour lui hurler qu'il avait tué
son frère. Les objurgations du curé, pour empêcher le
monde, furent inutiles. Il en parla jusqu'en chaire, mais
en vain.

— Laissez donc, lui répétait Amable. Puisque je vous
assure que cela m'est égal, et que j'y trouve même du
plaisir, oui, vraiment. Si vous saviez !...

Mais il ne s'expliquait pas davantage, ne détrompait
point l'abbé sur la prétendue joie de la conscience
pure, etc..., et goûtait solitairement la réelle et bien plus
profonde jouissance qu'il éprouvait sans tenir à ce qu'on la
comprît. Cette jouissance, elle lui venait de ce sentiment
très humain, presque puéril :

— *On* sait que j'ai commis le crime, et *on* n'y peut rien.

Pour un peu, il eût traduit cela par un *kss, kss*, en
faisant le geste par lequel les enfants vous expriment que
vous *bisquez*, en vous criant de loin, l'index de la main
droite frotté sur celui de la main gauche :

— Ratisse, ratisse !

Outre cet agrément de gamin, il avait en délectation,
dans le cri accusateur, la certitude de n'être jamais sollicité
à s'accuser lui même. Peut-être, réduit à l'absolue solitude
(aujourd'hui que Marceline, aphasique et inerte, ne lui
était plus un témoin à l'incessante présence), peut-être
eût-il eu la perverse tentation de chercher quelque confident à l'horrible secret. Mais non ! A quoi bon, puisque,
désormais, il en avait tout un peuple, de confidents ? Donc,
pas de danger qu'il parlât, qu'il eût la démangeaison de se
dénoncer, cette forme maladive du remords. Ne se dénon-
çait-il pas chaque fois que les braillards s'arrêtaient sous
sa fenêtre, et qu'il acquiesçait à leur haro par un silencieux
sourire ?

Car ce n'est plus par un sinistre ricanement, d'aspect
diabolique, qu'il répondait maintenant aux hurlées. Elles
ne le surprenaient plus, d'ailleurs, ne le réveillaient plus
en sursaut. Il s'y attendait. Il les guettait même. Les nuits
de fête aux environs, il demeurait à l'affût exprès, sa croi-
sée ouverte, épiant dans le silence de la campagne l'ap-

proche des bandes en ribote. De loin il les entendait venir, et déjà se régalait. Et quand arrivaient les ivrognes, éructant vers lui la sanglante injure, il les regardait de haut, mais doucement, presque tendrement, et il hochait la tête comme pour leur dire merci, tandis que ses clairs yeux aux fulgurations aiguës leur répétaient toujours :

— Oui, oui, c'est moi, vous avez raison, c'est bien moi qui ai tué Désiré.

De joie, il serrait convulsivement entre ses dents le tuyau de sa pipette, qui se mettait à trembler, et souvent un long fil de salive lui coulait sur le menton, tant il s'oubliait dans l'extase à savourer sa jouissance.

Il la savourait si bien, et cela lui faisait si visiblement plaisir, qu'on se lassa de lui être agréable. S'il eût regimbé, eût eu l'air de souffrir, pleuré ou gémi en suppliant pour qu'on cessât, on eût continué, certes ! Il regretta de ne pas l'avoir fait, comprenant bientôt qu'on ne revenait plus parce qu'il avait montré son bonheur quand on venait. Mais il était trop tard à présent. Il passait désormais pour une sorte d'idiot, quelqu'un ayant insinué :

— Il est en enfance, voyez-vous ; tout comme Marceline. Il ne se sent plus.

Dès lors, cela ne faisait plus de bien à personne, de chercher à lui faire du mal. Les hommes ne trouvèrent désormais aucun charme, même les plus saouls, à ce charivari pour un sourd. La promenade gueulatoire du Moulin-Joli tomba vite en désuétude. Les moutards lui continuèrent une queue de vogue, mais pas longtemps, et sans grande conviction.

Si bien qu'un beau jour, Amable fut pris d'un véritable désespoir, à constater que jamais plus il n'entendrait les gens lui crier avec des mines farouches :

— Ohé ! l'assassin ! C'est toi qui l'as tué, amon, ton frère ! C'est toi, gueux !

Il ne lui restait plus que Marceline, comme confidente et dépositaire de son secret ; mais dépositaire et confidente bien vague maintenant, à peine consciente en de rares éveils de mémoire, si intermittents et fugitifs !

Il dut se contenter de ce reste, épier les moments où la vieille, un peu ravigotée, branlait le chef d'un air de vouloir dire :

— Je comprends, j'entends, quoique ne parlant pas. Je me rappelle! Lis dans mes yeux, et tu verras bien que je me rappelle tout, oui, tout.

Il plongeait alors son regard dans celui de la pauvre femme avec une âpreté d'attention fixe qui la gênait, physiquement, au point qu'elle se frottait les paupières et que ses prunelles se voilaient de larmes picotantes. Elle essayait de se soustraire à ce regard, et balbutiait des sons inarticulés qui signifiaient son angoisse et son besoin de repos. Mais, dans ces troubles paroles, au mouvement veule des lèvres, au sifflement confus des incomplètes syllabes, Amable s'efforçait de percevoir :

— Assassin! assassin!

Et, quand il croyait l'avoir perçu, il battait des mains, joyeux.

— Encore, encore, demandait-il, en la câlinant et avec instance.

Elle, pour échapper au tenace regard qui la torturait, de toute son énergie se remettait à bégayer d'une voix tremblotante et rauque, et comprenant réellement, en ces secondes de surexcitation, ce qu'elle tâchait d'exprimer. Elle y travaillait lentement, toute sa volonté tendue à remuer sa langue lourde et à pousser son haleine si faible, afin qu'Amable entendît le plus nettement possible :

— Assassin! Assassin!

Car, lorsqu'elle avait à peu près prononcé le mot, elle lui voyait la face radieuse, épanouie. Elle lui demandait alors, du regard, s'il était bien content, et Amable l'embrassait avec des larmes de reconnaissance qui noyaient le cœur de la vieille dans une ivresse de paradis.

Ces retours à la conscience et à la mémoire, si rares chez Marceline, arrivaient parfois en la présence du curé. En ces occurrences, l'effusion d'Amable et l'ivresse de la vieille atteignaient leur plus haut point.

L'abbé, certes, ne pouvait pas comprendre à la muette

les furtifs éclairs reparus dans les yeux de la bonne femme, et encore moins l'obscur bredouillis qui lui tombait des lèvres en hoquetant; mais qu'il assistât seulement à l'étrange colloque, et que le sens échangé entre eux fût en danger (rien qu'une apparence) d'être saisi au vol, c'était pour Amable un redoublement de plaisir, et par conséquent de sa part une plus vive manifestation de gratitude envers Marceline.

Amable retrouvait ici, aussi violent, le condiment enragé qui si fort lui mettait jadis les papilles en vibration, pendant ses accolades avec Anaïs quand on risquait d'être surpris par Désiré. Ici encore, tous ses nerfs étaient tordus, pincés; et, sadiquement, à l'idée menaçante d'un aveu éclatant soudain devant le curé, il se sentait les moelles fondre dans les os en une gelée voluptueuse.

Sa caresse de remerciement à Marceline en était plus émue, plus pénétrante, presque voluptueuse elle aussi. Elle était, en tout cas, pour la vieille, la suprême sensation profonde qui lui restât de la vie, profonde jusqu'à l'ébranlement de son être entier, qui en demeurait courbattu, et retombait ensuite à un plus comateux anéantissement.

De quels soins, à ces heures d'inertie, Amable l'entourait! Avec quelle filiale tendresse il veillait sur elle, la faisant manger, boire, la dorlotant, lui servant de bonne en tout! Certes, parce qu'il avait pour elle une sincère et grande affection, tant méritée! Mais aussi (sans qu'il s'en rendît compte) parce qu'elle était la dernière, l'unique, à partager le secret du crime commis, de la vengeance tirée, du triomphe impénitent, et parce qu'après elle Amable voyait s'ouvrir pour lui un morne horizon de solitude, dont parfois d'avance il avait peur.

Déjà, maintenant, lorsqu'elle s'accagnardait trop longtemps en sa somnolence végétative, il ne pouvait s'empêcher de la solliciter à ces réveils où elle s'exténuait et s'usait. Il savait bien qu'en l'y forçant il devait abréger cette existence, si précieuse pour lui. N'importe! Il ne résistait pas au besoin de rallumer une flamme consciente en ces yeux éteints, de ressusciter un fantôme de mot sur ces lèvres closes. Et il profitait, pour cela, de la présence du curé, ayant remarqué que la voix de l'abbé Pauquet incitait Marceline à des grouillements de vie plus volontaire !

Elle aussi, en effet, d'instinct, recherchait ces poignantes scènes qui, pour elle, s'achevaient en baisers reçus, en larmes reconnaissantes si chères à son vieux visage parcheminé. Et elle n'ignorait pas (ou du moins sa chair, sa mémoire nerveuse, réflexe, le savait) que la présence du curé rendait plus délicieusement tendre cette rosée d'amour.

Mais ce qu'elle ne pouvait deviner, elle, et ce qu'Amable constatait avec douleur, c'est qu'elle perdait de plus en plus, à renouveler ce plaisir épuisant, le peu de sensibilité qui subsistait dans son pauvre être lamentable.

De cela, de tout ce qui se passait entre les deux complices, le curé ne se doutait guère. Il ne voyait là que l'admirable dévouement de garde-malade témoigné par Amable. Il le trouvait sublime, de soigner lui-même, si minutieusement, en toute chose, la malheureuse qui, la plupart du temps, ne le reconnaissait seulement plus.

— Songez, disait-il, songez que monsieur Amable est assez riche pour lui donner, s'il le voulait, une servante. Mais non ! Il préfère être cette servante-là, lui, en personne. Et pour tout, vous entendez, pour tout. Car elle est comme un enfant, absolument, désormais. Or, lui-même, vous comprenez, lui-même il la change.

Le brave homme ne tarissait pas d'éloges là-dessus. Très bon, lui aussi, il avait cependant la bonté plutôt intellectuelle que physique, pour ainsi dire. Donner des conseils, des consolations, panser moralement, et même se prodiguer en courses, démarches difficiles, affronter des humiliations au besoin pour rendre service, rien de cela ne lui paraissait pénible. Mais, en vieux garçon mal habitué à la vue de la chair souffrante et passive, telle qu'on la contemple et la soigne de près dans la vie familiale, il trouvait particulièrement héroïques cette absence de dégoût devant dl'infirmité, cet oubli de toute laideur et de toute saleté et de toute horreur, cette *maternité* enfin, dont les êtres les

plus délicats font preuve sans effort au chevet d'un
malade aimé qui leur tient aux fibres.

Et il allait partout, répétant avec enthousiasme :

— Cet homme-là, ce n'est pas un homme, en vérité ; c'est
un saint !

Enthousiasme suspect à bien des gens, et surtout à
maître Leherpeur, depuis le jour où Amable avait fait
venir le notaire au Moulin-Joli (quoiqu'ils fussent brouillés),
et lui avait demandé les formules légales nécessaires pour
pouvoir léguer tous ses biens au couvent de Béguines où
s'étaient retirées Zénaïde et Anaïs. Maître Leherpeur avait
ébruité la chose et ne s'était pas gêné pour dire :

— Naturellement, monsieur le curé ne peut pas ne pas
trouver que c'est un saint homme.

Sur quoi on ricassait, d'aucuns ajoutant en guise de
commentaires :

— Dame ! Il peut bé aussi, l'Amable, payer un peu
quéque chose à sa belle-sœur, pour la peine qu'il a tant
couché avec.

— Elles lui feront dire des messes, les Béguines, insinuait un autre.

Et les commères de grommeler à qui mieux mieux :

— I'n'n'a d'besoin, amon, le vieux loup-garou !

— C'est sans doute pour que son frère ne revienne
plus la nuit le tirer paux pieds.

— Ni le Borgnot lui montrer son pauv'corps sans tiête.

— L'argent mal acquis, c'est toujours l'Église qui en a
l'profit !

Et ainsi, plus le curé défendait Amable, moins on le
croyait, le jugeant partial, vendu d'avance au bienfaiteur
des Béguines. Sans compter que les cousins innombrables,
ayant eu vent de la donation projetée, parlaient déjà d'atta-
quer le testament et de faire mettre en interdit le vieux
fou qui laissait son bien en friche et qui (comble de
démence) poussait le dévouement à sa servante paralytique
jusqu'à s'en être fait lui-même le va-trop.

— Oui, m'sieu, comme je vous le dis, et c'est le curé
d'Herme-les-leups qui l'a vu ainsin que je vous vois, et

(sous le respect que je vous dois) la torchant quand elle s'embrène. C'est-il donc pas un homme à enfremer?

Ah! combien plus encore à enfermer, si l'on avait su tout ce qu'il sentait, tout ce qu'il pensait, tout ce qu'il voulait, et avec quelle netteté, quelle logique et quelle résolution! Précisément la netteté, la logique et la résolution que montrent les aliénés, une fois emballés à la piste d'une idée fausse et fixe.

Mais la sienne, son idée, fixe à coup sûr, était-elle fausse?

Son idée, c'était son antique et tenace. et renaissante idée, de ne point laisser en des mains indignes la terre, la bonne terre sa mère et sa nourrice et sa vraie maîtresse. Et par des mains indignes, il entendait les griffes rapaces d'un propriétaire étranger qui cultiverait, qui *ferait rendre*, qui *exploiterait*. Cela, il ne le voulait pas. Cela lui semblait infâme, comme d'abandonner Marceline, de la flanquer à l'asile départemental, ainsi que le lui avait conseillé le sage notaire. Et de même le notaire lui avait proposé de mettre le domaine en vente (il avait, lui, un acquéreur). Mais non, non!

— Ma terre ne sera plus à personne après moi, à personne, avait-il dit.

Et c'est pourquoi il avait choisi pour légataire une communauté, en spécifiant d'ailleurs que le domaine légué ne serait jamais transformé en exploitation (sauf, bien entendu, le moulin), mais deviendrait un parc avec maison de retraite religieuse, et ainsi propriété d'agrément, non de rapport.

— De la sorte, avait-il pensé, personne n'en sera le maître en particulier. Car une communauté n'est pas quelqu'un.

Et il avait ajouté, avec un profond soupir d'aise :

— Et puis, surtout, on foutra la paix à la terre.

Ah! certes, combien enfermable, avec de telles fantaisies! Mais il se gardait bien de les exprimer. Pas même au curé il n'en soufflait mot. A la terre seule, à la terre en personne il en eût volontiers parlé, là-haut, dans Toraval.

Par malheur, maintenant, il n'y pouvait plus monter, toujours acoquiné au fauteuil de Marceline, toujours à l'affût des lueurs de raison et de mémoire qui passaient encore dans cette ténébreuse cervelle.

Mais si rares désormais, ces lueurs! Si brefs, ces instants délicieux, où il pouvait lire en une conscience complice de la sienne :

— Oui, tu es un assassin, un fratricide, et ton crime fut bon. Ne te repens pas. Ne te repens jamais. *Ne nous* repentons jamais.

Oh! ce *nous* précieux, ce *nous* réconfortant, caressant, enjouissant, dire qu'un jour viendrait où il ne pourrait plus le prononcer! Dire que ce jour était proche! Hélas! bien proche! Car Marceline déclinait de plus en plus, et combien vite!

Mais alors, pourquoi ne pas ménager avaricieusement, comme un trésor, comme les dernières miettes d'un trésor inestimable, cette conscience complice? Pourquoi en abusait-il ainsi, ne sachant qu'inventer pour la réveiller, au risque d'en être privé plus hâtivement? Car elle pouvait, elle devait fatalement lui rester un jour entre les mains, la pauvre vieille toute débile, toute réduite à rien, et qu'il secouait au vent terrible de sa manie, en tempête maintenant, lui criant parfois à tue-tête, à brise-tympan, quand ils étaient tous deux seuls :

— Regarde-moi donc, fais-moi signe que tu me comprends encore!

Il avait dû renoncer à épier les retours spontanés de la mémoire. Même à la vue du curé, Marceline ne pouffetait plus. Il fallait, pour lui donner le sursaut, Amable lui hurlant ainsi à l'oreille, tandis qu'elle concentrait à l'audition de ce tintamarre toute l'énergie dont elle était capable désormais. Aux bribes qu'elle en retrouvait, un brasillon attisé luisait encore au fond de ses troubles prunelles. Et elle se consumait à le tenir clair pour être agréable à son Béjamin, et pour en être récompensée en filiales embrassades.

Puis cela même devint inefficace à l'électriser, la faible

créature, dont la chair se changeait en plante sans influx nerveux presque. A peine quelques fibres persistaient sensibles. Et à quoi, bonté du ciel! A ceci, qu'Amable avait imaginé, en dernière analyse, comme l'unique réactif pouvant rendre à cette mémoire en bouillie un semblant d'excitabilité.

Devant la face de Marceline, dont les yeux se refusaient à exprimer la pensée, mais percevaient encore les objets, Amable se postait un genou au sol, son fusil de chasse à l'épaule, et lâchait le coup, qui emplissait la chambre d'un bruit de tonnerre.

Et alors la vieille aux prunelles mortes esquissait un vague et lent sourire, où il cherchait et savourait une complaisance, tandis qu'il se répétait à lui-même, comme dans un spasme d'extase :

— Lapin! lapin!

Et cela aussi lui fut retiré. Ainsi que c'était à prévoir, Marceline un jour mourut dans cet imperceptible sourire qui représentait pour elle une si prodigieuse dépense de force. Avec cette récurrence de vigueur qui est si caractéristique dans l'agonie, elle eut même la joie de rendre, pour la dernière fois, un témoignage complet à son Amable. Ses yeux brillèrent, vers lui et pour lui, de la suprême clarté qu'ont les flammes prêtes à disparaître. Ses lèvres se crispèrent afin d'émettre encore un son, et elle articula :

— Oui, oui, lapin, lapin, oui.

Et Amable lut et comprit qu'elle assistait, en sa pensée ultime, à l'assassinat de Désiré, et qu'elle l'approuvait.

Ce souvenir, ce poignant et profond souvenir, voilà tout ce qu'il avait dorénavant, lui, pour peupler la solitude de ses réflexions et se défendre.

Se défendre? Contre quoi, donc? Allait-il enfin connaître le remords? Ah! fi! Allons! Ce n'était là qu'une terreur passagère, éclose au sentiment qu'il avait d'être abandonné désormais au monde ainsi qu'un orphelin! La douleur si vraie, si intense (et même défalcation faite des raisons d'égoïsme), que lui causait la mort de la vieille, de la secourable vieille, de la chère âme damnée, telle était la source de sa faiblesse actuelle. D'où, cette venette d'un remords possible. Mais, sans cela, en somme...

— Quoi, en effet? De quoi, un remords? Qui serais-tu, toi qui pourrais me solliciter au remords? Que dirais-tu? Parle. Essaye de parler.

Et longuement, bravement, face à face avec lui-même, résolu à en finir d'un coup avec ce retour offensif de vaine moralité, par un examen de conscience à fond et impartial, Amable repassa toute sa vie, tous les événements, tous les enchaînements de fatalité, toutes les logiques à son avantage.

Était-ce sa faute si les choses avaient tourné ainsi, et s'il était forcé, en stricte justice, de les voir à son avantage?

Et la conclusion fut ce qu'elle avait toujours été; car pourquoi aurait-elle dû et pu changer, rien n'étant changé dans Amable?

Mais cependant, malgré tout, et si satisfaisant que fût le témoignage de sa conscience, Amable avait perdu de son bonheur parfait, en perdant Marceline. Et cela seul suffisait à lui donner comme un regret de son crime, qu'il n'eût plus personne avec qui en parler, fût-ce sans rien dire.

— Ah! s'écria-t-il un jour, la terre, la terre! Oui, c'est vrai. Toi, écoute.

Il était en ce moment là-haut, à Toraval, couché dans l'herbe à plat ventre. Et c'est à même le sol, la bouche collée à lui, qu'il ajouta :

— Oui, tu sais, je l'ai tué. C'est bien moi. Oui, moi, tu entends, moi.

Puis il éclata de rire, à l'idée qu'il imitait le barbier du roi Midas. Ce souvenir mythologique, d'ailleurs, l'agaça. C'était comme un importun qui venait le déranger bêtement, dans une minute de lyrisme. Et il se trouva sot d'avoir ri.

— Qu'y a-t-il de si drôle, pensa-t-il, à ce que je lui parle, moi, et à ce qu'elle m'entende, cette terre? Ce n'est pas la première fois, après tout. Comme si ce n'était pas quelqu'un?

Il se rappela, en effet, et délicieusement, ses excitations d'autrefois, quand il la baisait en sanglotant de tendresse, et qu'il la sentait frémir sous lui.

Il se rappela surtout le jour où là, dans ces herbes, à cette même place, il avait violé Anaïs en hypnotisme amoureux, et avait eu, à la posséder, l'hallucination si précise qu'il tenait la terre dans ses bras, la terre même, et qu'il l'engrossait.

— Oui, oui, hallucination sans doute! Mais quoi, n'est-ce pas hallucination, en somme, toute la vie? Sait-on? Qui le sait? Et si j'y crois, à mon hallucination?

Il se rejeta la face contre terre, et répéta, tout bas, doucement :

— C'est moi, la vieille. C'est bien moi qui l'ai tué.

A ses oreilles chantait le bourdonnement de la campagne lointaine, des eaux courantes, des insectes vombrissants, des brises, des sèves ; et le bruit lui semblait venir du fond même de la terre, et être une réponse.

A partir de ce jour il cessa d'habiter au Moulin-Joli, et se retira en ermite dans la masure encore debout qui subsistait de l'antique gentilhommière. On lui apportait des provisions du moulin. Il chassait. Il passa de plus en plus pour un loup-garou. Il était presque invisible. Le bois était devenu impénétrable. Personne n'eût osé y entrer. Les provisions étaient déposées à l'orée de la grimpette, en bas. La tanière, là-haut, n'était connue que des oiseaux et des nuages.

Trois ans Amable vécut ainsi, n'adressant plus la parole à qui que ce fût, quand il rencontrait quelqu'un par les champs, sauf au curé. Encore, lui disait-il simplement bonjour ou bonsoir, suivant l'heure, puis tournait le dos. Et même, dès le troisième an, il évita le curé comme les autres.

On ne l'apercevait plus que de loin ; mais on le voyait assez, néanmoins, pour juger que, s'il avait l'air sauvage, il avait aussi l'air heureux. Le curé traduisait cela ainsi :

— Il ressemble à un saint anachorète.

Maître Leherpeur, reniflant de son nez de taupe, disait:

— Il ressemble surtout à une bête fauve qui se porte bien.

— Ce qu'il y a de sûr, ajoutait toujours quelque paysan, c'est qu'il n'a point, malgré tout, grament l'aspect de se faire de bile.

Et c'est celui-là qui touchait le plus juste; car Amable était vraiment sans soucis.

Un matin, le petit va-trop du nouveau meunier, en repassant au bas de la grimpette où il avait déposé la veille les provisions, s'aperçut qu'elles n'avaient pas été touchées. On avait l'ordre d'Amable (en un cas pareil qu'il avait prévu) de monter voir s'il lui était arrivé malheur. Le petit courut au moulin, donna l'alarme. On grimpa en bande à Toraval; en bande, par un sentiment de peur, sans savoir de quoi, puisqu'on obéissait à l'ordre reçu; mais on s'attendait à quelque horrible découverte. Dame! Le loup-garou!

On le trouva mort, le loup-garou, couché à plat ventre dans l'herbe.

Quand on le retourna pour l'emporter, on dut arracher l'herbe qu'il avait mordue de sa bouche convulsée, comme s'il avait voulu confier une dernière fois son crime à la terre; et en même temps on s'aperçut que cette terre, comme s'il avait voulu lui verser en mourant tout son être, il l'avait sous lui frénétiquement labourée de son sexe nu.

FIN

21418. — Imprimeries réunies, A. rue Mignon, 2. Paris.

www.ingramcontent.com/pod-product-compliance
Lightning Source LLC
Chambersburg PA
CBHW070309030726
47505CB00004B/955